国家出版基金项目
"十二五"国家重点图书出版规划项目

中國京劇流派劇目集成

启功题签

《中国京剧流派剧目集成》编委会 编

第拾陆集

學苑出版社

图书在版编目（CIP）数据

中国京剧流派剧目集成．第16集 /《中国京剧流派剧目集成》编委会编．—北京：学苑出版社，2014.1
ISBN 978-7-5077-4454-5

Ⅰ．①中… Ⅱ．①中… Ⅲ．①京剧－剧本－作品集－中国 Ⅳ．①I232

中国版本图书馆 CIP 数据核字 (2013) 第 304589 号

出 版 人：孟　白
责任编辑：潘占伟
装帧设计：徐道会
出版发行：学苑出版社
社　　址：北京市丰台区南方庄 2 号院 1 号楼
邮政编码：100079
网　　址：www.book001.com
电子信箱：xueyuan@public.bta.net.cn
销售电话：010-67675512　67678944　67601101（邮购）
经　　销：新华书店
印 刷 厂：北京信彩瑞禾印刷厂
开本尺寸：889×1194　1/16
印　　张：18.625
字　　数：452 千字
版　　次：2014 年 5 月第 1 版
印　　次：2014 年 5 月第 1 次印刷
定　　价：260.00 元（精装）

《中国京剧流派剧目集成》学术顾问

《中国京剧流派剧目集成》编委会

序言

◎黄克

京剧向称国粹艺术，内容博大精深，剧目十分丰富，人们常以"汉唐三千宋明八百"形容其浩瀚。其中流派剧目又以演员表演的鲜明个性使剧目显得更为多彩多姿，充满魅力，既被专业人员钻研承继，也为广大戏迷喜闻乐见，遂成为京剧舞台上一大亮点。

流派

举凡表演艺术，原本就无不带有表演者的个人色彩。京剧表演艺术因其唱念做打诸多方面功夫的综合性和繁难性，表演的个性化尤为突出；加以行当的粗分、剧目的雷同，于大致相同的条件下尽显各自的千姿百态、千变万化；一招一式、一腔一韵之中可以体现不同的特色，同样一出戏，甚至同样一个戏中人物也完全可以演出不同的风采，这种充满个性化的表演，遂成为京剧竞技场上最是为人乐道而又情趣无穷的审美内涵。倘若这种富于个性化的表演为受众所认可，且代有传人，形为规范，即可自成一家，成为迥异于他人的艺术流派。以"四大名旦"（梅兰芳、程砚秋、荀慧生、尚小云）为例，虽皆工旦行，却又各有千秋。京剧大师王瑶卿就曾这样分析这四位后起之秀的独到之处："梅兰芳的样儿，程砚秋的唱儿，尚小云的棒儿，荀慧生的浪儿。"所谓"样儿"，指梅的艺术造诣全面，要什么有什么；所谓"唱儿"，指程以行腔之新颖动听为能；所谓"棒儿"，指尚的刀马功底深厚；所谓"浪儿"，指荀的柔媚多姿、风情万种。寸长尺短，一语道破各有专擅的各家流派特点。如此成就固然来自自己的勤学苦练、苦心孤诣，更少不了观众的知音捧场、鼓励有加。因此，一个艺术流派的形成，对于创始人来说，无疑是开拓了审美追求的新境界；对于受众戏迷来讲，则更是得到了多样化审美需求的新满足。梨园行有云：唱戏的是疯子——指其追求的执着，听戏的是傻子——指其享受的痴迷。二者相得益彰、相映成趣，或许正道出京剧流派形成之三昧。

流派剧目

在京剧传承的一二百年间，随着历史的变迁、社会的发展，以及新人辈出、师承转换，荡涤旧物、崇尚新声，传统剧目中的绝大部分早已绝迹于舞台，然而，其精华部分（包括剧目中表现出来的唱念做打等程式体系）还是被完好地保存了下来，并得到长足的发展。其间，流派创始人于剧目的推陈出新做出了不可磨灭的贡献。基于对剧目乃至剧中人物的理解和认识，以及更便于发挥自己技艺特长的需要，流派创始人对浩如烟海的传统剧目进行了严格的筛选，经过了整理加工再创作，使之又焕发出崭新的韵味和光彩；随着这样剧目的增多，最终形成了自己流派所特有的剧目系列。而另外的流派又在另外的剧目系列中发挥着自己的优势，即或剧目相同，不同流派依然可以于演出中表现出自己的独特风格。总之，在其演出的剧目中，无不打上自己表演风格的鲜明烙印。京剧舞台上一度出现的这种百花齐放、争芳斗艳的盛况，实由自丰富多彩的流派剧目，这在京剧发展史上已是不争的事实。

但也应看到，如今京剧流派剧目相对于京剧的鼎盛时期，已是光景不再。个中原因很复杂，就客观因素而言，新兴的艺术形式的多种多样，人们的欣赏习惯和娱乐方式已经有了更广泛的选择余地，因而完全可以去旁骛；此外，就京剧本身而言，演出剧目之贫乏不能不说是观众锐减的重要原因之一。本来演出场所和演出场次就不多，翻来覆去又只是那几出骨子老戏，怎么能吸引观众，特别是年轻观众呢？——连那些老戏迷们也都听腻歪了。

回过头来看，今日演出剧目的贫乏和流派创始人晚年艺术景况也不无关系。他们在艺术的巅峰期——集中在上个世纪二三十年代，创作或改编了一出出新戏，直令观众赏心悦目，目不暇接。当其时，除了富连成科班或游动的散班演出些大路戏外，北京的京剧舞台几乎就是流派剧目的天下。据1932年商务印书馆出版的《五十年来北平戏剧史材》的记载，自民国十二年（1923）至十八年（1929）这六七年间，以梅派剧目为例，只"初演"的剧目——也就是自家独创的新戏或整理改编的传统戏，就有前后本《西施》、《洛神》、《廉锦风》、头二三四本《太真外传》、《俊袭人》、全本《宇宙锋》、《凤还巢》、《春灯谜》等12出戏（其中前后四本《太真外传》这四出戏是在一年多时间里陆续完成的）；同一时间段，马派"初演"的剧目也有《化外奇缘》、全本《玉镯记》、《秋灯泪》、《战宛城》、全本《火牛阵》、《鸿门宴》、全部《临江馆（"馆"应作"关"）》、全部《浣纱溪》、《范仲禹》、全本《清风亭》、头二三四本《大红袍》、全本《天启传》、《许田射鹿》、全本《十道本》等15出戏（其中《大红袍》分头二和三四本两次演出），当然，其中还不包括“初演”以外的经常性的大量的传统戏演出。试问，这些曾经轰动一时的流派创始人编创的新剧目于今又有多少出传承下来了呢？个中主要原因就在于流派创始人到了晚年一些唱做吃重的剧目已难胜任，只有将其已臻于炉火纯青的技艺凝炼到少数剧目之中，或演出或教习也只拘囿于这少数几个剧目了。而其传人也就将这几出戏奉为圭臬，全不知其鼎盛时期的所谓“文武双全”、所谓“昆乱不挡”为何事，致使一些当年的热门戏几近失传，这不能不说是梨园一件憾事。记得梅兰芳先生曾撰文论述学艺过程中的“少、多、少”，大意是初学时会的戏（包括技艺）自然是少的。随着所学剧目的增多，技艺的增长，激发起拓宽其艺术驰骋领域的热情，兼收并蓄，从而极大地丰富了自己。进而又随着审美取向的定型，艺术见识的提高，势必要对自己所学所用下一番去芜存精的工夫，扬长避短，使自己的独特技艺集中在少数几个代表剧目之中。表面看来演出的剧目是少了，但炉火纯青，在艺术创新上却达到了新境界。从少到多，从多而少，贯穿着的是继承与发展的艺术成熟的过程，也闯出了一条攀升艺术高峰的必由之路。后学者以为，学会了几出流派代表剧目便可以薪尽火传，得到了真经，孰不料缺少广博的根基，既影响个人的发展，也造成了剧目越传越少的现实。这难道不是应该汲取的教训吗？

有道是“礼失求诸野”。由于流派剧目的独特韵味及其所富有的艺术魅力，由于京剧作为自娱自乐的审美取向已深入人心，更由于迷恋传统演唱艺术者的大有人在，京剧传统剧目——包括一些已经消失于舞台的流派剧目，至今仍在京剧爱好者中间传唱不息。我们不妨到公园里看一看那一圈圈围着的戏迷，他们来自四面八方，或许彼此并不相识，只凭一把胡琴就将大家凝聚在一起，有滋有味地互相欣赏着一段段流派唱腔。更不用说那遍布全国各地乃至国外华人聚居区的票房，他们还时不时地粉墨登场，过一把戏瘾呢！这种自拉自唱、自娱自乐的红火场面，充分显示了京剧流派剧目的深厚群众基础和顽强的生命力，对于相对落寞的京剧舞台不啻一种发人深省的挑战。然而，这又何尝不是对京剧振兴的潜在的呼唤和有力的支持呢！

流派剧目集成

正鉴于其强大的生命力和深厚的群众基础，“振兴京剧”作为文化建设的国策的提出可谓正得其时。而振兴之务，首要的是挖掘和继承优秀传统剧目，以之作为发展和创新的基础和借鉴。我们编纂《中国京剧流派剧目集成》的初衷正在于此：将流派剧目演出的精彩瞬间记录于永恒，将构成流派剧目的诸多元素一一记录在案。诸如每剧的剧情本事、创始人表演特点的提要，剧中人物行当归属、服装扮相，剧本曲文、唱腔谱、伴奏谱、锣鼓经，以及身段谱等得以再现流派表演风格的内容，都力图完整地记录整理出来，为流派艺术的教学和研究提供文字的基础资料。持此，内行自可作为表演的参考，京剧爱好者也可以作为演习的蓝本。

这一工作，对于京剧剧目的基本建设虽然可谓之善举，但具体做起来却困难多多。首当其冲的就是剧目的选定。京剧剧目虽称汗牛充栋，但保存下来的资料却十分有限。京剧形成初期，以“老生三杰”又称“前三鼎甲”的程长庚、余三胜、张二奎为代表的一代固然没有留下什么音像文字资料；即或以“老生新三杰”又称“后三鼎甲”的谭鑫培、孙菊仙、汪桂芬为代表的一代除了少量的唱片外也没有完整的剧目传下来，所以我们的剧目整理工作只能从民国初年以降的“四大须生”、“四大名旦”开始。他们受熏陶于前辈艺术家，可谓传统的集大成而又能创新的一代，整理剧目以他们为重点自然最合适不过。遗憾的是这些艺术大师大都已经作古，得到他们指点和首肯已不可能，为此，我们只能通过其亲传或再传弟子来进行流派剧目的整理工作。从中我们更深地体会到抢救要及时，当初未能抢救下来现在也不要嫌晚而不为，抢救一点是一点，否则能够保存下来的精华越来越少，越加难向历史向后人交代了。

更难的则是遴选整理者。剧目的全面整理需要全面的人才。我们在组织稿件的过程中却发现这样的人手颇不易得。如果流派创始人或其传人曾在戏校任教，且有较为完整的教案保存下来，今日稍加整理即可选用，自然不是难事。不过这样的情况并不多，大量的剧目尚需要对当年的演出本进行追忆记录，加工整理。曾经受业于流派创始人或其传人的京剧工作者虽然是整理演出本的合适人选，但是他们大都是单位的骨干，忙于演出，忙于剧务，或居于领导职位，很难分出身来。即或肯于应承下一两出戏，也常有如下的情况：能演不能说，能说不能写，能写又不能打谱。因此，完成一个剧目经常需由记录者、整理者和打谱人联袂而行，倘再加上剧目的传授者和提要的撰写人，则非四五人鼎力不可。《中国京剧流派剧目集成》收入二百多出戏，每出戏即使平均两三人参加，也要组织四五百人次。其繁难可以想见，其壮观亦可以想见。当然，这还仅就整理者的数量而言，更为难能可贵的还在于参与者的无私奉献。试想，跟演一出戏或教一出戏相比，以文字整理出一出戏，不仅费时而且费力，无疑是一桩一般人不肯为也不屑为的苦差事，而我们的整理者却能甘之如饴，乐此不疲，没有为京剧事业的传承而不计个人得失的宝贵情操，是难有这种积极性的。不仅如此，随着岁月流逝，整理流派剧日益困难，更需要求助一些老专家，他们或是资深艺员、教师，或是资深票友、戏迷，而今已是硕果仅存的京剧艺术的专家、流派历史的见证人。在他们身上洋溢着一种传承京剧流派的使命感，和对振兴京剧的期待。他们热情地参加到这项工作中来，或亲自动手，为我们整理剧目；或答惑解疑，给我们工作以指导。使我们在受教于他们的同时，油然而生一种深深的敬意。

克服了上述困难，《中国京剧流派剧目集成》终于呈现在读者面前。书中，除了囊括主要流派的主要代表剧目，试图反映京剧鼎盛时期的大致面貌而外，尚有可说道者。

首先是挖掘整理出一批流派剧目，其中不乏已近失传的流派艺术精品。其中共收流派五十余家、剧目二百多出，不仅是从装扮到曲谱俱全，而且半数以上不曾整理出版过，可算是京剧剧目建设的一个不小的工程。下列剧目可为佐证。如王（瑶卿）派名剧《南天门》（今能见到的只剩下王和老谭合拍的剧照）、余（叔岩）派名剧《太平桥》（据说是老谭给余说的开蒙戏）、马派名剧《白蟒台》（写王莽被俘后向旧臣一一乞命事，老生扮演反面人物堪称奇特）、麒派名剧《斩经堂》（其中吴汉的悲剧性格曾引起过热烈争论）、荀派名剧《鱼藻宫》（写吕后残害戚姬事，乃荀派悲剧剧目之一），以及汪（笑侬）派名剧《哭祖庙》、龚（云甫）派名剧《徐母骂曹》、徐（碧云）派名剧《绿珠坠楼》、裘（盛戎）派名剧《打銮驾》等，都是难得一见的流派剧目之珍品。而以“关外唐”名世的唐（韵笙）派名剧经其家人和传人的努力竟整理出其代表作《驱车战将》、《闹朝击犬》、《好鹤失政》、《绝龙岭》、《未央宫斩韩信》、《刀劈三关》等七出之多，堪称流派剧目建设的新收获。除此之外，《中国京剧流派剧目集成》还特别着力于武戏的挖掘整理。较之文戏，武戏更难整理，需要将演员在台上的动作招式一一准确地反映出来，没有深入的钻研领会、亲身体验，很难下笔。众所周知，杨小楼作为一代武生宗师，其“武戏文唱”乃武生的不二法门，也是令人神往的一种表演境界，在武戏剧目整理中理应得到体现。资深票友朱家溍先生得其真传，整理了杨派名剧《麒麟阁》，并详细记述了前后六次观剧的心得，惜乎不及将其用工尺谱记下的昆曲吹腔翻为简谱便溘然而逝了。另一出杨派名剧《镇潭州》则是根据京剧耆儒刘曾复先生的讲授整理出来的，其中杨再兴上场的“蝴蝶霸”、和岳飞对打的“枪架子”，皆独得杨派之秘，给人以再闻《广陵散》般的惊喜。此外，高盛麟的《长坂坡》、《走麦城》，王金璐的《落马湖》、《蚆蜡庙》也都走的杨派的路子，有的就是直接跟杨宗师学的。南派大武生盖叫天武功盖世，他的剧目身后却乏人整理，多亏移居上海的原中国戏校武功教师赵雅枫先生以耄耋之年勉力整出《一箭仇》，也算保存了盖派一脉。还值得一提的是收获了一批武丑戏。叶盛章当年是以武丑戏挂头牌演大轴的第一人，勇于创新，能戏甚伙，现将其创作的名剧《酒丐》、《祥梅寺》、《打瓜园》、《徐良出世》、《三盗九龙杯》、《铜网阵》等七出代表作一并推出，既再现了叶氏当年神勇，也为乏人承继的武丑行当提供一些演习之本。尤为可喜的是我们也挖掘整理出富连成科班总教习、文丑“萧派”创始人萧长华老先生的《选元戎》、《荡湖船》、《变羊记》等已近绝迹舞台的拿手剧目。凡此，整理者挖掘流派剧目的辛勤劳作成果，均为我们编纂“集成”增添了光彩。

为了方便读者翻检使用，本书采取四五出戏合编一册的形式，这样全书约有五十册之多，并拟分三批推出。第一批为老生行的余派，以及号称“南麒、北马、关外唐”的三派，和武丑行的叶（盛章）派，计五家八册。第二批则以旦行“梅、尚、程、荀”为代表，包括老旦、刀马旦等流派。第三批是老生、小生、武生、净、丑等其他流派。

预期一两年内出齐。倘若其中有重要疏漏，又得人整理，亦可考虑编辑出版“集外集”，以满足读者的需求，也使这部“集成”更为名副其实。

当然，《中国京剧流派剧目集成》的编纂，其目的只在提供流派剧目作为研究家和后学者的参考借鉴。而流派、流派，意重在“流”。所谓流，指流行和流变。流派艺术正是在流行、流变中最终形成的，即或在最终形成之后，也还是靠流行、流变而发展的，倘若泥古不化，抱残守缺，就会失掉其鲜活的生命力，艺苑奇葩也会枯萎，这已为京剧发展史所证明。不过，流派艺术发展也需要有个前提，那就是首先要掌握渗透在表演程式唱念做打、手眼身发步中的艺术个性，而流派剧目就是其艺术个性展现的载体。继承流派艺术，不能只满足于模拟外在的“体”，更要在剧目演练中去体味其艺术个性的“魂”，这样才能促使京剧流派艺术从剧目建设到表演个性都得到发扬光大。此乃传承流派剧目的题内之义，自毋庸赘言。

目录

荀慧生

陈墨香 编剧 张逸娟 万凤姝 整理 米 博 记谱

鱼藻宫

荀慧生演出本

汉高祖刘邦的皇后吕雉，生子盈，被立为东宫太子。刘邦又纳戚姬。戚姬生子如意。刘邦对母子二人宠爱有加，特建鱼藻宫。吕后失宠，心中不悦。刘邦征英布归来，欲废刘盈，立如意。大臣叔孙通、周昌力谏，刘邦震怒，暴打周昌。吕后得知，急求计于张良。张良示意命吕释之请“商山四皓”以挽回危局。吕释之恐遭“四皓”拒绝，便寻得四野老假充“四皓”，随太子进谒高祖。高祖被骗，遂罢刘盈之念，封如意为赵王。高帝病故，吕后为报前仇，囚戚姬于永巷，断手足，去眼，削耳，饮药，使居厕中，并以“人彘”呼之。种种加害，残绝人寰。此时，已登基为惠帝的刘盈和周昌在吕后面前苦苦哀求，保救戚氏母子，吕后非但不听，反用毒酒药死如意，并将戚姬斩首。

《鱼藻宫》一名《斩戚姬》。川剧有《永巷宫》（又名《观人彘》），滇剧有《永汉宫》。京剧《鱼藻宫》由陈墨香编剧，荀慧生首演。

这出戏最大的特点是做工的繁难。就水袖的使用来说，戚姬出场唱〔西皮慢板〕时的水袖表演，为刘邦歌舞时的“卷袖”、“抓袖”、“绕袖”、“盘袖”、“车轮袖”等，无不精彩。此外，特别值得一提的还有最后一场。周昌、刘盈苦苦哀求吕雉，吕雉一句“定斩不赦”，在【大锣凤点头】的锣经中，戚姬完成了从面向吕雉双跪到右拧身干拔起“屁股坐子”落地，面向前台的表演。这种难度很大的技巧动作，运用的是那样贴切，把戚姬震惊、绝望表现得淋漓尽致。值得注意的是，戚姬做这个动作之前，双手被绑，面向里跪，起范儿时，没有双手的向上领劲，只有靠拧身立腰“旱地拔葱”干起，双腿双盘干起直落，这就要见演员的功力；同时也体现出设计者的匠心独具。

荀派的唱腔特点是善于把握人物的内心精神世界，并结合自己嗓音的条件来设计。例如第三场的〔西皮慢板〕，第四场的〔西皮快板〕，载歌载舞的〔西皮二六〕，最后一场的〔反西皮导板〕、〔散板〕等，让人回味无穷。

《鱼藻宫》是荀派的六大悲剧之一。荀令香先生得其父真传，曾在中国戏曲学校为杨秋玲、李维康、张逸娟等传授过此剧。1985年为纪念荀慧生先生诞辰八十五周年，就任中国戏曲学院副院长的荀令香先生又为张逸娟复排了此剧，参加在北京工人俱乐部的纪念演出，获得好评。

万凤姝

人物行当

刘　邦	老生	四　将	生
吕　雉	旦	四朝官	生
戚　姬	旦	四刽子手	杂
叔孙通	生	伞　夫	杂
周　昌	老生	大太监	生
吕释之	净	大太监	丑
刘　盈	小生	四红龙套	杂
如　意	小生	甲　老	丑
八宫娥	旦	乙　老	丑
二掌扇	旦	丙　老	丑
四太监	杂	丁　老	丑

服装扮相

刘　邦　俊扮。黪三、王帽（后换笛巾），黄绸条、黄蟒、苫肩、玉带、红彩裤，厚底。后换黄帔、白腰包。

吕　雉　俊扮。古装头、如意冠、水钻头面，黄蟒、绦子、软带、绣花白裙、浅色彩裤，彩鞋。

戚　姬　俊扮。古装头、正凤、水钻头面，黄帔、绣花白裙、浅色彩裤，彩鞋。“四场”换宫装（长水袖）、腰带。后换白古装（有水袖）衣、裙、腰带、绦子、白彩鞋，摘正凤。

叔孙通　俊扮。黑三方纱，红官衣、软带、红彩裤，厚底。

周　昌　俊扮。黑三、方纱，蓝官衣、软带、红彩裤，厚底。

吕释之　勾白脸末。黑满、黑耳毛子、尖纱，黑蟒、玉带、苫肩、青彩裤，厚底。

刘　盈　俊扮。紫金冠、黑飘带，粉蟒、苫肩、玉带、红彩裤，厚底。后换王帽，黄蟒、玉带、苫肩。

如　意　俊扮。紫金冠，白开氅、湖色彩裤，厚底。后带甩发，换皎月绣花褶子。

八宫娥　俊扮。梳大头、线帘子、顶花、过桥，粉、湖色素褶子（各一堂）、云肩、素边腰色、浅色彩裤，彩鞋。随戚姬四宫娥歌舞时，摘过桥。

二掌扇　俊扮。梳大头、线帘子、顶花、过桥，素色褶子、云肩、素边裙子、浅色彩裤，彩鞋。

四太监　俊扮。小太监帽，太监服、红彩裤，薄底。

四　将　俊扮。虎头盔，四色软靠（红、黄、白、绿），红彩裤，薄底。

四朝官　俊扮。方纱（一人黑三，一人黪三），四色蟒（白、蓝、红、绿）、苫肩、玉带、红彩裤，厚底。

四刽子手　俊扮，抹鼻窝。大板巾、额子、单翎，刀斧手服、红彩裤，薄底。

伞　夫　俊扮。蓝布箭衣、大带、红卒坎，青彩裤，薄底。

大太监　俊扮。大太监帽，花褶子、绦子、红彩裤，厚底。

大太监　丑扮。大太监帽，花褶子、绦子、红彩裤，朝方。

四红龙套　俊扮。红大板巾，红龙套服、红彩裤，薄底。

甲　老　丑扮。黑高方巾、白五撮，青素褶子，镶边大坎肩、绦子、青彩裤，白布袜、福字履。

乙　老　丑扮。古铜四棱巾、黪吊奔，古铜褶子、绦子、青彩裤，白布袜、方口鞋。

丙　老　丑扮。绿荷叶巾、白吊奔，绿褶子、绦子、红彩裤，白布袜、方口鞋。

丁　老　丑扮。蓝方巾、白四喜，蓝褶子、绦子、香色彩裤，白布袜、方口鞋。

道具

马鞭	九根	掌扇	两个
云帚	两把	单刀	两把
堂板	一根	惊堂木	一块
铁链	一根	舂米机	一架
圣旨	两道	酒具	一份
文房四宝	一份	信封信纸	一份
四红帜标	一堂	桌子	一张
椅子	两把	红桌围椅披	一份
黄桌围椅披	一份	灰椅披	一份
伞盖	一顶	小炉	一个
药碗	一个	盘子	一个
药锅	一个		

鱼 藻 宫

第 一 场

「**【大锣原场】【冲头】**

「刘邦内白：“御林军趱行者！”

「奏唢呐曲牌<一江风>四龙套、四将、四朝官执马鞭，四太监“骨牌对”从“上场门”上，分两排“站门”；刘邦举马鞭上，至“九龙口”亮相；伞夫执伞在后。刘邦举马鞭从“九龙口”向前走至前台口、右手绥马鞭、勒马拉缰亮住相；伞夫在后。

「**【大锣住头】**全体官员站队肃立。

刘　邦　寡人（仓）刘邦。（仓匝）自登帝位，剪除众雄。前者英布作乱，（马鞭指出）寡人御驾亲征。（勒马式）且喜那贼已灭。今日奏凯回朝。御林军！

众　应　有！

刘　邦　趱行者！（马鞭指出）

「奏唢呐曲牌<一江风·合头>四龙套、四将、四朝官、四太监“骨牌对”从“下场门”下。刘邦举鞭朝右台口走几步，左转身向后打马，举鞭从“下场门”下，**【大锣打下】**伞夫随下。

第 二 场

「**【撤锣】【小锣旦上场】**四宫娥从“上场门”上，“站门”，吕雉从“上场门”上，随之二宫娥掌扇随后。吕雉在“九龙口”亮住。随即走至前台口，抖袖，提袖。

吕　雉　（念引）

位居中宫，恨戚姬——（**多多**）　3 2　1 2　3 2 2
夺　宠　争

2 1 6. 6 5 6　7 7 6
风。
（右手指出）

「**【小锣一击】**吕雉归外场坐，二执掌扇宫娥左右侍立两边，四宫娥归里，四人成“八字”站**【小锣归位】**。

吕　雉　（诗）忆昔楚汉起戈谋，
血战经年数十秋；
万里山河成一流，（右手向外撒掌）
只怕夫妻不到头。（摇头摆右手）

（扎）良家吕雉，与刘王（拱手）乃患难夫妻，所生一子名唤刘盈，已成守阙之龙①。可恨刘王又纳戚姬②（右手指出），生下一子名唤如意，建立养德宫，命他母子居住，十分宠爱（右手按掌）；反将哀家冷落起来（右手摆动）。如今万岁（拱手）征讨英布。我不免（右手抚胸）将我儿宣进宫来，商议良策，摆布那戚姬一番。宫娥，宣召太子进宫。

宫　娥　太子进宫。

〖【小锣打上】刘盈从“上场门”上。

刘　盈　（念）天心归赤帝③，人望属青龙。

〖【小锣一击】刘盈进门。

儿臣刘盈见驾母后千岁。（躬身施礼）

吕　雉　平身。

刘　盈　宣儿进宫何事？（双手摊掌）

吕　雉　趁你父王不在朝中，你我母子想条计策摆布那戚姬。（右手指出）

刘　盈　母后不可如此（双手摆动），想儿臣与如意有手足之情，况且父王（拱手）已经还朝来了。

〖【小锣一击】吕雉一怔。

吕　雉　你父王还朝来了？（右手摊掌）

刘　盈　正是。

吕　雉　（略思）你父王还朝不到昭阳正宫，他往哪里去了？（双手摊掌）

刘　盈　往戚氏宫中去了。（左手指出）

吕　雉　（不悦）你出宫去吧！（挥手示意）

刘　盈　是。（躬身施礼）

〖【小锣一击】刘盈“上场门”下。

吕　雉　哎呀且住！（站起）可恨刘王今日还朝不到昭阳，却先到养德宫去了！**【撕边一击】**（右手怒指，一想）我不免前去与那刘王辩理。宫娥，养德宫去者。**【纽丝凤点头】**（右手抖袖）

〔西皮散板〕

吕　雉　サ（7̣ 6̣ 6̣ 5 1̇ 3 2. 1 6̣ 2 1 -）1̇ 1̇ 3
回 朝

3. 6 5 5 6 3 5 6（6. 5 3 3. 5 6）
不 把 我 来 见，（仓）

---

① 守阙之龙：阙，古代皇宫大门前两边供瞭望的楼，泛指帝宫。这里意为“太子是只待登基的人了”。

② 戚姬：刘邦宠姬，赵王如意生母。其与吕雉争宠、争嫡事，大致与本剧描述相同。

③ 天心归赤帝：赤帝是赤帝子的简称。赤帝子即刘邦，典出刘邦拔剑斩蛇故事。旧时谓汉以火德王，火赤色，刘邦则是赤帝子。

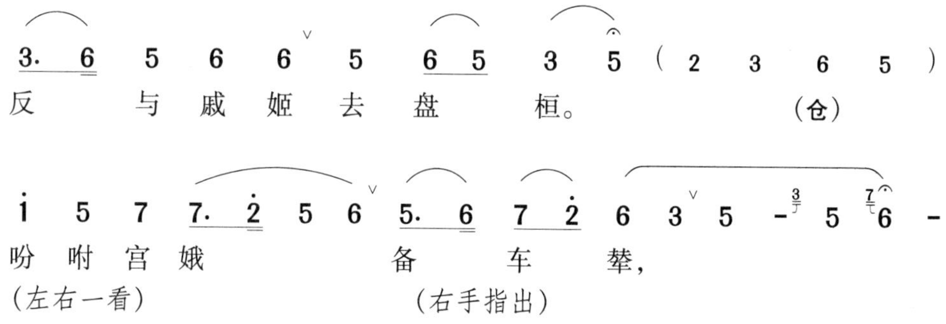

〔【纽丝】四宫娥插门从“下场门”下,一宫娥备辇,吕雉上辇,走至左台口,向右回身站定。

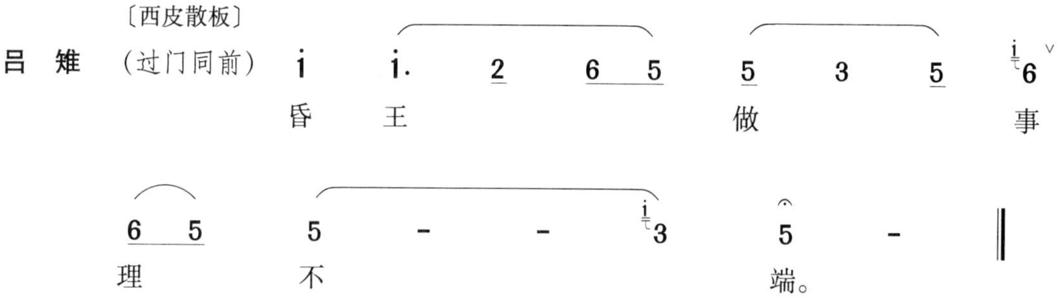

〔【大锣打下】吕雉左转身从“下场门”下;辇夫随下。

第 三 场

〔【慢长锤】四宫娥从“上场门”上,“站门”。戚姬从“上场门”上,至“九龙口”亮住;掌扇二宫娥站身后。

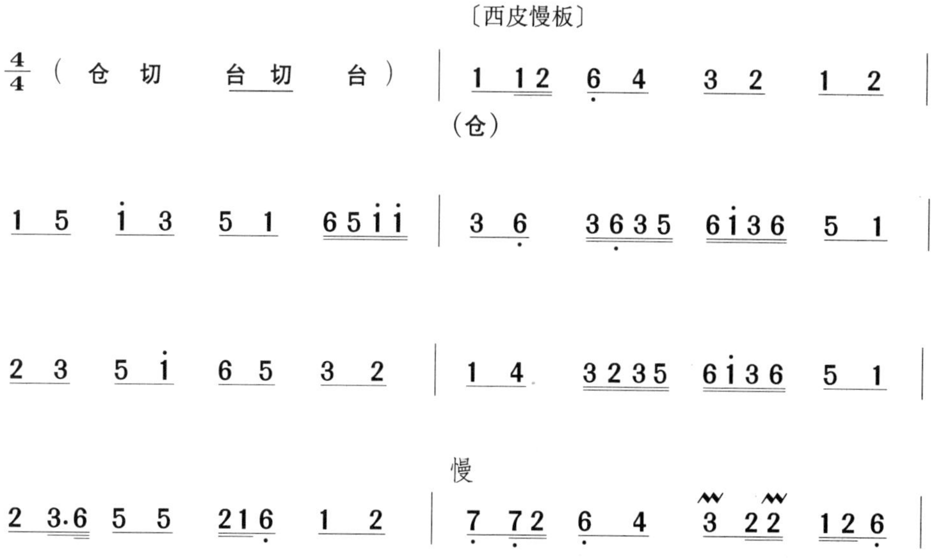

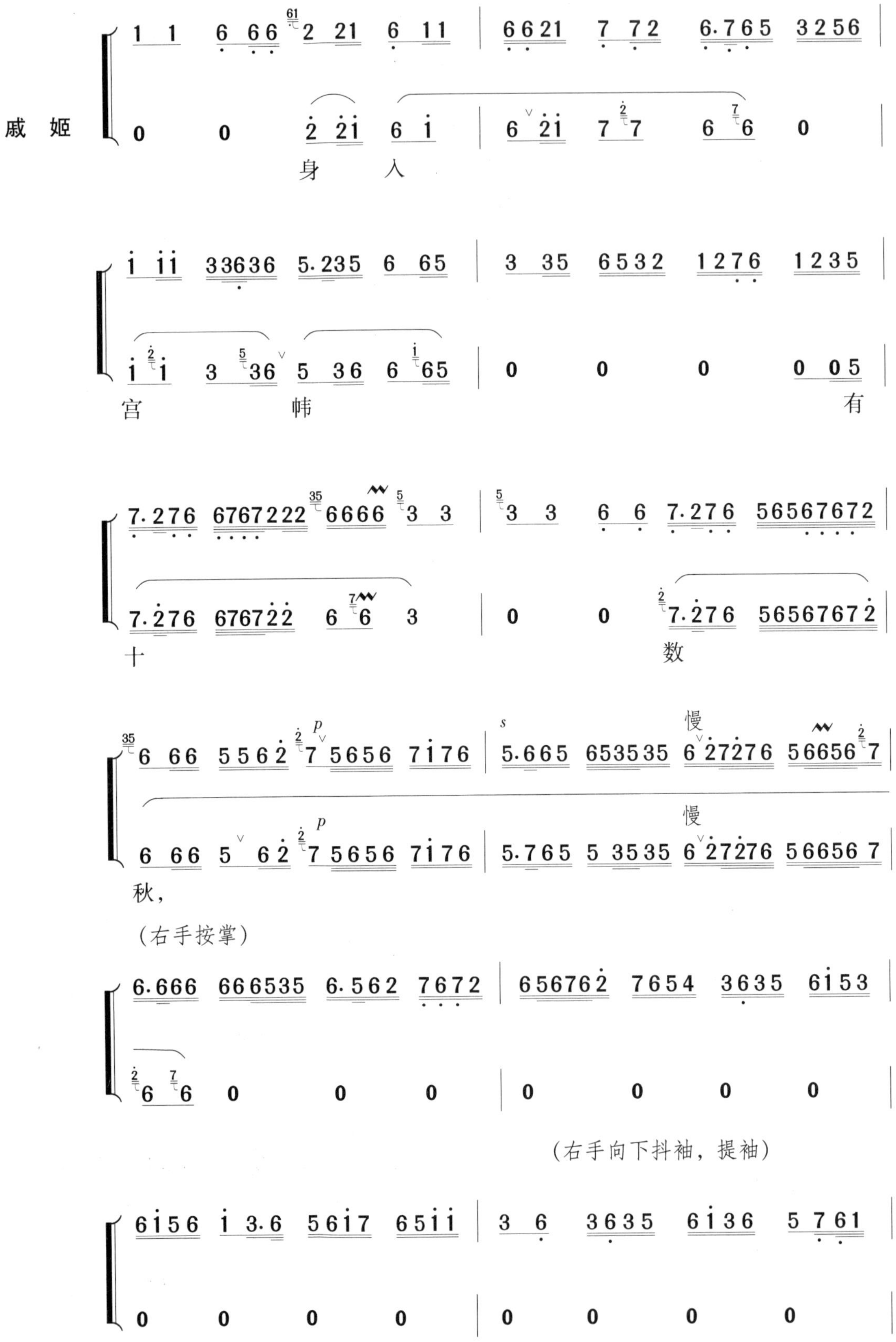

戚 姬
身 入
宫 帏
有
十
数
慢
慢
秋，
（右手按掌）
（右手向下抖袖，提袖）

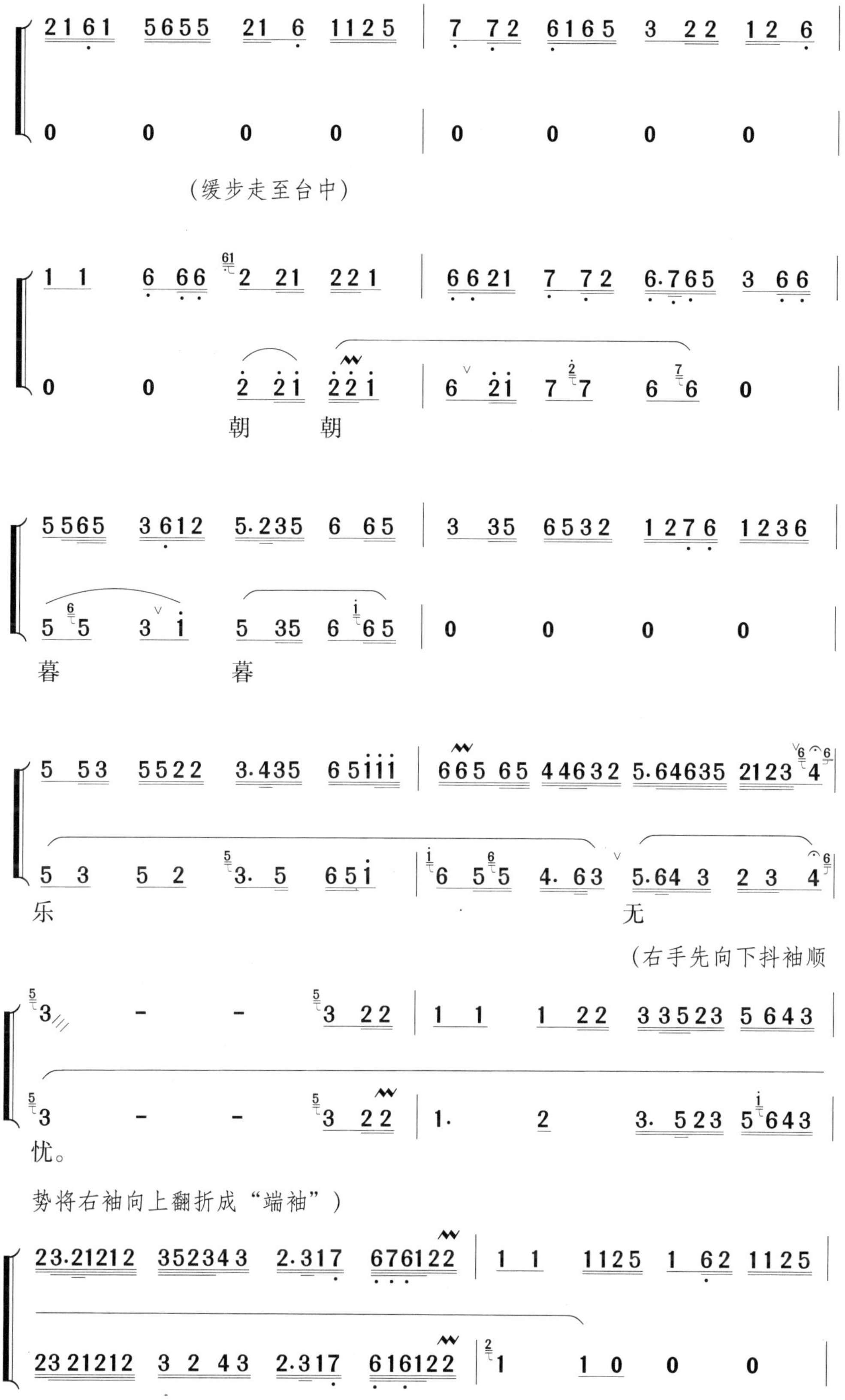
（缓步走至台中）
朝 朝
暮 暮
乐 无
（右手先向下抖袖顺
忧。
势将右袖向上翻折成“端袖”）

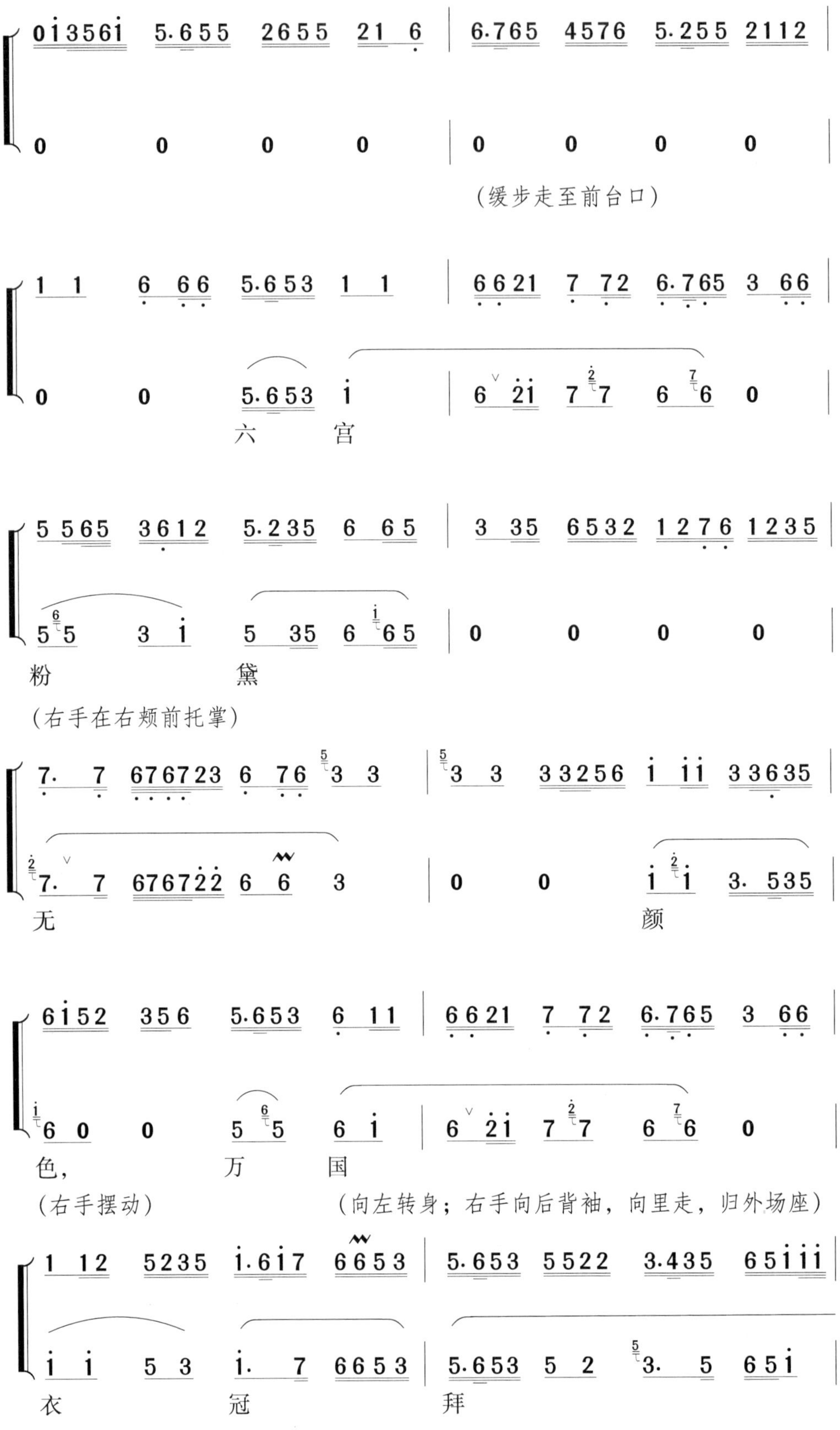
(缓步走至前台口)
六　宫
粉　黛
(右手在右颊前托掌)
无　颜
色，　万　国
(右手摆动)
(向左转身；右手向后背袖，向里走，归外场座)
衣　冠　拜

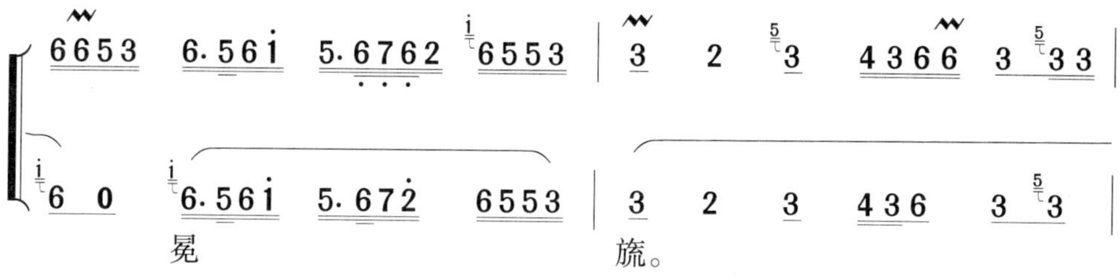

（右手按掌）

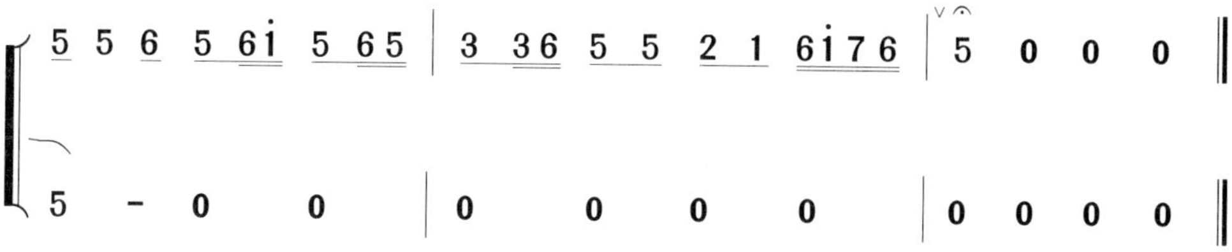

（台）

戚　姬　本宫戚姬。（扎）自入宫以来，万岁（拱手）十分宠爱。生下一子名唤如意，万岁道他仁孝聪明，特为建立一宫，名为养德宫，命我（右手抚胸）母子居住。万岁（拱手）有意把江山大事付与如意执掌（右手按掌）。想那太子刘盈（右手指出）乃正宫吕后所生，久已立为东宫，一时难以更换。如今万岁（拱手）征战英布去了，昨日有旨（拱手）到来，养德宫改为鱼藻宫；又道万岁今日回朝。宫娥！

宫　娥　有。

戚　姬　伺候了！（右手指出）

〔**【大锣五击】**如意从“上场门”上。

如　意　（念）生长帝王家，英年气象华。

〔**【大锣住头】**进门。

如　意　儿臣见驾，母妃千岁！（躬身施礼）

戚　姬　平身，进宫何事？

如　意　父王（拱手）回朝未进昭阳，往母妃宫中来了！

戚　姬　（喜）哦！**【小锣一击】**到为娘宫中来了……待为娘出宫接驾。

〔**【纽丝】**四太监引刘邦从“上场门”上。

〔西皮散板〕

刘　邦

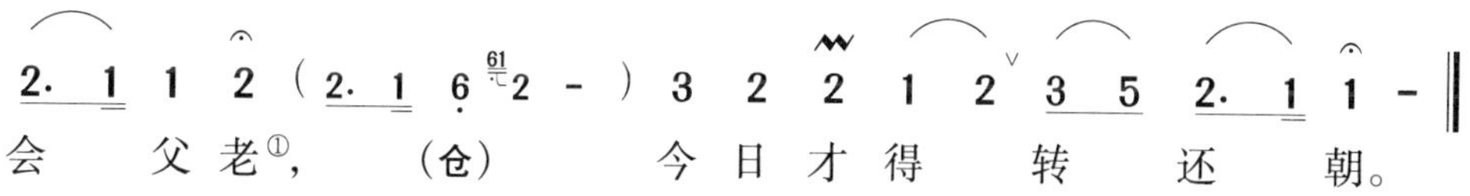

（右手按掌）

---

① 游幸故乡会父老：汉高帝十一年（公元前196年）七月，英布起兵反汉，刘邦统军往征。次年十月，刘邦破英布于会缶。会缶即沛国沛县，也就是刘邦的故乡。在这里，刘邦曾召故乡父老饮宴，名垂史册的《大风歌》就是这次宴会上他的即席之作。

〔【大锣住头】戚姬、如意出迎。四太监从“上场门”上。

戚　姬　妾妃接驾！（躬身施礼）

刘　邦　免！

〔西皮摇板〕

【大锣凤点头】（ 7 6 5 5 5 3 6 5 5 3 2 1 2

6 5 5 5 ） 2 2 1 1 2 2 1 3 2

君 妃 见 面 同 欢 笑，

（右手在右颊前托掌）

〔【闪锤】三人进内。刘邦归外场座。

戚　姬　妾妃带领如意见驾，吾皇万岁！

刘　邦　平身，爱卿坐下。

戚　妃　谢座。

〔【闪锤】戚姬坐“大边”跨椅，如意侍立。

〔西皮摇板〕

刘　邦　（过门同前） 6. 2 1 3 2 1 2 2 1

何 必 殷 勤 太 唠 叨。

（看戚姬）

〔【大锣住头】刘邦示意，戚姬归“大边”坐。

刘　邦　戚姬，从今以后，你母子见了寡人，将这君臣大礼免了吧！（挥右手）

戚　姬　此乃皇家大礼（拱手），如何免得。

刘　邦　哦……【小锣一击】免不得?唉，想我刘邦昔年在泗上做亭长之时，何等放荡（双手摊掌）！如今身登帝位，倒被这大礼管住了（摇头），反无人间之乐，（感慨地）看起来帝王（右手托髯）也有不如民众之时?（放髯）

戚　姬　万岁恢宏大度，何必烦恼?

刘　邦　自我去后，正宫吕后待你如何?

戚　姬　皇后（拱手）为人严明，妾妃年少不能曲意承顺（右手按掌），难免有受责之处。

〔【小锣一击】刘邦怒生心头。

刘　邦　啊……这老乞婆（右手点指）敢责我的（右手抚胸）爱妾，待我重处于她！（右手指出）

〔【小锣一击】戚姬扶鬓想。

戚　姬　万岁（拱手）不可为了妾妃，伤了正宫颜面。（右手在右颊前托掌）

刘　邦　看在爱卿份上，不加罪于她，也就是了。

戚　姬　妾妃备得有酒，与万岁（拱手）接风。

刘　邦　酒宴摆下。

鱼 藻 宫

〖吕雉内白：“摆驾！”

〖【纽丝】宫娥摆酒，刘邦归“内场座”。四宫娥从“上场门”引吕雉乘辇上。

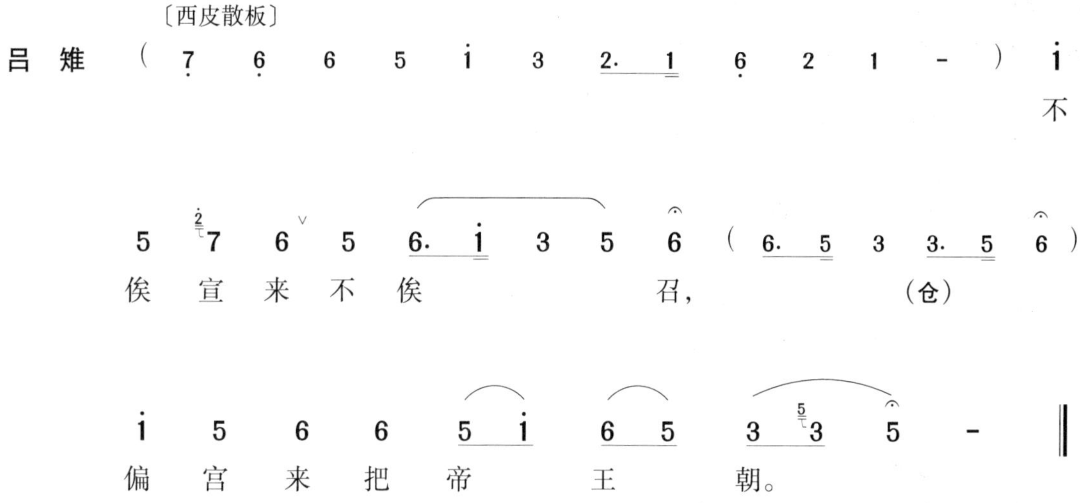

（示意宫娥下，四宫娥、辇夫下）

〖【大锣五击】吕雉进宫门。戚姬忙站起。

如 意 （向刘邦）皇后驾到。

吕 雉 妾妃见驾，吾皇万岁！（跪）

刘 邦 平身。

戚 姬 娘娘千岁。（跪）

吕 雉 （愤怒地）不许平身！（仓）（甩袖）

戚 姬 这……（看刘邦）

刘 邦 你且起来！

戚 姬 是。

〖【小锣一击】戚姬站起。

刘 邦 （向吕）梓童[①]坐下！

吕 雉 谢座。（归“大边”座。见戚姬欲坐）戚姬侍立。（抖袖）

〖【冷锤】戚姬站立，刘邦看戚姬。

刘 邦 （向戚）你也坐下！（指“小边”跨椅）

戚 姬 谢万岁！（躬身施礼入座）

〖【小锣一击】如意向前。

如 意 母后千岁！（跪）

吕 雉 不消！

〖【冷锤】吕雉向如意摔袖。

刘 邦 梓童为何不奉宣召，来在此处？

吕 雉 请问万岁（拱手），几时还朝的？（右手摊掌）

刘 邦 今日还朝。

---

① 梓童：戏曲、小说中皇帝对后妃的称呼，且只限于戏曲、小说。其确切含意至今说法不一。

吕　雉　万岁今日还朝为何不到昭阳，却先到养德宫来了？（右手指出）

〖【撕边一击】刘邦略思。

刘　邦　寡人有旨养德宫为鱼藻宫了……（还欲说）

吕　雉　（手拦）养德宫也罢，鱼藻宫也罢，万岁（看刘）你就不该来！（摆右手）

〖【撕边一击】刘邦捋髯，愠看吕雉。

刘　邦　三宫六院任凭寡人游幸，啊个敢来多管！

〖【撕边一击】刘邦愠抖右袖。吕雉扶鬓看。想打破僵局。

吕　雉　万岁（拱手），自古道：糟糠之妻不可忘（摆动右手），难道万岁就不念当年夫妻之情么？（双手摊掌）

刘　邦　讲什么糟糠之妻不可忘（摇头），我看你已是败柳残花（指吕），怎能与浓桃艳李争春（指戚）哪？（看吕）

吕　雉　万岁（拱手），想我儿刘盈已立为太子，你骂妾妃败柳残花（右手扶胸），叫我儿以后怎样为君？

〖【大锣一击】刘邦愠怒。

刘　邦　那刘盈本无帝王气象，朕即日传旨另立东宫（仓）。（看吕）你不必多言！

吕　雉　（一惊）万岁要另立东宫……【小锣一击】不知意中想立何人？（双手摊掌）

刘　邦　寡人之子甚多，爱立哪个就立哪个！（右手指出）

吕　雉　莫非要立他的（指戚）儿子如意以为东宫，那是万万不能！（双手摆动）

〖【大锣一击】刘邦看吕雉。

刘　邦　寡人就立如意（指如意），你待如何？（双手摊掌）

〖【大锣一击】吕雉气极。

吕　雉　太子刘盈未曾失德，不能废去！（右手指出）

刘　邦　废不得也要废！（甩袖）

〖【撕边一击】戚姬扶鬓思之。

戚　姬　啊，万岁（拱手），想太子刘盈仁孝聪明（右手按掌），如意年幼（指如意），不能承继太子之位，请万岁（拱手）三——思！——

刘　邦　唉！

〖【大锣凤点头】不耐烦地抖袖。

〔西皮散板〕

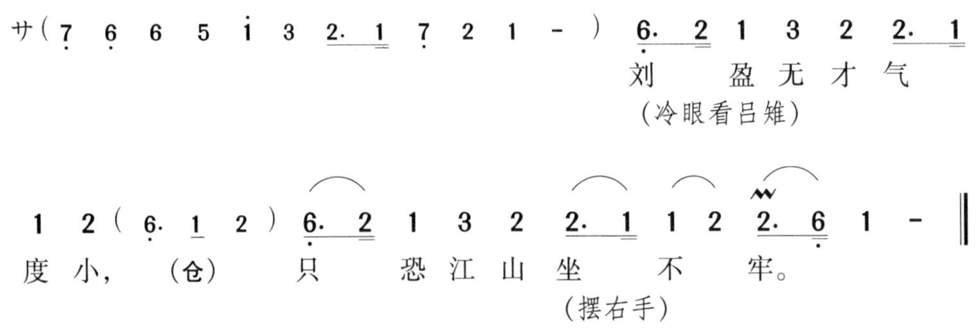

〖【大锣住头】吕雉心中不忿抖右袖。

刘　邦　宫娥，宣叔孙通进宫！

宫　娥　领旨。（出门）万岁有旨，宣叔孙通进宫！

〔叔孙通内白：“领旨。”

〔【大锣五击】宫娥进门，叔孙通从“上场门”上。

叔孙通　（念）秦廷为谄佞，汉室作忠臣[①]。（右手指出）

〔【小锣一击】叔孙通进门。

叔孙通　臣太傅叔孙通见驾，吾皇万岁。

刘　邦　平身。

叔孙通　宣臣进宫何事？

刘　邦　寡人有意，另立东宫，命卿传旨！

叔孙通　汉室江山一旦休矣……（摇头，双摊手）

〔【撕边一击】刘邦看叔孙通。

刘　邦　何出此言？（右手摊掌）

叔孙通　废黜东宫，乃亡国之兆。（左手指出）

〔【撕边一击】刘邦惊捋髯。

刘　邦　这个……（右手捋髯）

〔【撕边一击】刘邦看分坐两旁的戚姬、吕雉，略思，下定决心。

刘　邦　（向叔孙通）此朕家事你不必多奏！如意过来！你可替朕标发本章，交与叔孙太傅，拿与群臣观看！

如　意　领旨。

〔【大锣五击】叔孙通无奈地随如意从“下场门”下。吕雉见状焦急万分。

吕　雉　刘盈不能废去（摆动双手），请万爷（拱手）收回成命。

刘　邦　什么废不得(向吕雉甩袖),朕身体劳乏,我要安歇了，梓童回宫去吧！（挥手示意）

吕　雉　请万岁（拱手）与妾妃一同回宫。

刘　邦　你那宫中（指吕），寡人不去！（摇头）

吕　雉　万岁不走，妾妃也不回宫去！

〔【撕边一击】刘邦看吕雉。

刘　邦　你不回宫，朕也不勉强（摆手），只是朕要安歇了。【小锣一击】（看吕雉）啊，戚姬（看戚），随寡人来呀！（向戚抬手）哈哈哈……

戚　姬　领旨。（躬身施礼）

吕　雉　（指戚）贱人好无廉耻！

戚　姬　这是万岁（拱手）来找妾妃（右手抚胸），与妾无干。（摆手）

吕　雉　戚氏真个下贱！（气急地甩袖）

刘　邦　（看吕）她若不下贱，还不到这宫中（右手下指）来呢！戚姬，（看戚抬手）随孤来呀！

---

① 秦廷为谄佞，汉室作忠臣：这是叔孙通对个人从政生涯的一个总结，与史实相符。叔孙通，太子太傅。秦二世时，陈胜起兵，大家认为这是谋反，应发兵征剿。二世不悦。叔孙通见机行事，轻言陈胜不过是鼠窃狗盗，随便派个人把陈胜平掉即可。二世喜欢听这样的话，重奖叔孙通。结果断送了秦朝。因而对秦朝而言，可谓“谄佞”，而对汉朝，叔孙通却忠贞不二。刘邦欲废太子，叔孙通以死苦谏，终打消刘邦废太子的念头。

〔【一锤锣】刘邦翻折水袖，戚姬相扶，二人从“下场门”下，宫娥跟下。

〔【冲头】吕雉望渐远去的刘邦、戚姬，气急败坏，抖动左手指。

吕　雉　这贱人好生无礼！戚氏呀，戚氏！

〔【大锤五击】双手抖袖、提袖。四宫娥分上，辇夫上。

我不杀你（右手向外指），誓不为人！宫娥，带路回宫。

〔【大锣水底鱼】宫娥“插门”，走圆场，吕雉上辇，圆场。宫娥“挖门”，进门侍立；吕雉下辇进门，辇夫下。吕雉归“小座”。

吕　雉　宣建成侯吕释之进宫！

宫　娥　娘娘有旨，宣建成侯进宫！

〔【小锣五击】吕释之从“上场门”上。

吕释之　（念）忽听昭阳宣，（拱手）

进宫来问安。【小锣一击】（进门）

吕释之　臣，吕释之见驾，娘娘千岁！

吕　雉　平身。

吕释之　宣臣进宫有何懿旨？

吕　雉　只因万岁要另立东宫，你可到留侯张子房那里，问他有何妙计？（右手摊掌）

吕释之　领旨。（躬身施礼）

〔西皮摇板〕

【大锣凤点头】（过门同前）5　3　3. 2　2　2 1　2　2

为　安　储　位　责　任　重，

（右手按掌）

〔【快长锤】吕释之从“下场门”下。刘盈从“上场门”上。

〔西皮摇板〕

刘　盈　（过门同前）3. 6　5　6　6　6. 5　5. 3　5

定　省　承　欢　遵　古　风。

〔【大锣住头】刘盈进门。

刘　盈　母后千岁！（躬身施礼）

吕　雉　平身，赐座。

刘　盈　谢座。（“大边”座）

〔【小锣一击】吕雉看刘盈。

吕　雉　唉……

刘　盈　母后为何长叹？

吕　雉　只因你父王要废了我儿另立太子，教人怎么不愁烦！（双手摊掌）

〔【小锣一击】刘盈摇头。

刘　盈　儿本无才德，难掌社稷（拱手）；父王另立东宫，儿臣情愿退居藩国。

吕　雉　（恨指）你好懦弱无能也。

刘　盈　母后哇！【大锣凤点头】（拱手）

〔西皮散板〕

サ（7 6 6 5 i 3 2 7 6 2 1 －）

3. 6 5 7 6 5 6. i 3 5 6（6. 5 3 3. 5

帝 位 轻 来 父 子 重，

（右手按掌）

6）3. 6 5 i 6 5 6 6 5 ‖

儿 臣 情 愿 让 东 宫。

（拱手）

〔【纽丝】吕释之从“上场门”至右台口。

〔西皮散板〕

吕释之 （过门同前）5 3 3 3 3 1 2 3（6 1 2 3）

留 侯 张 良 七 计 用，

（右手食指直伸向下划圈）

6. 2 1 1 2 3 2. 1 1 － ‖

见 了 国 母 说 从 容。

（拱手）

〔【大锣住头】快步进门，归台中，施礼后，站“小边”。

吕释之 留侯言道：要安东宫，非商山四皓①不可！

吕 雉 【撕边一击】（欣喜点头）既然如此，我儿快快修书，请四皓下山。（右手指出）

刘 盈 儿臣不恋东宫，何必请他等下山。

〔【大锣一击】吕雉胁迫看着刘盈。

吕 雉 不听我言（右手抚胸）便人不孝！

〔【大锣一击】吕雉向刘盈甩袖。

刘 盈 要儿修书，但是一件…… （右手食指直伸）

吕 雉 哪一件？（双手摊掌）

刘 盈 望母后（拱手）不可暗害那戚姬母子！

〔【撕边一击】吕雉看刘盈。

吕 雉 这……再作商议，我儿快快修书要紧。

刘 盈 文房四宝伺候！

〔奏唢呐曲牌<急三枪>刘盈提笔修书，修写完毕，交与吕雉。

---

① 商山四皓：秦末，东园公、绮里季、夏黄公、角里先生四位八十多岁的老者避乱隐居商山，他们须眉皓白，时称商山四皓。刘邦召，不应。刘邦欲废太子，吕后用张良计，迎四皓，辅太子。刘邦见了，惊呼：“彼四人辅之，羽翼已成，难动矣！”遂放弃了废太子的念头。

刘　盈　母后请看。

〔【小锣一击】吕雉看信、将信交吕释之。

吕　雉　吕释之，命你带了书信，准备厚礼，迎请四皓，不得有误！

〔【一锤锣】吕雉、刘盈同“上场门”下，宫娥分下。吕释之出门。

吕释之　【大锣叫头】吕释之（举起右掌）哎呀且住！想那四皓不肯下山，安储大事难成。这便怎么处…… 【大锣撕边一击】（抚头苦思）哦呵有了！【大锣住头】我不免寻找四个年高与四皓面貌相似之人，带至府中，教导一番（右手按掌点动四下），假充四皓随伴太子面君（拱手）。想那汉王终日沉湎酒色，焉能识破。我就是这个主意！左右！

众　应　有。

〔【冲头】四红龙套分上。

吕释之　回府！

〔【大锣打下】众人“插门”，引吕释之从“下场门”下。

第　四　场

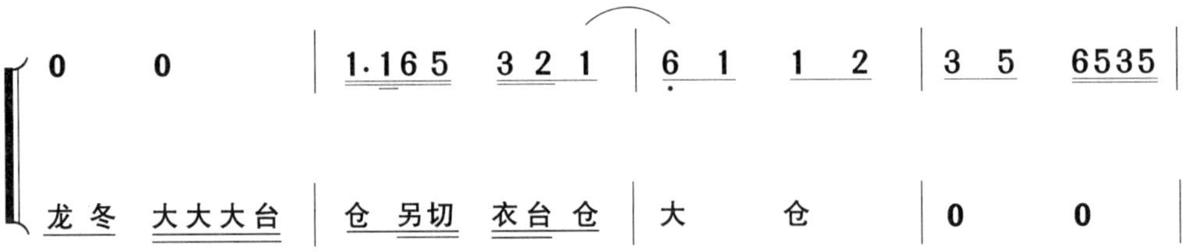

（四宫娥从“上场门”引戚姬、刘邦上）

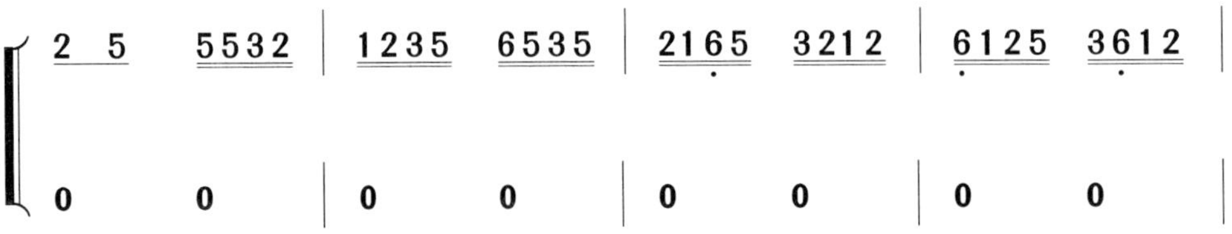

〔西皮原板〕

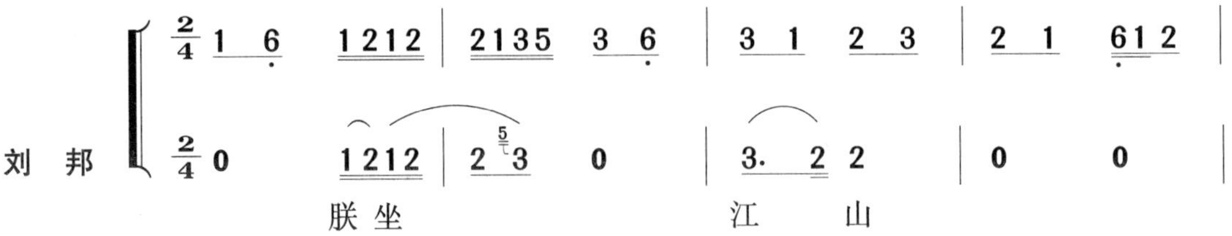

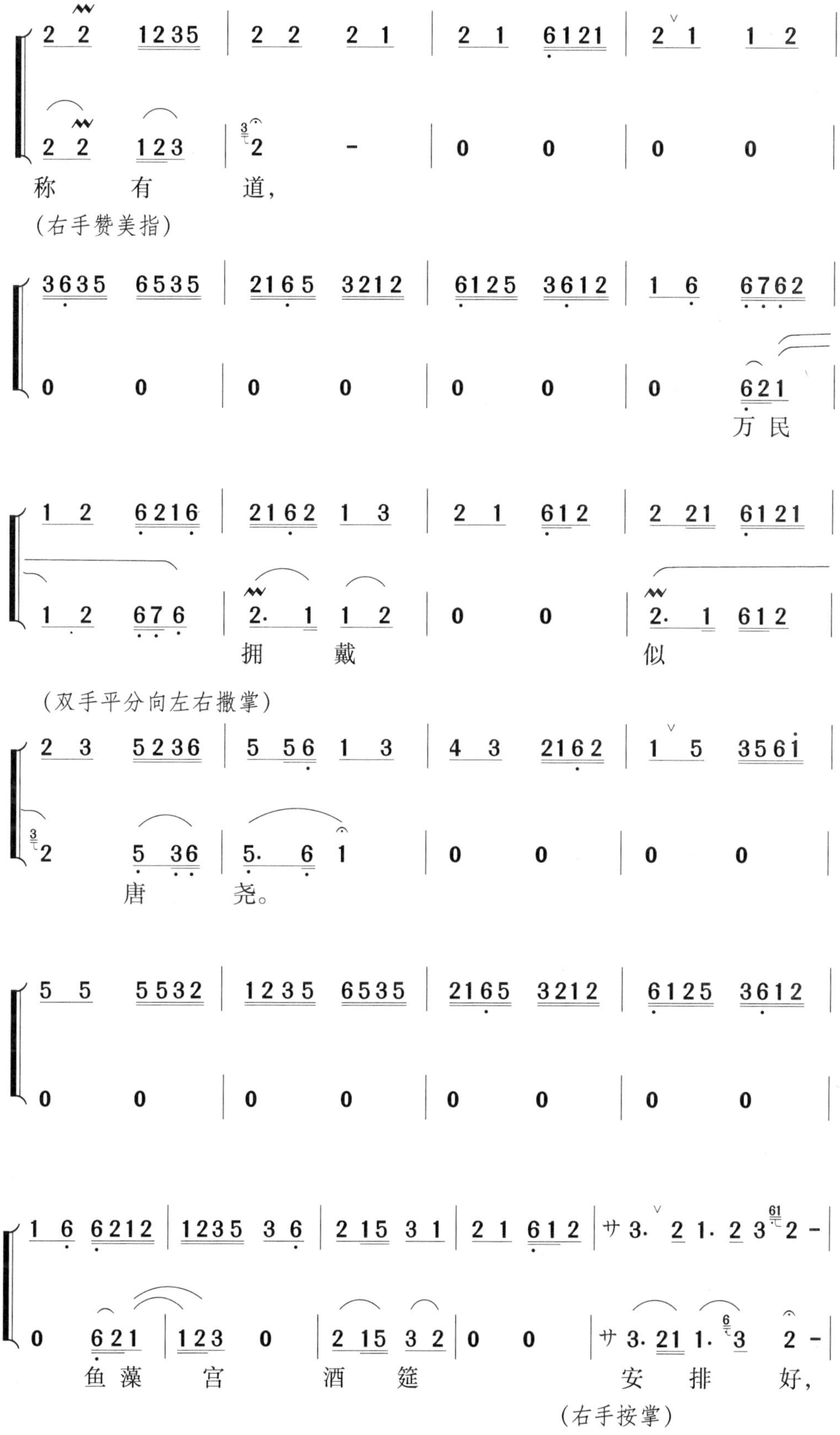
称 有 道，
（右手赞美指）
万 民
拥 戴 似
（双手平分向左右撒掌）
唐 尧。
鱼 藻 宫 酒 筵 安 排 好，
（右手按掌）

〔【大锣凤点头】刘邦归"大座"。戚姬归"跨椅"。

〔西皮摇板〕

刘 邦 （ 7 6 5 5 5 3 6 5 5 3 2 1 2 6 5 5 5 ）

6· 2 1 1 3 2 3· 6 5 5· 6 1 – ‖

饮 酒 看 花 乐 陶 陶。

（右手托掌）

〔周昌内白："走哇！"

〔【纽丝】周昌从"上场门"上。

〔西皮散板〕

周 昌 サ（ 7 6 6 5 i 3 3 2 7 6 2 1 – ）

2 1 2 2 1 3 2 3 1 3 2（ 6· 1 2 ）

万 岁 爷 命 赵 王 批 阅 章 本，（仓）

（拱手）

3 2 1 6· 2 1 2 1 2· 1 6 1（ 7 6 2 1 ）

分 明 是 宠 庶 子 要 废 储 君。（仓）

（右手按掌）

2 1 2 2· 5 3 1 2 （ 6· 1 2 ） 6· 2 1 3 2 –

顾 不 得 皇 王 召 忙 进 宫 廷，

（右手向左指）

〔【纽丝】周昌迈步进殿。

〔西皮散板〕

周 昌 （过门同前）2 1 2 3 1 2 1 2 1. 6 1 – ‖

行 罢 了 君 臣 礼 再 发 谏 章。

〔【大锣住头】周昌面向刘邦拱手侍立。

周 昌 臣御史大人周昌见驾，愿吾皇万岁。（跪）

刘 邦 平身。

周 昌 万万岁！（站起）

刘 邦 卿家不奉宣诏，进宫何事？

周 昌 闻得万岁（拱手）让赵王标发本章，分明有废嫡立庶之意，特来谏阻。

刘　邦　天下惟有德者居之，难道定要刘盈执掌江山不成？

周　昌　万岁，（拱手）怎见得太子无德？（双手摊掌）

〔【小锣一击】刘邦语塞。

刘　邦　这个……啊，周大夫，太子、赵王俱是寡人（双手托髯）之子，不必多奏，（放髯）出宫去吧！（挥右手）

周　昌　不纳忠言，真乃桀纣之君！

〔【大锣一击】周昌怒指亮相。

刘　邦　怎么讲？

周　昌　桀纣之君！

〔【大锣一击】刘邦气极，走出桌来。

刘　邦　你向前来！（抬手）

〔周昌走前向来，刘邦怒打周昌一记耳光。

〔【冷锤】周昌愕然。【纽丝】刘邦怒视周昌。

〔西皮散板〕

刘　邦　（过门同前）2　1　3　2　1　3　2（6.　1　2）
周　昌　说　话　欠　思　论，
（右手怒指）

6 2　1　1　2 3　2 1　6　1（7　6　2　1　-）
寡　人　岂　是　桀　纣　君。　（仓）
（右手摊掌）

4　3　3. 1　2　2　1.　3　2　-
伸　拳　捋　袖　将　你　打，

〔【乱锤】宫娥引吕雉暗上，刘邦拳打周昌，周昌抱头。【大锣凤点头】

〔西皮散板〕

刘　邦　（过门同前）6. 2　1　1　2　1 2　1 6　1　-
看　你　谏　诤　不　谏　诤。
（左手指周昌）

周昌，朕要废太子，你可敢拦阻？

周　昌　太子废不得，臣切切以为不可！（摆手）

〔【大锣一击】刘邦怒视周昌。

刘　邦　你再多言我还是打！

〔【大锣一击】刘邦举拳，吕雉向前拦阻。【撕边一击】刘见吕拦，放下拳头。

吕　雉　万岁为何殴打大臣？

周　昌　（向吕打揖）娘娘作主。

吕　雉　（向周）我（右手抚胸）自有道理，你（指周）出宫去吧。

刘　邦　哪个敢放周昌出宫？（摔袖）

〔（大八、大八……）吕雉不动声色地看看戚姬，再看看刘邦，（嘟……）看周昌，周昌躬身施礼。（仓）目视前方。

吕　雉　卿家，（向周）随我来！

〔【大锣五击】四宫娥引吕雉、周昌从“上场门”下。刘邦顿足、甩袖，余气未消。

刘　邦　不想周昌如此倔犟，待朕传旨将他斩首。（右手做刀砍状）

〔【撕边一击】戚姬向前劝拦。

戚　姬　他乃有功之臣，万岁开恩。（跪）

〔【撕边一击】刘邦搀起戚姬。

刘　邦　爱卿真乃宽宏大量也！【大锣凤点头】

〔西皮散板〕

3　2　2　1　3　1　2　（6.　1　2）

一　概　闲　言　休　要　讲，　（仓）

（右手摆动）

1　3　2.　1　1　2　1　2　1　6　1　-

爱　卿　再　去　备　霞　觞。

（右手托掌）

戚　姬　（7　6　2　1　-）　3.　6　5　7　7　5　6　7　6　3　5　-　6　-

（仓）　有　道　君　王　恩　德　广，

（躬弓施礼）

〔【纽丝】戚姬扶刘邦入座。

（7　6　6　5　i　3　2　7　6　2　1　-）

3.　6　5　i　6　5　i.　2　6　5　3　5　-

愿　王　福　寿　比　天　长。

（拱手）

〔【小锣抽头】戚姬欲去取酒，正与从“上场门”上的刘盈领假商山四皓甲老、乙老、丙老、丁老碰面，戚姬从“下场门”下。

〔西皮摇板〕

刘　盈　（过门同前）　3.　6　5　5　7　6　7　6　3　5.　6　7　7.　2　6　-

储　宫　必　须　承　奉　养，

（拱手）

〔【小锣凤点头】示意四皓候传。刘盈进。

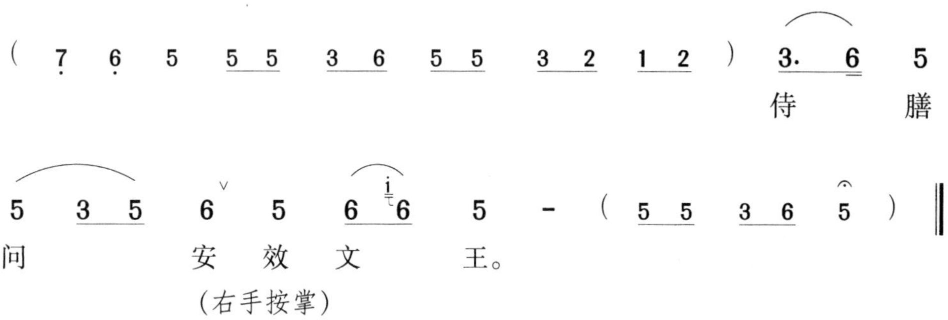

儿臣刘盈见驾，父皇万岁！（跪）

刘　邦　平身。

刘　盈　谢万岁。（站起）

刘　邦　我儿来在鱼藻宫何事?

刘　盈　儿臣访得贤士四人，带他等前来朝见。

刘　邦　贤士今在何处?

〔刘盈示意四皓进门，四皓速进门。【小锣一击】

刘　盈　四位先生见过父皇。（拱手）

〔四皓站一排，跪。

乙　老
丙　老　参见父……（跪）
丁　老

甲　老　（急忙代奏）富有四海的皇帝……愿吾皇万岁!

刘　邦　平身。

甲　老
乙　老
丙　老　万万岁（站起后立“小边”）
丁　老

刘　邦　你四人姓氏名谁?

乙　老　（抢白）我叫……

甲　老　（急扯乙，暗示意）启禀万岁，臣乃东园公，他三人一名美里先生（指乙），一名绮里季（指丙），一名夏黄公（指丁）。

刘　邦　你们莫非商山四皓么?

甲　老　正是。

〔【小锣一击】刘邦稍思。

刘　邦　这就不对了！想寡人也曾宣召四位先生，先生不肯为官。今日为何反做我儿的宾客，是何道理?

甲　老　自古君择臣，臣亦当择君。陛下是马上皇帝，只能用那武将，不能用这文人；当初有那读书君子，前来朝见陛下（拱手），谁知陛下听他咬文嚼字，心中大怒，不由分说（双手摆手）将他头上戴的儒巾摘将下来（用手做摘帽式），就这样撒……（用右手连连点指）

刘　邦　（急问）撒什么？（右手摊掌）

甲　老　撒了一泡尿！（右手食指单伸）

　　〔【小锣一击】刘邦愧疚，以袖遮面。

甲　老　那读书君子只羞得抱头鼠窜而逃！

　　〔【小锣一击】刘邦自愧地摇了摇头。

甲　老　因之天下皆知陛下轻贤慢士，不肯作陛下的臣子（双手摆动），怎比太子（拱手），大仁大孝，四海归心；我等宁为太子客（右手按拳），不作陛下（拱手）官，万岁何必多问也！

鱼 藻 宫

〔【大锣住头】刘邦看甲老。

刘　邦　（笑）哦……哈哈哈……

〔【大锣凤点头】刘邦认真慎重考虑。

〔西皮摇板〕

（过门同前）　1 1 3 2 6. 2 1 2（3 21 61 21 65 55）

四 位 先 生 才 学 广，

3 1 13 2 2 13 2. 6 1（3 21 62 11 65 55）

丹 心 耿 耿 护 储 王。

3 2 2. 1 1 21 3 2（3 21 61 21 65 55）

他 年 太 子 江 山 掌，

（指刘盈）

13 2 2. 1 1 2 2 6 2. 3 76 5. 6 1 －‖

麒 麟 阁 上 大 忠 良[1]。

（右手赞美指）

〔西皮摇板〕

刘　盈　（过门同前）　i 5 57 6 65 7 － 6 －|

辞 别 父 王 出 宫 往，

（躬身施礼）

〔【小锣抽头】刘邦示意，刘盈从“下场门”下，四皓出门。

〔西皮摇板〕

甲　老　（过门同前）　3 2 2. 1 1 2 61 22 1 －‖

一 计 赚 了 汉 君 王。

（拱手）

甲　老　（向另三人）真蒙着啦！

〔【小锣一击】四皓从“下场门”下。

〔西皮摇板〕

刘　邦　（过门同前）　2 2 1. 2 1 2 － 2. 1 1. 3 2 －|

不 想 皇 儿 羽 翼 广，

---

① 麒麟阁上大忠良：汉宣帝时，于未央宫麒麟阁中图霍光等十一功臣像，以表彰其功绩。后麒麟阁画像成了大臣功勋卓越、荣誉无尚的一种象征。

〔【大锣一击】戚姬捧酒壶上。

戚 姬 万岁酒到。

刘 邦 （看戚摇头）唉！

〔【大锣凤点头】戚姬见状，不解地思之。

〔西皮摇板〕

刘 邦 （过门同前） 6. 2 1 1 6 3 2 2. 1 1. 3 2. 1 6 1 - ‖

寡 人 怎 得 废 储 皇。

（双手摊掌）

〔【大锣住头】戚姬与刘邦斟酒。

刘 邦 爱卿你可曾看见？

戚 姬 看见什么？（双手摊掌）

刘 邦 方才太子身旁四个老者，乃是商山四皓。他四人言道：太子仁孝，四海归心。只恐东宫废不成了！（仓）（戚惊）哎，寡人倘有不测……（右手托髯）那吕后便是你母子的对头了！（放髯）

〔【撕边一击】戚姬跪下，伤心地摇摇头。

戚 姬 哎呀万岁作主呀……（哭后手拭泪）

刘 邦 也罢！如意久已封为赵王，趁寡人尚在，你母子去往赵国，那吕后难道追去杀你不成！（右手指出，后示意戚姬站起）

戚 姬 只是难舍陛下！（拱手）

刘 邦 朕也舍不得爱卿！（略思）也罢，教如意一人去往赵国，你暂住在宫中，日后再去也还不迟。

戚 姬 如意年幼，万岁命何人为相？

刘 邦 命周昌为相。（台）

戚 姬 想那周昌乃太子一党，岂可命他为如意之相？（右手摊掌）

刘 邦 周昌为人正直，并无偏向。（右摆手）

戚 姬 如此……（见刘邦不悦）但凭万岁！（拱手）

刘 邦 宣周昌进宫！

宫 娥 万岁有旨，宣周昌进宫！

〔【小锣五击】周昌从“上场门”上。

周 昌 （念）君臣如朋友，
不该弄拳头。（右手做拳比划状）

〔【小锣一击】周昌进门。

周 昌 臣御史大夫周昌见驾，吾皇万岁！（跪）

刘 邦 （下位忙搀）哎呀卿家呀！

周 昌 （连叩头）陛下，臣挨打不起了。

刘 邦 我不打你了！

周 昌 不打为臣，臣有本启奏。

刘 邦 （手拦）朕如今不废太子了！（台）

周 昌 不废太子，真乃有道明君。（赞美指）

刘　邦　什么有道无道！只因四皓奏道：太子仁孝，四海归心。朕拗得过群臣，焉能拗得过百姓？（双手摊掌）因此不废太子，还要叫如意前往赵国，就命卿家以为赵王这相，保定如意即刻出京。

周　昌　臣乃天子大臣（拱手），怎么用为王侯之相，岂不是降了！

刘　邦　寡人也晓得是降用，怎奈赵王年幼，非卿（拱手）不能保护！

〔**【撕边一击】**周昌捋髯思之。

周　昌　这个……臣明白了（点头）。但不知几时起程？（双手摊掌）

刘　邦　即刻登程！（右手指出）

戚　姬　万岁命如意即刻出京，教妾妃（仓）如何舍得呀……（拭泪）

刘　邦　你母子自有相逢之时，听寡人旨下！

〔**【闪锤】**刘邦先看戚姬，再看周昌，右手抖袖。

〔西皮摇板〕

刘　邦（过门同前）　1 ^{5}3 3 3 3. 5 1 2 3 (4 6 3 2 3 7

爱 卿 不 必 泪 淋 淋，

（右手摆动两下）

6 5 5 5) 3 2 2 1 2 1 2 2 5 6 1 -

母 子 何 如 暂 离 分。

（右手按掌）

(3 2 1 6 2 1 1 6 5 5 5) 2 1 3 2 2. 1 1 2

吩 咐 周 卿 传 旨 意，

(3 2 1 6 1 2 1 6 5 5 5) 6 2 1 1 3 2 1 2 2 1 - ‖

快 宣 如 意 进 宫 廷。

（右手指出）

周　昌　万岁有旨，赵王如意进宫！

〔如意内白：“领旨。”

〔**【闪锤】**如意从“上场门”上。

〔西皮摇板〕

如　意（过门同前）　3. 6 5 7 ^{7}6 6 5 7 - 6

奉 王 宣 召 入 宫 禁，

（拱手）

(6 5 3 5 6 5 3 2 1 1 6 5 5 5) 3. 6 5 5 3 5

整 衣 快

（进门）

父王宣召儿臣何事？

刘 邦 寡人命你前往赵国，周昌保你前去，若无我的（右手抚胸）旨意不可进京，你母子就此分别了吧！（挥手、痛苦地摇头）

如 意 母妃请上，儿臣就要拜别了！（跪）

戚 姬 哦！（仓）你我母子就要分别了！**【大锣叫头】**儿呀！想你父王心无主见，立我儿为太子，不想又听信四皓之言，将我儿贬为赵王，你（指如意）此番去往赵国，无有你父王（拱手）的旨意千万不可进京！（摆动右手）我儿此去不知何日才得还朝，那吕后（右手指出）与我（右手抚胸）母子结下仇恨（右手按掌点动四下）。你来看！**【撕边一击】**（右手水袖向上翻折成折袖，如意看戚姬）

如 意 看什么？（双手摊掌）

戚 姬 你父王年迈，倘有不测……（泣不成声）你我母子就无生路的了哇……（哭）

〔**【紧锤】**戚姬将如意扶起。

〔西皮快板〕

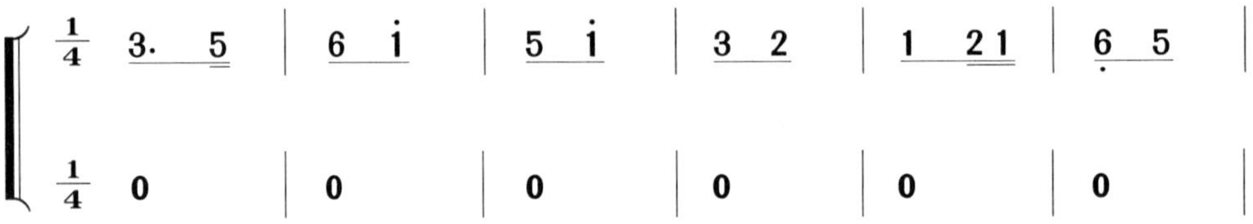

戚 姬

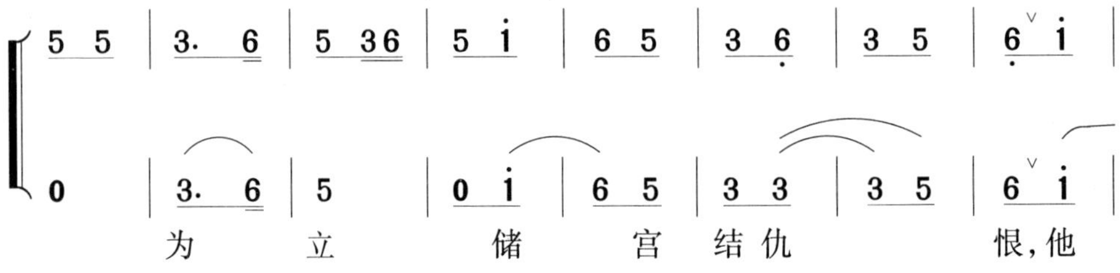

（右手按掌）

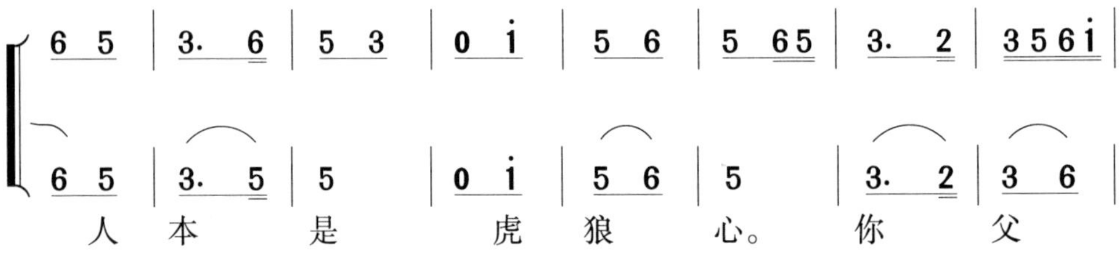

（右手指出）

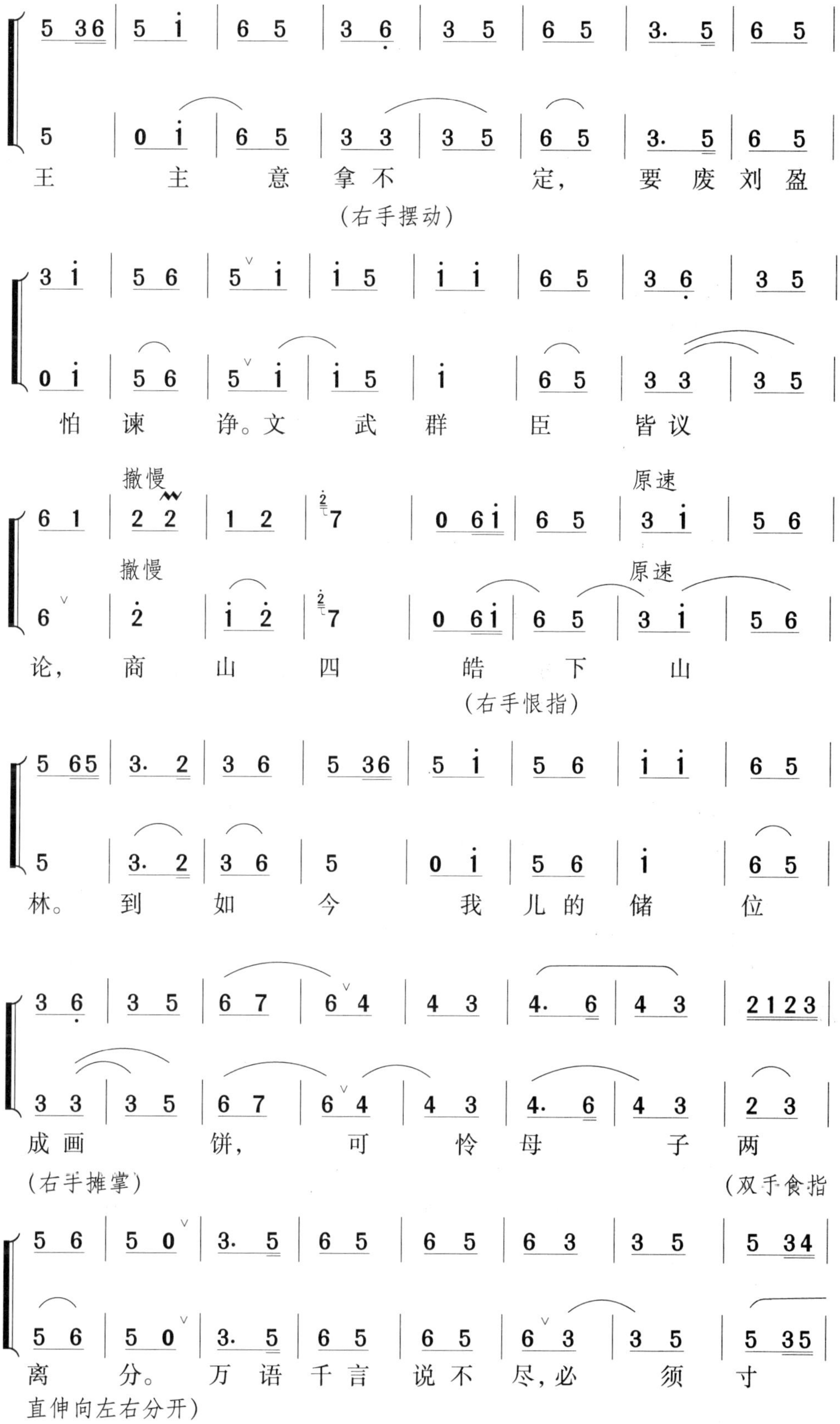
王 主 意 拿 不 定, 要 废 刘 盈
(右手摆动)
怕 谏 诤。文 武 群 臣 皆 议
撤慢
原速
论, 商 山 四 皓 下 山
(右手恨指)
林。 到 如 今 我 儿 的 储 位
成 画 饼, 可 怜 母 子 两
(右手摊掌)
(双手食指
离 分。 万 语 千 言 说 不 尽, 必 须 寸
直伸向左右分开)

慢收

| 3 5 | 6 2 | (2)7 6 | 5 1 1·1 | 6535 | 6561 | 5 – ‖

慢收

| 3 5 | 6 2 | (2)7 6 | 5 1 | 6 5 | 6· 1 | 5 – ‖

步 你 要 留 神。

（右手按掌点动两下）

如 意 母妃！（拱手）

〔【纽丝凤点头】双手抖袖、提袖。

〔西皮散板〕

サ 3· 6 5 7 6 5 6 3 5 6（4 3· 5 6 –）

母 子分离苦难 尽， （仓）

（双手摊掌）

1 5 5 6 5 1 5 6 5（2 3 6 5）

宫 中 有 了 对 头 人。 （仓）

（右手指出）

3· 6 5 5 7 6 5 6 3 5 6（4 3· 5 6 –）

母 亲 步 步 要 谨 慎， （仓）

（拱手）

3· 6 5 6 6 5 1 6 5 3 (5)3 5 – ‖

莫 中 他 人 巧 计 行。

（右手按掌）

〔【大锣凤点头】看如意，伤心地点点头。

〔西皮散板〕

戚 姬 （过门同前） 1 1 3 3· 6 5 7 6 3 5 6

周 卿 正 直 忠 心 耿，

（6· 5 3 3· 5 6） 1 5 3 1 6 5 1 6 5 3 5 –

（仓） 戚氏 含 悲 跪 在 埃 尘。

（面向周昌双膝跪地）

（2 3 6 5 –） 1 1 – 3· 6 5 5 6· 1 3 5 6 0

如 意 全 凭 你 照 应，

（拱手）

1̇ 0 ∨ 1̇. 2̇ 6 5 5. 5 4 5 6 5 4 3 2 3 5 –
生 生 死 死 不 忘 恩。
（摆右手）

周 昌 娘娘！

〔【大锣凤点头】周昌躬身将戚姬扶起。

〔西皮散板〕

（过门同前） 6̣. 2 1 1 3 2 1 3 2（ 6̣. 1 2 ）
娘 娘 不 必 细 叮 咛，
（拱手）

3 2 2 1 2 1 3 2 1（ 7̣ 6̣ 2 1 – ）
周 昌 岂 做 不 忠 臣。 （仓）

2 2 1 5 3 2 ∨ 2 1 2 2 –
赵 王 随 我 出 宫 廷，
（左手指出）

〔【大锣凤点头】周昌拱手，意请如意速行。

〔西皮散板〕

如 意 （过门同前）3. 6 5 6 6 ∨ 5 – 3. 5 3 5 ∨ 6 – 6 5 –
母 子 分 别 好 伤 情。
（双手食指直伸，向左向右分开）

〔【大锣叫头】戚姬、如意同时向上翻折水袖。

如 意 （同时） 母妃！亲娘！喂呀亲娘……（拭泪）
戚 姬 如意！我儿！喂呀儿呀……

如 意 罢！（跺脚，双摊掌）（八仓）

〔【冲头】如意从“下场门”下，周昌随下。

〔戚姬紧追，望如意已去远。〔行弦〕

戚 姬 （悲切地呼）如意，娇儿……（右手举起抖动着）

〔哭头〕

（八 大台 顷 – 仓） サ 6 5 6 6 1̇（ 1 – 1. 2 4 3
啊， （ 仓 – 仓. 嘟 仓 仓
（右手向上撑袖） （向下抖袖后又向上撑起；左

2 1 7̣ 2 1 – ） 6. 7 6 5 5 35 3 5 6 – 6 – 5 –
仓 切 仓 0 ）我 的 儿 （呀）！
手水袖翻折在胸前成端袖） （拭泪）

〔【纽丝】戚姬依依不舍地摇摇头，分别将左右水袖抖下，再提袖。

〔西皮散板〕

戚　姬　（过门同前）3. 6　5　7　7. 2̇　5　6　7　6　3　5

眼　望　娇　儿　　　无　踪

（右手摆动）

6　（6. 5　3　3. 5　6）　i̇　i̇　-　6 5　5　3　5

影，　（仓）　相　逢　　必

6 5　4 3　2 3　5　（2　3　6　5）　3. 6　5

须　等　儿　春。　（仓）　母　子

（右手按掌）

5　7. 6　5　6　7　6 3　5　-　5　-　6　-

不　能　同　欢　幸，

（轻轻摇头）

〔【纽丝凤点头】戚姬进门见刘邦，又拭泪。

〔西皮散板〕

戚　姬　（过门同前）3. 6　5　i̇　6　3　4. 6　4 3　3. 5　3　5　-‖

可　叹　皇　家　不　如　民。

（右手摊掌后拭泪）

〔【大锣住头】刘邦见状，心中亦不悦。

刘　邦　梓童，寡人心中烦闷，你且歌舞一回，以消愁闷。（右手抚胸）

戚　姬　万岁！我儿远离，妾妃此时啊有心肠歌舞！（拭泪）

刘　邦　你敢抗旨不遵么？（指戚）

戚　姬　领旨！（躬身施礼）

〔【长锤】戚姬出门，望着刘邦独饮闷酒，伤心地从“上场门”下。

〔【长锤】四舞女从“上场门”上，站成“斜胡同”【撕边】戚姬更衣从“上场门”上。【长锤】戚姬斜线直走至左台口。左手向上撑袖、右手翻折水袖，【撕边】回头望刘邦独斟，心中有说不出的悲哀，伤心地向下甩左袖；将右袖搭在左臂上，向右转身竟想折回去，疾步向“九龙口”走去。四舞女在“九龙口”站一横排，蹲身、右手搭袖示阻拦。戚姬无奈。【长锤】转身走至右台口，右手向上撑袖、左袖搭右肩上，回头看刘邦，见刘邦神色恍惚，还在饮酒。右手水袖落下，左手水袖搭右臂上，反领半圈圆场归台中。四舞女此时“站门”。戚姬双手摊掌【长锤】切住。

〔【大锣夺头】戚姬双手甩袖，左手扬袖，右手盖袖，向左转身，左手向上撑袖，右手水袖搭在左肩上亮相看刘邦。

鱼藻宫

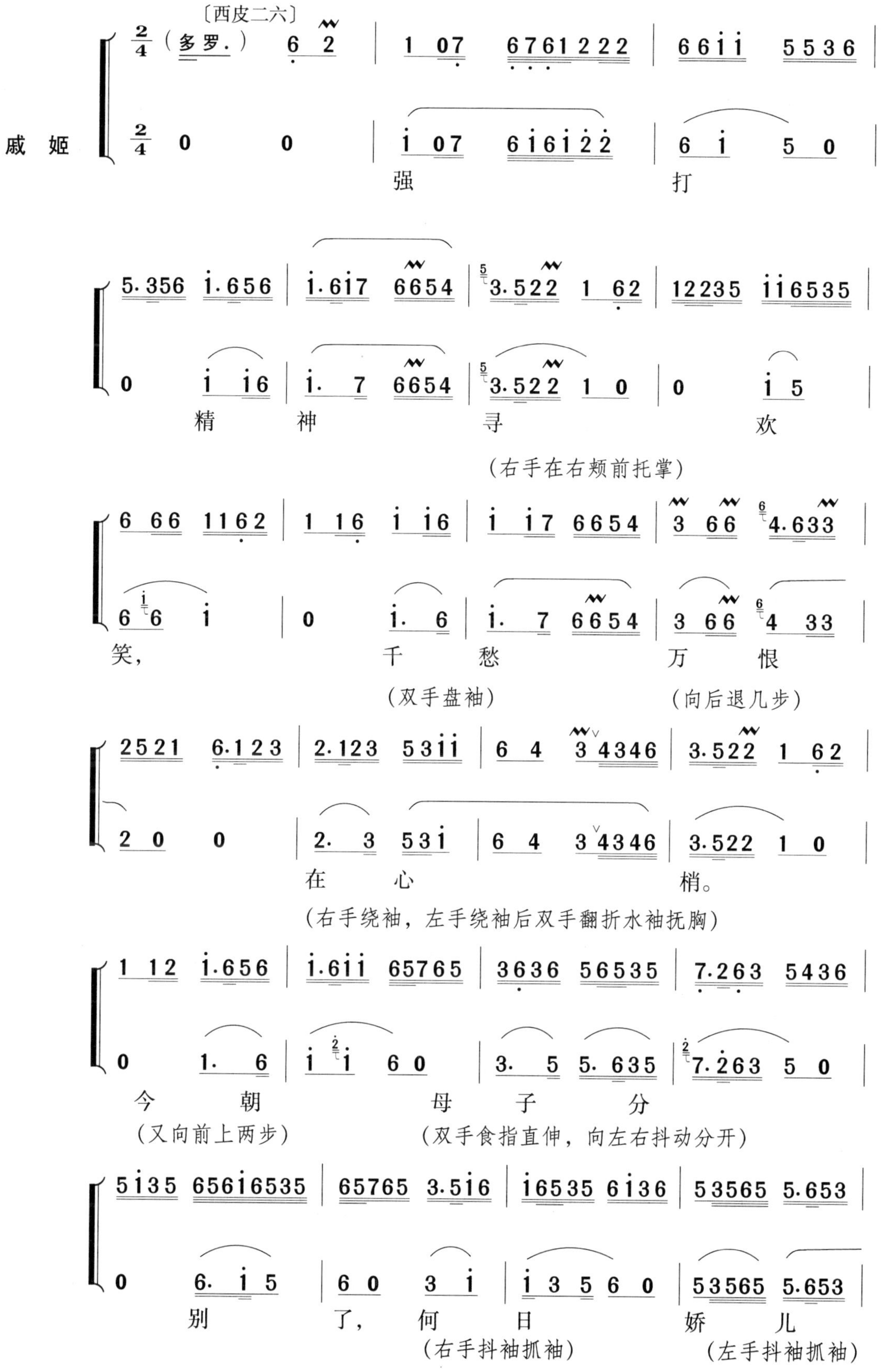
〔西皮二六〕
（多罗.）
戚姬
强 打
精 神 寻 欢
（右手在右颊前托掌）
笑， 千 愁 万 恨
（双手盘袖）
（向后退几步）
在 心 梢。
（右手绕袖，左手绕袖后双手翻折水袖抚胸）
今 朝 母 子 分
（又向前上两步）
（双手食指直伸，向左右抖动分开）
别 了， 何 日 娇 儿
（右手抖袖抓袖）
（左手抖袖抓袖）

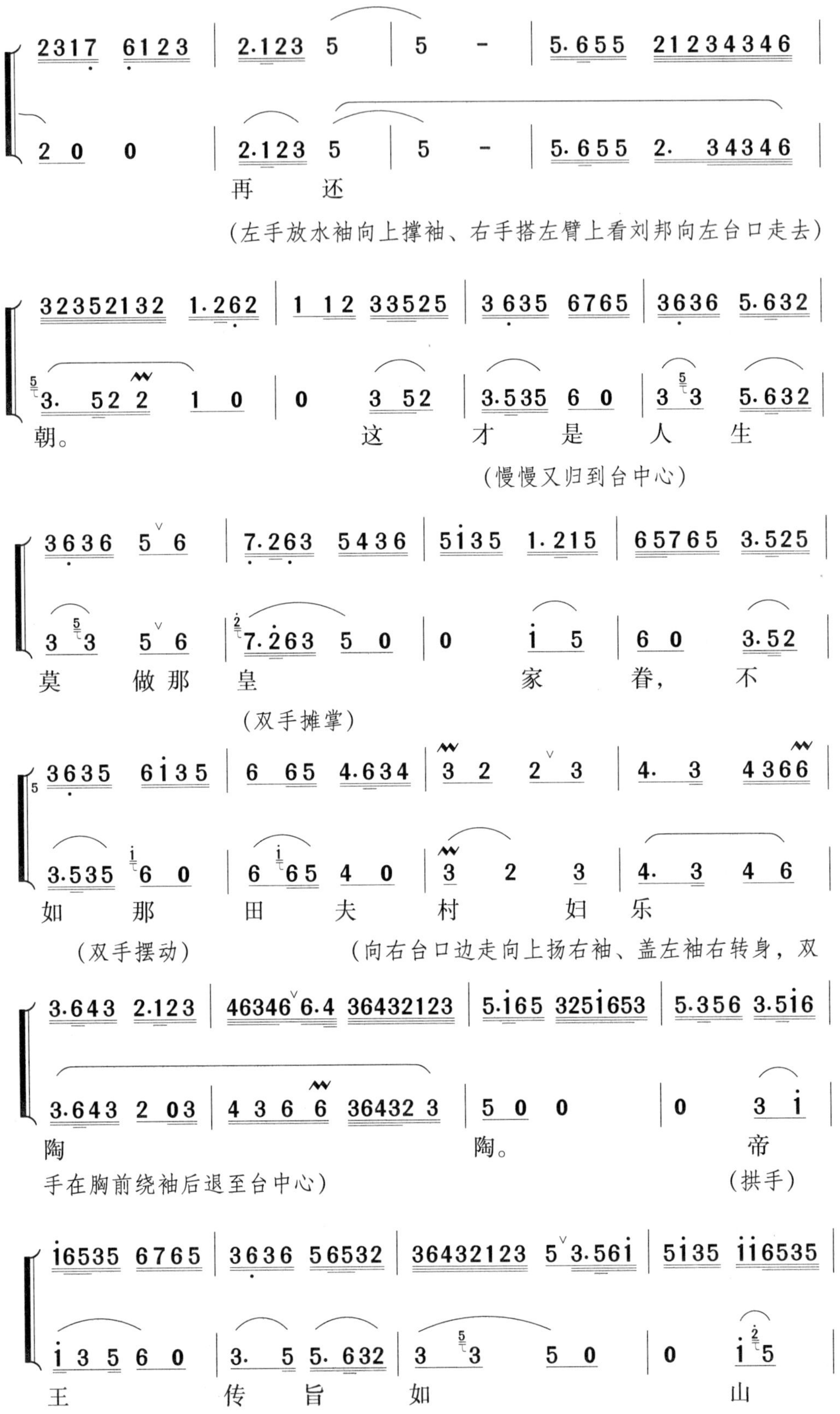
再 还
(左手放水袖向上撑袖、右手搭左臂上看刘邦向左台口走去)
朝。 这 才 是 人 生
(慢慢又归到台中心)
莫 做那 皇 家 眷, 不
(双手摊掌)
如 那 田 夫 村 妇 乐
(双手摆动) (向右台口边走向上扬右袖、盖左袖右转身,双
陶 陶。 帝
手在胸前绕袖后退至台中心) (拱手)
王 传 旨 如 山

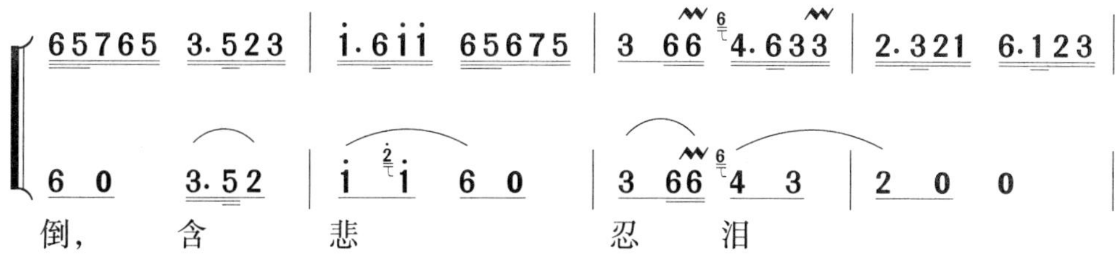

（右手在右颊前托掌）

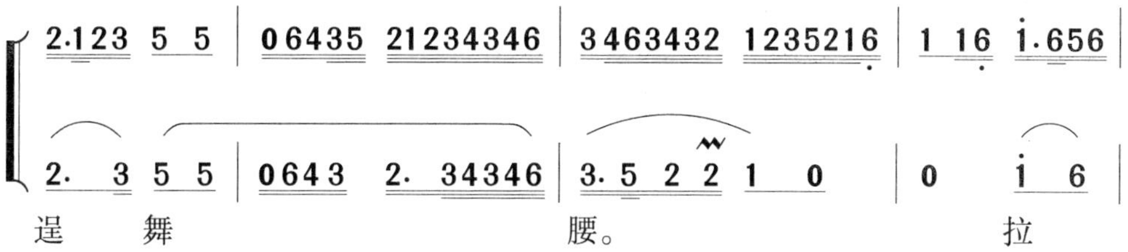

（向桌前走两步、右手左手扬袖两番）

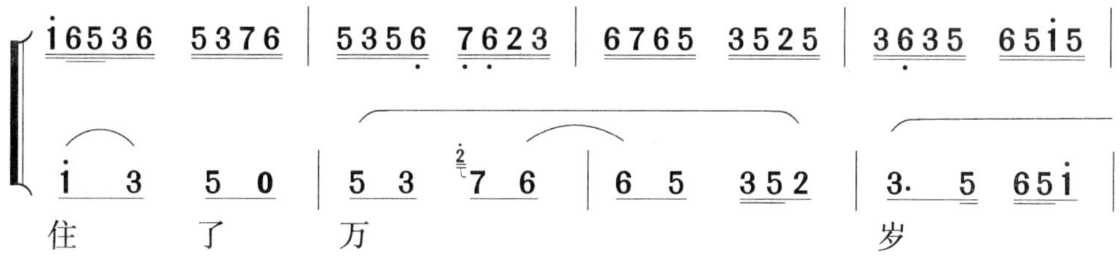

（归“大边”桌前向前拉刘邦左袖晃动两下，看刘邦神色木然）

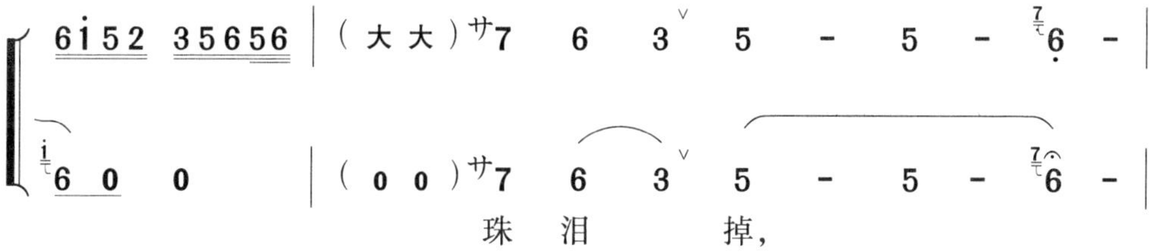

（抽泣） （拭泪）

刘　邦　快些歌舞上来！
「乐起。

（四舞女分别向左右搭袖，“二龙出水”，戚姬走“云手”，水袖盘旋成花状，随

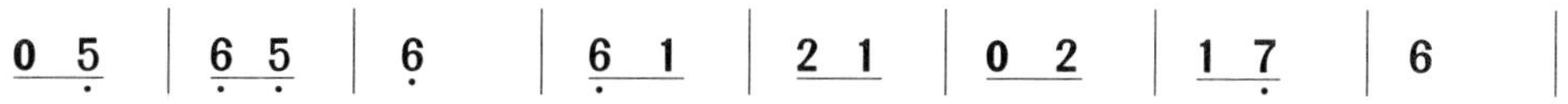

之向左原地转身，双手向下抖袖）

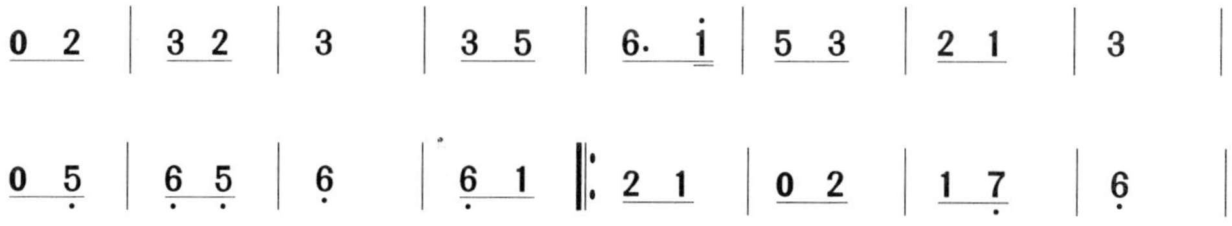

（四舞女走“插花”，戚姬在前台口，

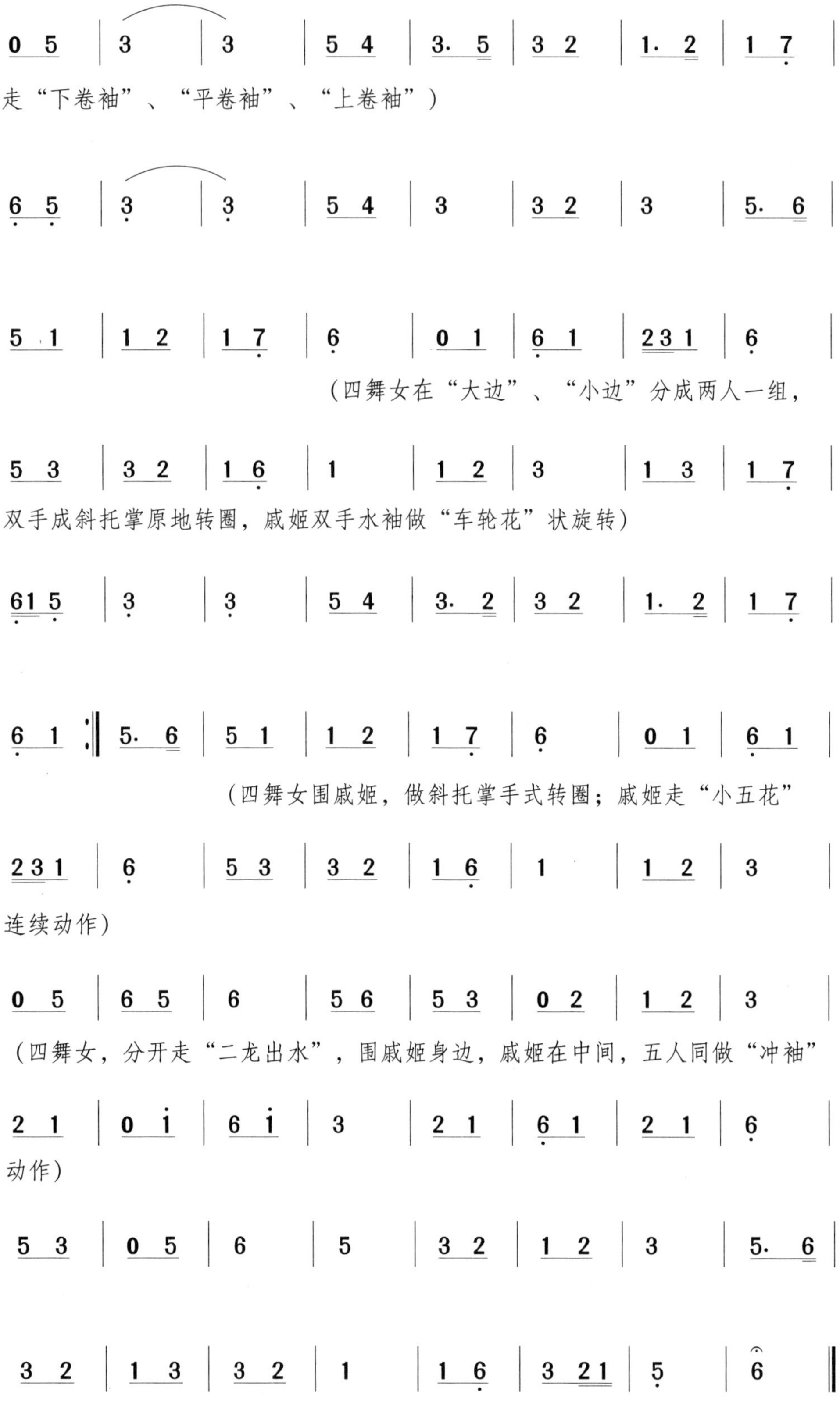
走“下卷袖”、“平卷袖”、“上卷袖”）
（四舞女在“大边”、“小边”分成两人一组，
双手成斜托掌原地转圈，戚姬双手水袖做“车轮花”状旋转）
（四舞女围戚姬，做斜托掌手式转圈；戚姬走“小五花”
连续动作）
（四舞女，分开走“二龙出水”，围戚姬身边，戚姬在中间，五人同做“冲袖”
动作）

〖【撕边】五人双臂平展连续走原地平转三圈，（八大仓）四舞女在戚姬四周走“卧鱼”亮住，同时戚姬在中间，走“云手”，转身，起“屁股坐子”变“卧鱼”，朝刘邦亮住相。

刘 邦 （开怀大笑）哈哈哈……（突感混身巨痛）唉哟哟……（连连摇头，一手扶头，一手扶胸）

〖【大锣凤点头】众人站起。宫娥“站门”。

〔西皮散板〕

6 2 1 3 2 2· 1 1 6 3 232 0 6 1 ‖

两 肋 疼 痛 难 动 摇。

〖【乱锤】戚姬见状，向前急扶，搀刘邦从“下场门”下。四宫娥先扯“斜门”，紧随戚姬，刘邦下。

第 五 场

〖【快长锤】四宫娥从“上场门”引吕雉上。四宫娥“站门”，吕雉归台中心。

〔西皮摇板〕

吕 雉 （过门同前）i i 3 3. 6 5 7 6 3 5 6（6 5 3 5

留 侯 妙 算 千 古 少，

（右手按掌）

6 5 3 2 1 1 6 5 5 5）i 5 6 6 6 5 5 3 5 - ‖

戚 氏 痴 心 一 旦 消。

（右手向外指出）

〖【冲头】大太监从“上场门”上。

大太监 启娘娘大事不好了！

〖【大锣一击】吕雉惊看大太监。

吕 雉 何事惊慌？（双手摊掌）

大太监 万岁爷病倒鱼藻宫。

〖【撕边一击】吕雉惊怒异常。

吕 雉 这都是戚姬不好！（右手恨指）宫娥摆驾！

〖【大锣凤点头】右手抖袖。

〔西皮摇板〕

3. 6 5 7 6 7 6 3 5 6（6 5 3 5 6 5 3 2

恼 恨 昏 王 行 无 道，

（摆右手）

1 1 6 5 5 5) i 6 5 5 3 5 6 6 5 5 3 5 -‖
荒 淫 酒 色 祸 自 招。
(双手摊掌)

〔【大锣水底鱼】吕雉抬手示意，四宫娥“插门”领起来走圆场。戚姬煎药在“上场门”台口，未注意一行人到此，四宫娥在“下场门”站“一条鞭”。戚姬倒药，未察觉吕雉到来。

吕　雉　戚氏！本宫来了。(仓)

〔戚氏焦心如焚未曾听见。

吕　雉　这贱婢好生可恨！宫娥！（示意抓）

宫　娥　是。

〔【撕边一击】二宫娥抓按，戚姬惊看跪地。

戚　姬　叩见娘娘。

吕　雉　贱人！（怒视）本宫唤你，你怎不应声？

〔【大锣叫头】戚姬拱手。

戚　姬　哎呀娘娘啊！万岁染病在床，命我在此煎药，娘娘呼唤，一时疏忽，未曾听见，望求娘娘恕罪！（欠身施礼）

吕　雉　想万岁之病，皆因你一人所起。（指戚姬）倘有不测，叫你吃罪不起！

戚　姬　这……

吕　雉　（指碗）这是什么？

戚　姬　药已煎好，娘娘请看。

吕　雉　拿来！

戚　姬　是。（捧药给吕雉）

吕　雉　无有本宫宣召，不许你进宫。

戚　姬　是。

吕　雉　正是：

〔【大锣住头】吕雉捧药看戚姬，戚姬忙低头。

昏王贪酒色，性命恐难留。

〔【大锣打下】吕雉捧药从“下场门”下，四宫娥随下。

〔【小锣一击】戚姬站起。

戚　姬　（伤感地）唉！

既在矮檐下，怎敢不低头。（右手摊掌，拭泪）

〔【大锣打下】戚姬从“下场门”下。

第　六　场

〔刘邦内白：“搀扶！”

〔【小锣夺头】二太监从“上场门”上，“站门”。

鱼藻宫

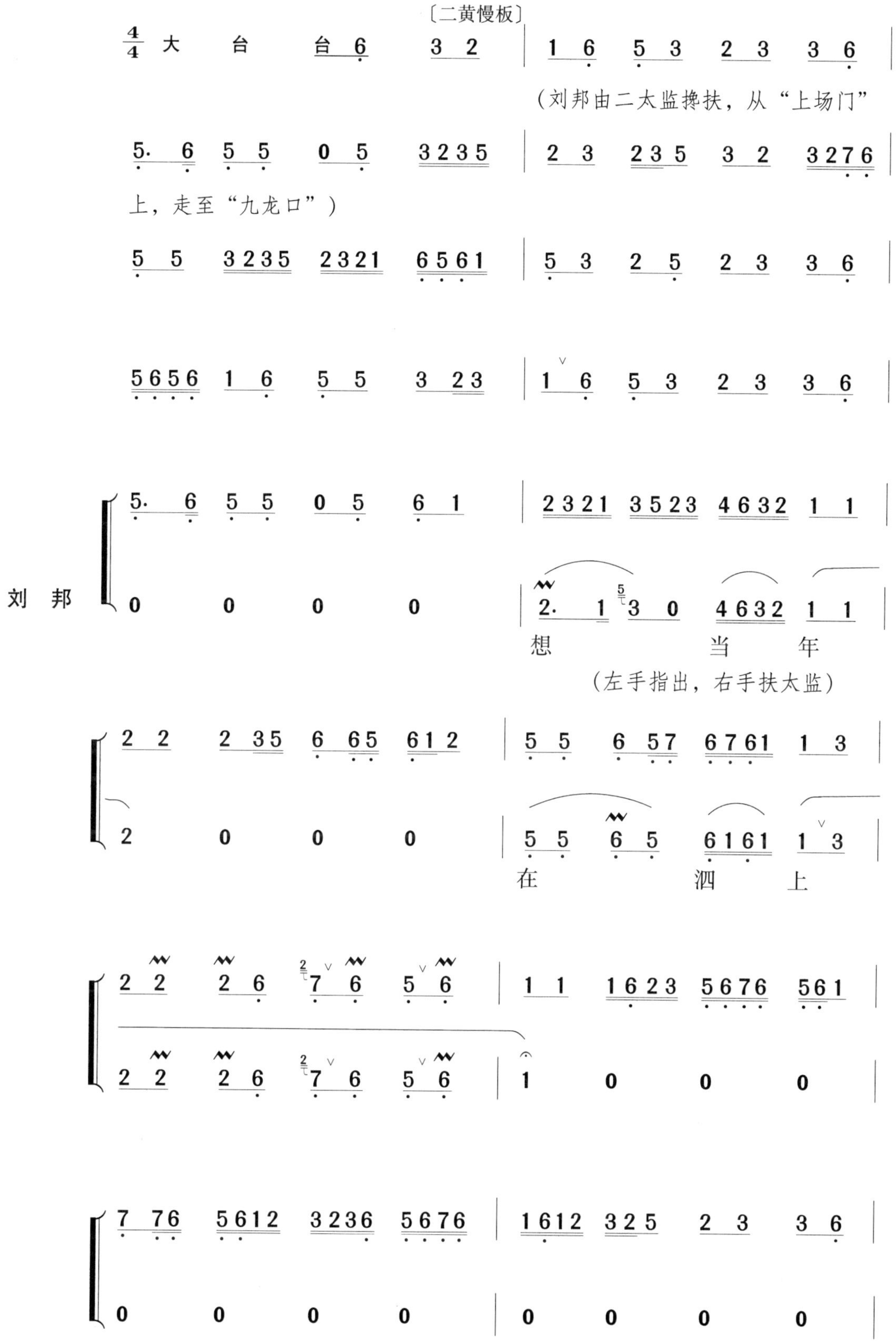

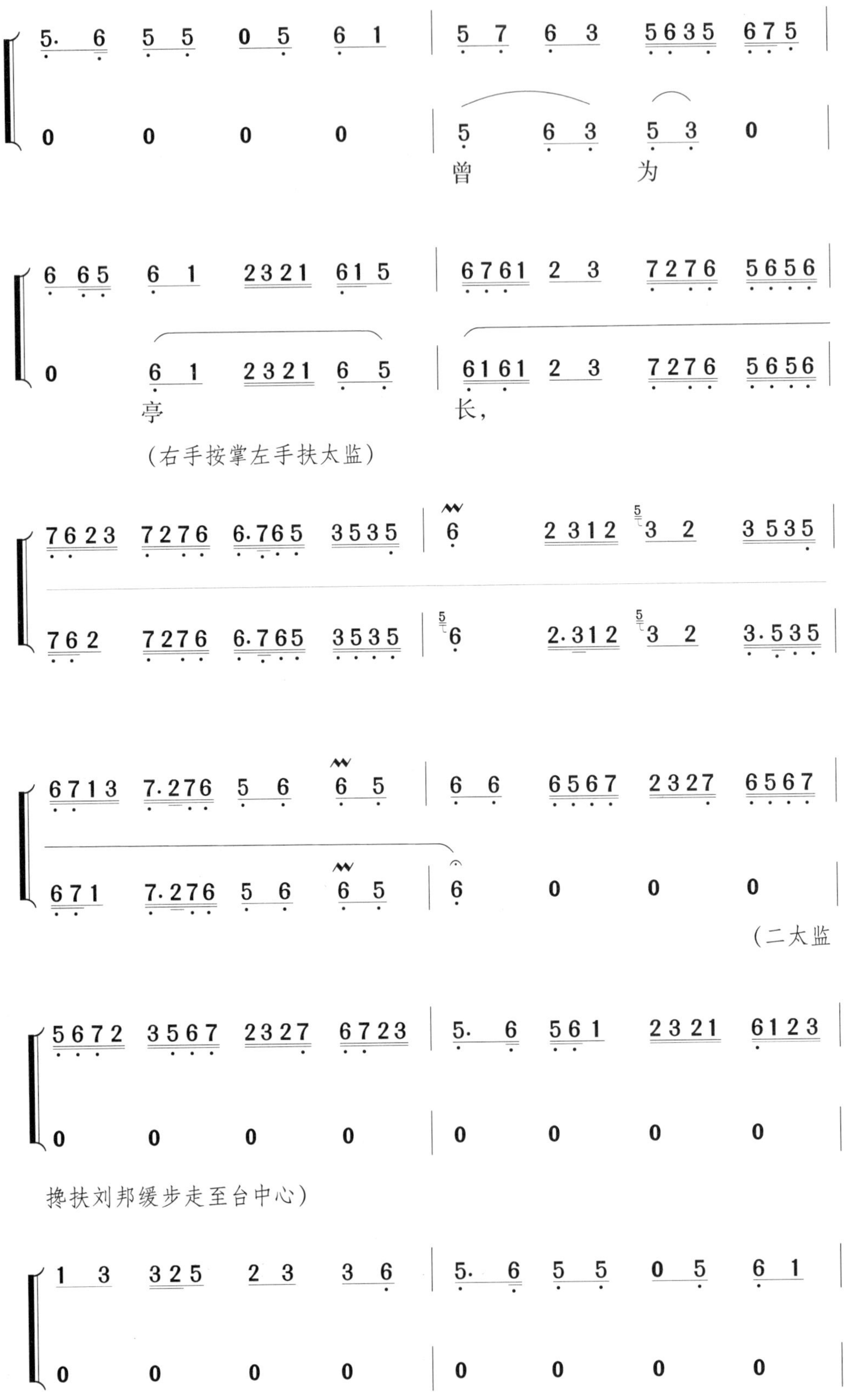
曾
为
亭
长，
（右手按掌左手扶太监）
（二太监
搀扶刘邦缓步走至台中心）

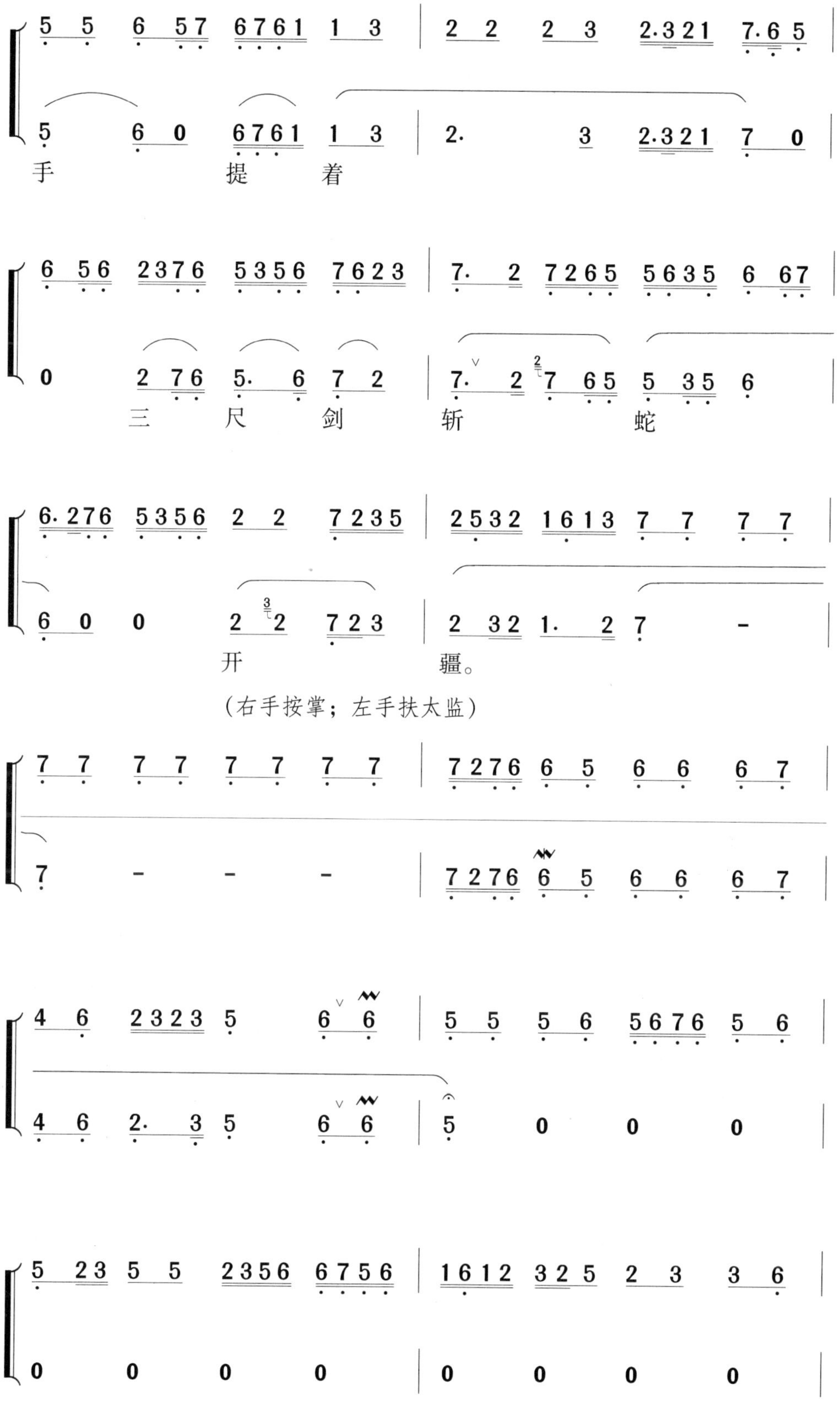
手 提 着
三 尺 剑 斩 蛇
开 疆。
(右手按掌；左手扶太监)

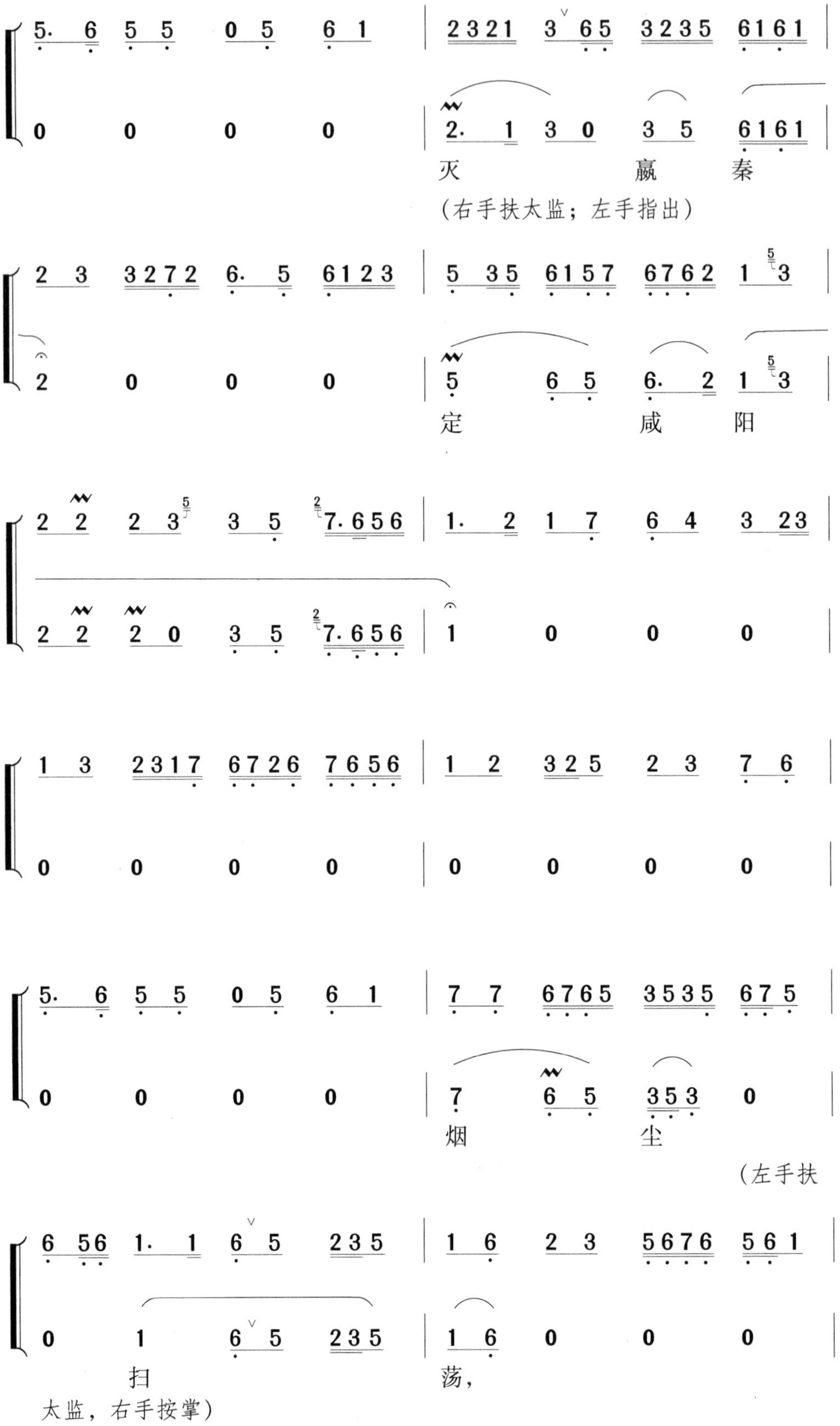
灭 嬴 秦
（右手扶太监；左手指出）
定 咸 阳
烟 尘
（左手扶
扫 荡，
太监，右手按掌）

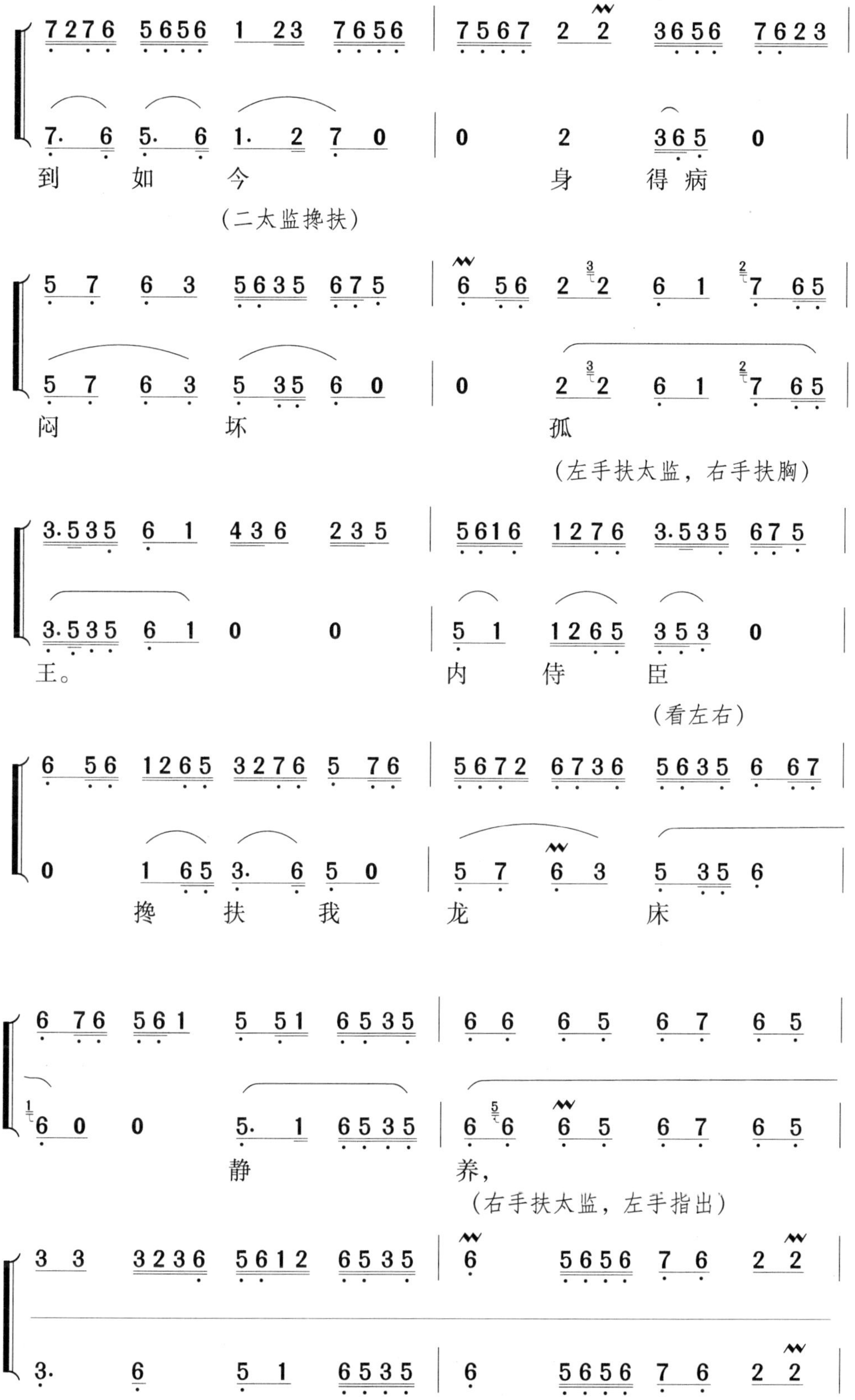
到 如 今 身 得 病
（二太监搀扶）
闷 坏 孤
（左手扶太监，右手扶胸）
王。 内 侍 臣
（看左右）
搀 扶 我 龙 床
静 养，
（右手扶太监，左手指出）

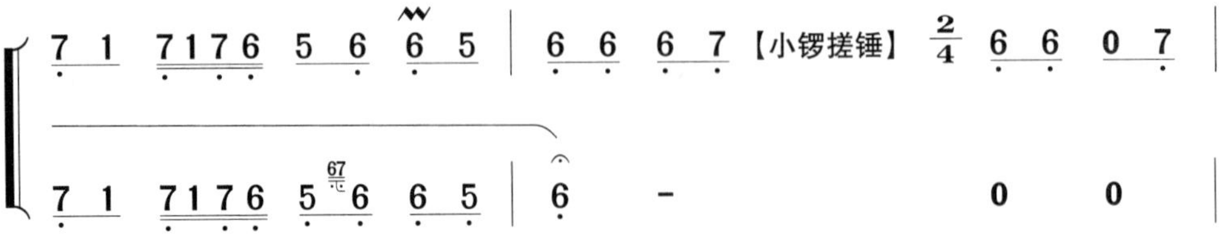

（右手扶桌，左转身，右手

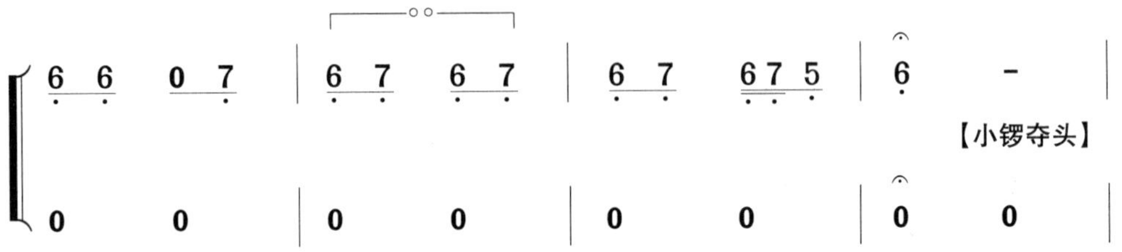

扶腰，二太监急扶，搀刘邦归“小座”。二太监往里归，四太监侍立两边）

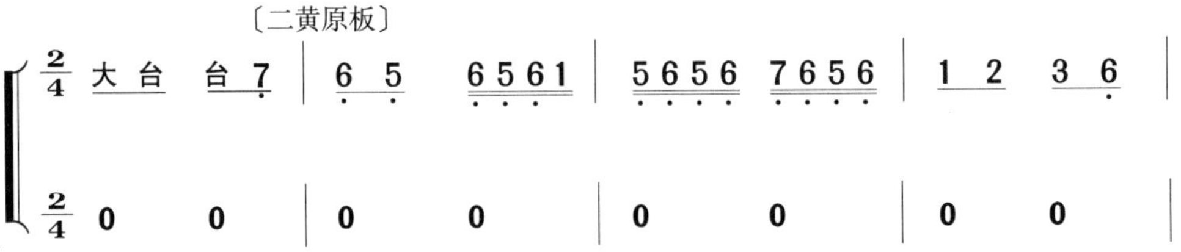

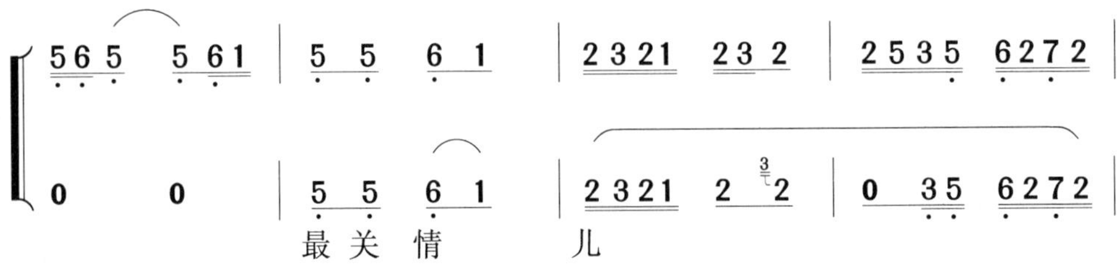

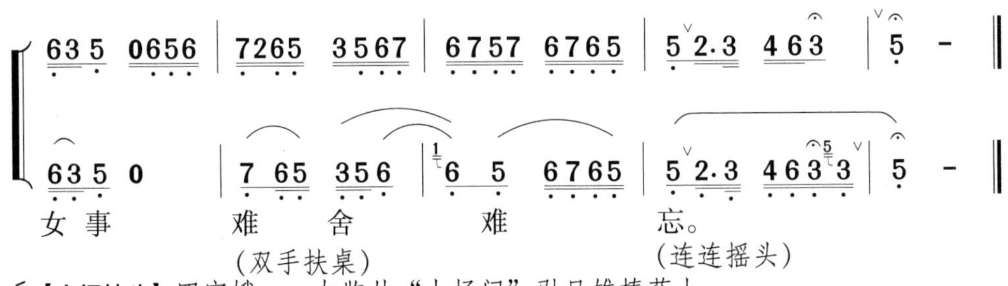

〔【小锣抽头】四宫娥、一太监从“上场门”引吕雉捧药上。

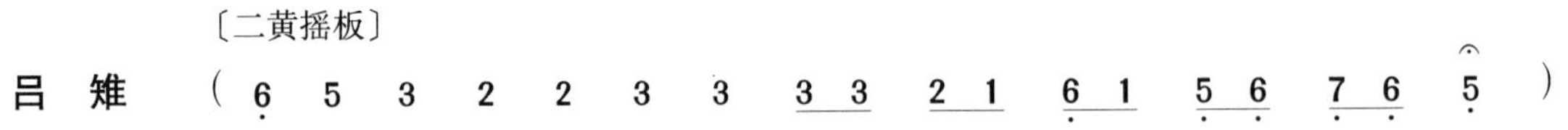

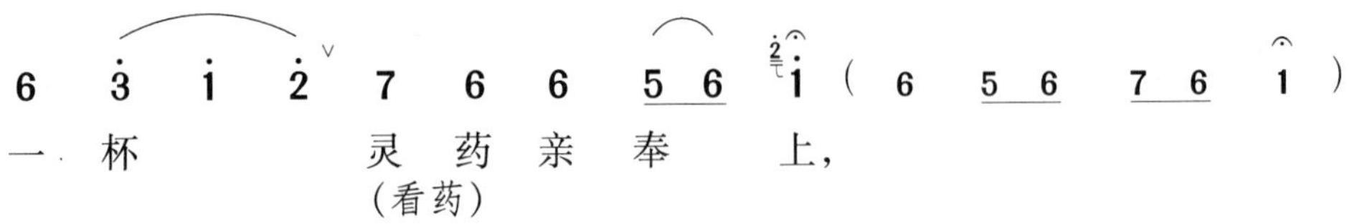

5 5 6 7 7 6 6 5 3. 5 6 5 (5. 6 7 6 5 –)
患 难 夫 妻 情 义 长。
（进门，四宫娥“挖门”，“站门”）

吕 雉　臣妾吕雉见驾，吾皇万岁！（捧药一欠身）
刘 邦　平身赐坐。（抬头看）
吕 雉　谢座。（坐“大边”跨椅）万岁病体如何？
刘 邦　病入膏肓，不济事矣！（摇头）
吕 雉　药已煎好，万岁请用。
「【小锣一击】吕雉往桌上放药，刘邦一看，摇头。
刘 邦　草根、木皮焉能治我之病！
「【小锣一击】吕雉略思。
吕 雉　万岁倘有不测，陈平、周勃哪个能保皇儿的江山？（左手摊掌）
刘 邦　陈平虽然足智多谋，不能独任大事！（摆右手）
吕 雉　（欠身）臣妾记下了。（右手抚胸）
刘 邦　梓童！（看吕）我死之后，你还要好好看待戚姬！（右手按掌）
吕 雉　想万岁（拱手）之病，皆由戚姬所起，（左手向外指）倘万岁龙御上宾①，臣妾先杀戚姬。（右手向左指）
刘 邦　只怕也由不得你！来！宣太子入宫。
太 监　万岁有旨，太子进宫！
「【小锣五击】刘盈从“上场门”上，走至右台口。
刘 盈　父王（拱手）得疾病，
令人（右手抚胸）常挂心。
「【小锣一击】进门。
儿臣刘盈见驾，父王万岁！（跪）
刘 邦　平身。
刘 盈　（站起侍“小边”）父王病体如何？
刘 邦　哎呀儿呀！（双目焦急盯住刘盈）【大锣五击】（抬右手招呼）为父看看不济事矣！我死之后但有一件？（右手食指直伸）
刘 盈　哪一件？
刘 邦　你母后与戚姬母子仇如山海，他二人的性命要你保护。（右手按掌）
刘 盈　儿臣遵命！（欠身施礼）
刘 邦　好哇！【人锣凤点头】

〔二黄散板〕
サ（ 6 5 3 2 2 3 2. 1 6 6 – 5 – ）

① 龙御上宾：此指皇帝晏驾（驾崩），即死去。

1 1 2 3. 6 5 2 1 2 1 （6 7 6 1）

我 儿 可 算 能 孝 顺，

（右手按掌）

1 2 3 1. 2 3 2 1 3 3 2 - （5 6 1

父 死 黄 泉 也 甘 心。（仓）

（右手抚胸）

2 - ） 3. 6 5 5 7 6 - 2 1 2 1 2

内 侍 与 我 传 旨 意，

（看太监）

3. 2 1 2 3 - 2 3 2 1 6. 1 2 - ‖

宣 戚 姬 进 宫 廷。

（右手指出） （昏厥）

太　监　万岁有旨，戚娘娘进见。

〖【纽丝】戚姬从“上场门”上，至右台口。

〔二黄散板〕

戚　姬　（过门同前）3 2 - 2 2 2. 3 7 6 6 2 2 1（6 7 6 1 -）

堪 叹 繁 华 如 春 梦，（仓）

（右手摊掌）

2 2. 3 7 6 5 6 2 7 6 5 3 5 6 - 5 - ‖

悲 欢 只 在 瞬 息 中。

（右手按掌）

〖【大锣住头】戚姬进门，站“小边”；吕雉坐“大边”。

戚　姬　戚姬见驾吾皇万岁！（跪）

〖【撕边一击】刘邦不应，戚姬惊。

啊娘娘……万岁不应声？

吕　雉　（站起）你前去唤来！（右手指戚）

戚　姬　是。（欠身施礼）

〖（大）（大）吕雉怒视戚姬，二人“推磨”，戚姬归“大边”桌前。【小锣一击】

戚　姬　啊，万岁，妾妃来了！

〖【撕边一击】刘邦不应，戚姬惊怕。

戚　姬　啊，娘娘，万岁他还是不应！

吕　雉　万岁（拱手）倘有差错，我定不与你甘休！（戚姬害怕地看着吕雉）

〔【小锣一击】吕雉左手恨指戚姬。

你要高声唤来！

〔【小锣一击】二人“推磨”，戚姬归“小边”。

戚　姬　（着急地看吕雉，点头应声）是。啊万岁！万岁！

〔【撕边一击】戚姬近前看，见刘邦气息全无，大惊。【大锣叫头】戚姬拱手。

哎呀，娘娘，万岁他他他…… （看刘）升天去了！（右手指出。拭泪）

吕　雉　待我看来！（右手抚胸）

〔【冲头】走近桌前，右手扶鬓看。

吕　雉　万岁！（推刘）（八大仓）哎呀万岁！万岁啊……（哭）

戚　姬　（同哭）万岁啊……

吕　雉　（怒视戚姬）不许你哭！（站台中）

〔【撕边一击】右手恨指戚姬，戚姬悲伤、惊怕地望着吕雉。

戚　姬　（抽泣）……不哭。（跪“小边”）

刘　盈　（见状）母后！父王尸骨未寒，母后不可如此！（急摆双手）

吕　雉　（指刘盈）不用你多口，你料理后事去吧。

刘　盈　将先王遗骸，抬至白虎殿。

〔四太监抬刘邦下。刘盈哭叫：“哎呀父王啊……”随太监下。

吕　雉　宫娥，（仓）（左右一看）与我锁了！

〔【纽丝】宫娥“上场门”下，拿铁链复上，用铁链锁在戚姬身上。戚姬哭泣。

〔二黄散板〕

戚　姬　（过门同前）6 3̇ i̇ 2̇ 6 2̇ 7 6 6 3 5 6 i̇（6̣ 7̣ 6̣ 1）5 5 6 7 7. 2̇ 7 6 6 5 5 6. i̇ 5 -

入宫见忌无好受，（右手摊掌）何况蛾眉久有仇。（左手按掌）

（3 2. 1 6̣ 5̣ -）3. 6 5 6 6 6. 3 5 6 i̇ - 7 6 3. 5 3 5 6 6 5 - 【大锣凤点头】

跪在尘埃忙叩首，娘娘（啊）！（拱手）（拭泪）

〔二黄散板〕

（过门同前）2̇ 2̇. 3̇ 7 6 5 6 2̇ 7 2̇ 6

无言可辩我只

（摇头）

$\dot{2}$	$\underline{7.\ \dot{2}}$	$\underline{6\ 5}$	5	6	6	$\overset{\frown}{5}$	-	‖
哀			求。					

（右手摊掌）

戚　姬　【大锣叫头】（双手向上翻折水袖，拱请式）哎呀娘娘啊！只求饶了妾身，情愿在娘娘身旁作个侍人，早晚（仓）侍候！

〔【撕边一击】吕雉冷眼看戚姬。

吕　雉　先王在世，你怎么不出此言？

戚　姬　妾身知罪，只求娘娘开恩。（磕头）

吕　雉　你既愿服侍于我，待我与你取个名字。（右手指戚）

戚　姬　贱妾原有名字。（右手抚胸）

吕　雉　（冷笑地）你的名字用不着了！（略思）我想彘者猪也，你虽然是个人，毫无廉耻，却是与猪一样，（左手指戚，戚低头）我（右手抚胸）与你取名人彘。（右手指戚姬）

戚　姬　【小锣一击】（感到难堪，一愣）这个……

吕　雉　（前上一步）哪个！？（右手推掌）

戚　姬　这……多谢娘娘取名。

吕　雉　你既然是一只猪，以后不许双足行路，只许爬伏而行。（右手按掌）

戚　姬　这……贱妾遵命。

吕　雉　宫娥将人彘牵往永巷，叫她舂米，不许轻放。（甩右袖）

〔【一锤锣】宫娥手拉锁链牵戚姬从“下场门”下。吕雉从桌上拿圣旨一道。

吕　雉　内侍！

大太监　有！

吕　雉　与你御旨一道，宣召赵王如意进京，不得有误！（递旨）

大太监　（接旨）领旨。

〔【小锣一击】大太监从“下场门”下。吕雉双手背袖，胸有成竹地点头。

吕　雉　宫娥，宣叔孙通太傅进宫！

宫　娥　娘娘有旨，宣叔孙通太傅进宫！

〔叔孙通内白：“领旨！”

〔【小锣一击】叔孙通从“上场门”上，【小锣一击】进门。

叔孙通　臣叔孙通见驾，太后千岁！（欠身施礼）

吕　雉　卿家平身，命你速往赵国召回周昌，不得有误！

叔孙通　领旨。

〔叔孙通从“下场门”下。

吕　雉　正是：（右手抖水袖）

〔【大锣五击】吕雉向前走两步，众宫娥“站门”。

要解心头恨，（右手抚胸）

拔去眼中钉。（右手向外恨指）

〔【大锣原场】吕雉双手抖袖，向左转身，宫娥扯成“斜门”，双手背袖从“下场门”下，四宫娥“窝下”。

第七场

〔【快长锤】四校尉从“上场门”上，“站门”。如意从“上场门”上，走至“九龙口”。

〔西皮摇板〕

如 意 （7 6 5 5 5 3 6 5 5 3 2 1 2 6 5 5 5）

i 5 5 7 6 6 3 5 7 7· 2 6 –
先 王 晏 驾 龙 归 海，
（拱手）

〔【闪锤】走至台中心。

〔西皮摇板〕
（过门同前）3· 6 5 6 6 5 i 5 6 5（6 5 3 6 5 5
逖 密 八 音 万 民 哀[①]。
（右手按掌）

3 2 1 1 6 5 5 5）i 5 7 6 6 6 5 – 6 –
心 在 皇 宫 身 在 外，
（左手指出）

〔【闪锤】向左转身归“外场座”。四校尉两边侍立。

〔西皮摇板〕
（过门同前）3· 6 5 3 5 6 5 6 5 3 5 – ‖
惦 念 母 妃 常 挂 怀。
（拱手后右手抚胸）

〔【闪锤】如意归“外场座”，四校尉侍立两旁。周昌从“上场门”上，走至右台口。

〔西皮摇板〕

周 昌 （过门同前）1 3 1 3 2 2· 1 1 2（3 5 2 1 6 1
事 有 万 般 人 难 解，
（双手摊掌）

---

① 逖密八音万民哀：疑为“遏密八音”之误。《书·舜典》：“帝乃殂落，百姓如丧考妣。三载，四海遏密八音。”意为尧死，天下举哀，停止作乐。后用“八音遏密”指国君去世。

2 2 ）3 2 2. 1 1 2 1 3 2. 3 2 1 1 ‖

无 端 御 诏 自 天 来。

（右手按掌）

〔【大锣住头】进门。

周　昌　启殿下太后御旨下。（欠身施礼）

如　意　香案接旨！（拱手，二人出门恭迎）

〔奏唢呐曲牌＜小傍妆台＞

（冬 冬 6 i | 5 32 | 5 6i | 5 3 | 5 i | 6 5 | 3 5 |

（四太监从“上场门”上。大太监捧旨随上。四太监进内。周昌、如意见旨欠身

3 2 | 1 | 1 2 | 1 2 | 3 2 | 1 | i | 6 |

施礼。四太监“站门”大太监站台中心，周昌、如意进门）

5 | 3 | 2 | 1 | 1 2 | 3 | 2 | 2 | 1 ）‖

大太监　御旨下。

〔周昌、如意跪。

大太监　宣读诏曰：“先王晏驾，太后思念赵王如意，宣召入京。”旨意读罢，望诏谢恩！

如　意　千千岁！

〔周昌、如意站起。

大太监　请过御旨！（如意接旨）

如　意　香案供奉。（递与一太监）

大太监　奴婢与千岁叩首。（跪，周昌站“大边”，如意归台中心）

如　意　起来！我且问你，先王晏驾之后，戚娘娘（拱手）安否？

大太监　戚娘娘（拱手）安泰。

如　意　先王晏驾不叫小王奔丧，太后（拱手）忽然宣召是何缘故？

大太监　只因太后思念殿下，因此宣召进京。

周　昌　公公，你且住口。想先王（拱手）晏驾不宣赵王进京奔丧，怎么今日忽然思念起来？想太后（拱手）与殿下久有仇恨，（右手按掌）其中定有缘故，你是休来瞒我，休来（看站“小边”的大太监）哄我！（抖右袖）

大太监　听你之言，莫非不叫殿下进京？

周　昌　要殿下进京却也不难，必须有戚娘娘（拱手）亲笔书信，方可进京。

〔【小锣一击】大太监怒。

大太监　你（指周）敢违抗懿旨不成？

〔【大锣一击】周昌怒视大太监。大太监语塞。

大太监　（蛮横地）违抗懿旨不成么！

〔【大锣一击】周昌右手指大太监。

周　昌　呸！【纽丝凤点头】

〔西皮散板〕

（过门同前）4 3 3 3 3 23 4 3 （6̣ 1 2 3）

听 一 言 来 火 烧 鬓，　（仓）

（右手在右颊前托掌）

1 3. 2 1 2 3. 5 1 3 2. 6 1 （7̣ 2

其 中 必 定 有 隐 情。　（仓）

（右手食指直伸向下划圈）

1 - ） 2 2 1. 5 3 2 2 1 3 2 -

人 来 与 我 将 他 打，

（向左右一看）

大太监　住了！（斥指周昌，周昌怒视大太监）

〔【撕边一击】大太监怒看周昌，向前欺一步。

大太监　我乃太后（拱手）所差，你们哪个敢打！

〔（八大仓）周昌双手抓袖、背袖、怒视。

周　昌　呸！（甩髯喝斥大太监）

〔【大锣凤点头】双手抖袖，怒火燃胸，大太监惊。

〔西皮散板〕

（过门同前）3 2 1 2 - 2. （3 4 3 21 6̣ 2 - ）

周 老 爷 亲 自

（右手扶胸）

3 2 1 1. 2 3 0 2 - 2 2. 1 6̣ 1 - ‖

来 掌 刑。

（右手抖动指出）

〔【大锣凤点头】周昌向两旁示意，四校尉将大太监按倒在地，一校尉取棍复上，交周昌手。

〔西皮散板〕

如　意　i̇ 5 7 6 7 6 3 5 6 （6. 5 3 3. 5 6 - ）

周 昌 生 来 忠 直 性，【撕边】　（仓）

〔周昌打大太监。

四校尉　（喊）一十！

〔西皮散板〕

如　意　3. 6　5　6　6　6 5　5 3　5　(2　3　6　5　-　)
一　片　丹　心　照　古　今。　(仓)
(右手抚胸)

〔周昌打大太监。

四校尉　(喊) 二十!

〔西皮散板〕

如　意　i　5　7　6　6　6　3 5　6　(4　3　5　6　-　)
责　打　阉　奴　用　御　(呀)　棍!　(仓)
(周昌打大太监，四校尉喊：“三十!”)

3. 6　5　6　6　4　-　3　6. 7　4 3　3　3　5　-
要　问　宫　中　隐　秘　情。
(右手按掌)

四校尉　四十打完!

〔**【撕边一击】**大太监磕头告饶。

大太监　受刑不起，愿招……

周　昌　不招我还是打!

〔**【大锣一击】**周昌举棍。

大太监　(跪禀)先王晏驾 (拱手)，太后记起前仇，将戚娘娘打入永巷，生命危在旦夕了!

如　意　(惊急) 哎呀!

〔(**八大仓**) 昏厥坐“外场座”。

〔**【大锣导板头】**周昌向前照料。

〔西皮导板〕

(　6　-　5.　i　3　2　7　6　2　1　-　)

i　5　5 7　6　7　6 3　5.　6　7　7. 2　6
母　亲　永　巷　遭　囚　禁，

〔**【冲头】**站起。**【大锣叫头】**拱手。

母妃! 娘娘! 唉亲娘啊……

〔**【纽丝】**如意痛苦地拭泪。

〔西皮散板〕

(　7　6　6　5　i　3　2　2. 1　7　6　2　1　-　)

〔【大锣叫头】如意摇头，抬右手。

哎呀卿家呀！我母被囚，待我速速回朝舍命搭救！倘若救不得我母…… （抽泣）我情愿死在一处！（右手按掌）

周　昌　（急拦）殿下进京，岂不是白白送了性命（双手摊掌），万万去不得！

〔【撕边一击】周昌急忙摆动双手。

如　意　难道坐视不理不成？（双手摊掌）

〔【撕边一击】如意心如火焚望着周昌。

周　昌　这个…… （右手捋髯思考）

〔叔孙通内白："太后旨下！"

〔【撕边一击】周昌一怔。右手抓袖。

周　昌　怎么太后又有旨下？香案接旨！

〔奏唢呐曲牌〈小傍妆台〉，四红龙套从"上场门"引叔孙通捧旨上。四龙套"挖门"、"站门"，叔孙通展开圣旨，乐止。

叔孙通　周昌接旨！

周　昌　臣。（跪）

叔孙通　宣读诏曰："太后有旨，命周昌进京朝见！"旨意读罢，望诏谢恩！

周　昌　千千岁！（站起接旨递校尉）

叔孙通　参见殿下！（躬身施礼）

如　意　太傅请坐！

叔孙通　谢座。

〔【大锣住头】叔孙通、如意分"八字"入坐。

叔孙通　殿下（拱手）可知宫中之事？

如　意　小王已经知晓（点头），正要进京搭救母亲！（拱手）

叔孙通　殿下进京，岂不是羊入虎口？

周　昌　着哇！（以右拳击左掌心）

如　意　（急）你二人不许小王进京救母，待我碰死了吧！

〔【撕边一击】二人急拦。

周　昌　殿下不必如此，待臣进京，保全戚娘娘性命！

〔【撕边一击】如意看周昌。

如　意　如此请上，受我一拜！

〔【纽丝凤点头】如意撩袍下跪。

〔西皮散板〕

（过门同前）3. 6　5　7　6　6　6　3 5　6
跪　在　尘　埃　泪　滚　滚，
（双膝跪地）

（4　3　5　6）　i　5　5　6　5　i　5 6
（仓）　先　生　可　算　大　忠
（拱手）

5（2　3　6　5）3. 6　5　5　7　6　7
臣。（仓）　入　朝　拜　见　承

6　3 5　6　－（6. 5　3　3. 5　6）3. 6　5
宣　命，　望　你
（右手按掌）

5　3　i　6　4.　6　4 3　2　3　3　5　－
保　全　我　母　亲。
（叩首）

〔【大锣凤点头】周昌跪搀如意，二人站起。

〔西皮散板〕

周　昌　2　2　1　2　2　1.　2　3　2　－
千　岁　且　把　心　放　定，
（拱手）

〔【纽丝】四红龙套引叔孙通从“下场门”下，周昌走至左台口，右转身看恭送出门的如意。

周　昌　6. 2　1　2　2　1　2 1　6.　1　6　1　－
昼　夜　回　朝　莫　消　停。
（左手指向如意示意，如意点头）

〔【大锣打下】周昌从“下场门”下；如意归到“大边”椅座。

如　意　哎！母妃哇……（拭泪）

〔【小锣一击】大太监见状，计上心头。抬左手至右台口。

大太监　哎呀慢着！趁那周昌进京，待咱家花言巧语，将赵王诓进宫去（右手按掌），岂不是大功一件吗（右手赞美指）？我就是这个主意！（回身向如意）殿下既然思念戚娘娘（拱手），何不进京啊？（双手摊掌）

如　意　只恐太后加害于我。

大太监　想那周昌此番进京，焉能救得了戚娘娘（拱手），依奴婢之见，殿下遵旨进京，苦苦哀求太后，（拱手）奴婢在旁保奏（右手按掌），保管救得了戚娘娘，殿下（拱手）放心！

如　意　这……哎呀！（略思，下定决心）

〔【大锣五击】如意站起，右手高举起。

如　意　事到如今，我（右手抚胸）也顾不得许多了（摆右手），带马伺候。

〔【纽丝凤点头】示意招手带马。一校尉下，拉马复上。

〔西皮散板〕

如　意　i 5 5 7 6 ˅ 6 5 6 7 - 7. 2 6 -

明 知 虎 穴 也 要 奔，

（右手指出）

〔【纽丝】二校尉带马，如意、大太监出门上马。四校尉、四太监"插门"从"下场门"下，大太监随下。如意举马鞭走至左台口，向右转身，右手横握马鞭亮住相。

〔西皮散板〕

3. 6 5. 6 6 ˅ 5 6 6 5 - ‖

见 娘 一 面 也 甘 心。

（右手抱鞭拱请式）

〔【一锤锣】如意左转身，打马，从"下场门"下。

第 八 场

〔【小锣五击】甲老从"上场门"上，走至台中心。

甲　老　（念）昔日蒙皇上，（拱手）

今封看永巷。（右手指出）

想昔日蒙哄老王有功，吕后命我看守永巷。（右手按掌）什么叫做永巷，唉，就是俗话说的冷宫（右手指出）。刚才听说，吕娘娘（拱手）得了一口人彘，说是稀奇的东西，要送到永巷，并且叫他舂米。我想彘者猪也，想必是口猪。我胡子都白了，没见过什么人彘？待他到来，老汉（右手托髯）倒要开开眼。

〔戚姬内白："苦哇！"

〔【纽丝】二宫娥押身披锁链的戚姬从"上场门"上，走至右台口。

〔二黄散板〕

戚　姬　サ（ 6 5 - 3 2 2 3 3 2. 1 6 - 5 - ）

（捋右水袖搭在左小臂一看，向下抖右袖）

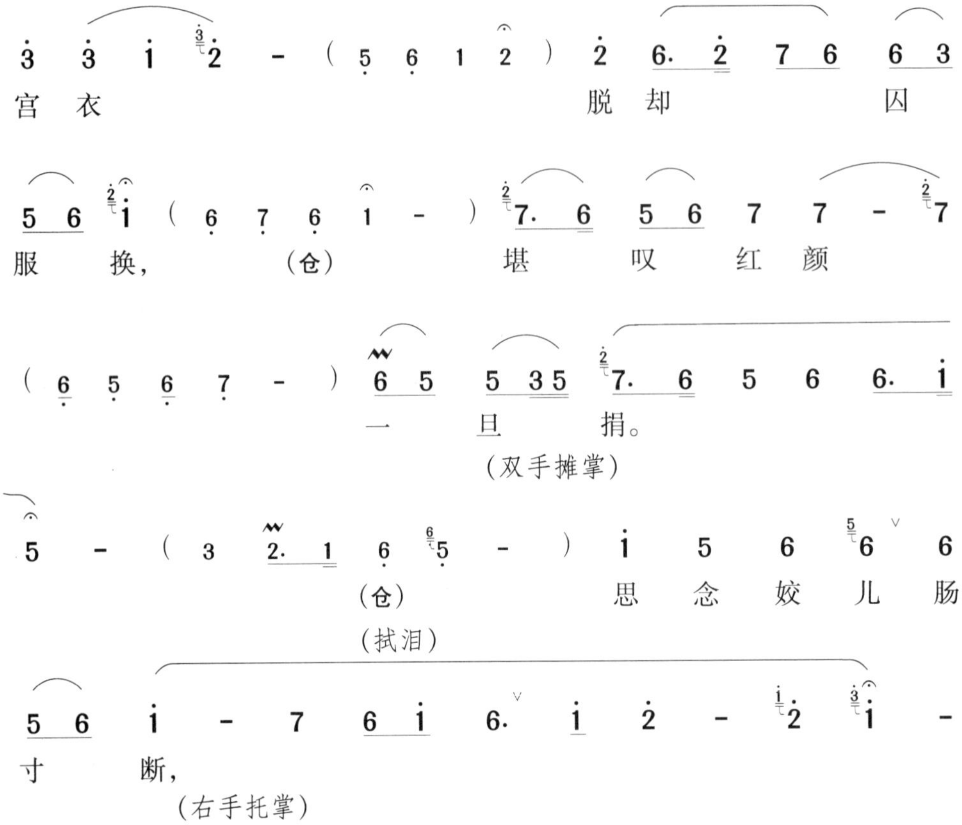

〔【纽丝】左手拿链，右手向后背袖，走一圆场，归到“小边”。

〔【大锣凤点头】右手扶鬓看甲老。

〔二黄散板〕

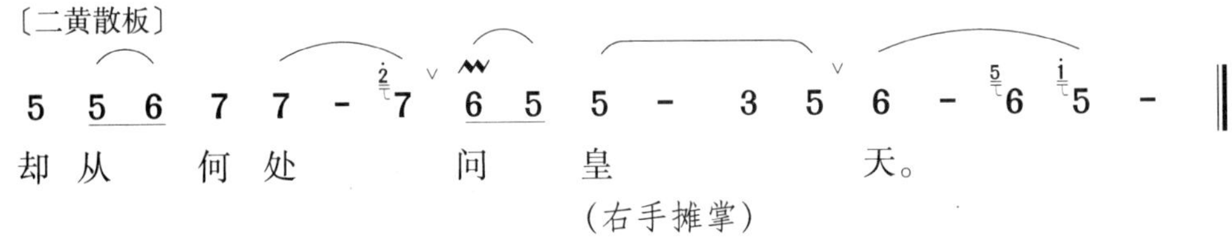

〔【大锣住头】看甲老。二宫娥从“上场门”下。

戚　姬　官长在上，人彘有礼。（跪）

〔【小锣一击】甲老看戚姬。

甲　老　哎哟！我只当人彘是口猪，敢情也是个人哪！

戚　姬　我本是个人。（低首答话）

甲　老　我也瞧你是个人（指戚），起来起来，（戚姬站起）我来问问你，你姓氏名谁，怎么得罪了太后（拱手）啦？把你不当人哪？（双手摊掌）

戚　姬　长官（拱手）若问，待我一面舂米，一面慢慢的申诉！（左手摊掌）

甲　老　你就说吧！

〔戚姬点点头。甲老左转身走到放在“大边”的椅子旁，坐下。

〔【小锣一击】戚姬左转身至舂米机前，右手翻折水袖上机。

戚　姬　哎，长官哪！（拱手，拭泪后，双手扶舂米机横杠）

鱼藻宫

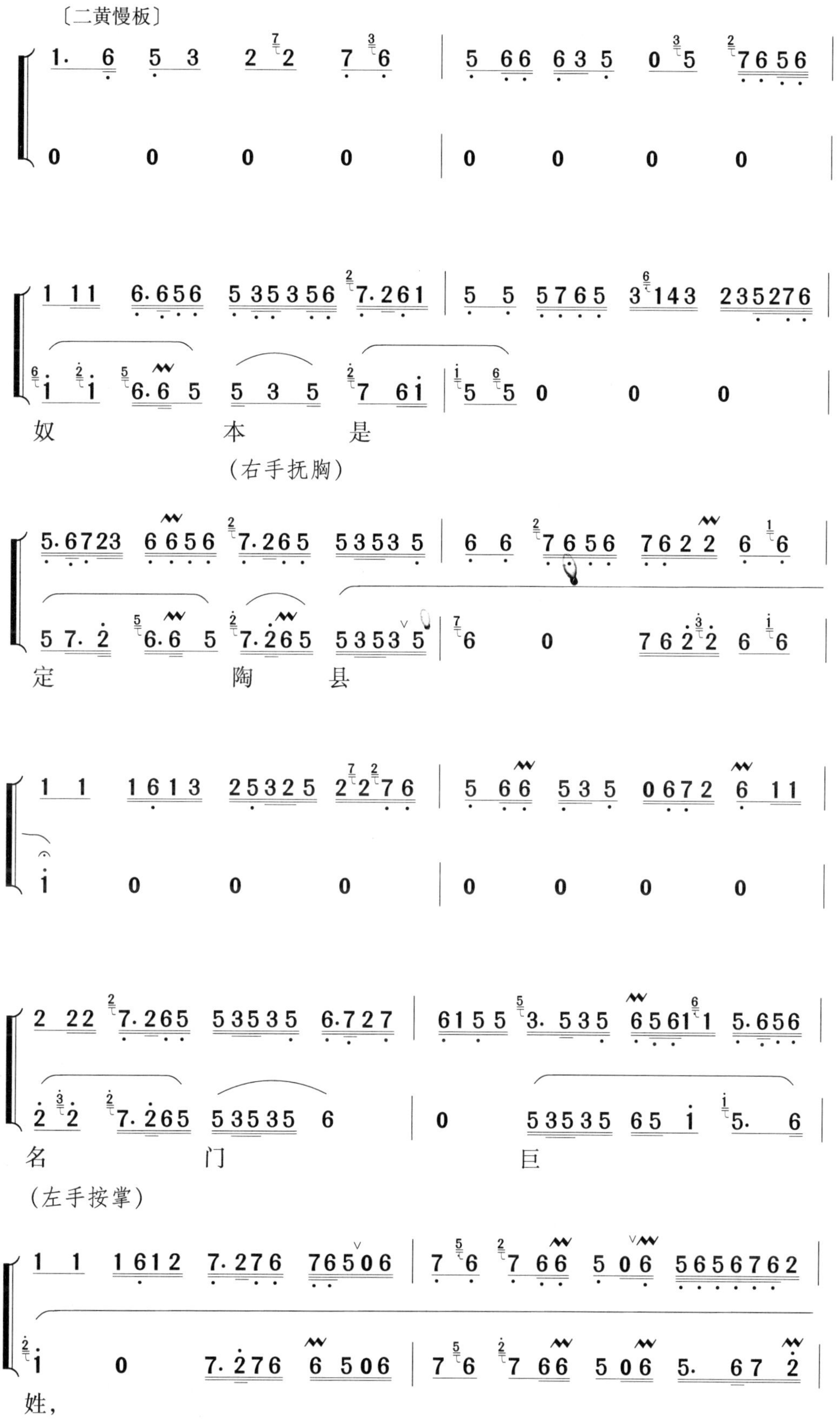

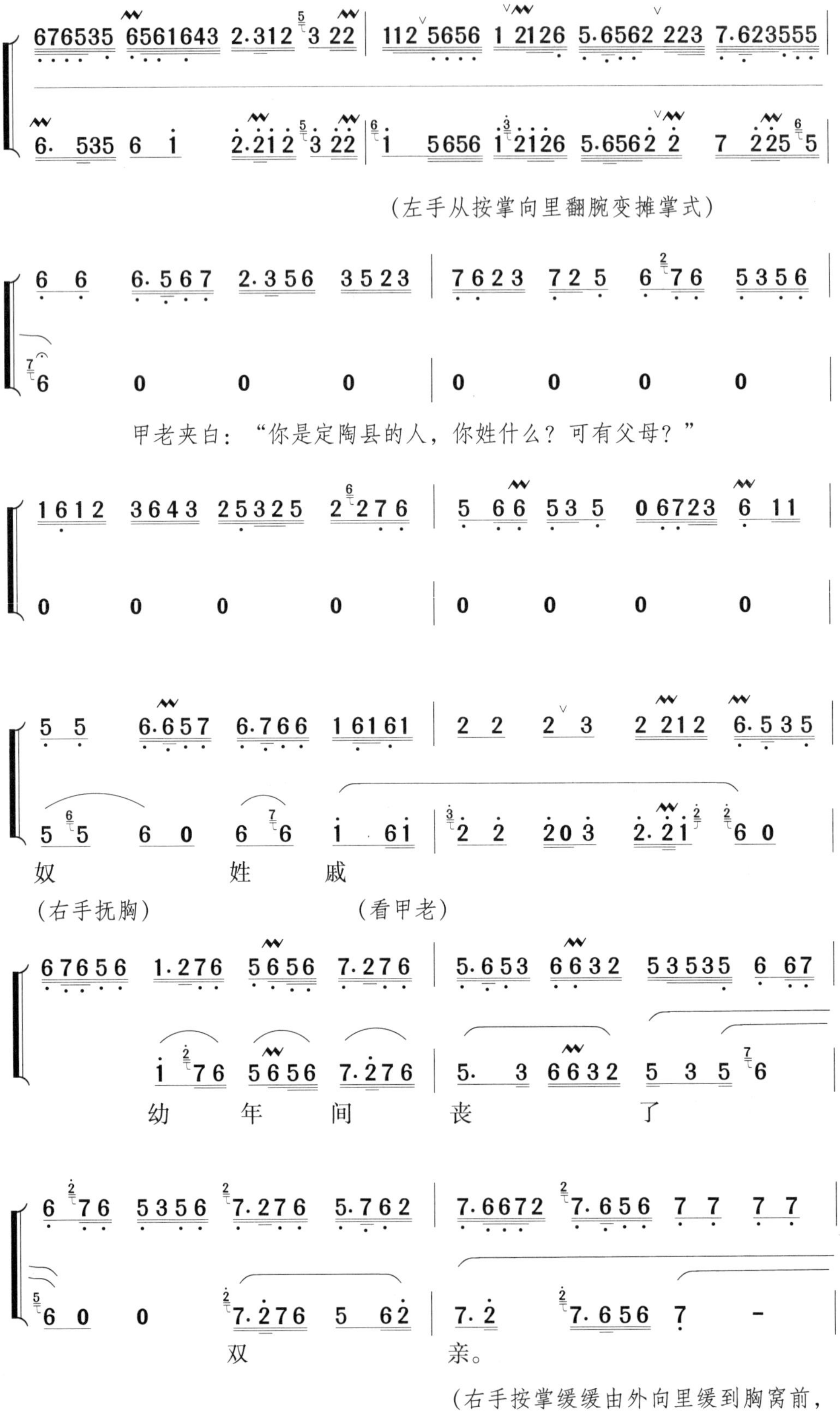
（左手从按掌向里翻腕变摊掌式）
甲老夹白：“你是定陶县的人，你姓什么？可有父母？”
奴 姓 戚
（右手抚胸）
（看甲老）
幼 年 间 丧 了
双 亲。
（右手按掌缓缓由外向里缓到胸窝前，

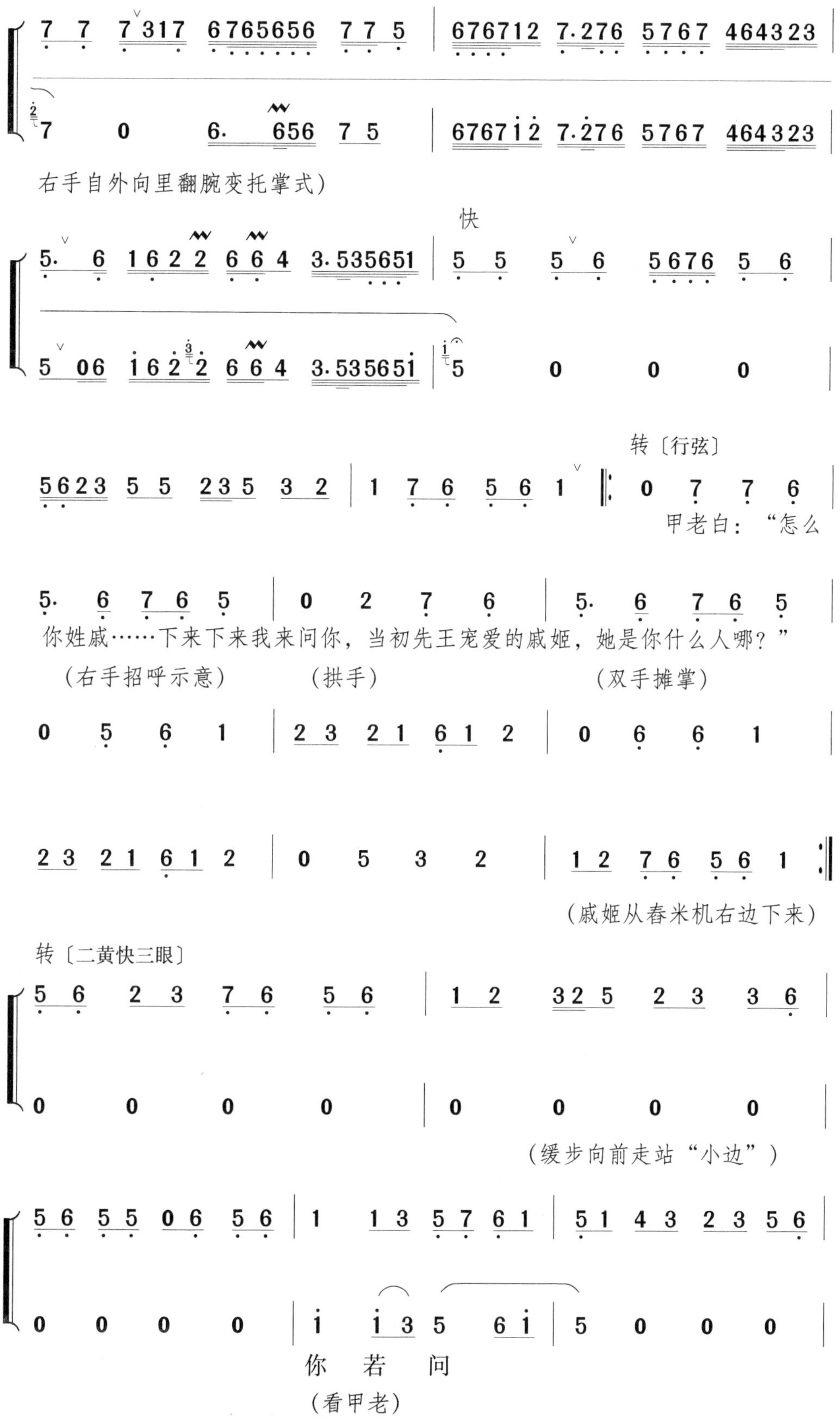
右手自外向里翻腕变托掌式）
快
转〔行弦〕
甲老白：“怎么
你姓戚……下来下来我来问你，当初先王宠爱的戚姬，她是你什么人哪？”
（右手招呼示意）
（拱手）
（双手摊掌）
（戚姬从舂米机右边下来）
转〔二黄快三眼〕
（缓步向前走站“小边”）
你 若 问
（看甲老）

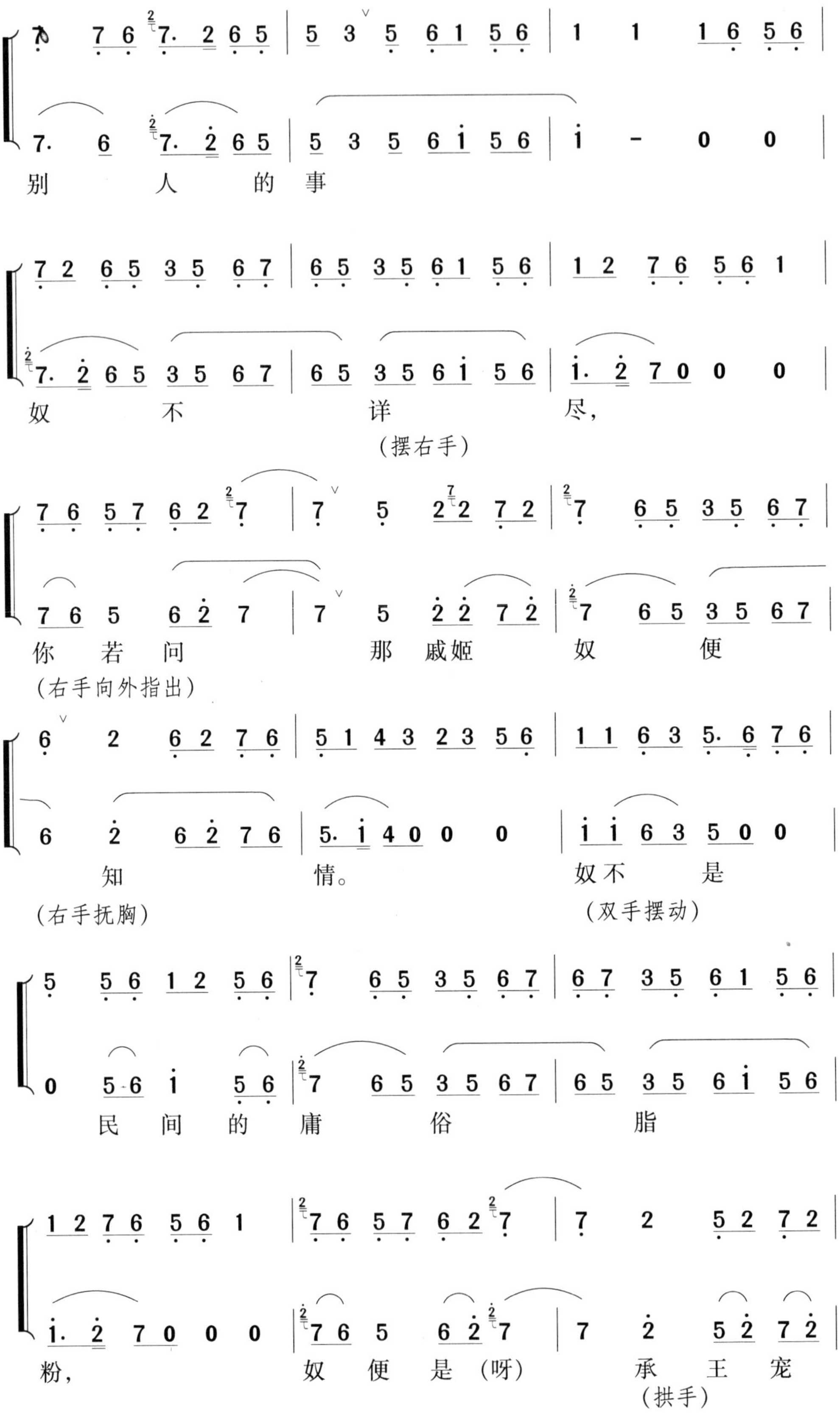
别人的事
奴不详尽，
（摆右手）
你若问那戚姬奴便
（右手向外指出）
知情。奴不是
（右手抚胸）
（双手摆动）
民间的庸俗脂
粉，奴便是（呀）承王宠
（拱手）

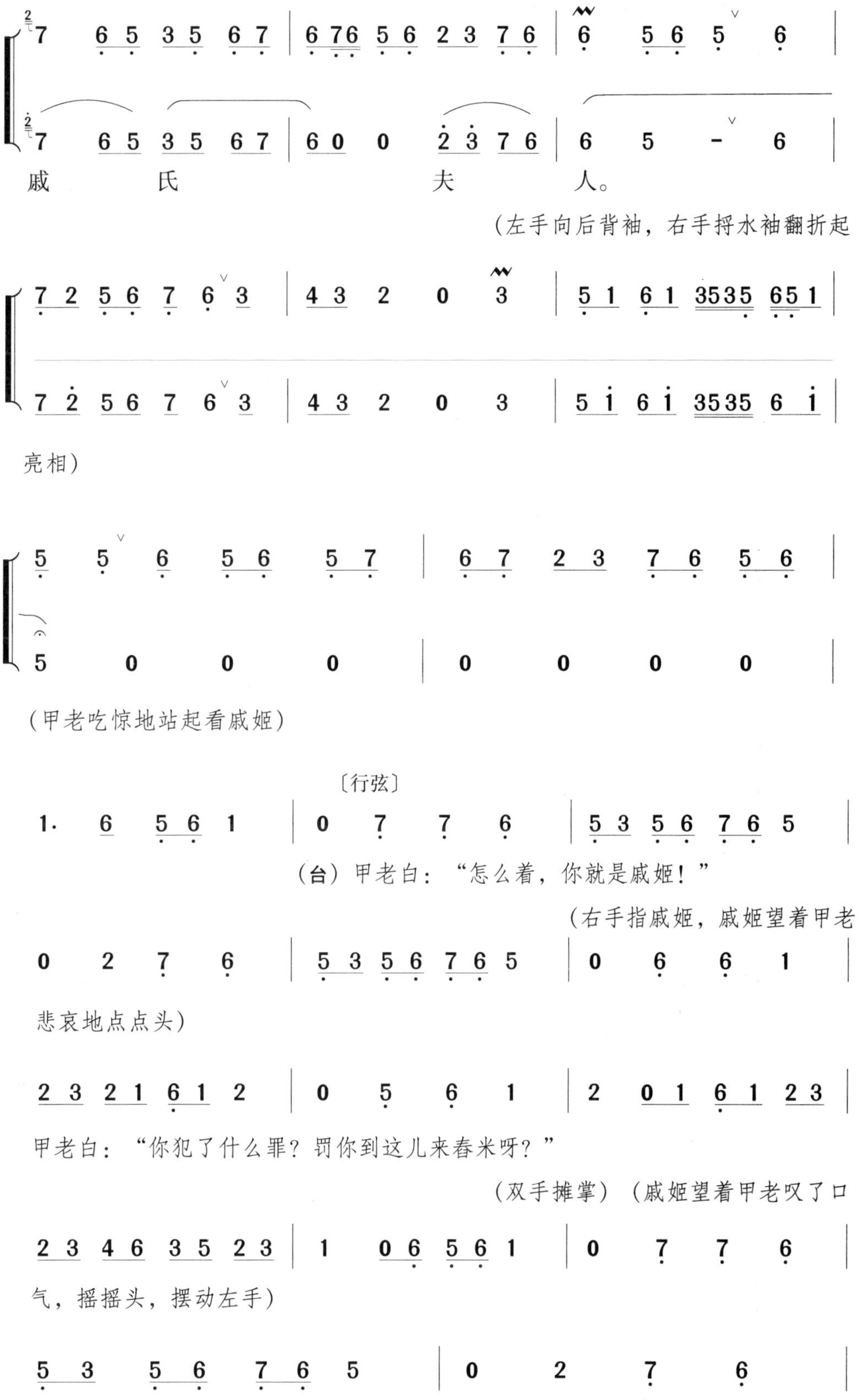
戚 氏 夫 人。
(左手向后背袖，右手捋水袖翻折起
亮相)
(甲老吃惊地站起看戚姬)
〔行弦〕
(台)甲老白：“怎么着，你就是戚姬！”
(右手指戚姬，戚姬望着甲老
悲哀地点点头)
甲老白：“你犯了什么罪？罚你到这儿来舂米呀？”
(双手摊掌)(戚姬望着甲老叹了口
气，摇摇头，摆动左手)

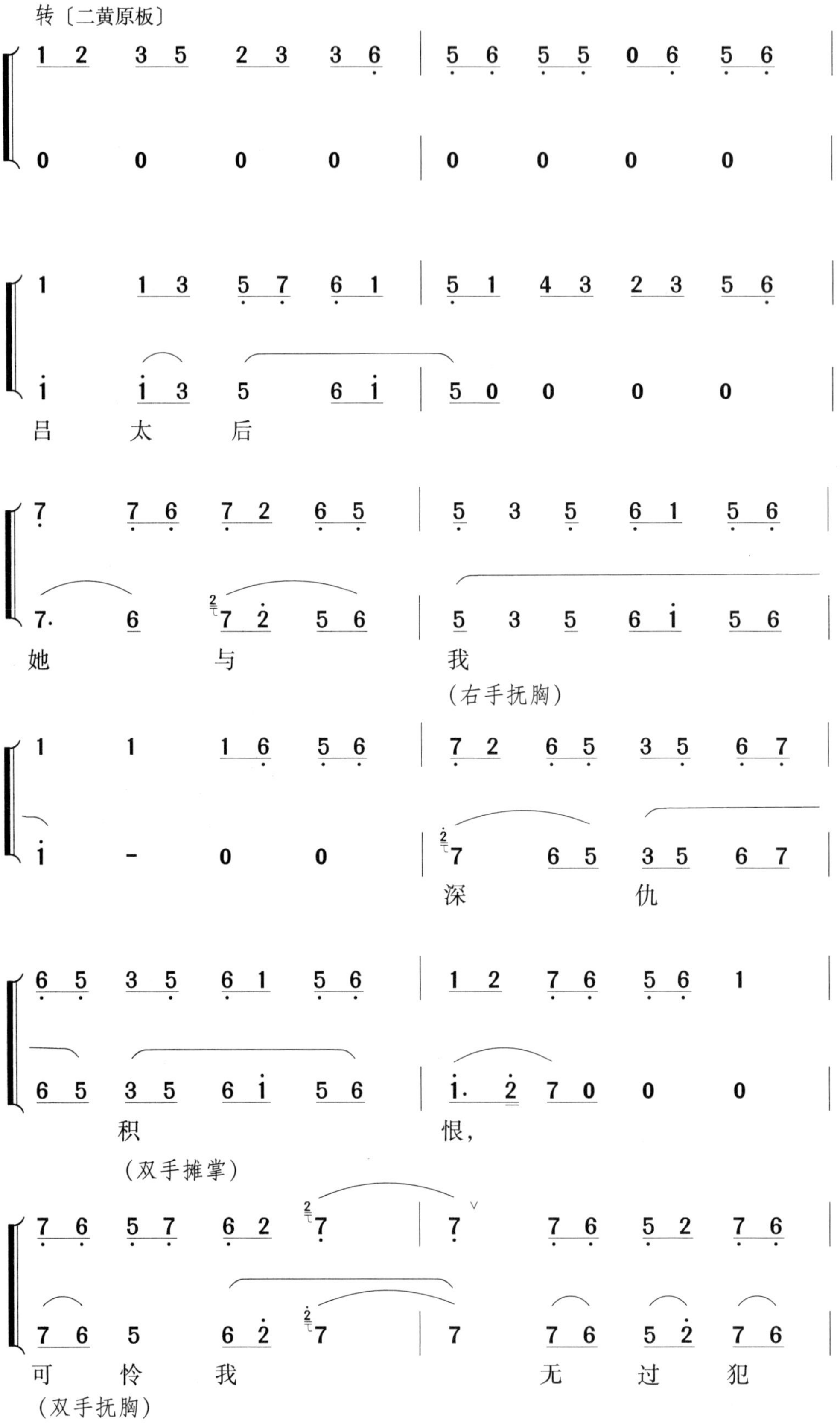
转〔二黄原板〕
吕 太 后
她 与 我
（右手抚胸）
深 仇
积 恨，
（双手摊掌）
可 怜 我 无 过 犯
（双手抚胸）

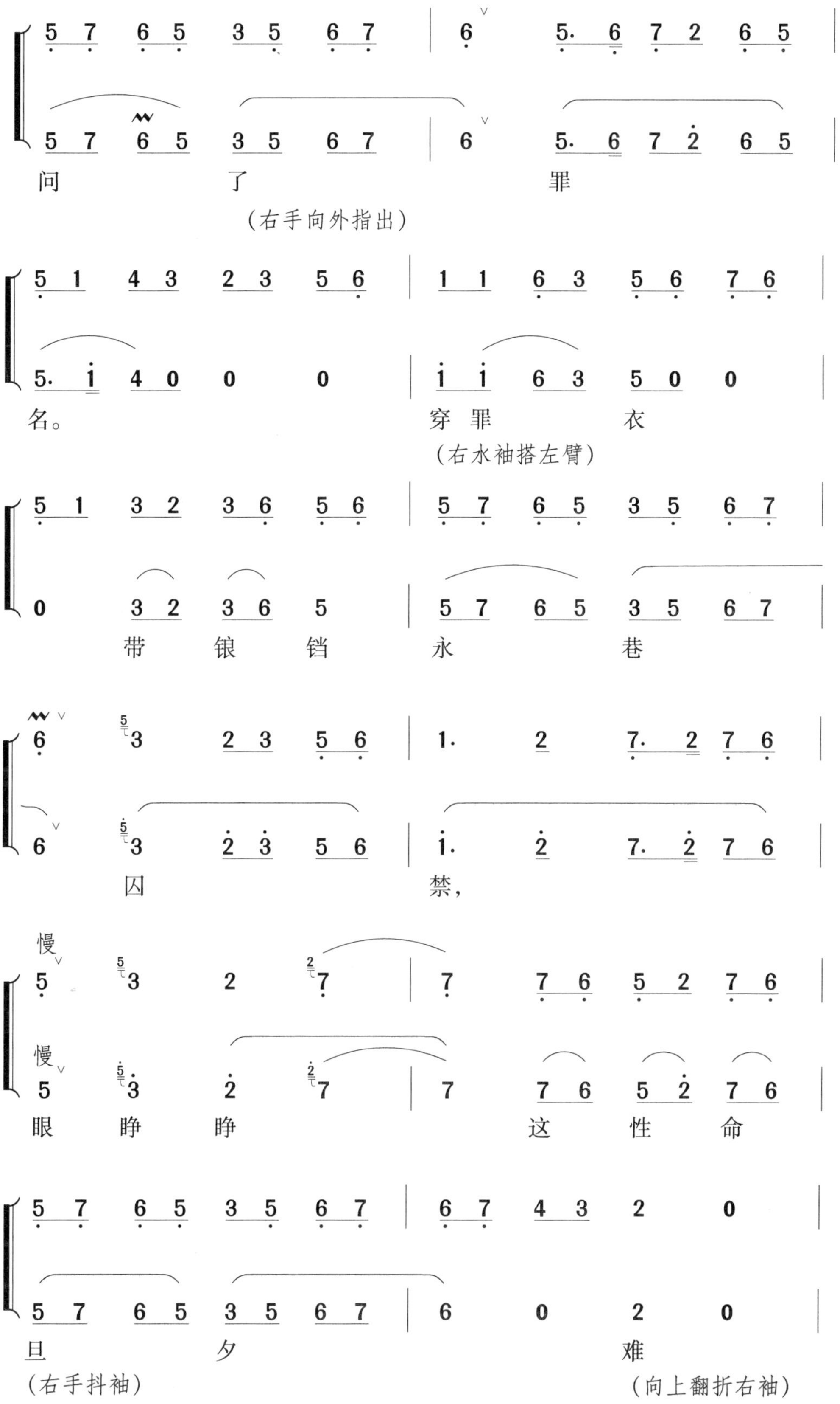
问 了 罪
（右手向外指出）
名。 穿罪 衣
（右水袖搭左臂）
带 锒 铛 永 巷
囚 禁，
慢
慢
眼 睁 睁 这 性 命
旦 夕 难
（右手抖袖）
（向上翻折右袖）

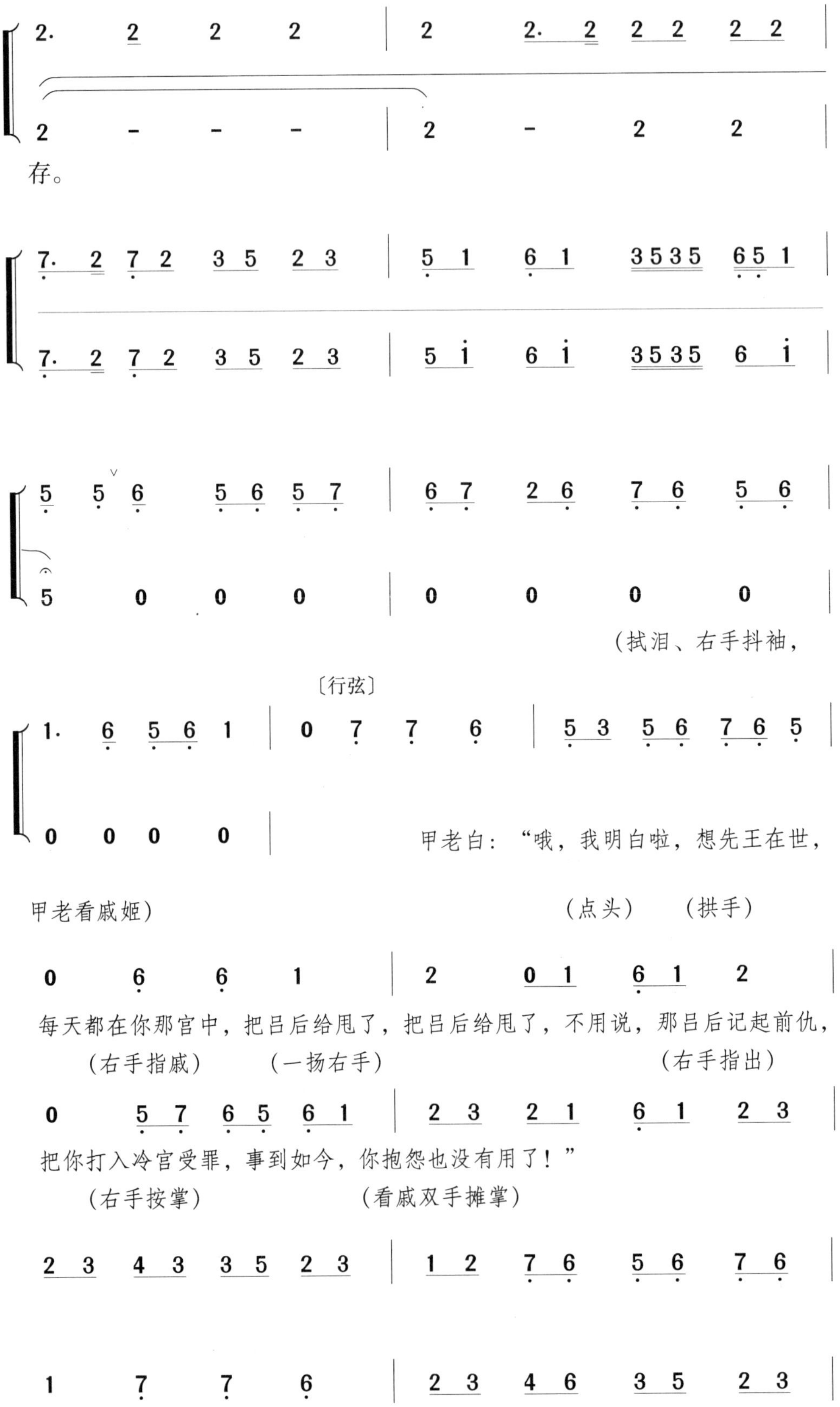
存。
（拭泪、右手抖袖，
〔行弦〕
甲老白：“哦，我明白啦，想先王在世，
甲老看戚姬）
（点头）
（拱手）
每天都在你那宫中，把吕后给甩了，把吕后给甩了，不用说，那吕后记起前仇，
（右手指戚）
（一扬右手）
（右手指出）
把你打入冷宫受罪，事到如今，你抱怨也没有用了！”
（右手按掌）
（看戚双手摊掌）

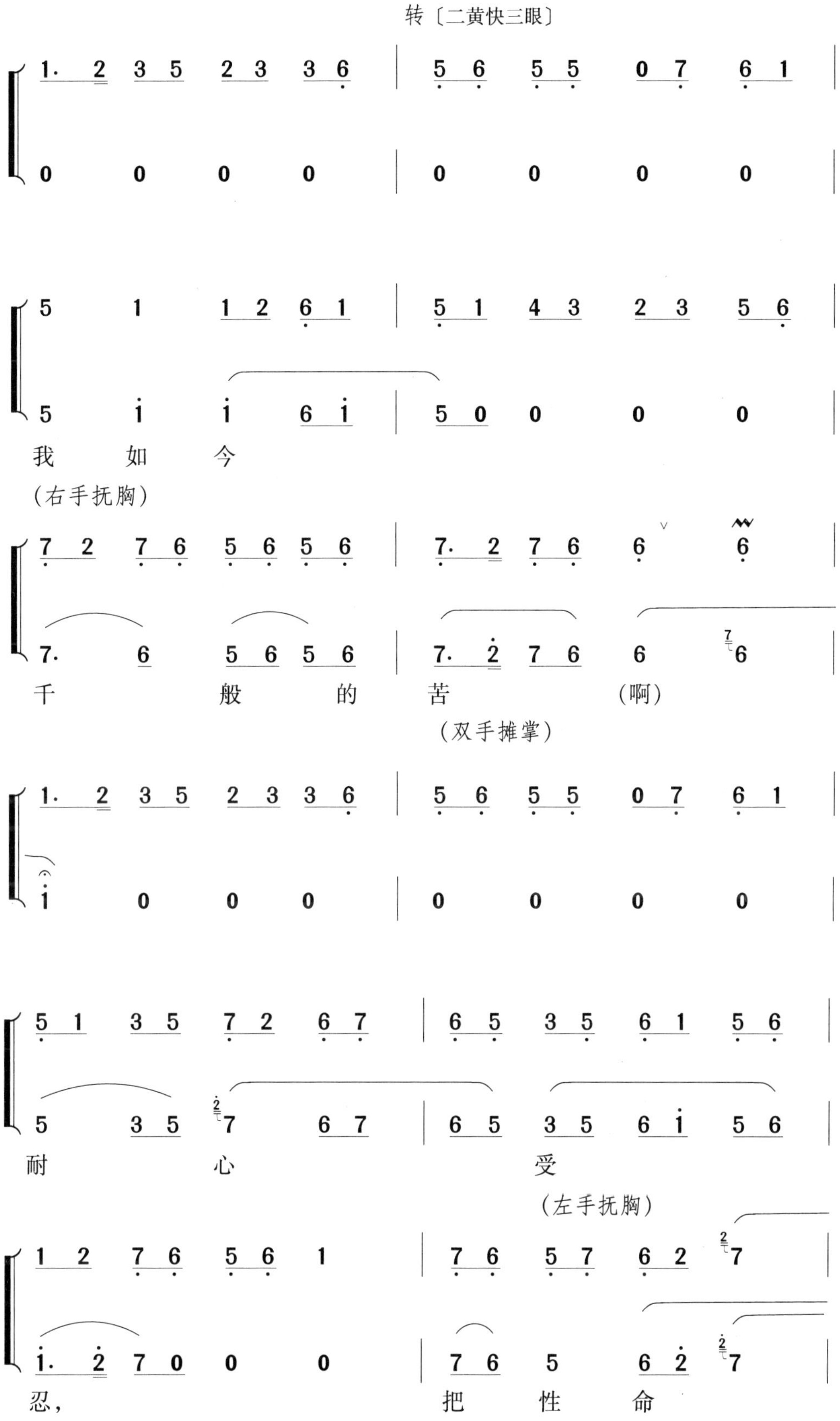
转〔二黄快三眼〕
我 如 今
(右手抚胸)
千 般 的 苦 (啊)
(双手摊掌)
耐 心 受
(左手抚胸)
忍,
把 性 命

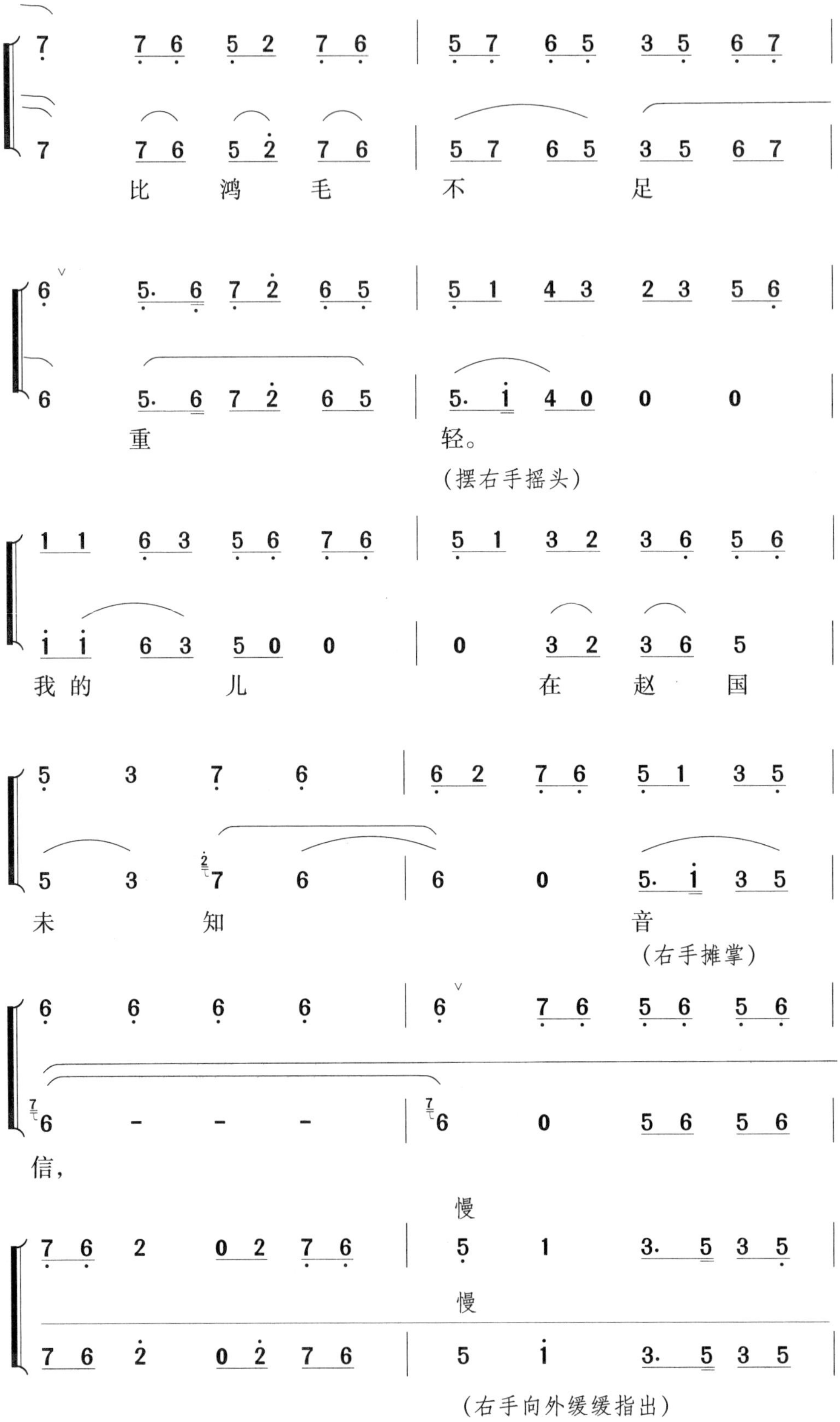
比鸿毛不足
重
轻。
（摆右手摇头）
我的儿
在赵国
未知
音
（右手摊掌）
信，
慢
慢
（右手向外缓缓指出）

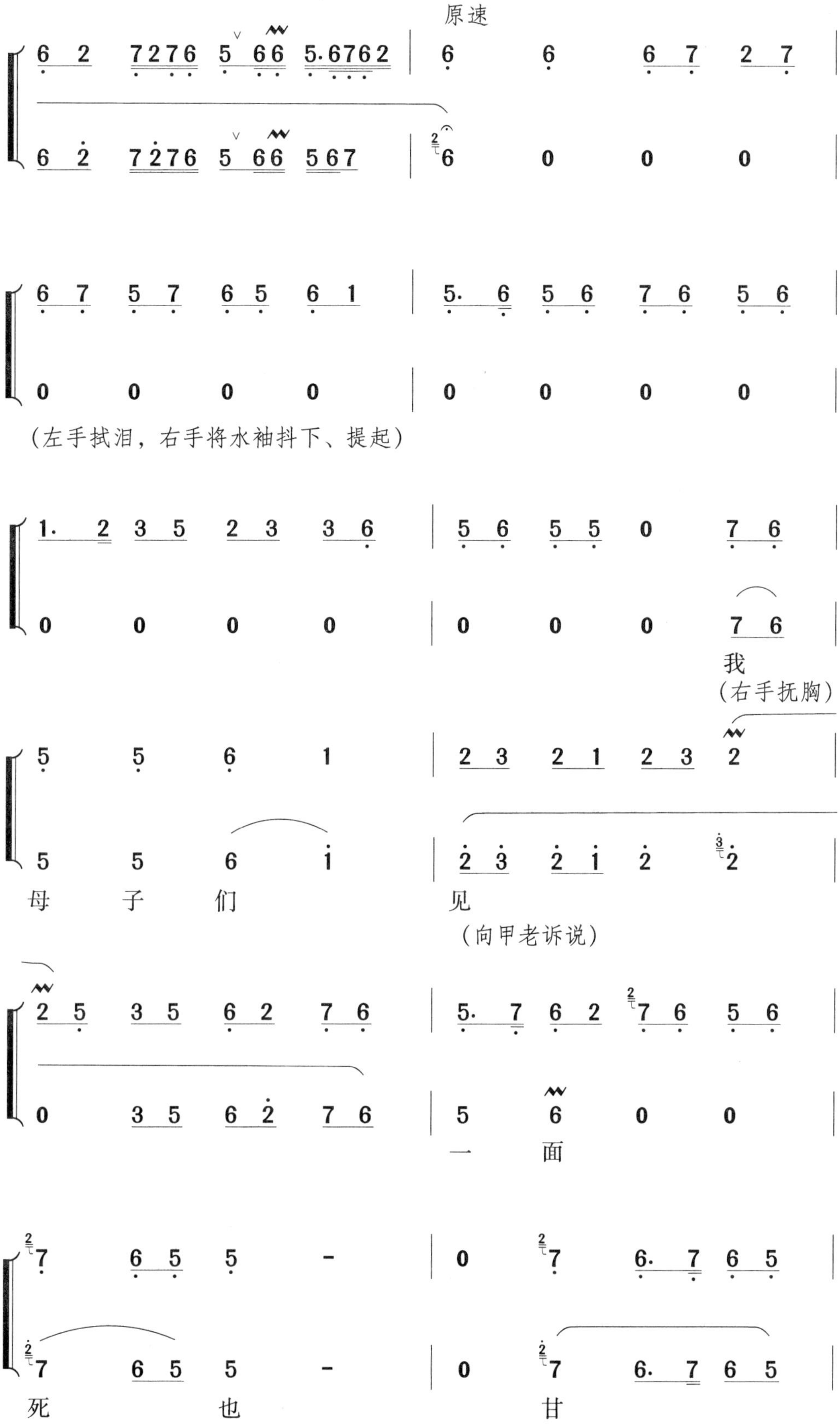
原速
（左手拭泪，右手将水袖抖下、提起）
我
（右手抚胸）
母 子 们 见
（向甲老诉说）
一 面
死 也 甘

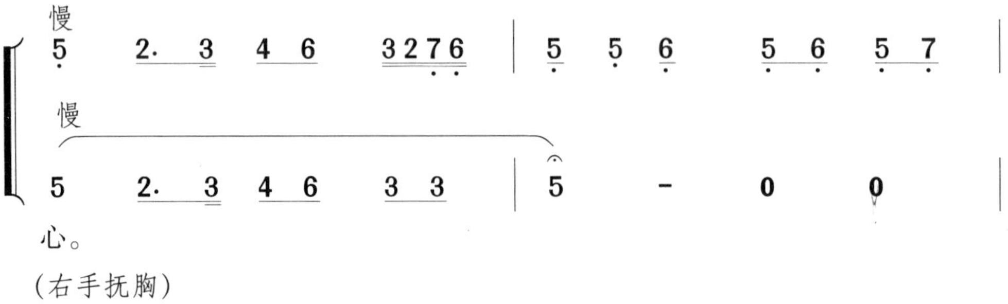

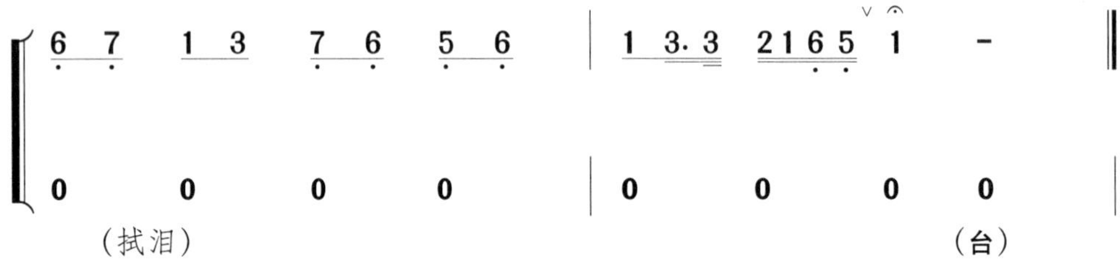

甲　老　甘心不甘心（摆右手），不用说，你把吕太后（拱手）恨得牙根八丈长啦！

戚　姬　我非但恨吕后，还要恨那商山四皓（左手指出）。【小锣一击】他不下山，我儿子正了储位，我焉能有今日？（双手摊掌）

甲　老　你怎么恨起商山四皓来啦？（右手摊掌）

戚　姬　那四个老匹夫，害得我受此沉冤（点头），叫我怎么不痛恨！（右手抚胸）

〔【小锣一击】抖左袖，甩右袖。

甲　老　你说你冤，四皓比你更冤，这件事与他们老哥四个是毫不相干！（摆右手）

〔【小锣一击】戚姬似悟。

戚　姬　听你之言……那四皓是假的不成？（右手向外指出）

甲　老　真的也罢，假的也罢！反正你儿子的江山是搅啦！（右手指戚）你是受上罪啦！

戚　姬　那四皓若是假的加倍可恨！（右甩袖）

甲　老　什么？四皓要是假的加倍可恨，你就恨他，你又能把他怎么样啊？

戚　姬　我在此受罪（右手抚胸），我儿还在赵国为王，（右手指出）有朝一日救我出去，定不与这四个老狗甘休！（左手指出）

〔【小锣一击】甲老怒，气得一伸脖。

甲　老　你张口老狗，闭嘴老狗，你这是怎么回事呀！（右手指戚）

戚　姬　我骂那四个老狗与你何干？

甲　老　（语塞无言以对）骂他们我心里不痛快，你快起来！走吧！

戚　姬　我走不动啊！

甲　老　你不走（指戚）我就打你！（回身到椅子后面拿鞭）

〔【撕边一击】甲老用鞭打戚姬左腿，戚姬急垂双袖捂左腿。【撕边一击】甲老用鞭打戚姬右腿，戚姬痛急向左转身，就势伏跪地，双手垂袖捂右腿。【撕边一击】甲老又用鞭打戚姬左腿，戚姬用双袖捂盖左腿。

戚　姬　（凄惨地呼叫）先王哪，先王哪！你若不为天子，我是焉能在此（抽泣）受罪呀！（哭泣）

甲　老　（用鞭指）皇宫里就是这样，别费话，快着点走！

〔【撕边一击】鞭打戚姬，戚姬跪步行走。【撕边一击】甲老又挥鞭打戚姬，戚姬艰难地跪步挪行。【撕边一击】甲老举鞭再打戚姬，戚姬疼痛难忍，欲要挪行，伏身倒地。甲老扯起戚姬，【冲头】戚姬左手向上撑袖，右手垂袖步履艰难从“下场门”下，甲老随下。

第九场

〔【小锣原场】四太监从“上场门”上，“站门”。刘盈从“上场门”上，至“九龙口”，整冠、抖袖。走至台中。

刘　盈　（念引）先王晏驾，承大统，（多多）1 2 3 5 2 2 3 3 3 2 ‖
执　掌　邦　　　家。

〔【小锣五击】刘盈转身归“内场座”，四太监侍立两旁。叔孙通、周昌从两边上，进殿。二人一排横站。

周　昌
叔孙通　臣等见驾，吾皇万岁！

刘　盈　平身。（台）

〔周昌、叔孙通站起，分立两边。刘盈看周昌。

刘　盈　周卿你怎么进京来了？

周　昌　只因戚娘娘（拱手）被太后囚禁永巷，为此微臣回朝保奏。（欠身施礼）

刘　盈　卿家放心，此事有寡人担待，二卿且退！

周　昌
叔孙通　领旨！

〔【小锣一击】二人出殿分下。

刘　盈　内侍！

太　监　有！

刘　盈　摆驾进宫。【闪锤】（刘盈走出桌站台中）

〔西皮摇板〕

（ 7 6 5 5 5 3 6 5 5 3 2 1 2 6 5 5 5 ）

3 5 5 7 6 6 5 5 6 7 7 - 6 -
退 朝 去 把 太 后 请，
（拱手）

〔【快长锤】四太监“插门”，领起来圆场，刘盈跟随。闭二幕，放“外场椅”开幕，刘盈归到右台口，四太监站“一条鞭”，同时，四宫娥引吕雉从“上场门”上，吕雉坐“外场座”，四宫女侍立两旁。【大锣凤点头】刘盈示意，四太监从“上场门”下。

〔西皮摇板〕

刘 盈	3 6	5	6	6	6 5	6 $^{\dot{1}}$3	5	‖
	要	救	戚	氏	命	残	生。	

（右手按掌）

〔【大锣住头】刘盈进殿归“大边”站。

参见母后！（跪）

吕 雉 平身，赐坐。（台）

刘 盈 （站起）谢座。（坐“大边”）啊，母后！（拱手）只因满朝文武愿保戚姬性命，望母后看在先王的份上，饶恕于她。

吕 雉 再作商议……（不悦地扭过头去）

〔太监内喊：“报！”

〔【冲头】太监从“上场门”上，进门，跪“小边”。

太 监 赵王到京！

吕 雉 宣他进宫！

太 监 太后有旨，赵王进宫！

〔【大锣五击】如意从“上场门”上，至右台口。

如 意 （念）只为娘遭难，连夜到长安。（右手指出）

【大锣住头】（如意进门“小边”站）

如 意 母后千岁！（跪）

吕 雉 平身！

如 意 千千岁！（站起向刘盈）兄王万岁！

〔【撕边一击】刘盈急拉如意向前几步。

刘 盈 （埋怨地）御弟你怎么进京来了？

如 意 母后宣召（拱手），怎敢不来！

刘 盈 你就不该来！

〔【大锣一击】刘盈着急地抖右袖。

吕 雉 内侍取酒献与赵王。

〔吕雉以目示意，大太监取毒药酒。

大太监 酒到！

刘 盈 儿臣要与赵王一处同饮。

〔【撕边一击】刘盈向前一步，大太监捧酒急避走。

吕 雉 （斥）嗯——此酒乃为娘所赐，难道还有什么歹意不成么？

刘 盈 这……御弟你随我来！

〔【冲头】刘盈急拉如意出门，以目示意，恐惧地从“下场门”下。

吕 雉 内侍带了药酒，吩咐吕释之将人彘押往鱼藻宫中，听我发落！

〔【一锤锣】吕雉从“下场门”下，众随下。

第 十 场

〔【大锣水底鱼】四太监从“上场门”上，“站门”，刘盈拉如意上。

刘 盈 御弟在我宫中，千万不可擅离，倘若出去你的性命难保。

如 意 还求兄王（拱手）救我母亲！

刘 盈 （点头）那个自然，我要料理朝政去了！内侍摆驾！

〔【纽丝凤点头】右手抖袖。

〔西皮散板〕

サ（ 7 6 6 5 i 3 2 2. 1 7 6 2 1 - ）

3 6 5 5 7 6 6 5 5 6 7 - 7. 2 6
内 侍 摆 驾 金 殿 往，
（右手指出）

〔【纽丝】四太监“插门”，引刘盈从“下场门”下。如意见刘盈下，忧伤地抖右袖。

〔西皮散板〕

如 意 3 5 5 5 i 6 5 i 5 6 5 （ 2
吕 后 做 事 似 虎 狼。
（右手指出）

3 6 5 ） 3 6 5 7 6 i 5. 6 i 【哭头】
（仓） 母 子 难 免 把 命
（双手摊掌后双手向下抖袖）

i 2. 2 i 2. 2 7. 6 5 3. 5 3 5 （八大）
丧，
（双手翻折水袖）

7 6 6. 5 5 3 5 6 - 6 - 5 -
喂 呀 儿 的 娘 啊！
（拱手）

【大锣凤点头】（拭泪，双手抖袖）

3 6 5 5 3 5 6 5 5 5 6 6 5. 3 5 ‖
看 来 此 怨 在 先 王。
（双手摊掌）

〔**【一锤锣】**四宫娥从“上场门”引吕释之、大太监、吕雉上。吕雉站台中，如意归“大边”，四宫娥“站门”。

如　意　叩见太后！

吕　雉　如意，你可思念你母亲？

如　意　生身之母，哪有不思念之理。

吕　雉　我今叫你母子相见。（示意如意站起）来！转到鱼藻宫！

〔**【大锣水底鱼】**四宫娥“插门”，领起来走圆场，大太监、如意、吕雉紧随。四宫娥“挖门，“站门”，大太监站“大边”，如意站“大边”，吕释之站“小边”，吕雉归“大座”。

吕　雉　内侍！将如意衣冠剥了！

〔**【撕边一击】**内侍剥如意衣，摘冠。

吕　雉　将人彘押上来！

〔**【冲头】**四刽子手押戚姬从“上场门”上。戚姬跪“小边”。

〔**【撕边一击】**如意见戚姬惨状，惊讶（**八大仓**）痛心地跪在地上。

如　意　哎呀……母亲！（跪搓步奔戚姬）

〔**【大锣一击】**戚姬惊看如意。

戚　姬　（急扶起）你，你，你不是如意么？

如　意　正是。

戚　姬　你怎么进京来了？（双手急拉如意）

如　意　孩儿进京，搭救母亲性命来了……（哭泣）

〔**【冲头】**二人抱头哭。

戚　姬　（绝望地）哎！好个不晓事的冤家，你若不来，为娘（右手抚胸）还有一线生机；你今此来……（绝望地看着如意摇摇头）**【撕边一击】**（抖动双手扶如意）只恐你我母子，（**仓**）性命难保哇……

〔**【冲头】**二人双扶，抱头痛哭。

如　意　事到如今埋怨孩儿也是无益！你我母子一同哀告太后，或者饶恕也未可知！

戚　姬　（摇头）也只好如此！

〔**【冲头】**戚姬从“小边”疾步归到“大边”，同时，如意从“大边”疾步归到“小边”，二人同时跪下。**【大锣叫头】**

戚　姬　（同时）娘娘！哎呀　哎呀太后啊……**【冲头】**
如　意　　　　　母后！　　　太后啊……

戚　姬　想先王在世虽然宠爱我母子，我母子不曾有什么异心，只求太后看在先王的份上开恩饶命吧！

〔**【撕边一击】**二人叩首。**【撕边一击】**二人再叩首。**【小锣一击】**吕雉冷眼看戚姬。

吕　雉　想先王在世之时，你怎么不出此言？

戚　姬　这个……**【撕边一击】**（语塞）

吕　雉　哪个！

戚　姬　贱妾自知该死，只求太后开恩——

吕　雉　想先王在世，每夜住在你宫中，把我那昭阳正院去也不去，只此一件你就该斩首！（**仓**）本宫不但将你同斩，我还要将你尸骸剁碎，首级造成溺器！（**仓**）

〔【大锣叫头】戚姬双手翻折水袖，拱手。

戚　姬　太后，只求饶了如意的性命，纵然将贱婢尸首剁碎，首级造成溺器，也是心甘情愿的。

〔【大锣叫头】如意双手翻折水袖拱手。

如　意　太后！只求饶了我母亲性命，纵然将儿碎尸万段，也是心甘情愿的！

〔【撕边一击】吕雉看如意冷笑。

吕　雉　要我饶了你母亲却也不难，（指药酒）我这里有一斗药酒，（仓）你且饮了下去，我就饶了你母亲！（左手指戚）

〔【大锣叫头】戚姬拱手。

戚　姬　太后，只求饶了如意性命，这药酒待奴婢（双手扶胸）饮了吧！

〔【大锣叫头】如意拱手。

如　意　太后哇！只求饶了我母亲的性命，儿臣情愿饮酒！（仓）

戚　姬　儿呀！此酒饮不得！（双摆手）还是为娘饮的好！

如　意　还是孩儿饮的好！

戚　姬　儿呀！你饮不得！（急摆手）

吕　雉　（不耐烦地）住了！（怒不可遏）

【大锣五击】（右手抓起惊堂木拍案）

饮不得也要饮！来！将药酒与如意灌了下去！

〔吕释之捧药酒向如意走去，大太监拉起如意，吕释之用药酒灌如意；戚姬绝望地昏厥。如意毒死。【乱锤】四太监引周昌、刘盈从“上场门”上。

〔【撕边一击】刘盈抢如意尸，周昌跪。

刘　盈　哎呀！【纽丝凤点头】

〔西皮散板〕

i　5　7　6　6 5　7　6 |

尸　骸　搭　在　白　虎　殿。

（抱如意尸）

〔【扫头】四太监搭如意尸从“下场门”下。刘盈紧跟往“下场门”一望，周昌站左台口。

吕　雉　来，起鼓。

〔起鼓。二刀斧手将戚姬架起。鼓声更剧，周昌焦急，右食指挑髯，左食指挑髯，双手按掌前伸，自左台口搓步，走至右台口一望。鼓声急紧，周昌左手食指挑髯，右手食指挑髯，双手按掌前伸，蹉步走至左台口一望。看到满朝文武无人敢救戚姬。

〔（嘟　八大仓）周昌单腿跪地，跪走蹉步到“小边”。悲怆地呼叫：

周　昌　娘——娘！——（伤心地望着戚姬的惨状）

〔反西皮导板〕

戚　姬　【大锣凤点头】サ（ 0 6　5. 2　3 5　2 3　5 6　i　2　-　7. 6　5　5

（二刽子手，一手持刀，一手架着戚姬缓步至台中）

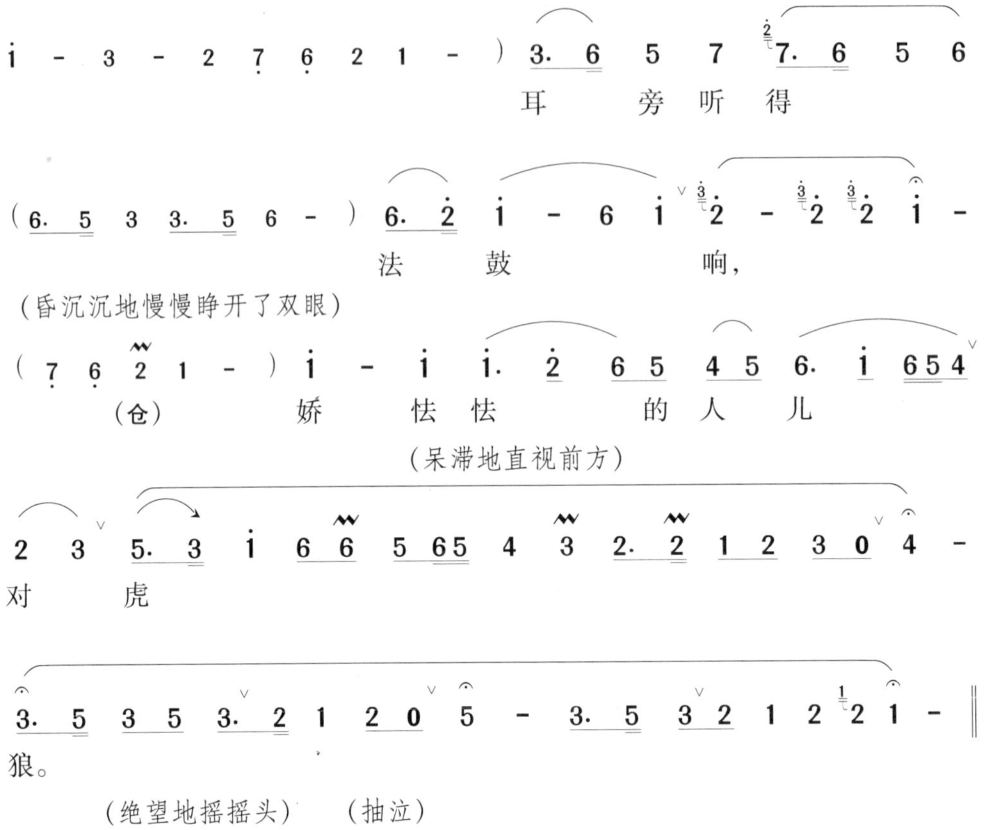

〔【乱锤】刘盈悲痛地从“大边”走至戚姬面前，单腿跪下。

刘 盈 母妃，我保全你性命来了！（拭泪）

〔【大锣凤点头】戚姬看刘盈，摇摇头。

〔反西皮散板〕

戚 姬

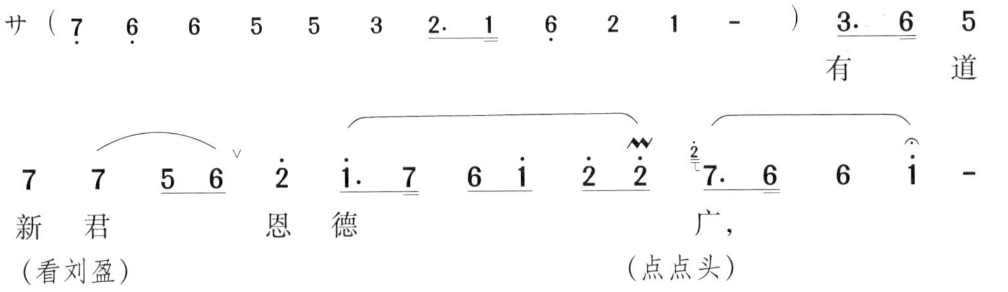

〔行弦〕

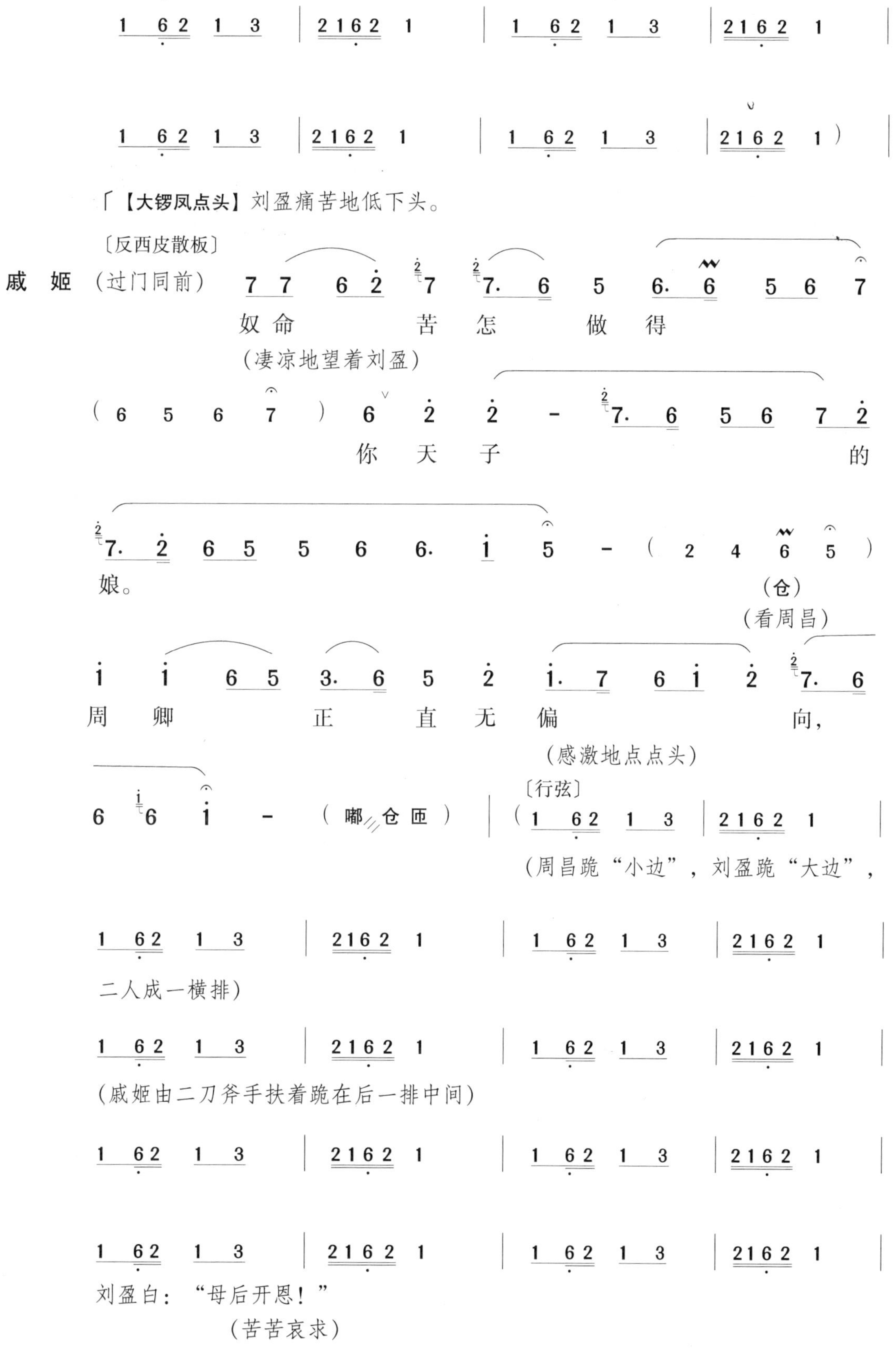
「【大锣凤点头】刘盈痛苦地低下头。
〔反西皮散板〕
戚 姬 （过门同前）
奴命 苦怎 做 得
（凄凉地望着刘盈）
你 天 子 的
娘。
（仓）
（看周昌）
周 卿 正 直 无 偏 向，
（感激地点点头）
（嘟仓匝）
〔行弦〕
（周昌跪“小边”，刘盈跪“大边”，
二人成一横排）
（戚姬由二刀斧手扶着跪在后一排中间）
刘盈白：“母后开恩！”
（苦苦哀求）

1 62 1 3 | 2162 1 | 1 62 1 3 | 2162 1 |

吕雉白："定斩不赦！"

（吕雉见状更怒）

1 62 1 3 | 2162 1 | 1 62 1 3 | 2162 1）|

（手执惊堂木）

〔【大锣凤点头】戚姬右拧身起"屁股坐子"，朝外亮相，二刀斧手将戚姬架起；同时，周昌、刘盈惊坐在地，站起。

〔反西皮散板〕

戚 姬 （过门同前）7 7 6 2 7 7 7 7 7 7 6 6 6 6. 5

吕太 后 不饶 我，她 她 好 狠的 心

（摇头伤心地缓缓地抽泣）

5 3. 5 3 5 6 2 - 7. 2 7 6 5 6 6 5 -

肠。

（2. 3 4 6 5）3. 6 5 6 6 2 1. 7 6 1 2 7

（仓） 粉 颈 加 刀，头 离 项，

7 7 7 7 7 7 7 1 7 7 1 7. 6 5 6 7 7（7 6 7

她 她 她她 她她 她 手 提 着 血 淋 淋 的 人 头，

（眼直直地盯着前方）

1 2 7 -）7 7 7 6. 5 5 3. 5 3 5 7 - 2 7. 2

还 有 那 脂 粉 香。

7. 6 5 6 0 2 - 7 2 7. 6 5 6 - 6. 1 5 -

〔【大锣凤点头】抬起头来，平视前方，马上又低头深深。

（7 6 6 5 5 3 2. 1 6 2 1 -）

3 3. 6 5 5 7 6 2 1. 7 6 1 2 2 7 7. 6

可 怜 我 子 死 身 又 丧，不

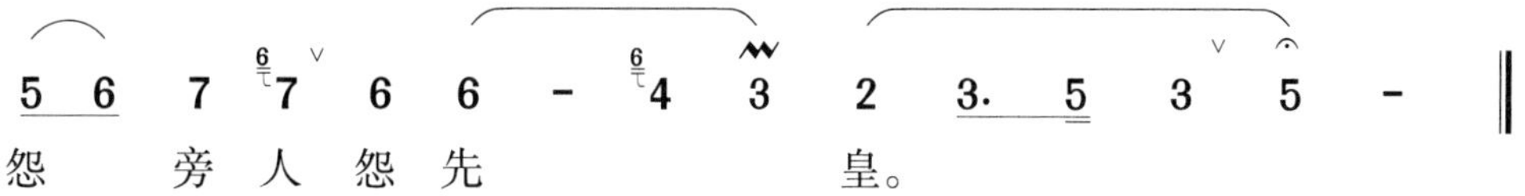

（神色哀怒地慢慢低头闭上眼）

吕 雉 开刀！（手拍惊堂木）

「催人心碎的法鼓声沉重响起来，二刀斧手举钢刀亮相；周昌、刘盈悲哀地以袖遮面；吕雉得意地正襟危坐。在法鼓声中落幕。

——剧 终

毕谷云 周承志 **整理** 许锦文 **记谱**

红 娘

荀慧生演出本

唐代，书生张君瑞进京赶考，途经蒲州，游赏名刹普救寺，巧遇崔莺莺。二人一见钟情，张君瑞遂借住寺内，以期再会莺莺。值叛将孙飞虎欲掳莺莺成亲，兵围普救寺。崔夫人情急之中声称谁能退去贼兵，愿以莺莺相许。张君瑞遂请来其友——蒲关守将白马将军杜确剿灭孙飞虎。不想崔夫人自食前言，只许张君瑞与莺莺兄妹相称。红娘对此十分气愤，甘心为莺莺、君瑞传递书信，促成二人的结合。崔夫人察知，拷打红娘。红娘反责崔夫人不该出尔反尔。崔夫人自觉理屈，以相国府第不招白衣女婿为由，允张君瑞赴考得中后与莺莺完婚。

此戏情节源出元杂剧《西厢记》，以崔莺莺、张君瑞为主角。其后昆曲编演其中《佳期》、《拷红》两出。京剧本无《西厢记》剧目。荀慧生先生由于甚喜红娘好打不平的性格，与剧作家陈水钟先生共同参照元曲《西厢记》和昆曲演出，于1936年编成以红娘为主角的京剧，即以《红娘》为戏名。同年10月22日在北京首演，自饰红娘，何佩华、高维廉、何盛清、张春彦分饰崔莺莺、张君瑞、崔夫人、白马将军。演出深得好评，此后数十年屡演不衰，成为“荀派”代表作之一。新中国建立之初，一度把此戏列为禁戏。后经北京市文化局干部袁韵宜与荀先生共同整理，改动原唱词中被视为不健康的台词，进一步深化了主题，此后又增添了花园听琴的一场戏，始成演出完本。1962年，出版《荀慧生演出剧本选集》前，荀先生与我又共同做了加工。

荀先生向以大胆创造、改革出新享誉剧坛。在这出戏里，先后创出《佳期》一场“小姐呀、小姐你多丰采”一段〔反四平〕，《琴心》一场“看小姐红晕上粉面”的〔反汉调〕唱腔，既抒发了红娘的内心感情，又新颖别致。在表演方面，则采用武戏中的舞蹈动作，以求吻合彼时的人物心情。如红娘在随张君瑞去其书房给莺莺写信时，为表达红娘的急切，采用武戏中两个“大刀花”，从门口直达堂桌，随之便急速注水研墨。再如红娘在引导跳过花园墙的张君瑞会莺莺时，为了不让莺莺事先得知，而借为其取棋盘的机会，以棋盘遮住张君瑞行进，采取武戏中的“鹞子翻身”、“刀花”舞动棋盘，而后平持棋盘走“圆场”，张君瑞在棋盘下走“矮子”步随之等，都是这种文戏武演的例证。

历来学习“荀派”的旦角演员极多，这些演员，有的正式拜师，有的只是私淑，所以向有“十旦九荀”，甚至“有旦皆荀”、“无旦不荀”之说。据我所知：早年得荀先生亲授取得突出成就的，除吴素秋为其干女儿外，童芷苓、李薇华、宋紫珊、袁灵云、陈梅兰、张正芳、赵慧秋、黄少华、王紫苓、尚明珠，以及男旦许翰英和本戏整理者毕谷云各位，都经正式拜师。新中国成立后，经艺术院校或演出团体推荐，学习“荀派”且取得突出成就，从而拜师者有：刘长瑜、曲素英、沈健瑾、许嘉宝、孙毓敏、岳惠玲、董金凤、胡慧兰等。由于荀先生所创“荀派”，演唱中灵活性大，既不失传统程式，又不拘泥于传统程式：如起唱前不干等胡琴“过门”，表演中不全用小脚步等等，容易被学的人误认为好学，而学走了样子。荀先生对于学习“荀派”的人，一方面不要求亦步亦趋，主张在学深学透的基础上，有所发挥；一方面极力反对在还没学深学透的时候，借夸大其演唱特点以哗众取宠。一向强调“过犹不及”，认为“差之毫厘，谬以千里”。对于早年学他，而后根据自身条件，有所变革的吴素秋、童芷苓等，他都给予肯定；对于忠实其艺术的许翰英、李薇华、毕谷云等，则被他认为是促使“荀派”艺术正确流传的得力骨干。

周 桓

人物行当

红　娘	闺门旦	法　本	生
张　珙（君瑞）	小生	法　聪	丑
崔莺莺	旦	杜　确	生
琴　童	丑	中　军	生
郑　氏	老旦	四龙套	杂
惠　明	净	四上手（官兵）	杂
孙飞虎	武净	四喽啰（叛兵）	杂

服装扮相

红　娘　俊扮。古装头套、发髻、水钻头面、草花，古装短袖袄、二截裙（或三截）、长袖古装二套，云肩数只，飘带、丝绦数条，红纱系上大蝴蝶结，彩裤，彩鞋。

张　珙　俊扮。水纱、网子、桥梁巾，绣花褶子数件、绦子数条，蓝绸条、白腰包、蓝绸巾，彩裤，高底靴。

崔莺莺　俊扮。古装头套、发髻、钻翠头面、草花，绣花古装、绣花帔、绣花褶子、白褶子、绣花腰包，彩裤，彩鞋。

琴　童　俊扮。孩儿发，素斜襟上衣，绦子、彩裤，袜子、青皂鞋。

郑　氏　俊扮。白网子、白发髻、香色绸子，香色蓝黑绣帔、绿绸绣裙子，白袜、皂鞋。

惠　明　揉红黑脸。水纱、网子、蓬头、耳毛子、月牙发箍，青僧袍、青侉衣、小袖，黄大带，青彩裤，青薄底。

孙飞虎　勾黑碎脸。水纱、网子、狗头盔、小额子、雉翎一对，黑大靠（或软靠），彩裤，靴。

法　本　勾白脸纹。佛珠、白夹嘴髯口，黄色僧袍，青彩裤，白大袜、僧鞋。

法　聪　俊扮。光头。灰僧袍、佛珠，青彩裤，白袜、僧鞋。

杜　确　俊扮。水纱、网子、荷叶盔、黑三髯口，白大靠或白缎箭衣、白蟒、玉带，青绣马褂、大带，红彩裤，厚底靴。

中　军　俊扮。中军盔，红缎开氅，红彩裤，青厚底靴。

四龙套　官中扮相。

四上手　官中扮相。

四喽啰　官中扮相。

道具

普救寺墙片	一个	西厢墙片	一个
古琴	一张	棋盘	一个
文房四宝	一份	团扇	两把
大信封	一个	白素帐	一份
相国灵牌	一个	香炉	一个
白烛台	一对	马鞭	数根
梳妆镜	一个	粉盒	一个
梳子	一把	家法	一件
木棍	一根	宝剑	一把
酒壶	一个	酒杯	数个
香盘	一个	红烛台	一个
香	数枝	单枪	一杆
银子	数锭	椅子	四把
竹竿	两根	单刀	八把
桌子	两张	棍	一根
折扇	一把	大刀	一把
信封信纸	一份		

第 一 场

惊 艳

〔【冲头】接【撤锣】。

〔张珙内白："马来！"

〔【小锣抽头】张珙拿马鞭作骑马"上场门"上，至中场。

〔西皮摇板〕

张 珙 （6 | 6 | 3 5 | 5 5 | 3 6 | 5 5 | 3 2 | 1 1 | 6 5 | 5 5）|

3 6 5 5 7 6 6 5 7 6 （6 5 | 3 5 | 6 5）|
红 花 绿 柳 驻 吟 鞭，

3 6 5 6 6 6 5 6 5 （6 5 | 3 6 | 5 5）| 3 6
正 是 春 风 二 月 天。 一

5 7 6 6 5 6 7 - 2 - 6 -
片 闲 情 临 寺 院，（观看）

〔【小锣抽头】张珙走小圆场，至"小边"看。

张 珙 普救寺。

〔【小锣凤点头】右转身下马，左转身归前。

（过门同前） 3 6 5 6 6 6 5 5 3. 5 3 5 （5 5 |
殿 宇 巍 峨 实 壮 观。

3 6 | 5 ）‖

〔法聪内白："啊哈！""下场门"上。

法 聪 （念）出家在家俱一般，出家还比在家难。（走至台口，问张）先生从何处来？

张 珙 小生姓张名珙字君瑞，西洛人氏，上京应举，路经此处。闻上刹清幽，特来瞻仰。

法　聪　原来是一位举子，请到方丈[①]。（礼让）

张　珙　请！（与法聪同进门）

法　聪　（向“下场门”）有请师父！

「**【小锣五击】**法本由“下场门”上。

法　本　（念）出家尘不染，我佛法无边。何事？

法　聪　今有西洛张秀才，来此瞻仰，报与师父知道。

法　本　啊，张秀才，现在哪里？

法　聪　现在方丈。

法　本　待我看来。（进门）原来是张先生，请坐！

张　珙　有座！

「**【小锣一击】**场上正场桌、八字椅。张坐“大边”，法本坐“小边”，法聪站“小边”外。

法　本　老僧去岁云游西洛，曾与先生见过一面，不期在此相遇。请问先生因何到此？

张　珙　今当开科取士之期，小生进京应举。只因我有一好友，名唤杜确，人称白马将军，与小生同郡同学，结为八拜之交，如今他已弃文就武，统领十万大军镇守蒲关，小生意欲顺道前往探望一番，路经此处，特来上刹瞻仰，不想与长老幸会。但不知长老因何至此？

法　本　老僧幼蒙崔相国剃度，因而在这普救寺当了住持。这是我徒儿法聪，见过先生。

法　聪　（稽首）阿弥陀佛！

张　珙　（施礼）还礼了。啊长老，烦劳指引，容小生瞻仰一回。

法　本　恕不奉陪。法聪！你领着张先生去吧。只是那西厢左右，休要前去！

法　聪　是。

张　珙　（站起）长老请便。

「**【小锣一击】**法本由“下场门”下。

法　聪　张先生，我们先到花园去看看。

「法聪领张出门，走圆场。闭二道幕，撤桌椅。

张　珙　小和尚，你师父言道：西厢左右不要前去。是何缘故？

法　聪　您不知道，那西厢住着崔老夫人带着莺莺小姐，在这儿替老相国办佛事。小姐长得真是天仙一般！甭说小姐长得好看，就是小姐身旁的丫环红娘，嘿，长的也好看极啦！您要不信我带您看看去。

「二幕拉开，清场。

「张珙笑随法聪圆场，站“大边”，望“上场门”。

「崔夫人内白：“红娘，搀扶小姐到庭院散心去吧。”红娘内白：“是啦，小姐，随我来。”

「**【小锣抽头】**红娘引崔莺莺“上场门”上。

法　聪　快走，小姐来啦，咱们赶快走吧！

「红娘欢欣愉快，较大快速步法，走到“小边”台口，蹉步挺身，稍停，同时踹足以足尖支撑全身，然后左转身，继续走小圆场,并招手引导崔莺莺至“小边”台口。

---

① 方丈：最初指寺院，后亦用来指僧尼长老、住持的居室，指寺院、道观的住持。

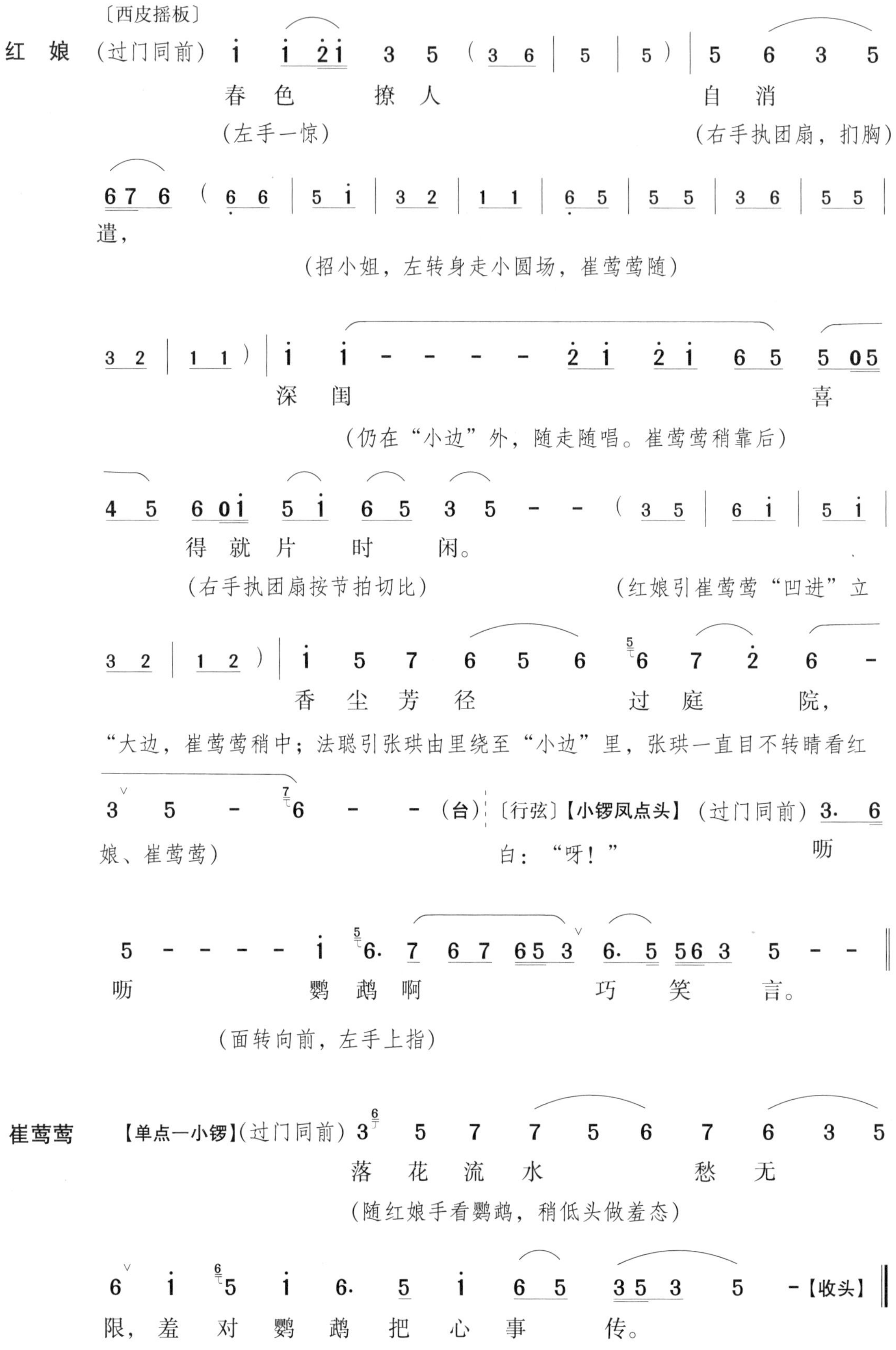
〔西皮摇板〕
红 娘 （过门同前）
春色撩人自消遣，
（左手一惊）
（右手执团扇，扪胸）
（招小姐，左转身走小圆场，崔莺莺随）
深闺喜
（仍在“小边”外，随走随唱。崔莺莺稍靠后）
得就片时闲。
（右手执团扇按节拍切比）
（红娘引崔莺莺“凹进”立
香尘芳径过庭院，
“大边，崔莺莺稍中；法聪引张珙由里绕至“小边”里，张珙一直目不转睛看红
娘、崔莺莺）
（台）
〔行弦〕【小锣凤点头】（过门同前）
白：“呀！”
呖
呖鹦鹉啊巧笑言。
（面转向前，左手上指）
崔莺莺 【单点一小锣】（过门同前）
落花流水愁无
（随红娘手看鹦鹉，稍低头做羞态）
限，羞对鹦鹉把心事传。
【收头】

红 娘

〔张珙偷看，法聪阻拦。

红　娘　小姐，您看这鹦鹉巧笑能言，倒也有趣。

〔崔莺莺摇头不语，红娘见状，乃陡转话风。

红　娘　小姐，您不愿在此停留，我们何不去到花园看花去！（混合了韵白、昆白神韵的京白）

〔崔莺莺点头，红娘领起圆场，至“小边”做开门状，与崔莺莺仍归“大边”偏中台口。张珙、法聪随后跟，仍归原地。

红　娘　来此已是百花亭，你我作何消遣？

崔莺莺　红娘，（指台口）你看这是什么花？

红　娘　这是蝶恋花。

崔莺莺　你与我折一枝来。

红　娘　是啦。（走至台口折花，递与崔莺莺）小姐，此花可香么？

崔莺莺　（闻）倒有些香味。

红　娘　小姐您看，方才折了一枝蝶恋花，就引得许多蝴蝶飞来，（目光凝注，左顾右盼，描绘蝴蝶上下飘然飞舞的景象）

崔莺莺　红娘，你与我扑蝶去！

红　娘　是，待我扑蝶。

〔奏胡琴曲牌<八板>①。

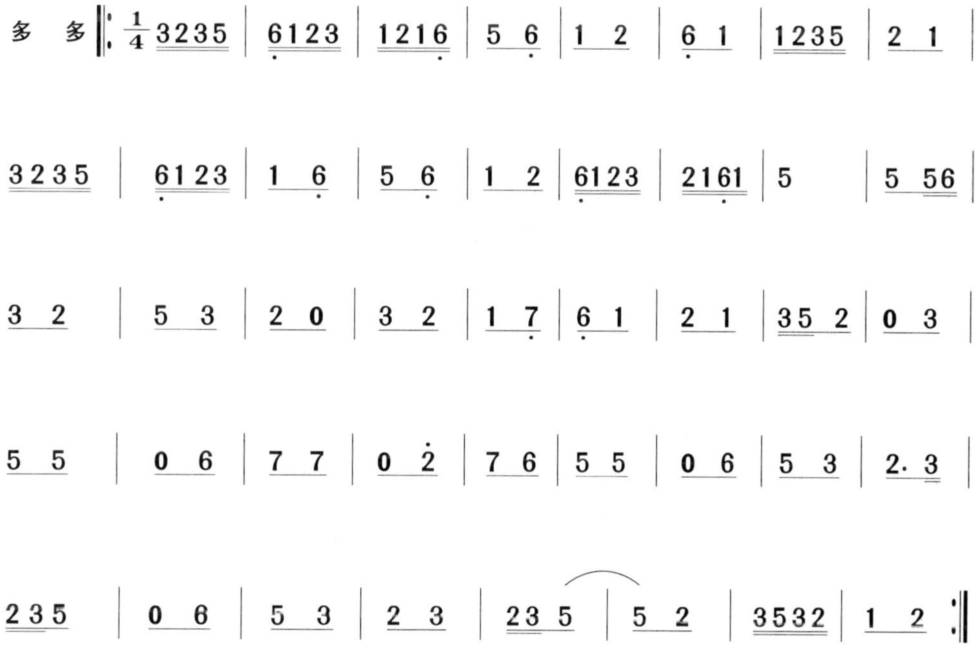

① 在曲牌声中红娘与莺莺手执团扇，用编辫子步形，边要边注视蝴蝶动向，先向外台中冲下一拍，见未扑着，随蝶飞舞方向，在里台中一拍，又未扑着。随着蝴蝶飞舞摆动身体，右转身，再一扑，注视一下，仍未扑着。红娘怨法聪干扰，用扇顺势打向法聪脑袋，法聪坐地。（红娘开始扑蝶时，法聪就同时模仿红娘扑蝶）张珙看崔莺莺，法聪阻拦。崔莺莺忽然发现张珙看她，露出羞容。红娘同时看张珙、崔莺莺。

崔莺莺 （怕红娘看破，故作坦然）红娘，不要扑蝶了，老夫人还命你去至方丈那里，问长老追荐[①]日期。——（曲牌收住）

红　娘 是啦。小姐您先回去，我去问长老。

崔莺莺 早去早回！（缓步“下场门”下）

红　娘 我就回来。（红娘向方丈走去，张珙、法聪随后）

正是：（念）红娘红娘，做事停当；离了花园，来到方丈。有请长老！（边走边念，圆场，至中向“下场门”请长老）

法　本 （“下场门”上，至中）红娘姐，到此何事？

红　娘 （在“大边”）老夫人言道：（柔声、谦恭地）老相国灵柩停在寺内，问个日期，好与老相国做佛事。

法　本 斋供、道场，老僧俱已备齐。今乃二月十五日，释迦牟尼佛受供之日。就请老夫人、小姐前来拈香。

红　娘 就是今日？

法　本 就是今日。

红　娘 好、好，待我去禀告老夫人知道。

法　本 去吧。（“下场门”下）

〔红娘向“下场门”欲走去。

张　珙 小娘子请转，小生拜揖！（施礼【小锣一击】）

红　娘 （回身望见张珙，稍走上前）还礼。

张　珙 小娘子莫非是莺莺小姐贴身的侍女红娘么？

红　娘 我便是红娘，（责怪张唐突，微愠）何劳你多问！

张　珙 小生姓张名珙字君瑞，本贯西洛人氏，年方二十三岁，正月十七日子时降生……

红　娘 （抢白）谁问你来着？

张　珙 小生还未曾娶妻哟！

红　娘 嘟！（用团扇一指）

〔西皮流水板〕

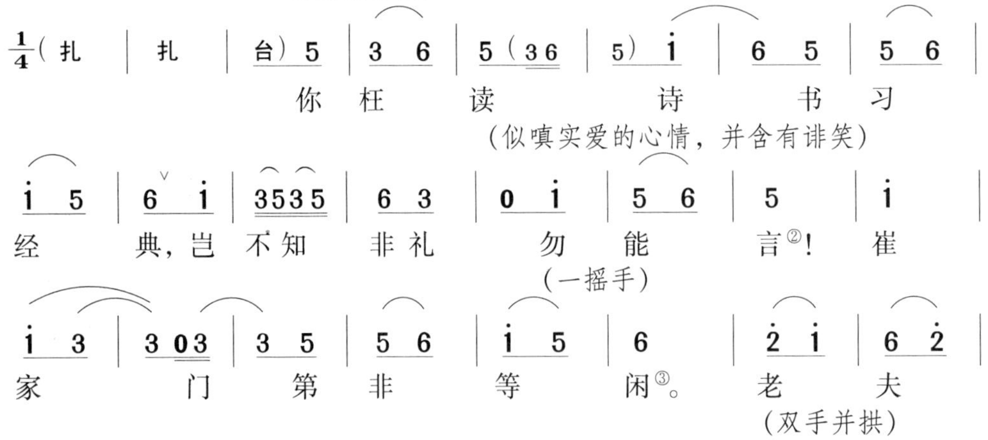

---

① 追荐：旧时，为死者求冥福而进行的法会、行善等事，包括诵经、写经、施斋、祭祀等。

② 非礼勿能言：语出《论语·颜渊》。原句为“非礼勿视，非礼勿听，非礼勿言，非礼勿动。”意思是说不合乎礼法的事不能去看、去听、去说、去做。

③ 此句也可唱：崔家世代为官宦。

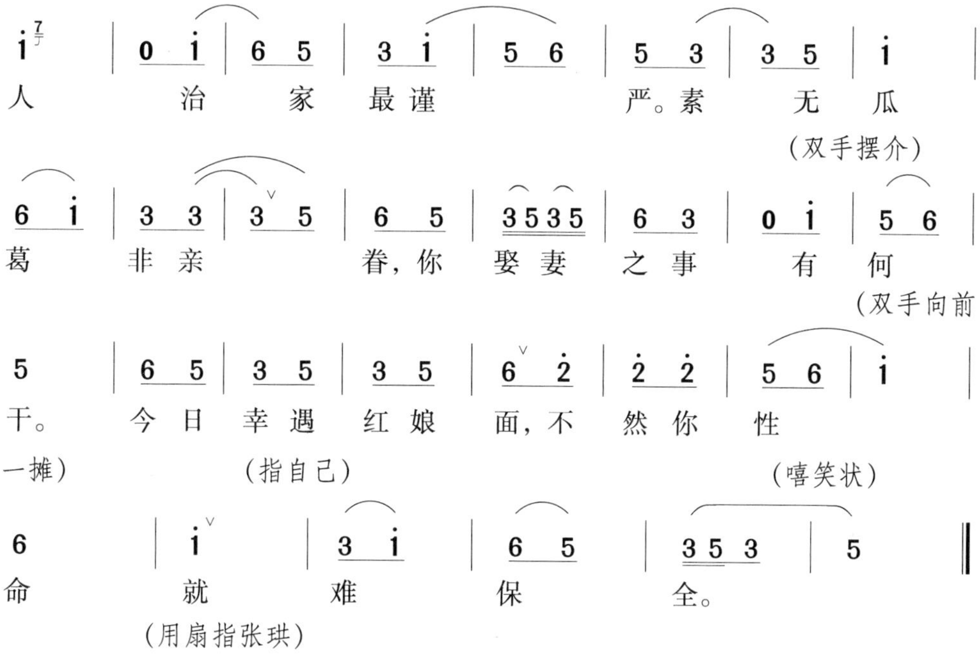

〔【小锣长丝头】红娘左转身，急步“下场门”跑下。

张　珙　（至中场，看红娘下后）小和尚！适才骂我的可是红娘，前面走的可是莺莺小姐么？

法　聪　正是莺莺小姐。

张　珙　妙哇！【小锣凤点头】（表示异常地喜悦）

〔西皮摇板〕

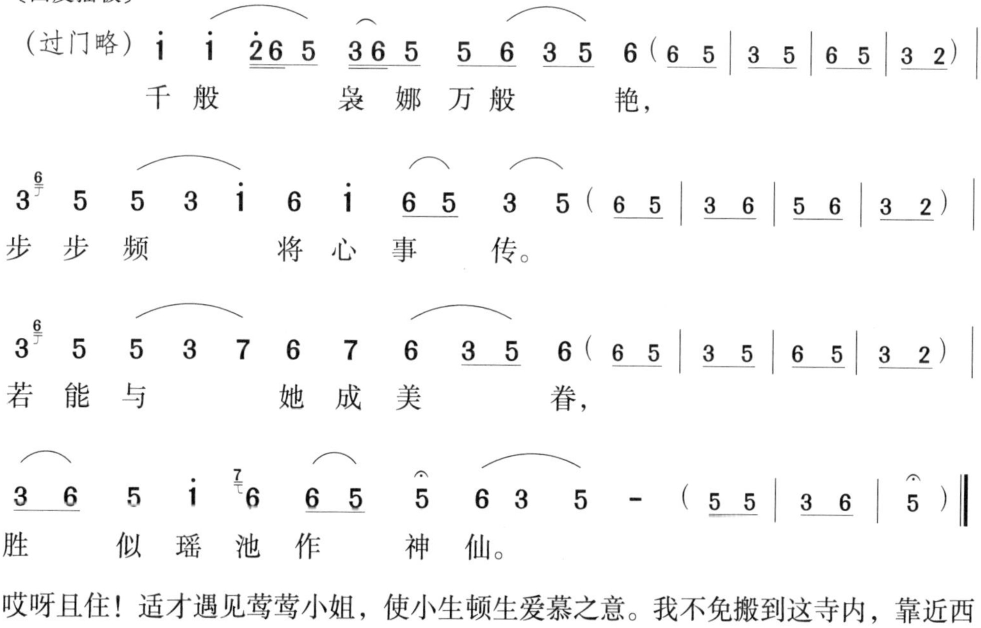

哎呀且住！适才遇见莺莺小姐，使小生顿生爱慕之意。我不免搬到这寺内，靠近西厢耳房居住，若有机会，得与小姐亲近也未可知。不免请出长老商议，有请长老！

法　本　（“下场门”上）先生何事？

张　珙　只因旅店繁杂，难以温习经史，欲借宝刹，靠近西厢那间耳房居住，多付房金，料无推辞？

法　本　先生有所不知，只因这西厢，乃是崔老夫人与莺莺小姐的所在，若留外人在此，恐有不便。

张　珙　她们住在西厢院内，小生住在院外，粉墙隔断，各不相扰。小生先付房金，然后住房。

〔张珙掏银递上，法本接银后沉思。

法　本　（笑）这话说得倒也不错。房金我就收下了。

张　珙　理当收下。

法　本　徒儿，去至店中将张先生的行李搬来，快去！

法　聪　是。（“上场门”下）

张　珙　（背供）哎呀！房子是有了，怎样得与莺莺小姐相见呢？二月十五日，啊有了。长老，小生还有一事相求。

法　本　何事？

张　珙　只因小生亡母尚未追荐。适才长老言道，今乃佛爷受供之日。小生意欲备钱五贯，求长老带一份斋供，届时一同追荐如何？

法　本　这有何难，到时随老僧一同前往就是。

张　珙　如此多谢了！请。

法　本　请。

〔**【小锣打下】**张珙、法本同在“下场门”下。二道幕闭。

第　二　场

许　婚

〔**【小锣抽头】**二道幕启。正场桌，“小座”。

〔崔莺莺“上场门”上，至“九龙口”。

〔西皮摇板〕

崔莺莺　（过门同前）3 6　5　7　7　5　6　5　6　3　5　6　（6 5 | 3 5 |

母　女　孀　孤　甚　凋　零，

（边唱边走左转身往里走）

6 5）| 3 6　5　6　6　6 5　5　3　5　–　（5 5 | 4 6 | 5）‖

道　场　追　荐　存　孝　心。

（唱完坐“小座”）

奴家崔莺莺。爹爹崔珏，不幸亡故。与母扶柩归葬，因道路不靖，将灵柩暂停河中府普救寺内。母亲命红娘去问长老追荐之事，天到这般时候，还不见红娘到来。

〔红娘“上场门”上，步法快速，眼神贯注，至“小边”台口。

红　娘　忙将稀奇事，报与小姐知。（左转身挖进，在“小边”微微一蹲）叩见小姐！（转身脸朝外站“小边”）

红　娘

崔莺莺　命你问长老追荐我父日期如何？

红　娘　今乃二月十五日，佛爷受供之期，长老请夫人、小姐，一同拈香。

崔莺莺　哎，爹爹呀！（哭，以袖掩面）

红　娘　小姐您这一哭，我倒想起一件可笑的事情来啦！（想起张珙可笑情景，以此缓和小姐悲痛）

崔莺莺　什么可笑之事？

红　娘　咱们在庭院扑蝶散心的时候，遇见的那位书生，也在长老那里。我出来的时候，他对我深深作了一个揖，（模仿张珙憨态，语气风趣）直眉瞪眼地说道："小生姓张名珙字君瑞，本贯西洛人氏，年方二十三岁，正月十七日子时降生……"（边说边注视莺莺脸上的反映）

崔莺莺　谁叫你去问他来？

红　娘　我没有问他。（略想）他还说哪："小生还未曾娶妻哟！"（学张珙语调，崔莺莺笑）小姐您看可笑吗？（红娘看崔莺莺，莺莺微笑沉思）

崔莺莺　啊，（试探状）这些言语，你可曾禀告老夫人知道？

红　娘　这些话我都没告诉老夫人。（随说随走）待我告诉去！（欲行）

崔莺莺　转来！你不曾禀告也就罢了。

红　娘　（止步）这是怎么一回事呀？（摊双手向台下，不解地）

「**【小锣五击】**崔夫人"上场门"上，至"小边"台口。

崔夫人　（念）夫君遭不幸，寺内暂安身。

「念完左转身入内归中。莺莺走至"小边"，红娘在莺莺右侧。崔夫人坐下。

崔莺莺　（施礼）母亲！

红　娘　（施礼微蹲）老夫人！（归原位）

崔夫人　啊女儿，适才红娘报道，今日乃追荐你亡父之期，长老已在佛殿诵经，速随为娘前去。（站起上前，二道幕闭）

崔莺莺　女儿遵命。

「红娘领莺莺、崔夫人走圆场，至台中挖进门，做开门手势，迈左步表示门开了，用力推门，即提步返身，搀扶夫人、小姐入内（动作要快）。二道幕开，正场灵桌，"大边"桌旁设跨椅。

崔夫人　哎，相国呀！

〔西皮摇板〕

【小锣凤点头】（过门同前）3 2 21 1 12 3 2（21 | 61 | 21）| 3
当年骨肉聚天伦，撒

1 2 2 76 6 1（3 | 21 | 61）| 62 12 3 2 12
手一去永离分。母女相依太

3 2（21 | 61 | 21）| 62 1 13 2 6 76 66 1 － ‖
孤零，暮年弱质靠何人？

〔场面奏<西皮小开门>

多　多7 | 6123 21 6 | 1 1 60 5 :‖: 3 6 1 5 | 3 6 3 5 | i 3 5 6 |

（红娘点香交崔夫人，崔夫人接香一拱，又交红娘，插香炉。红娘扶崔

1 3 231 | 0 5 6 5 | 6 4 356 | 0 3 5 6 | 1 6 6532 | 3 5 6 5 |

夫人、崔莺莺共同面向灵台，跪拜毕搀起，崔夫人坐“大边”椅，红娘扶崔莺莺跪

3 634 | 3 6 5 i | 6 5 3 2 | 1 3 2 1 | 6213 21 6 | 1 1 60 5 :‖

“小边”灵桌旁。法本领张珙“上场门”上，至“小边”台口。曲牌随情况收住）

法　本　少时老夫人问起，你只道与老僧是亲戚。

张　珙　什么亲戚？

法　本　你就说是我家内侄。

张　珙　哎！

〔法本引张珙挖进，站“大边”。

崔夫人　长老，此乃何人？

张　珙　小生张君瑞，是老方丈内侄在此追荐亡母，望崔老夫人莫怪。

红　娘　他又来了。

崔夫人　此乃人子一片孝心，何“怪”之有？你只管追荐令堂去吧。

张　珙　且慢！小生备有祭礼，祭奠老相国。

崔夫人　你我素昧平生，那就不敢当了。

张　珙　当得的，当得的！

红　娘　小姐你看，这就是那个书呆子。

〔张珙向灵位跪拜，拜毕起立归原位。

崔夫人　恕老身不能答礼。

〔内起鼓声，众惊。

〔法聪内白：“报！”

〔**【冲头】**法聪由“上场门”上，挖进站“小边”。红娘也扶莺莺起立。

法　聪　启禀老夫人、老师父：大事不好啦！

法　本
崔夫人　何事惊慌？

法　聪　今有孙飞虎统领五千人马，攻进河中府，兵围普救寺，要抢莺莺小姐作为压寨夫人！

崔夫人　哎呀，有这等事？快快紧闭山门，小心防守！

〔内又起鼓声。众皆惊慌失色。

法　聪　老夫人，快快想个妙策，不然我们全寺的和尚就都活不了啦！

崔夫人　这个……

崔莺莺　**【大锣叫头】**（扬水袖起叫头）母亲哪！乱兵如此猖狂，不如将女儿献出，既可保

得一家老小，全寺僧众，也可平安无事的了哇！（哭，以袖掩面）

崔夫人　女儿不可如此糊涂！想我崔家，从无“再婚”之女。若是将你献出，岂不辱没了崔家门庭！

崔莺莺　待女儿碰死了吧！

红　娘　【大锣叫头】（仗义执言，一气呵成）哎呀，老夫人哪！小姐既不能辱身从贼，又无退兵之计，倘若孙飞虎杀进寺来，难道说我们就束手被擒不成吗？

〔起鼓声。（堂鼓架子）

崔夫人　【大锣叫头】也罢！【住头】两厢众人听者：（仓）若有人能退得贼兵，老身愿倒赔妆奁，将小女莺莺许配与他为妻，愿者答话。（众人惊）

张　珙　（上前拉住崔夫人左手）啊，老夫人，可是实言？

崔夫人　什么实言哪？

张　珙　你方才言道，有人退得贼兵，便将莺莺小姐许他为妻，可是实言？

崔夫人　（摆脱张手）哪个哄你不成！

张　珙　如此岳母请上，受小婿大礼参拜！（速跪拜）

红　娘　他真急呀！

崔夫人　岂有此理！你乃懦弱书生，有何本领？

张　珙　喏喏喏，小生自有退兵之计。

红　娘　（上前至台中）你不要这么文绉绉的，有什么退兵之计，你快快说吧！

张　珙　就请长老对贼首言讲夫人钧命①，小姐孝服②在身，请他暂退一箭之地，待等三日功德圆满，拜别相国灵柩，改换礼服，送去成亲。这不是退兵之计吗？

红　娘　哦，（眼神直瞪张珙）这就是你的退兵之计呀？我看你真有点儿泄气！（扭回头来）

张　珙　什么泄气，我还有下文呢！

红　娘　你不要这么文绉绉的，有什么话你就痛痛快快地说！

张　珙　小生有一好友，名唤杜确，人称白马将军，现统十万大军镇守蒲关，与小生有八拜之交，小生修书前去，必能退得贼兵，这不是退兵之计么？

红　娘　噢！你有一好友，人称白马将军，他若来了就能退得贼兵吗？

张　珙　正是。

红　娘　（嫣然微笑）此计甚好（伸出右腕做持笔狂草的神气），就请先生您赶快修书。（红娘喜转身至桌旁为张珙磨墨）

张　珙　待我修书。

〔唢呐奏<急三枪>张珙返身至桌旁，提笔修书。

崔夫人　有劳先生费心。儿呀，随为娘来呀！

崔莺莺　是。（崔夫人拉莺莺出门往“下场门”欲走）

红　娘　（随出门，叫住老夫人）老夫人，想不到您得了这么一个好女婿！

崔夫人　（回头）休得胡言！（走向“下场门”）

红　娘　（向崔莺莺）小姐您的造化也不浅哪！

---

① 钧命：钧，对上级或尊长的敬称；钧命，来自上级或尊长的命令、指示。

② 孝服：既指古时男女居丧时期身穿的白布、麻布丧服；亦代指为尊长服丧的阶段。孝服期，不能婚娶。

〔【小锣五击】崔莺莺羞，随崔夫人下，红娘随下。

张　珙　长老，书已修好，有何人前去下书？【小锣一击】

法　本　这个……（接书）

法　聪　师父您忘啦？我师哥惠明心粗胆壮，喜好拳棒，要把他叫出来，他必然愿去。

〔张珙点头，从“下场门”暗下。

法　本　好虽好，只是此事非同小可，我还是喧喊一声，看寺内众僧谁愿自告奋勇前去的好。寺中僧众听了：张相公有书信一封，下到蒲关搬请白马将军。谁愿前去，前来答话。

〔惠明内白：“咱，惠明来也！”

〔【急急风】惠明由“上场门”上，站“小边”台口。

惠　明　哇呀呀！……

〔西皮散板〕

【快纽丝】サ（6 6　6 5　i 3　12 2　6 2　1 1　1 1）4　3　3　3
生　来　一　副

5 2　1 2　3（6　1 2　3）3 2　3　1 3　2　2 1　6
刚　烈　性，（仓）胆　壮　气　豪　武　艺

1（7　6 2　1）3　3　3 12　2　3　2　2 -
精。（仓）急　急　忙　忙　禅　堂　进，

〔【快纽丝】挖进，站“大边”。

（过门同前）3　2 5　3　2. 1　2　5 3　1. 2　2 61【住头】
俺　惠　明　愿　做　下　书　人。

法　本　惠明你前来做甚？

惠　明　俺要到蒲关下书。

法　本　你有何本领敢去下书？

惠　明　俺若不去，这普救寺内哪个敢去？

法　聪　门外尽是叛兵，你赤手空拳，如何去得？

惠　明　常言道，一人拚命，万夫难挡。我有戒刀在手，哪怕杀不出一条路来！

法　本　如此一路小心，快去快回！

惠　明　拿过来！（法本将书信交惠明）俺去也！

法　聪　师哥你可去不得！

〔西皮散板〕

惠　明　【快纽丝】（过门同前）3　3　3 12　2　2 1　3　2 -
辞　别　师　父　蒲　关　进，

〔【快纽丝】出门，至“大边”。

2 3 3 2 1 2 （7 6. 1 2） 2 5 3 2 1 1. 5 1 – ‖
百 里 路 程 日 夜（呀）行。

〔向法本拱手，【冲头】“下场门”下。

法 聪 （拉法本）师哥，去不得！

法 本 （甩开）哎，去不得，你拉着他，你扯着我做什么？

法 聪 呦，我拉错啦！师父。

法 本 哼！你的头昏了吧！走，随我念经去吧！

〔【大锣打下】法本、法聪“下场门”同下。

第 三 场

悔 婚

〔二道幕外。【急急风】四叛兵上“站门”，孙飞虎由“上场门”上，至中场，接【大锣五击】。

孙飞虎 俺，【撕边一锣】孙飞虎。【大锣住头】那秃驴约定三日献出莺莺小姐，今日期满，不见音信，三军们，攻打寺门去者！

四叛兵 啊！

〔【冲头】接【水底鱼】四叛兵领起圆场，至“小边”，“一条鞭”站。孙飞虎跟圆场，至“小边”偏中台口，冲“下场门”。

孙飞虎 呔！大胆秃驴，三日期满，快将莺莺献出；如其不然，杀进寺去，寸草不留！

〔孙飞虎、叛兵走圆场时，二道幕拉开，法本由“下场门”上，站在斜置的山门墙内（寺墙）露出上半身。

法 本 哎呀且慢！待老僧请崔老夫人寺前答话。有请老夫人！（向“下场门”）

崔夫人 （由“下场门”上山门）将军千万不要生气。我女儿孝服未满，请再宽限三日吧！

孙飞虎 嘟！【大锣五击】三番两次推托，你老爷好不耐烦。速将莺莺小姐献出还则罢了，如其不然，先杀掉你这老家伙。

崔夫人 （惊，颤抖）这个…… 【大锣一击】

〔杜确内白：“贼子休得猖狂，白马将军来也！”【急急风】四官兵、中军、惠明引杜确“上场门”上，归“大边”。孙飞虎归“小边”，二人架住。

杜 确 叛军通名，马前受死！

孙飞虎 俺乃丁文雅部下镇守河桥大将军孙飞虎在此。你是何人？

杜 确 白马将军杜确，特来取尔首级！

孙飞虎 你奉何人所差，敢来扰乱你老爷的好事？

杜 确 嘟！大胆孙飞虎，身为镇守河桥将，目无法纪，竟敢在此胡为，该当何罪？

孙飞虎 你掳你的金银，俺抢俺的美人，与你何干？

杜　确　看刀！（用大刀砍向孙）

孙飞虎　咳呀！（横枪一挡，二人同时左右转身面向内站定）

〔【急急风】双方"钻烟筒"分下，杜确与孙飞虎"一扯"、"二扯"（也可开打），"一合"、"二合"。惠明续上，一压孙飞虎刀，杜在"小边"、孙在中、惠明"大边"三人"串肚"换地位，杜确、惠明同时压孙飞虎刀，往里杀死孙飞虎。

〔二道幕闭，中军、四官兵、四叛兵同时上。

四叛兵　（跪向杜确）将军饶命！

杜　确　与尔等无干。中军，带了下去。城外扎营！

中　军　得令！

〔【大锣打下】中军、四官兵押四叛兵"上场门"下。

〔张珙"下场门"暗上，与崔夫人、法本开山门，出迎。法本、惠明下。

〔【水底鱼】红娘上先右后左大抖袖，表示喜悦，搀崔莺莺"下场门"上。二道幕拉开，下场桌、八字椅、"大边"跨椅。

杜　确　贤弟，受惊了！

张　珙　仁兄，久违了！

崔夫人　多谢将军救命之恩！

杜　确　军无法纪，下官有失防守，老夫人受惊了。

崔夫人　岂敢！红娘搀扶小姐拜谢杜将军。

〔红娘扶崔莺莺拜见杜确，转身出门欲走，张珙跟出，在台前；红娘飘动水袖表达内心微笑。红娘在莺莺后，先右、后左抖袖。

张　珙　小姐受惊了！

红　娘　（回头见张憨态，兴奋，讪笑）你哪儿有那么些废话！（侧背身，抬右足，微上踢，【小锣一击】扶崔莺莺"下场门"下）

崔夫人　请坐！（坐"小边"椅）

张　珙
杜　确　告坐。（杜确坐"大边"椅，张珙坐"大边"跨椅）

杜　确　贤弟，你我阔别多年，请同往蒲关城中欢畅数日。

张　珙　杜仁兄，小弟本当从命，只因孙飞虎围寺，崔老夫人自出赏格：如有人退得贼兵，愿将小姐许配为妻。待小弟完成花烛，再往蒲关拜谢。

杜　确　如此说来，我倒作了你的大媒了，本应留此吃了两家喜酒，怎奈军务在身，不能久留，改日再来拜贺。

张　珙　恕不久留了。

杜　确　告辞，正是：（站起，走至台前，念）马离普救敲金镫，人望蒲关唱凯歌。

张　珙　恕不远送了！

〔【冲头】杜确"下场门"下。崔夫人移坐中桌前。张珙送杜确后返身入内，坐稍待。

张　珙　（背指语）老夫人怎么不提亲事呀？（转过身）【小锣一击】啊，老夫人，这春色佳丽，惠风和畅，今日天气甚好！

崔夫人　（佯作不知）今日天气不错。

张　珙　老夫人不曾受惊么？

崔夫人　（仍装不知）啊，不曾受惊。

张　珙　小姐不曾受惊么？

崔夫人　她也不曾受惊。

张　珙　如其不然，我请白马将军多住几日？

崔夫人　他乃有公务之人，焉能久留。啊，先生救命之恩，老身焉敢忘却，张先生今日搬到书院来住，明日叫红娘请先生吃酒，（缓缓起身向外走去）明日你一定要来呀！哈哈哈！

张　珙　老夫人，明日我一定来的。

〔【小锣五击】崔夫人厌烦地走向“下场门”，转身时立即收住对张珙的伪装笑容，走下。二道幕闭。张珙目送崔夫人，稍向“下场门”随走二步，又返台中。

张　珙　好了好了！（台）老夫人命我在这书房歇息，我不免好好安睡一宵，明日也好完成花烛。

〔张珙走圆场，二道幕拉开，场上设正场桌，大座，桌上放一灯、书。

张　珙　来此已是书房，待我进去。（至台中，进门，关门）哎，好难度的长夜啊！

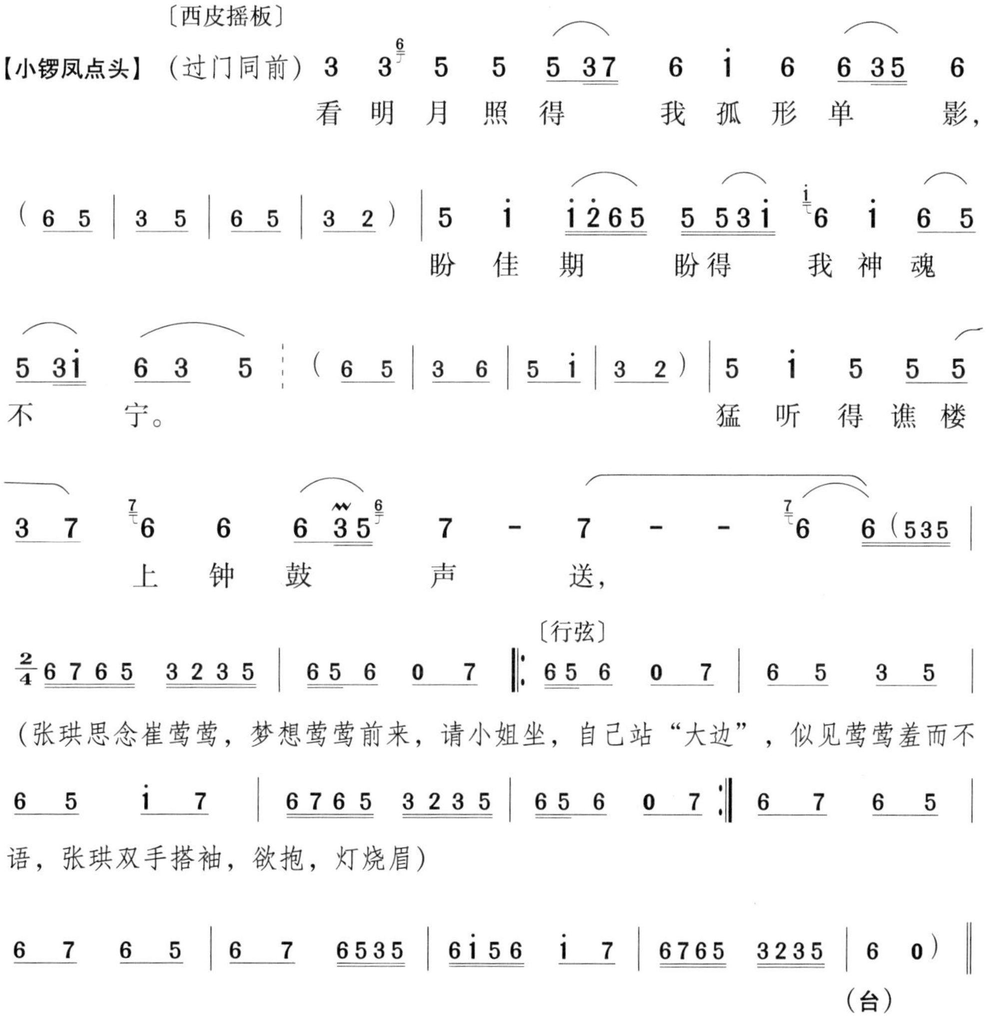

哎！（张珙惊觉是幻想，双抖袖）

〔张珙困打哈欠，一手支首，做入睡状。
〔效果【亮更】。
〔红娘拿书信“上场门”随过门上，至“小边”台口。

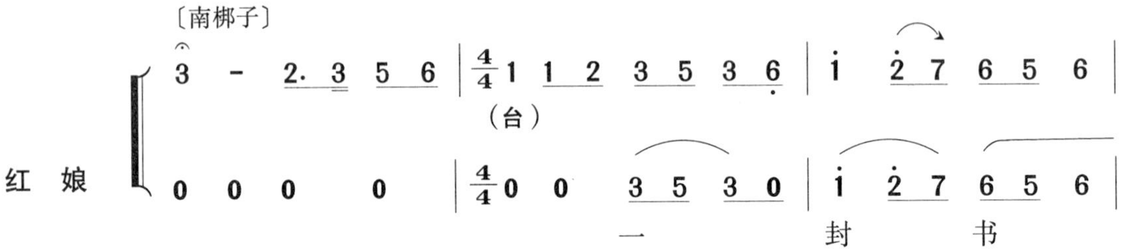

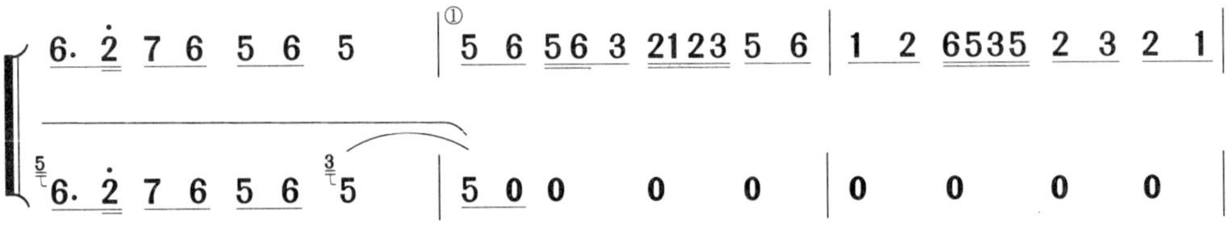

(走圆场，似穿廊过院，结合唱，且歌且舞，随鼓点，

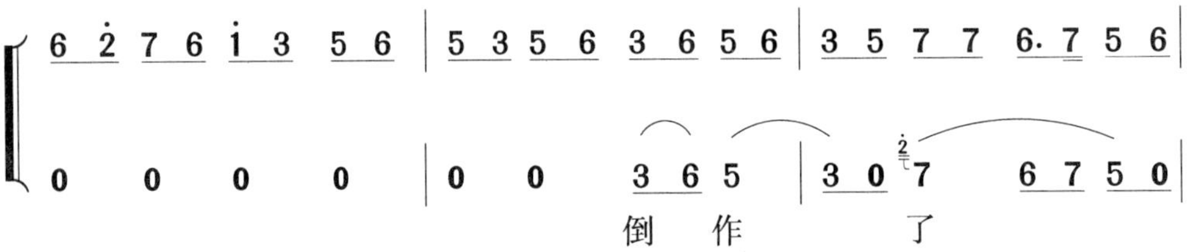

忽停忽进，身躯前后俯仰，摇曳多姿）（大踏步向前走，到台前时，从右侧穿向

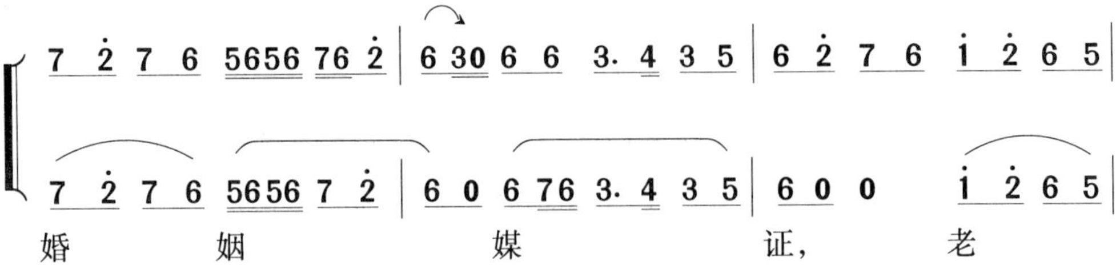

左走成半弧）

① 也可拉短过门，此处改拉：3 6 5 3 2 1 6 1 | 5 3 5 6 接唱。

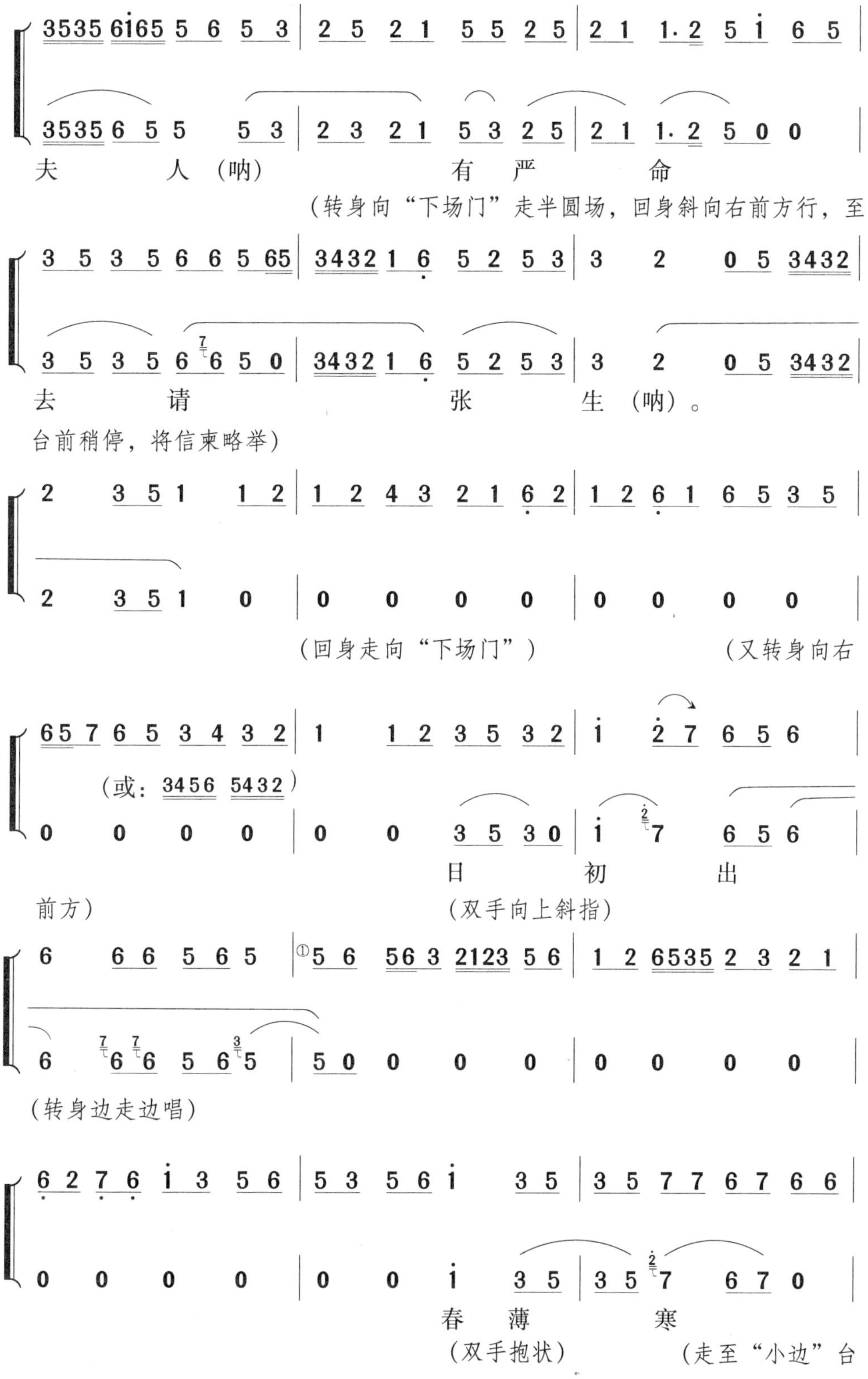

① 此处也可拉短过门，琴谱同前。

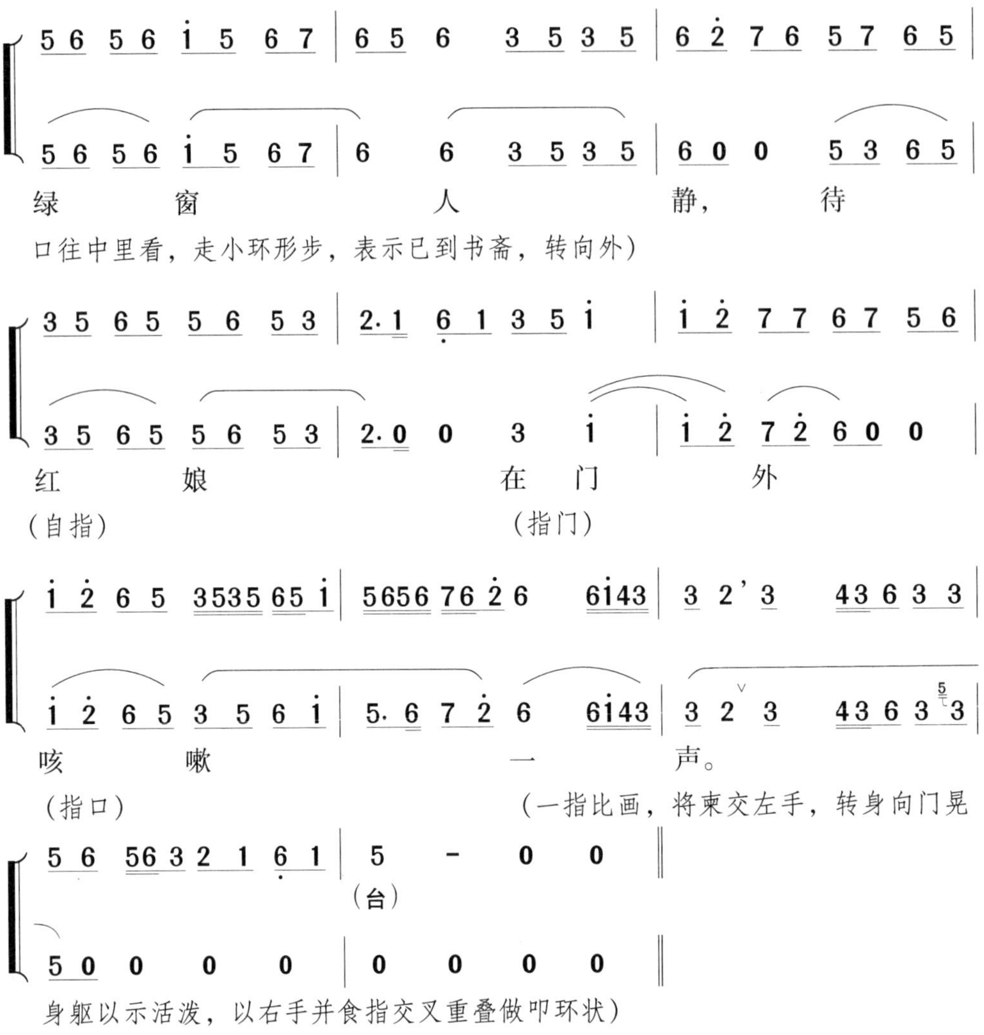

〔红娘咳嗽一声。

张 珙 （惊醒）门外何人？

红 娘 是我啊。

张 珙 哎呀，红娘姐到了。（站起离座开门）请坐！

红 娘 （背手将信藏身后，横跨门槛入内）不必坐啦，老夫人命我前来请您。（将请柬给张珙）

张 珙 不劳说了，我已明白了。（二道幕闭）

红 娘 你明白什么？

张 珙 今乃吉日良辰，老夫人命你来请我与小姐完成花烛，你道是与不是？

红 娘 呀！（同情、喜悦地渐左转身，仍原地，抬左袖，右手撩看，上前一步）

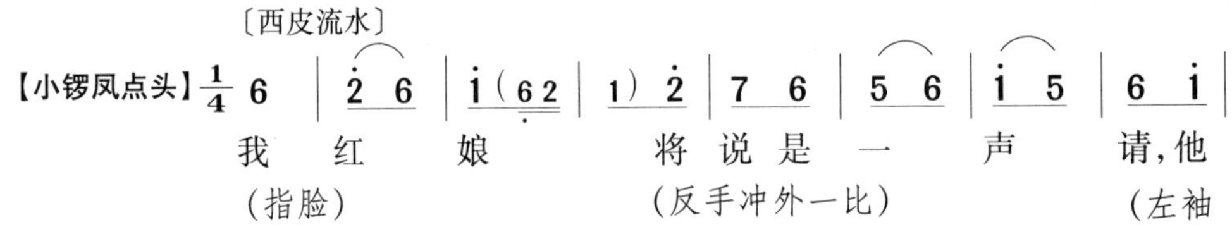

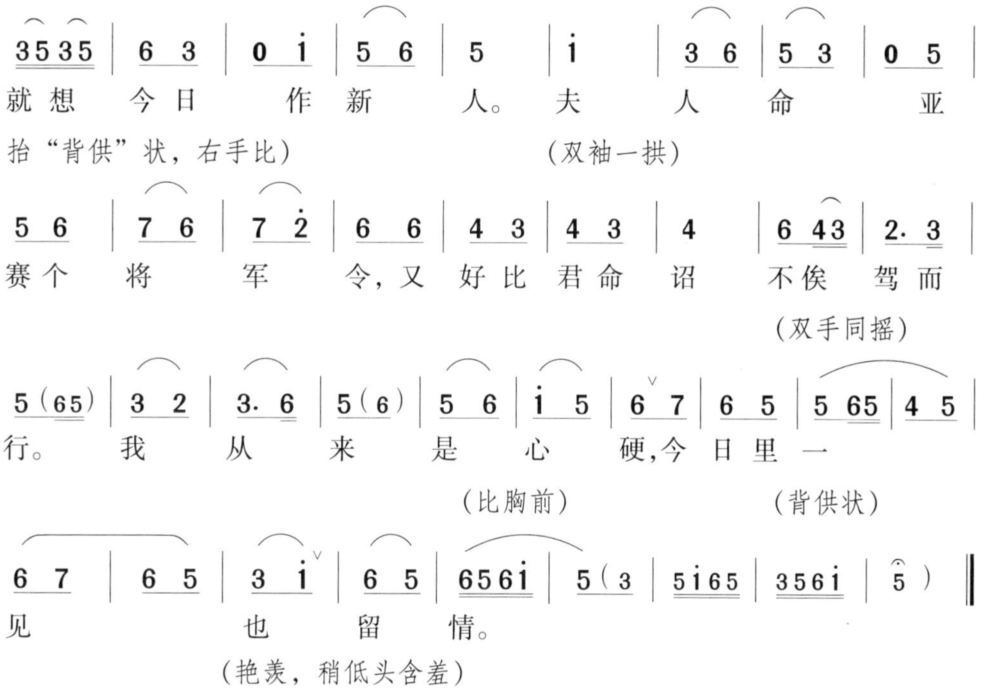

张　珙　红娘姐不必沉吟，少时见了老夫人，定是这样讲：张先生你来了，与我家莺莺成双成对，饮合欢酒，洞房成亲。红娘姐，你说是与不是？

红　娘　你倒想得很周到。老夫人在等着你哪，快走吧！

张　珙　带路！

〖**【小锣凤点头】**红娘两手露在袖外，微平抬，右手背面向张做招手状，小圆场[①]。

张　珙

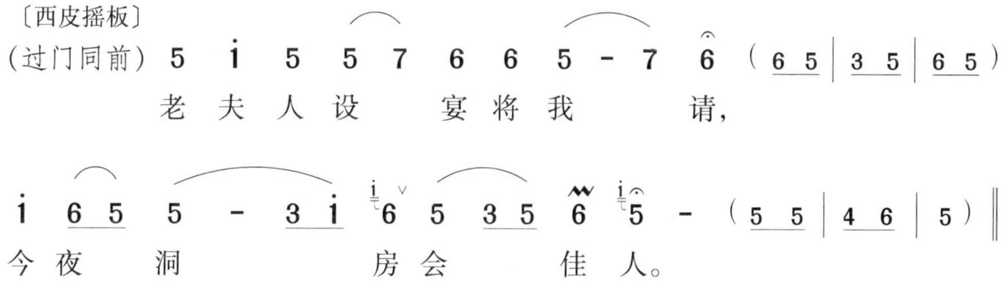

〖二道幕拉开：正场桌，大座，两边桌头跨椅。

红　娘　到啦！

张　珙　前面通禀。

红　娘　（进门，向“上场门”）有请老夫人！

〖**【小锣五击】**崔夫人“上场门”上，站中场。

崔夫人　红娘，张先生可曾到来？

红　娘　现在门外。

---

① 红娘出门领张珙，1. 举右手背向张珙做招手状。2. 在走至三分之一的线路上，与张珙面对面招左手，再背向张珙招手。3. 走到上场门时，回身以双手向张珙点招，然后回身内躲，将张珙让过，张珙立大边，红娘平抬两手，遥向张珙肩部做按下状，示意张珙止步，与唱腔同时停止，归小边。

崔夫人 说我有请!

红　娘 （出门）有请张先生！（张随红娘进，归“大边”，红娘站“小边”）

张　珙 张君瑞拜见老夫人！（拜揖毕，仍归“大边”站）

崔夫人 少礼，请坐。红娘扶小姐出堂拜见。

红　娘 遵命，我去请我家小姐去。（出门，“上场门”下）

张　珙 告坐。（坐“大边”）

崔夫人 前日贼兵作乱，蒙先生大德，救我全家性命，特备酒宴，不成敬意。

张　珙 区区之劳，何足挂齿。

崔夫人 已备酒宴，请先生上坐。

张　珙 这就不敢了。

〔红娘扶崔莺莺“上场门”上。

崔莺莺 （在“小边”台口）（念）迅扫烽烟归净土，

红　娘 （在莺莺左边，念）双悬日月照华筵。小姐，张先生在那里等候，少时你就是一位新娘子啦！

崔莺莺 啐！（羞）

红　娘 小姐，婚姻乃人生大事，你害什么臊啊？随我进来。

〔崔莺莺、红娘同进门，归“小边”站。

崔莺莺 参见母亲！

崔夫人 儿呀，一旁坐下。

崔莺莺 是。

〔红娘倚莺莺右侧立。

崔夫人 红娘，看酒！

〔张珙坐内场椅（中），崔夫人坐“大边”，莺莺坐“小边”。

〔红娘递酒，各斟上一杯。斟后仍退至莺莺身后。

崔夫人 请先生满饮此杯。

张　珙 多谢老夫人！（饮酒）

崔夫人 儿呀，你也敬酒一杯。

〔莺莺羞，红娘暗示不能代替，你自己敬吧。莺莺敬酒。**【小锣一击】**

崔夫人 儿呀，从今以后，你二人要兄妹相称，来来来，拜见你张家哥哥。

〔**【大锣一击】**张珙愣，莺莺、红娘四目相对后，向前突出惊讶状。

张　珙 哎呀！老夫人，你我既是亲眷，为何这等称呼？

崔夫人 先生哪里知道，老相国在世之时，已将小女许与老身侄儿郑恒为妻。愿以金帛奉酬，请先生另选名门，各谐秦晋[①]，以为两便。

张　珙 （冷笑）呵！…… **【大锣一击】**请问老夫人，杜将军若是不来，孙飞虎公然无礼，小姐岂不被贼玷辱？老夫人那时又当如何？**【大锣一击】**

红　娘 （情不自禁）这是该问的。

崔夫人 这个……

---

① 秦晋：秦、晋为春秋时期的两个国家，因两国世为婚姻，后世遂以秦晋为联姻的代称。

红 娘

张　珙　老夫人有言在先：有人计退贼兵，必将小姐许配。如今贼兵既退，老夫人悔却前言，不讲信义，难道说戏弄我张君瑞不成？

红　娘　有理呀，有理！

崔夫人　（怒视红娘，又问张珙）过去之事，不必提了。你醉了，我说你不会吃酒，你果然不会吃酒，一吃就醉了。红娘，搀扶张先生到书房去吧！儿呀，随为娘来呀！

「崔夫人起身，拉莺莺走，莺莺不走，老夫人强拉，“下场门”下。

「莺莺无可奈何注视红娘，随老夫人下，红娘敢怒不敢言。

红　娘　（出门，向“下场门”走两步，看老夫人下后，回身冲台下**【小锣一击】**）这个老太太，真是老奸巨猾呀！利用完了人家，又想跟人家退亲，还说人家不会吃酒吃醉啦，呱呱呱……就走啦！（进门，站“小边”向张珙）张先生，你不会吃酒，你吃醉啦！

张　珙　我哪里醉了？红娘姐，你还不知道我的苦楚么？

红　娘　我何尝不知。

张　珙　红娘姐，小生实指望与你家小姐结为秦晋，不料老夫人悔婚。事到如今，你快与我想个主意才好。**【小锣一击】**

红　娘　你是个念书的人，难道没有主意，还跟我们女人家要主意吗？

张　珙　念书，无非是读书、写字啊。

红　娘　你会写字吗？

张　珙　我会写字。

红　娘　你会写字，那不就好办了吗？（以上语气，都带娇羞状）

张　珙　哦，红娘姐，敢莫是要与我传书递简？（红娘点头）既然如此，就请红娘姐随我去至书斋修书。

红　娘　你叫我跟你一块儿到书房修书去吗？

张　珙　是呀！

红　娘　先生，男女有别，你头里走，我随后就到。

张　珙　啊，红娘姐，上天下地，我是绝无二意呀。

红　娘　（激愤地）好，好好，我就是一个直率人，我就同你一块儿到书房写书去，走！

张　珙　气死我也！

〔西皮摇板〕

【小锣凤点头】（过门同前）3 6　5　i　6　6　6　5 6　7 - - 6 6 - -

离　了　西　厢　书　斋　进，

「张珙边唱边和红娘出门走大圆场，**【小锣抽头】**红娘两臂向左平伸，垂下水袖，用快速步伐，两腿支住全身平衡，带动水袖飘飞，圆场中转三个身：1. 以右手招。2. 以左手招。3. 双手同时招。这时已到门口，双手同时推开门，稍退，让张珙先进，入内，在“小边”，张珙在“大边”，伸臂与张珙双转身，跳步，直向桌后中央站立，磨墨，张珙在“大边”桌旁拿笔蘸墨写信。

张　珙　（过门同前）3　i　6　5　6　5　i　5 6　5

老　夫　人　不　该　悔　婚　姻。

（6 5 | 3 6 | 5 i | 3 2）| 3 6 5 7 6 7 6 3 5 6
一 封 书 信 忙 修 定，

3 5 6 6 5 6 5 - （5 5 | 4 6 | 5）‖
但 愿 早 日 听 佳 音。

书信写好，烦劳红娘姐递与小姐吧！

红　娘　递书倒容易。我问问你：你爱我们小姐不爱呀？

张　珙　当然是爱呀！

红　娘　那你知道我们小姐爱你不爱呀？

张　珙　这个……

红　娘　什么这个、那个的，若是我们小姐不爱你，冒冒失失把这封信送去，岂不教我挨顿打吗？（念毕用耸肩身段。面部嘻笑表示爱莫能助）

张　珙　这便怎么处？

红　娘　我也没有法子！（看琴）你还会弹琴吗？

张　珙　小生我擅长此音哪。

红　娘　那就更好啦。

张　珙　怎么更好了呢？

红　娘　我们小姐，也喜欢琴音。她时常跟我说，昔日司马相如，求卓文君时，曾弹一曲，名叫什么凤……

张　珙　“凤求凰”。

红　娘　不错，凤求凰。我们小姐每夜必到花园焚香。今夜我以咳嗽为号，你就弹起琴来，我再看她的颜色行事，再把这封信给她，成与不成可就看你的造化啦。

张　珙　事成之后，必有重谢。

红　娘　（语气柔婉低细）你谢我干吗呀？我又不是媒婆，也不想喝你们那碗冬瓜汤。

张　珙　失言了！琴哪！琴哪！今晚之事就全仗你了哇！

〔**【小锣打下】**张珙“上场门”、红娘“下场门”分下。

第　四　场

琴　心

〔幕启：张珙在“上场门”坐斜场桌，桌上置古琴[1]。红娘扶崔莺莺由“下场门”上。

〔张珙抚琴。

（多 多 2 - 3 - 2 3 2 1 7 - 5 - 6 4 3 …）**【小锣一击】**

---

① 或张珙抱琴从“上场门”上。

红　娘

崔莺莺　（念）花香重迭晚风细，

　　　庭院深沉早月明。

红娘焚香已毕，我们回去吧。

红　娘　不，小姐您看，今儿晚上月色够多好哇，你我何妨在此赏月哪。（左手往上指）

崔莺莺　赏月？

红　娘　（面向张珙咳嗽一声）嗯哼！（暗示张珙）

崔莺莺　（疑）你这是做什么？

红　娘　我咳嗽哪。

〔张珙弹琴。

红　娘　小姐，您看那是什么星？（向左前方，急走三步，与莺莺成一顺边，双手向右上方斜指）

崔莺莺　织女星。

红　娘　噢！织女星啊！

崔莺莺　啊，红娘，何人在此操琴？

红　娘　大概是张生吧。（窥视小姐神色，激动地扬起右水袖示意张珙，匆忙中，忘了有粉墙阻隔）

唱<风求凰>琴曲

张　珙

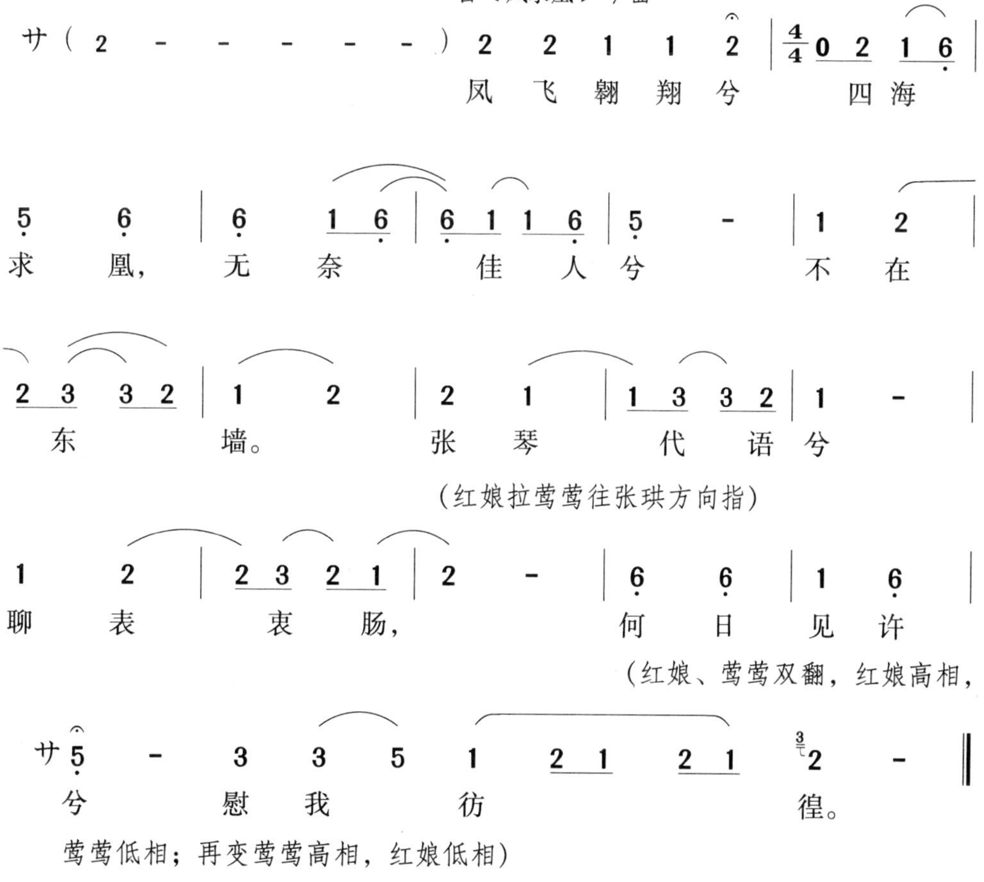

崔莺莺　（抖袖）呀！

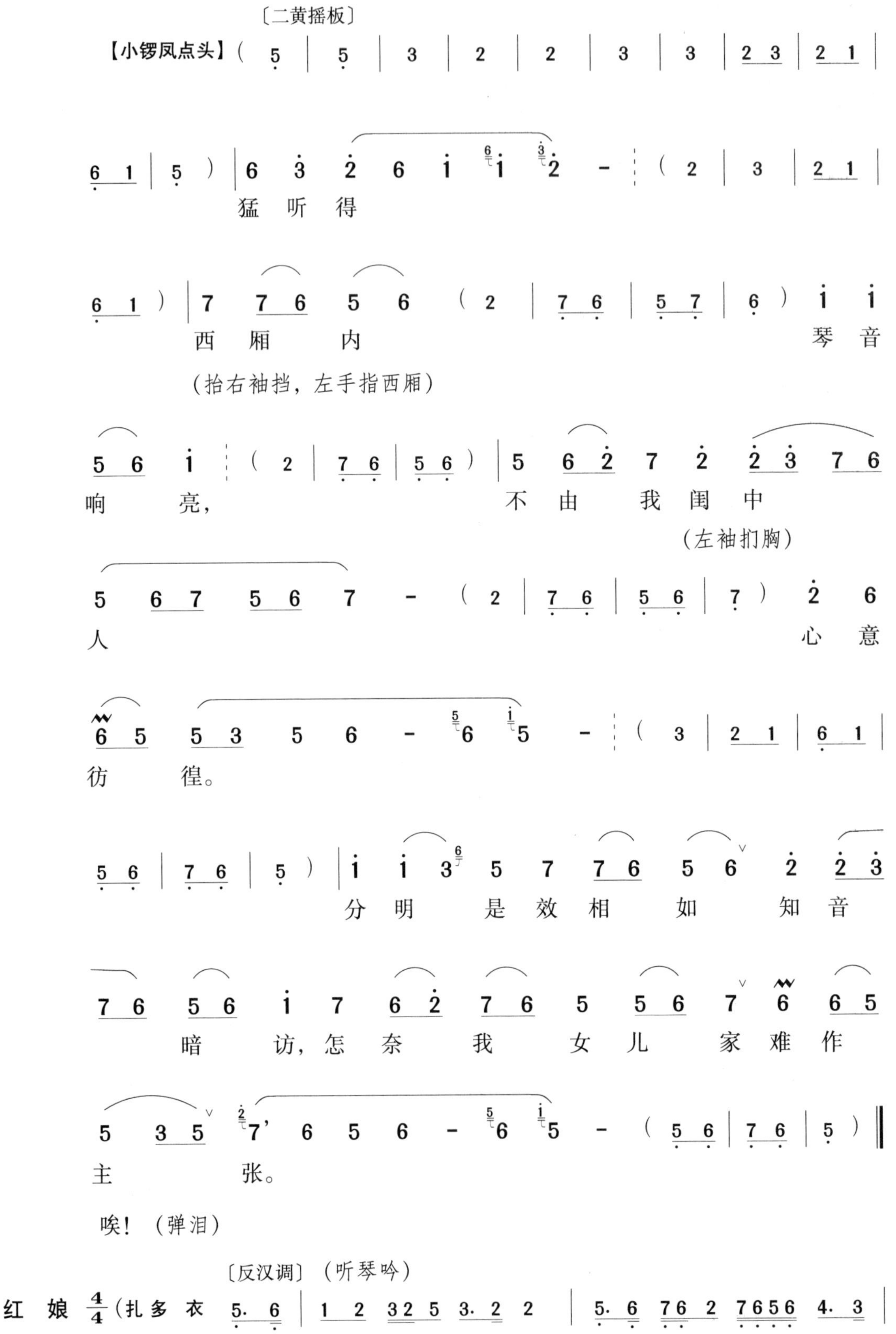

(透左水袖上右步，以足尖为轴向左旋转，收颔挺胸，左侧转向外时，抖左袖，再

红 娘

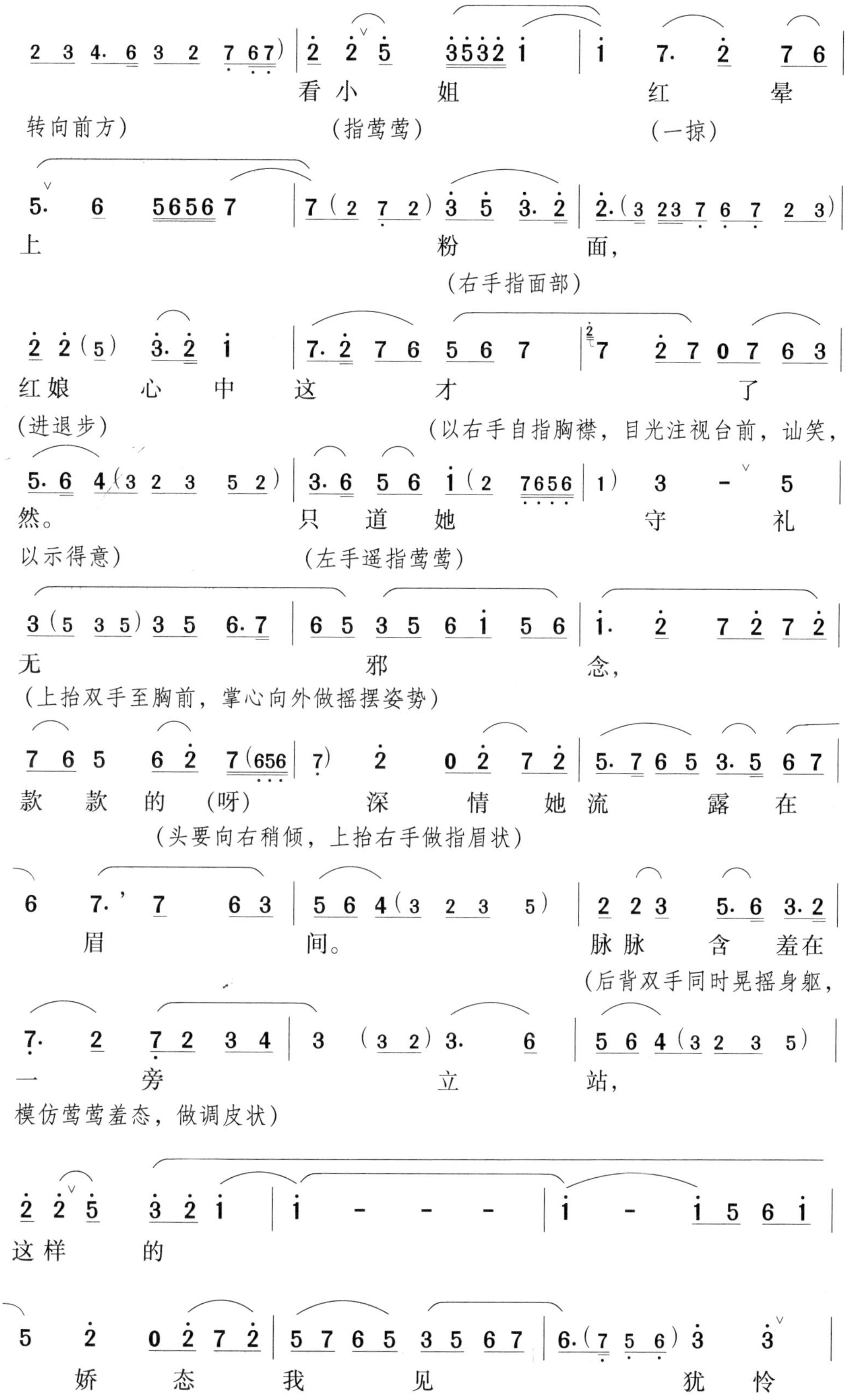
看小姐红晕
转向前方）（指莺莺）（一掠）
上粉面，
（右手指面部）
红娘心中这才了
（进退步）（以右手自指胸襟，目光注视台前，讪笑，
然。只道她守礼
以示得意）（左手遥指莺莺）
无邪念，
（上抬双手至胸前，掌心向外做摇摆姿势）
款款的（呀）深情她流露在
（头要向右稍倾，上抬右手做指眉状）
眉间。脉脉含羞在
（后背双手同时晃摇身躯，
一旁立站，
模仿莺莺羞态，做调皮状）
这样的
娇态我见犹怜

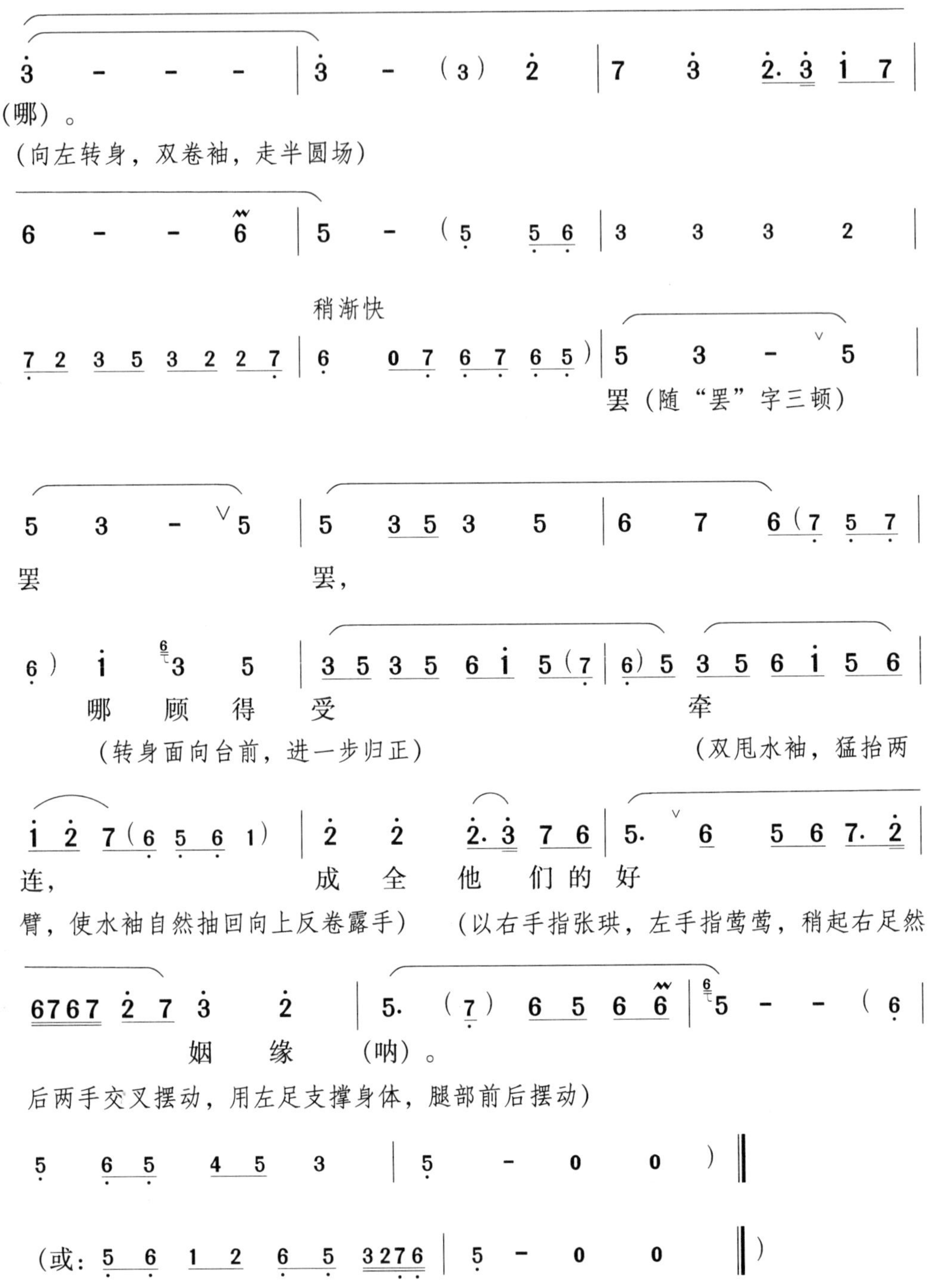

红　娘　啊，（试探）小姐，您听这琴弹得好不好啊？

崔莺莺　好便好，只是老夫人……唉！（暗拭泪）

红　娘　（急问）小姐，老夫人怎么样啊？

崔莺莺　不要多口，红娘我们回去吧。（“下场门”下）

红　娘　你看，也不知她是愿意还是不愿意？（向墙外“上场门”）啊，张先生，你明儿个再听我的喜信吧！（稍退两步，“下场门”下）

张　珙　妙啊！听红娘讲话，明日必有佳音，看夜深风寒，不免暂且安歇了吧。正是：若无好赋因风去，岂有仙云入梦来。

〔【小锣打下】张珙“上场门”下。

第　五　场

传　柬

〔【小锣抽头】幕启：场上设正场桌，“小座”，“大边”设斜桌、“大座”，桌上置镜台、粉盒、梳子。

〔崔莺莺“上场门”上，至“九龙口”。

〔二黄摇板〕

崔莺莺

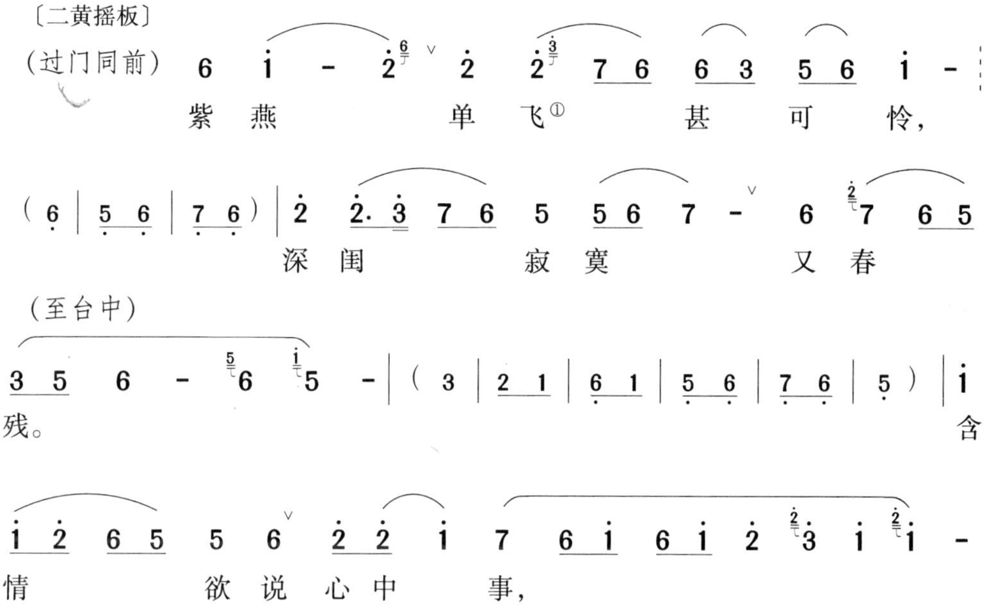

〔【小锣凤点头】左转身归坐“小座”。

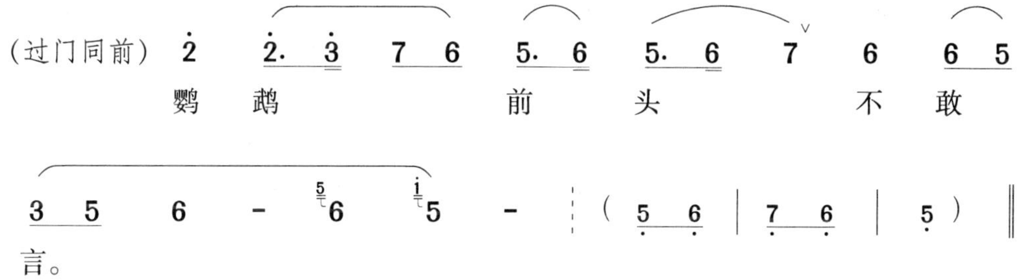

唉！奴家命薄，自幼父母将我终身许与郑恒，实非心愿，怎奈母命难违。那日花园偶见张珙，实指望得配此人，终身有靠，不料母亲悔婚。这且不言，适才长老报道，张珙在书斋愁病交加，想是为了母亲悔婚之事。哎！母亲，事到如今，叫女儿

① 紫燕单飞：紫燕，亦称越燕，常双飞。“紫燕单飞”则喻指人失去了理想的异性伴侣。

何以为人？正是：（念）忧愁无人诉，相思只自知。

〔【小锣五击】红娘由“上场门”上，欲进门，突想起将书信藏云肩内。

红　娘　（进门，见小姐行礼）小姐！（站“小边”）

崔莺莺　啊，（微嗔）红娘，我要梳妆，你往哪里去了？

红　娘　小姐，这几天，我忙得很哪！

崔莺莺　你忙些什么？

红　娘　不是为了老夫人请客的事吗？

崔莺莺　我母亲请客，我怎么不晓得？

红　娘　小姐，您怎么不知道？老夫人把那位客人请到上座，还说：（欲拍莺莺肩的手势）儿呀！你也敬酒一杯。

崔莺莺　这是怎么讲话？

红　娘　我是学老夫人说话哪。老夫人还说：从今以后，你二人要兄妹相称。来，来，来，（双手拱比，调皮地）拜见你的什么“哥哥”呀！

〔崔莺莺一笑。

红　娘　（嘻皮笑脸地挑逗，试探）小姐，您笑啦？您瞧您那个“哥哥”够多么可怜哪。

崔莺莺　（不语，低头沉思，又怕红娘看破，假作生气）再要顽皮，(举右手佯打)我便打你。

红　娘　（左手急托住莺莺右手）小姐，您可怜可怜哥哥吧！（推开莺莺手，跪下）

崔莺莺　休得顽皮。起来！快快与我梳妆。（右手绕指头）

红　娘　来了！（嘻笑，顽皮地速起，走至斜桌后，以袖掸桌，抹镜，拿梳，扶椅，等莺莺入座）

崔莺莺　什么腔调！（一掸水袖，走至斜内后，坐“大座”，照镜）

〔二黄原板〕

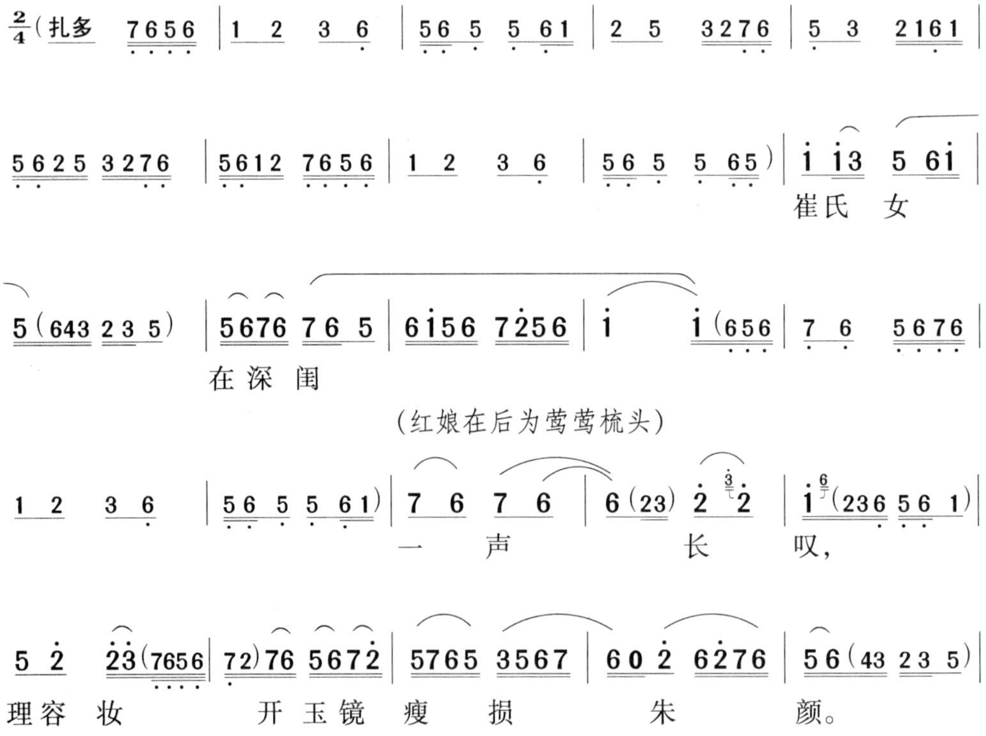

（红娘拿出书信，在莺莺头旁一露，让莺莺在镜中看见）

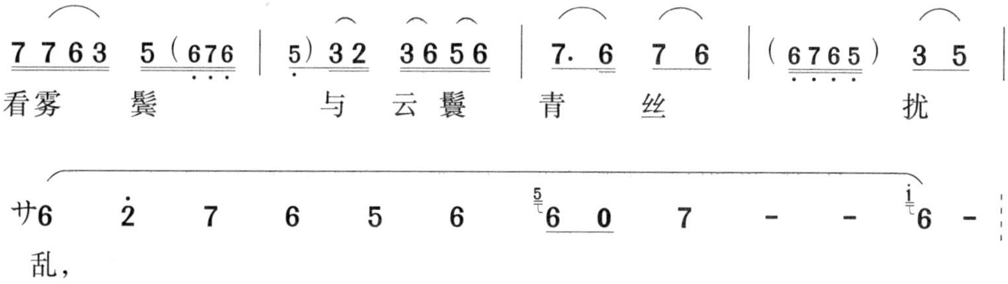

（红娘故意将张珙的信在莺莺眼前一晃二晃藏起，崔莺莺生疑，离座至桌外。红娘发现莺莺已看见，急坐在椅上，对镜理妆，佯无其事）

〔崔莺莺至台中抖袖。

〔二黄摇板〕

崔莺莺 【小锣凤点头】（过门同前）

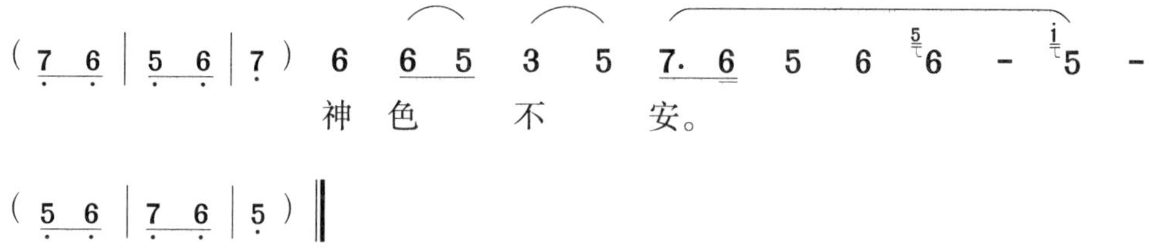

红娘，你过来。

红　娘　（出桌外站“大边”）干吗呀？

崔莺莺　你手拿何物？

红　娘　您问这个，（拿出书信，在莺莺眼前一晃，又急藏起）没有什么。

崔莺莺　我看见了。

红　娘　您看见啦？给您看！（从云肩内拿出书信递给莺莺）

崔莺莺　（接信，故意装作不知）这是哪里来的书信？

红　娘　嘿嘿！不知道。

崔莺莺　红娘大胆！想我乃闺阁之女，何人大胆敢拿书信戏弄于我？待我禀告老夫人，打死你这小贱人！（莺莺拉红娘佯作欲出门去禀告）

红　娘　（摆脱莺莺，并趁机拿莺莺手中书信，佯怒）小姐，这封书信就是张生来的，我也不知道这里头写的是什么，你既然不愿意，我去告诉老夫人去。（红娘欲出门，莺莺慌，急拉住红娘）

崔莺莺　你到老夫人面前禀告哪一个？

红　娘　我告张生，哪怕打不死那个小奴才。（仍欲走状）

崔莺莺　（拉住红娘，无奈地）我饶了你，你也饶了他吧。（用手一指外）

红　娘　（拉住莺莺手）小姐，他是谁呀，谁又是他呀？（用手羞脸）

崔莺莺　（摆脱红娘手，一抖袖）休得胡言，看笔砚伺候。（说毕往里走，坐“大座”，拿信封、信笺）

红　娘　（暗喜）嗯，你要与他写回书啊！

〔红娘高兴地走至桌旁，磨墨，莺莺提笔写信笺。

崔莺莺　(边写边说)写封回信去对他言讲，小姐问候先生，乃“兄妹”之礼，并无别意，再要如此言语，禀告老夫人，连你这小贱人也吃罪不起！快去！(将笺放入信封，交与红娘)

红　娘　我不去！(扭头，不接信笺)

崔莺莺　为何不去?

红　娘　我为你们的事，跑前跑后，我两头都不讨好，有我什么？我不去！(委屈地叉腰，脸背向莺莺)

崔莺莺　小贱人，好没分晓！

〔崔莺莺知道红娘不会不送，故意把信掷在地上，欲走，还不放心，偷偷以袖挡面，回头偷看一下红娘的反应。

〔红娘觉察莺莺的行动，偷偷看一下莺莺扔下书信是否已走远。不想四目相接，红娘又佯不理睬，莺莺会心地一笑，【小锣五击】“下场门”下。

〔红娘见莺莺下，追至“下场门”方向一望。

〔二道幕闭。

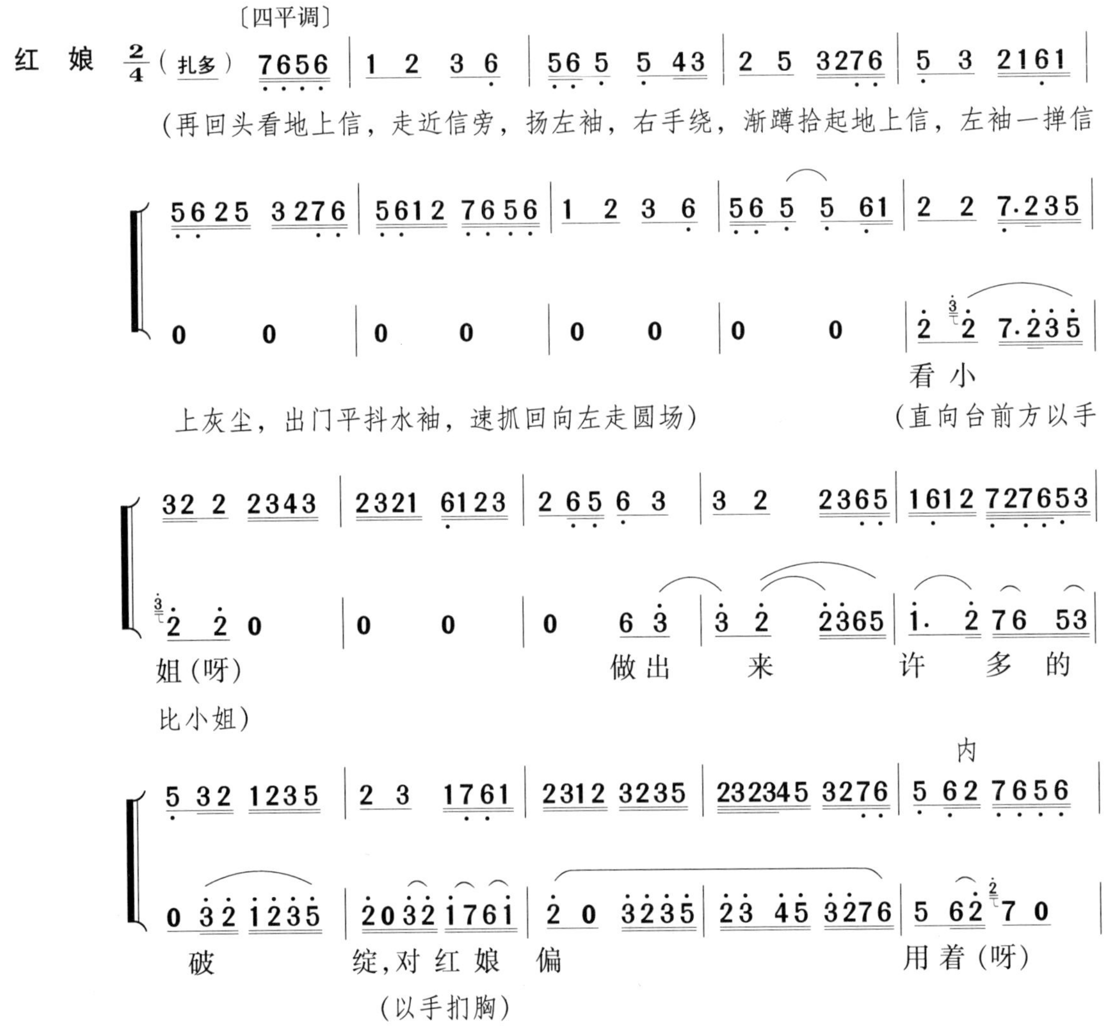

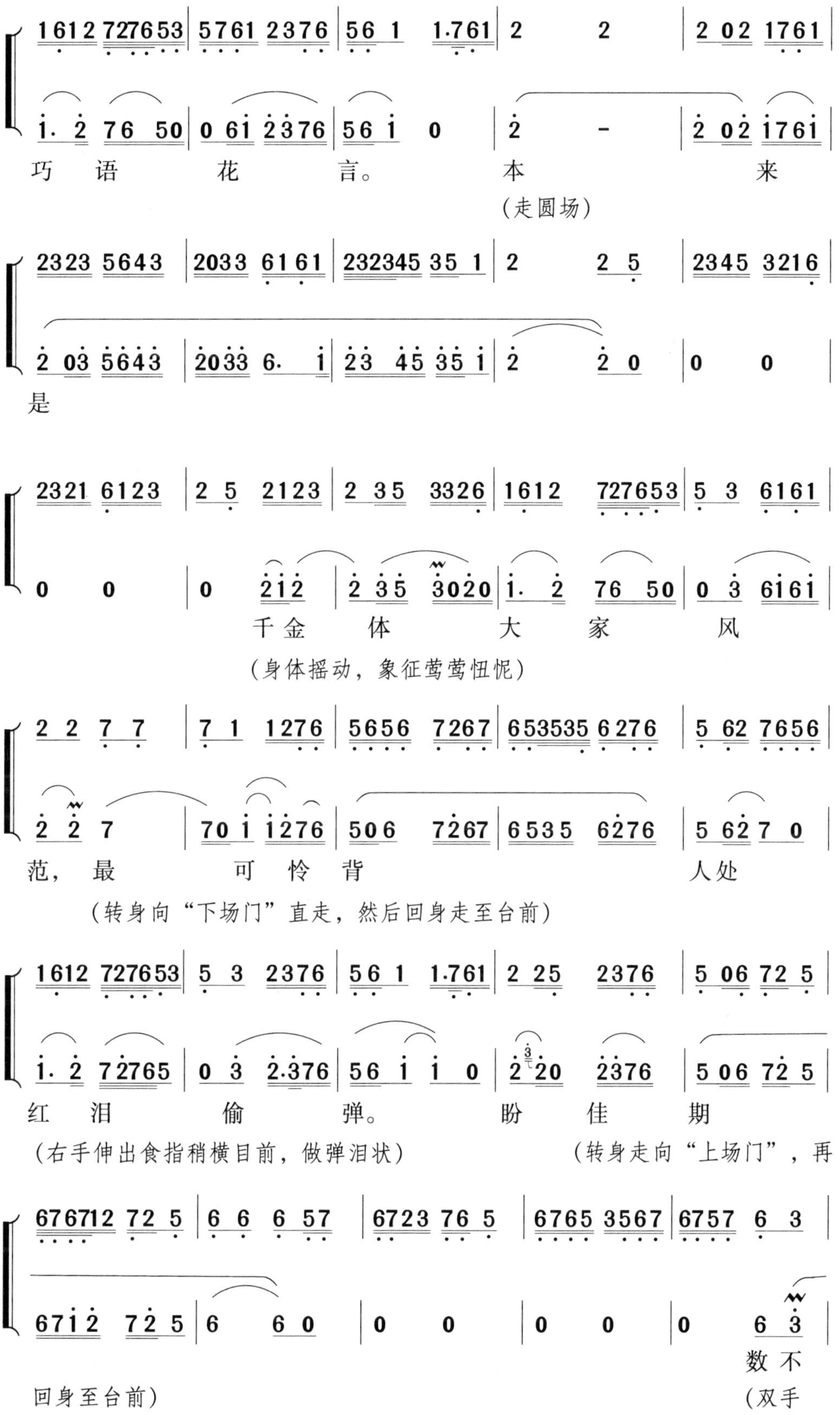
巧 语 花 言。 本 来
(走圆场)
是
千金 体 大 家 风
(身体摇动，象征莺莺忸怩)
范，最 可 怜 背 人处
(转身向“下场门”直走，然后回身走至台前)
红 泪 偷 弹。 盼 佳 期
(右手伸出食指稍横目前，做弹泪状)
(转身走向“上场门”，再
数 不
回身至台前)
(双手

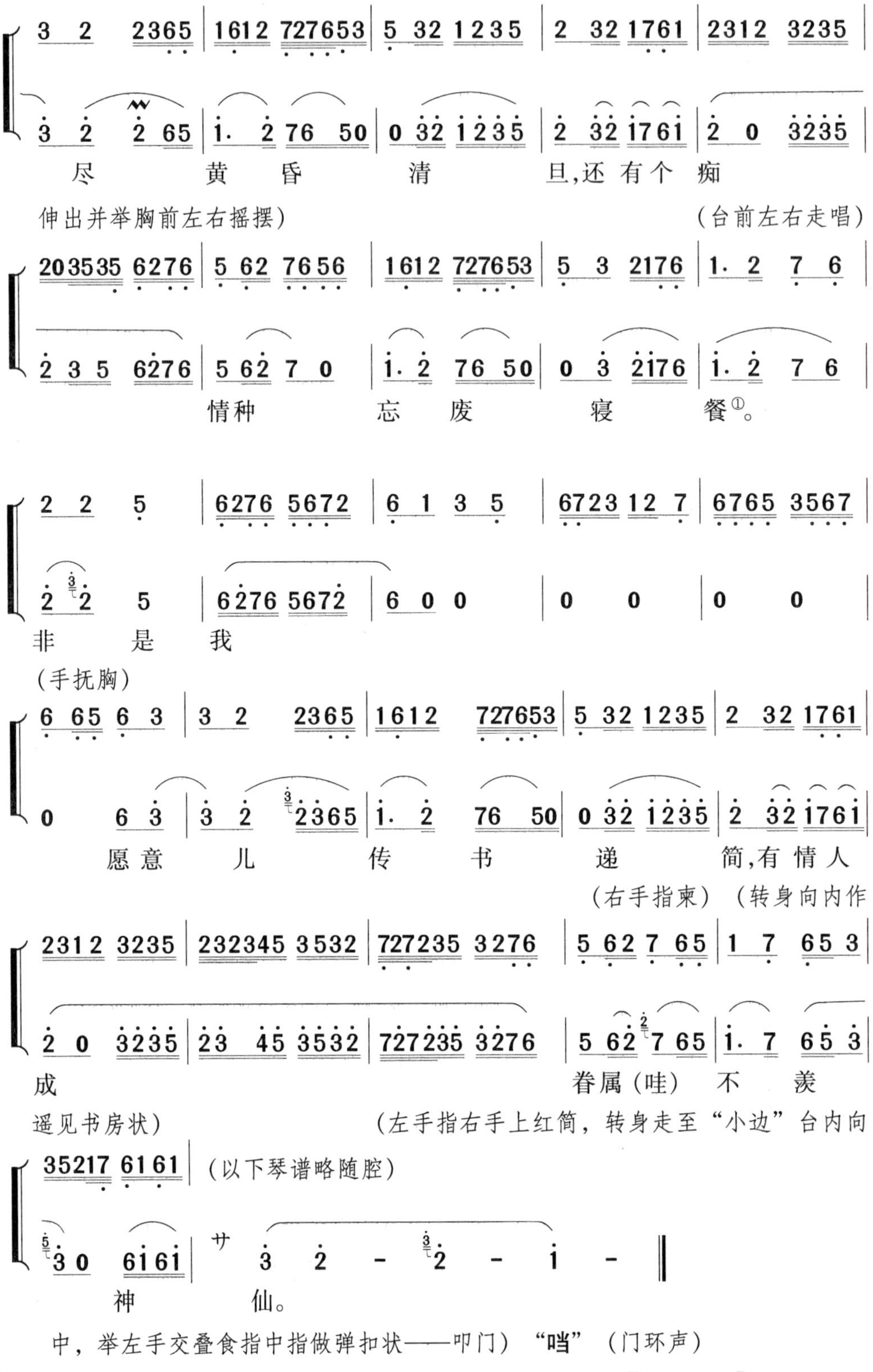

① “忘废寝餐”或唱“废寝忘餐”。唱谱为：

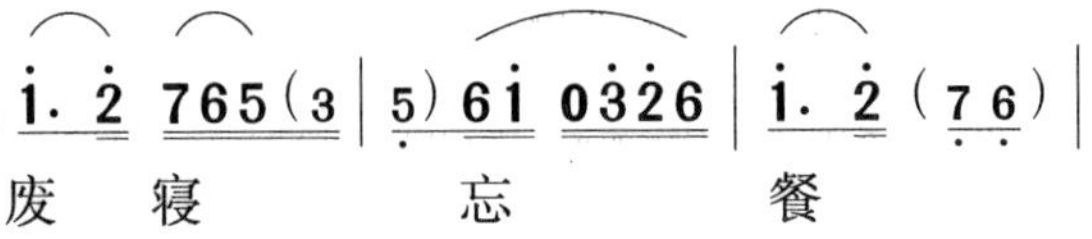

红　娘

〔【小锣抽头】张珙“下场门”上，站“大边”。

〔二黄摇板〕

张　珙

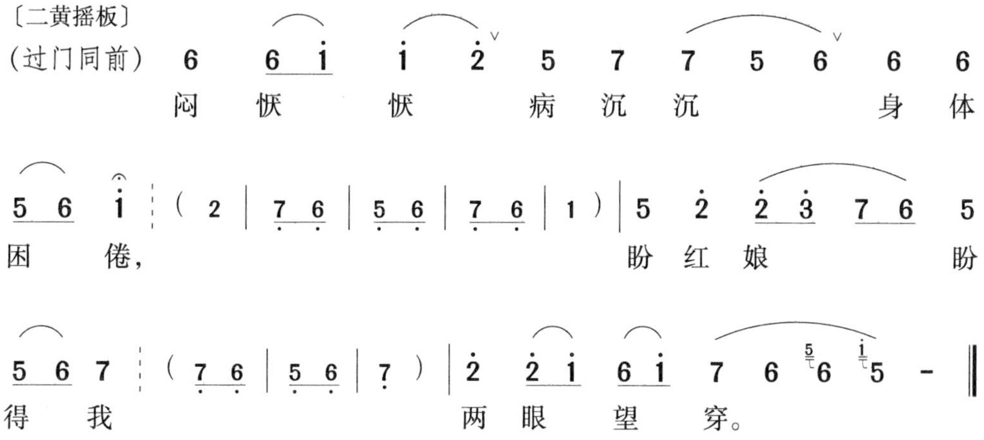

（开门）噢，红娘姐。

〔红娘速将信藏身后。二道幕拉开，正场桌。红娘进门站“小边”。

张　珙　红娘姐来了，我的书信如何？

红　娘　你还提那封书信哪？被我们老夫人看见了！劝你从今以后息了邪念，再若如此，要打死你这个小奴才。

张　珙　不要骂人。

红　娘　不是我骂你，是老太太骂你。

张　珙　红娘姐，你还是给我想个主意才好。

红　娘　我是一点儿主意也没有。（一笑，书信掷在张珙前地上）

张　珙　噫！**【小锣一击】**（拾信，拆信，看信，笑）

红　娘　你怎么又笑哇？

张　珙　红娘姐，这是小姐作的一首好诗呀！

红　娘　什么好诗？

张　珙　我念与你听！

红　娘　你念给我听听。

张　珙　（念诗）待月西厢下，
迎风户半开；
拂墙花影动，
疑是玉人来。

红　娘　瞧这酸劲儿的，文绉绉地，我一点也不懂，你讲给我听听！

张　珙　小姐骂我是假的，约我今晚月下跳墙，在后花园相会。

红　娘　怎么小姐今夜要约你跳墙相会吗？是真的吗？

张　珙　诺，诺，诺，小生乃猜诗谜的行家，焉能猜错。

红　娘　哟！我们小姐，表面上跟我庄庄重重的，骨子里头，那是怎么回事呀。张先生，我们小姐约你今晚跳墙，那么你就去跳吧。

张　珙　好便好，只是小生身体不爽，焉能跳得过去。

红　娘　高墙你跳不过去啊？狗急跳墙，何况人乎？（以指弹张珙帽。**【小锣急打下】**“下场门”急下）

张　珙　好个顽皮的丫头！适才红娘送来小姐的书信，约我花园相会，看天色尚早，真是度日如年。正是：（扎）安得后羿弓，射此一轮红①。

〔【小锣打下】“下场门”下。

第　六　场

逾　墙

〔【小锣抽头】崔夫人、崔莺莺由“上场门”上，至台口站。

〔西皮摇板〕

崔夫人　（过门同前）　1　2　2　1　3　3 2　3　2 1　1　2　^{3}2 0 |

叹　夫　灵　未　安　葬　博　陵　冢　下，

（坐外场椅）

崔莺莺　3　3 6　5　1̇　1̇　6　1̇　5　6 5　3　^{5}3　5　-　（5 5 | 3 6 | 5）‖

不　由　我　闺　中　人　心　绪　如　麻。

（坐“小边”椅）

崔夫人　儿呀！只因你父在世，将我儿许配你表兄郑恒。张珙亲事，不能应允，且等你表兄到来，护送你父灵柩归葬。至于欠那张珙之情，只要多送金帛也就是了。我儿三年孝满，就与你表兄成亲。

〔崔莺莺不语。

崔夫人　哼！不听母言，便是不孝。难道我家世代官宦，能招那白衣秀才么?

崔莺莺　非是女儿不孝，违抗母命。只是孝服在身，这亲事暂且不提。看天色已晚，女儿还要到花园焚香，愿母亲福寿绵长。

崔夫人　哈哈哈！我儿每晚焚香，真乃一片孝心。红娘快来。

〔【小锣五击】红娘“上场门”上，进门，施礼，站“小边”台口。

红　娘　老夫人，小姐！（做拜揖状）

崔莺莺　准备香案，随我花园焚香！（二道幕闭）

红　娘　是。

〔红娘领崔夫人、崔莺莺走圆场。二道幕开。

〔“大边”设斜场竖桌及二旁跨椅，后台中立太湖石景片。红娘领崔夫人、崔莺莺至“小边”台口推花园门入内，崔夫人在“大边”，崔莺莺归中，红娘在“小边”。

崔夫人　红娘，将花园门关了。

〔崔夫人坐“大边”外首椅，崔莺莺坐“大边”里首椅。

---

①　安得后羿弓，射此一轮红：后羿，神射手。尧时曾以弓射落天上的九个太阳。事见《淮南子·本经训》。此处借后羿射日故事，表示张生焦急的盼望日落，好与莺莺月夜相会的心情。一轮红，即一轮红日。为韵伤意之例。

红　娘　是。（出门，斜身侧步走，自言自语）我去取香烛，再去关后花园门。是时候啊，他们两人定的约会，他怎么还不来呀！（焦急地，四顾无人，取香烛，转身欲归）

张　珙　（“上场门”暗上，站“小边”台口）为有西厢月，来寻月下人。那旁有个人影，待我上前看过。（用手扶住红娘）

红　娘　（一惊）哎哟！可吓死我啦！

张　珙　红娘姐，小生在此。

红　娘　你这个冒失鬼！这是遇见我啊，要是遇着老夫人可怎么办好哇？

张　珙　小姐呢？

红　娘　陪老夫人说话哪。

张　珙　如此待我进去。（欲进）

红　娘　（急拦）陪着老夫人说话你也敢进去？

张　珙　那我怎么办呢？

红　娘　小姐约你哪儿见哪？

张　珙　约我跳墙。

红　娘　那你就跳去吧！

张　珙　（对墙踌躇）哎哟，这样高的墙，跳不过去，如何是好？

红　娘　那儿有个狗洞，你从那里钻进去吧！

张　珙　嗳！

崔夫人　红娘快来！

红　娘　老夫人叫我哪，你快给我离开这儿吧！（推张珙，关门。张珙“上场门”下。红娘走至小姐身旁）小姐！香烛在此。

崔莺莺　红娘，你怎么去了这么半天？

红　娘　我取了香烛，又关了花园门，怕有人来。

崔莺莺　（一惊）可有人来么？

红　娘　（目注视崔夫人，暗向崔莺莺做手势）没人。

〔张珙由“上场门”上，迈步一跳，**【大锣一击】**（作跳墙音响效果）张珙倒地，起身躲在左侧。

崔夫人　这是什么响声？（欲站起探看）

红　娘　（示意止之）待我去看，我看看去。（至“小边”，见张珙）噢！又是你！（对崔夫人，一指老夫人）老夫人是狗。

崔夫人　这是怎么讲话！

红　娘　我说（一顿）那是一只狗。

崔夫人　（站起上一步）待我去看。

红　娘　您可别去，这条狗可厉害着哪！专咬老太太！

崔夫人　哼！顽皮！你好好服侍小姐，我要安歇去了。（站起，由“下场门”下）

红　娘　（至“大边”目送崔夫人下）老太太您要睡觉去？您早就（回身对台下）该睡觉去！

〔崔莺莺也站起，等老夫人下去后，改坐外场椅。

崔莺莺　红娘，你看明月当空，这星光映在池内，好似棋子一般。取棋盘来，我与你下棋消遣。

红　娘　是。您要下棋，我去给您取棋盘去。（至太湖石后取棋盘，走至张珙左侧）

张　珙　小姐在哪里？

红　娘　现在太湖石旁，你的好运气来啦，老夫人睡觉去啦。就剩小姐一个人儿啦。小姐要想下棋，我拿棋盘遮着你的身体，引你进去，你要老老实实听我的号令。（向台的右前方横窜三步，随左腿紧靠右腿之后翘步，以两足支撑全身，挺胸，同时双手捧定棋盘由上而下，自左而右，晃动棋盘成环形，然后右手举起棋盘，停步、亮住，配合乐队**扎，扎，台**。红娘在前、张珙在侧并列，张珙藏在棋盘后面）

〔西皮流水〕①

红　娘

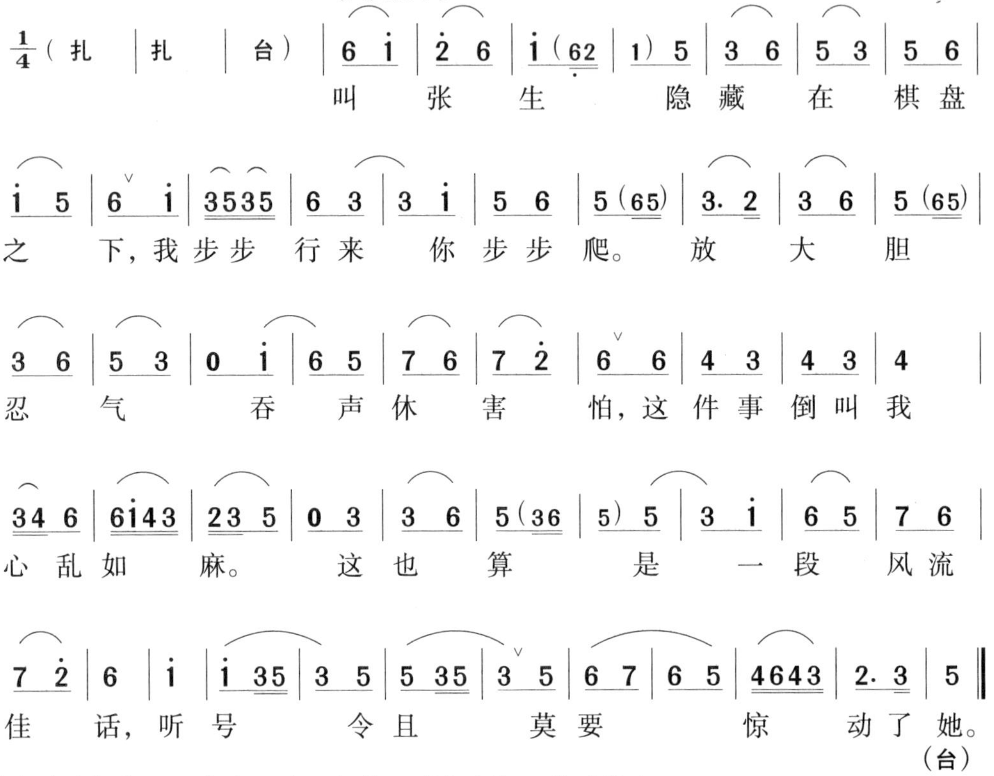

〔张珙随红娘入，藏山石后，红娘入“大座”，放下棋盘。

---

① “叫张生……”时，红娘立起足尖，向左走圆场，颤动步法，摆动身躯，如风摆柳，张珙矮步。圆场过来至半圆场时面向外回身退步成小环形，前仰后合，与张珙对面棋盘水袖交叉舞动。

“放大胆……”时，右手棋盘与左手水袖，由右向左做环形舞，同时转向向内回旋，一转，二转，三转。后与张珙对面。

“这件事……”时，两手棋盘，水袖，向外做环形舞，三转身。（转身是以足尖为轴，通过身体速转，使垂裙随旋转如张伞）。

“乱如麻……”时，右手将棋盘交于左手，同时翻转靠于背后，横伸右手做指胸手势。

“这也算……”时，左手将棋盘交于右手，向台右前方行走，停止后，棋盘，水袖，同向右平伸，然后先以左手水袖向右后方环舞，紧接右手棋盘，向右做环舞，向左回旋，转身再与右手棋盘，向左环转，左手水袖向右环转，随走至台前中央。

“听号令……”时，红娘右手平拿棋盘，左手扬水袖，抬腿走三横步，棋盘、水袖，交替上下舞动，连续三次，随音乐节拍，摆动，再面对张珙，一晃两晃，“惊动了她”时，将棋盘向右伸出，双手分开，张珙随行时误碰倒地。在对舞中，张珙与红娘做对称动作，夸大张珙隐藏的形象，主要是用腰腿和水袖的功夫来表演。

红 娘

红　娘　小姐，棋盘到。（略排一下棋子）

崔莺莺　（看棋盘后又指着红娘）走啊！

红　娘　哎，走！（红娘走一步棋）

「崔莺莺东张西望，心神不安。

红　娘　小姐，您东张西望的，您有什么心事吧？

崔莺莺　啊！（一愣，叹气）棋我不下了。取香烛过来。（站起上两步）

「红娘回身取香烛。

崔莺莺　（自语）天到这般时候，不见张珙到来，哎呀，若被红娘看破，如何是好！

红　娘　香烛到。（将香烛放“大边”台口）

崔莺莺　放下。正是：（念）心间无限难言事，尽在深深一拜中。（朝“大边”台前跪）

「张珙自太湖石后出来，站后旁听。

崔莺莺　（焚香）一炷香，（取一枝）愿亡父灵柩早日归葬；（插炉内）二炷香，（取第二枝香）愿老母福寿绵长；（插炉内）这三炷香（取第三枝香）——（默祝）

红　娘　愿洞房花烛，得配如意郎君。（推张珙跪莺莺右侧）

张　珙　啊，小姐。

崔莺莺　啊张——

红　娘　喂！

「三人六目相视，红娘以手指脸做羞态，向后转身撤步；莺莺急起撤步举袖掩面；张珙起撤步，将右水袖扬起反卷，表示恐惧。

崔莺莺　红娘，他是哪个？

张　珙　（施礼）小生，张君瑞在此。

崔莺莺　张君瑞。

红　娘　答应！

张　珙　有。

崔莺莺　不在书房攻读，夜静更深，到此何为？

红　娘　从实招来，免动大刑！

崔莺莺　嗯！

张　珙　啊，小姐，你可记得“待月西厢下”？（掩袖示意）

崔莺莺　嗳！（摇手示意）你我既为兄妹，敢生别心么？（也掩袖示意）

红　娘　小姐呀！

〔西皮快板〕

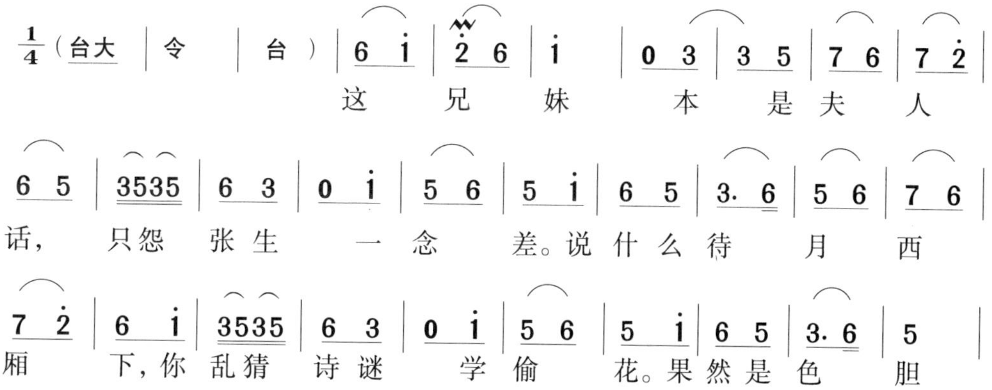

崔莺莺 念你讲情，将他轰了出去！（欲下）

红　娘
张　珙 啊，小姐！（欲问）

崔莺莺 （示意张珙）还不走了出去！（拂袖，【小锣五击】“下场门”下）

张　珙 好端端的一桩美事被你拆散了。

红　娘 你真是个浑鸡子儿，只会欺侮我，你怎么见了我们小姐连个大气儿也不敢出？你看今天多好的机会呀，你怎么一点儿勇气都没有啊？

张　珙 咳！（无奈出门）

红　娘 我就没见过你这样的笨蛋！（关门，【小锣打下】“下场门”下）

张　珙 都是我自己性急不好。这便怎么处？唉！等待机会，再作道理。

〔【小锣打下】由“下场门”下。

第七场

佳　期

〔【小锣长丝头】法聪上场门、琴童“下场门”分上，相遇。

法　聪 琴童，什么事，这么慌慌张张的？

琴　童 可了不得啦！我家相公的病越来越厉害，吃药也不见效，想走也走不了啦，你说这可怎么办哪？

法　聪 是呀！

琴　童 你赶紧给他请个大夫看看，别叫他病得这么怪难受的。

红　娘

法　聪　你们相公的病，吃药哪儿好得了哇！

琴　童　照你这么一说，就看着他死呀！你怎么见死都不救哇？

法　聪　要想治好你们相公的病，除非是跟崔小姐马上成亲。

琴　童　嘿！那敢情好啦。走走，咱们去找小姐去！

法　聪　你得了吧！老夫人的家法是厉害的，咱们两人一说一走就成啦？

琴　童　那怎么办哪？

法　聪　你先别急，等我把师父请出来，咱们央告央告他，请他在老夫人面前说说好话，把莺莺小姐许配你们相公不就行了吗？

琴　童　对啦，你师父是慈悲人。

法　聪　你等着。（“上场门”下，**【小锣五击】**拉法本由“上场门”上）

法　本　你这是做什么？

法　聪　师父，琴童来啦。

琴　童　师父，我这儿给您磕头啦！（磕头）

法　本　（对法聪）你把他找来做什么？

法　聪　回师父的话，只因老夫人悔婚，张相公一病不起，请您对老夫人去说说，把小姐许配张相公，也算您做了一件好事。

琴　童　您给帮帮忙啵！

法　本　噢，想叫崔家小姐，与你们相公成亲，是不是呀？

琴　童　对啦。

法　本　嘿嘿！（一笑即止）那如何成啊？

琴　童　（愣）啊！

法　本　门不当，户不对，莺莺小姐怎能许配你们相公啊！叫他断了这条心吧！不可胡思乱想的。（对法聪）你是出家人，休管这些闲事。走，随我打坐去！（**【小锣五击】**拉法聪下）

琴　童　常言说，出家人慈悲为怀，你这个老家伙这么慈悲呀？（稍停）哎哟，我赶紧看看我们相公去吧。

「**【小锣水底鱼】**琴童走圆场。二道幕启：张珙成为病状，腰间系绉裙、帽外系绸条，坐正场桌内昏睡。琴童进门，站“大边”。

琴　童　相公醒醒，药都凉啦！

〔西皮摇板〕

张　珙　**【小锣凤点头】**（过门同前）5 i i 65 5 5 37 6 7 6 6 35

（半睡半醒状）在 花 园 跳 粉 墙 心 惊 气

6 ⁝ （65 | 35 | 65） | 3 36 5 5 35 6 3 5.6 i -

坏， 眼 见 得 这 性 命 断 送

4. 6 43 3 ⁵3 5 - ⁝ （55 | 46 | 5） ‖

书 斋。

（稍作一望，复又入睡）

〔【小锣抽头】红娘右手拿药方"上场门"上，至"小边"台口。

红　娘　（过门同前）3　3 6　5　5　7　7　^{5}6　7　6　6　3 5
看　小　姐　瘦　腰　肢　宽　了　罗

6　（6 5 | 3 5 | 6 5）| 5　i　i 2　6 5　5　3 5　6　i
带，　锁　愁　眉　含　泪　眼　无

5　6 5　5　3　^{5}3　5　－　（5 5 | 3 6 | 5）‖
限　伤　怀。

那张珙身染重病，我们小姐也是寝食不安，都是老夫人悔婚，才惹出这许多麻烦。小姐开了个药方，叫我送去。小姐又不是医生，怎么能治好病症哪！哎，我只好送去。（"小边"走小圆场，看已到书斋）说着说着到了，开门来！（转身脸冲里，举右手叩门【小锣一击】）

琴　童　谁呀？（走至门口）

红　娘　红娘。

琴　童　我给你开门。（开门）红娘姐请到里边。（仍归"大边"）

红　娘　（进门归"小边"）把你们相公叫醒了吧。

琴　童　相公醒来。

张　珙　（以袖拭眼，醒）红娘姐，你害死我也！

红　娘　我瞧你死不了。这有个药方儿，你拿去看看吧！（拿出药方递给张珙）

张　珙　（摆袖不接）又是老夫人请来什么太医，甘草、大黄焉能治得了我的病啊，不必看了。

红　娘　这是我们小姐亲自开的药方，她说你不用吃药，看了这个药方你的病就好啦，你拿去看看吧。（抿嘴一笑，递药方）

张　珙　（急接药方，念）

休将闲事苦萦怀，取次摧残天赋才；
不意当时完妾行，岂期今日作君灾！
仰酬厚德难从礼，谨奉新诗可当媒；
寄语高台休咏赋，今宵端的雨云来。

（笑）啊，哈哈哈……　我的病好了。（解腰裙，去掉绸条，走出桌外，站中场）

琴　童　小姐的药方真灵啊！相公你给我看看，到底是怎么个药方，会这么灵。（欲拿药方看，被张珙以袖掸回）

张　珙　狗才！下去。

琴　童　我还在这儿伺候相公哪！

张　珙　我的病好了，不用你伺候了。

琴　童　不用就不用，我找欢郎玩儿去喽！（"下场门"下）

张　珙　红娘姐，烦你回去，回复小姐，请小姐今晚早些前来。

红　娘　什么早些来呀？

红　娘

张　珙　诗中之意，小姐今晚前来与小生书斋相会。

红　娘　你别胡思乱想啦！上次乱猜诗谜，我们就挨了一顿说。今天又来啦，快把药方给我，我要回去啦。

张　珙　你又来了，这药方留在此处，我要仔细地看看。红娘姐，你回去告知小姐早些前来，免我盼望。

红　娘　是真的？哎哟，干什么小姐老跟我来这一套哪！

〔红娘出门，**【小锣五击】**由“上场门”下。张珙跟出门，目送红娘下。

张　珙　红娘此去，小姐必来。看红日未落，明月未出，不免歇息片刻便了。

〔西皮摇板〕

〔起**【初更】**关门。**【小锣打下】**“下场门”下。

〔**【小锣抽头】**红娘引崔莺莺由“上场门”上。红娘伸出双手左右抚摸，以表示昏夜潜行，摸索前进，步法稍慢，试探着前进，并时而斜回身做招手状，引小姐前进，走半圆场时，做拾级而登的跳步，以体现到书斋的曲折小径。莺莺边走边唱。

〔西皮摇板〕

崔莺莺

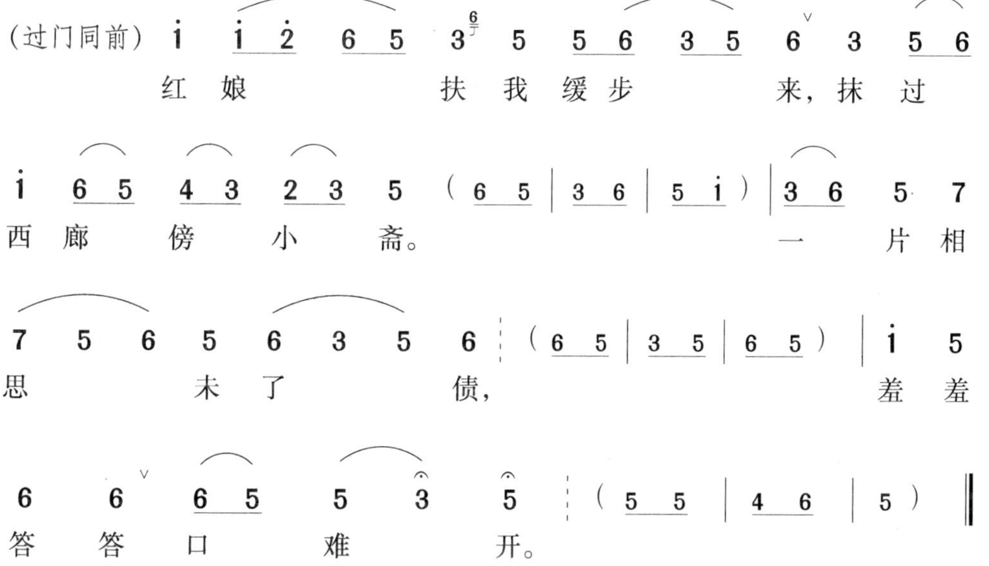

〔崔莺莺羞以裙掩面，归“小边”；红娘羞小姐，莺莺低头含羞，红娘叩门。**【小锣一击】**张珙“下场门”上，至中场开门，出门拜揖，拉崔莺莺入内，二人同搭水

袖“下场门”下。

〔红娘见张珙开门，向“上场门”四下张望，回身时书斋门已关闭。红娘举袖欲敲门，忽然意识到要担任起伺守的责任。

红　娘　张先生，张先生！（敲。【小锣一击】）看他二人将门关上，已称心愿。老夫人哪，老夫人！你是枉费了心机哟①！

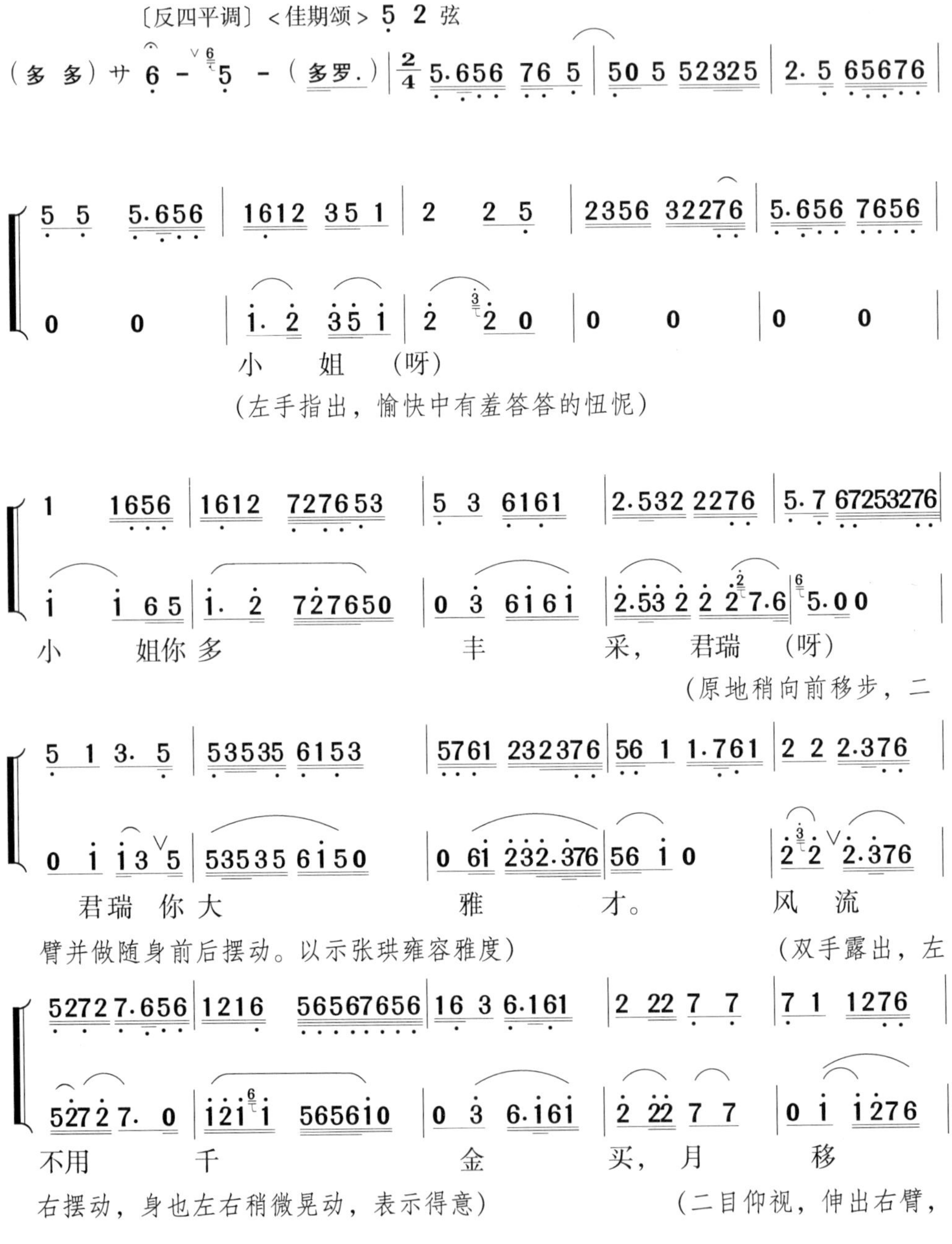

① 声腔由爽朗而低微，叫起板，右手向前随念“心机哟”做指老夫人状，左手袖回举脑后，一高一矮的亮相，右手伸出后抖袖向后再抓回来手背到边，同时左水袖自上而下的抖袖陪衬右袖，一并背后，向台后方左右张望，稍定，投左水袖，转身面向台前，再投右水袖，接着唱。

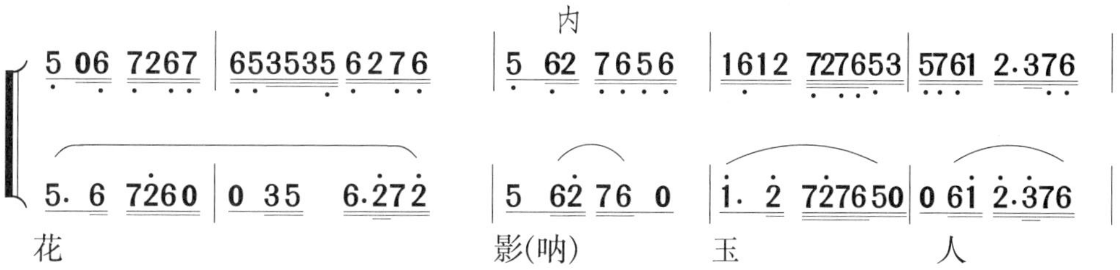

大转身、右袖上举，垂于脑后，左手平伸指月状，转身时，以右腿为轴，带动垂裙漫张如伞，面向前后，舞双袖，自左而右做环形连续三次回转，脚步自右而左转身后，投右水袖，跨右腿，向右移动，再投左袖，跨左腿，将双袖由怀内抖出，再抓回，象征花好月圆）

（上左脚转身，半转时，将右水袖直向前方抛出，左水袖背于身后，转身面向台前时，甩左水袖，再抖右水袖）

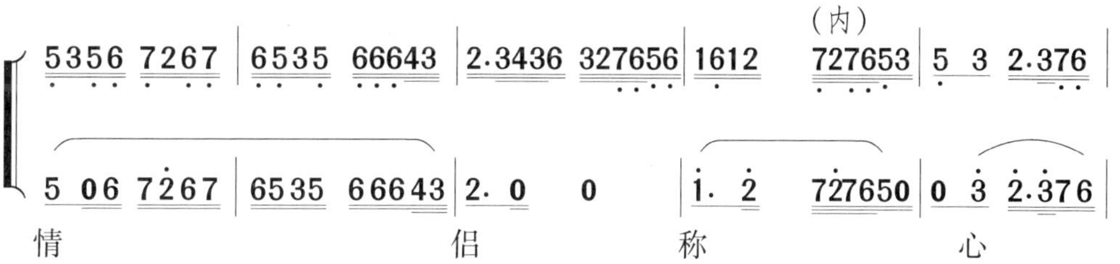

（左手横于胸前，表示张珙、莺莺称心如愿）

（右手憎恨地指出）

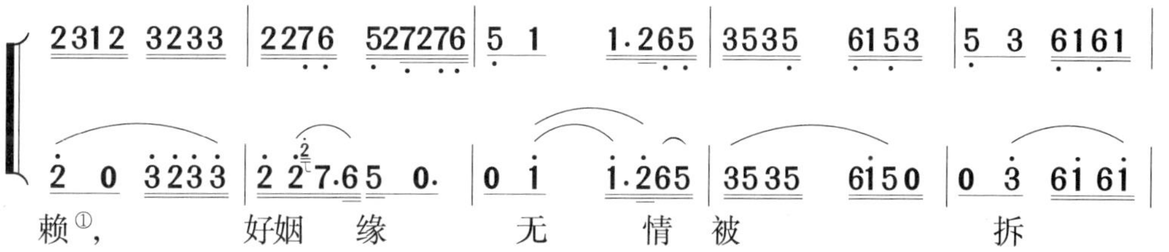

（双手左右分张三次）

---

① “把婚姻赖”，也可唱“把婚赖”，曲谱为：3535 6i5（3 | 5）3 6i6i | 2 0（下同）。
把 婚 赖，

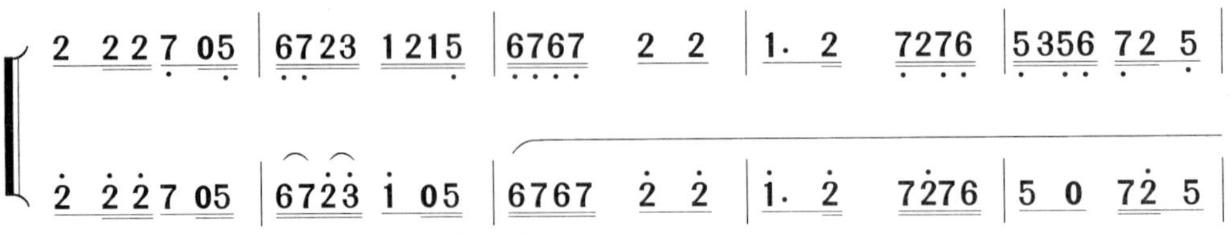

（左手交于右手之下，做掩面含羞状，随节拍退三步，俯首掩面，连续三次，举手退右步，放手退左步）

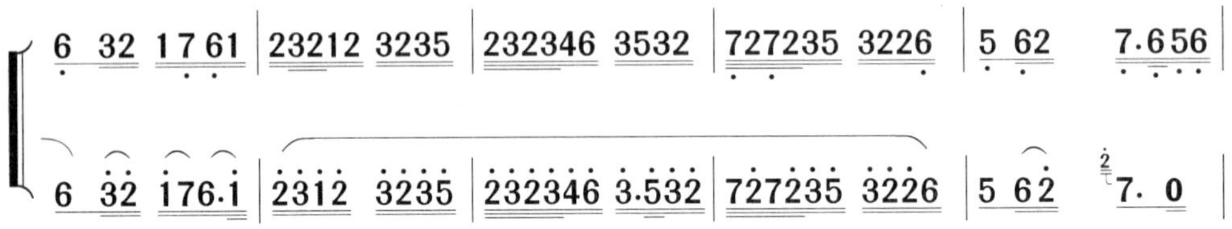

（伸出右水袖，上左步，向外旋转，右水袖同时上扬，垂于左肩，伸出左袖，斜向"下场门"指出，随进三步，侧身甩右袖，平踢右腿，高扬左水袖。左手上扬，右腿下落，速走向台前归正）

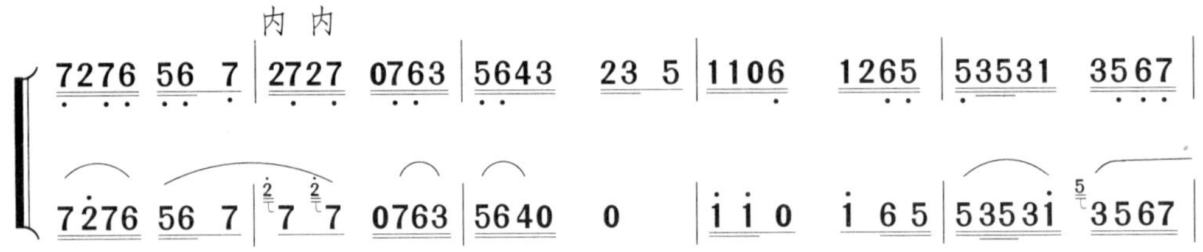

（双手平抬，指向两腮）

（伸出双手左右摇摆，旋转右水袖，伸右臂，高扬右水袖向左下方平伸，左右二臂一高一矮平伸，向前台奋臂直起，

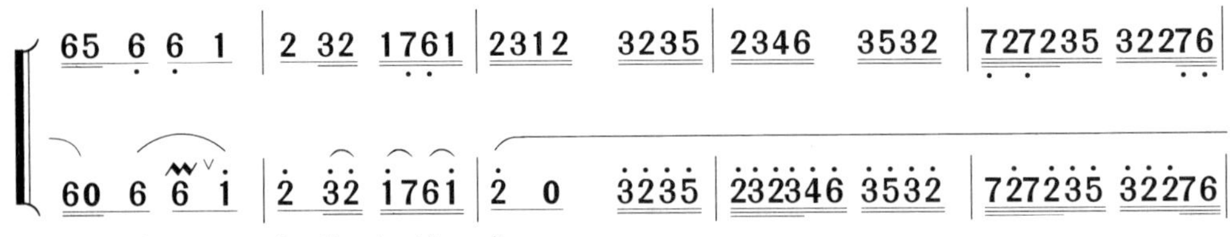

以示她对家法（走向台前中央斜立平伸双臂，使双手水袖飘出成直线，然后露的反抗）

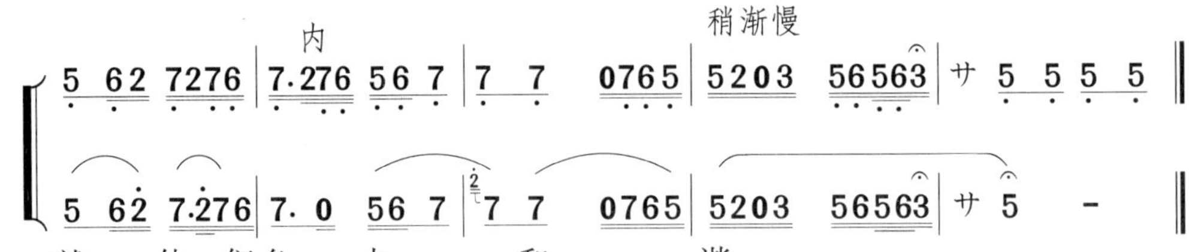

出双手，水袖垂于二腕之下，表示如愿状）

〔【小锣住头】红娘转身向内。

天时不早了，小姐，快点儿回去吧，免得被老夫人知道啦。

〔琴童急上。

琴　童　红娘姐，欢郎找你哪，还不快回去！

红　娘　（急侧向门）啊小姐！……

琴　童　什么“小姐”、“小姐”的，怎么啦？

红　娘　哦，没有什么，我回去啦。

〔【小锣打下】红娘“下场门”下。

琴　童　哎呀！半夜三更的，红娘站在这儿“小姐”、“小姐”的，有啦，我告诉欢郎去喽。

〔【小锣打下】“上场门”下。

第　八　场

拷　红

〔崔夫人内白：“好恼！”

〔【纽丝】崔夫人由“上场门”上，至台口。

〔西皮散板〕

（过门同前）サ 5 5 5 5 3 5 6 5 5 6 5 4 5 3
欢 郎 儿 报 音 信

5 5 3 5 6 5 6 5 6 5 3 5 5 -
双 眉 愁 皱，

【大锣凤点头】（6 6）3 3 21 1 1 6 2 1 2 3 2 1 1 3
千 金 女 变 作 了 无 耻 下

2·6 1·（7 6 2 1）2 1 2 1 3 2 1 2 1 2 1
流。（仓）想 必 是 那 红 娘 将 她

3 1 2 3 4· 4 - 3 3 2 -【大锣一击】
引 诱！

〔亮弦〕

（4 3 1 2 …）

（坐中外场椅）红娘你快与我滚了出来！

【大锣凤点头】（过门同前） 3 2 1 1 2 2 1 3 2 1 1 2 2 1 -
打 死 了 小 贱 人 也 不 能 罢 休。

〔【小锣抽头】红娘“上场门”上，站“小边”台口。
〔西皮摇板〕

红　娘　（过门同前） 3 3 6 5 5 7 7 5 6 7 6 6 3 5
我 小 姐 与 张 珙 好 事 成

6 （6 5 | 3 5 | 6 5） | 3 3 6 5 5 3 5 6 i
就， 但 愿 得 他 二 人 偕

5 6 5 3 5 （6 5 | 3 5 | 6 i | 5） |
老 白 头①。

崔夫人　红娘！红娘！
红　娘　（欲进门又止，抖袖）

【小锣一击】（过门同前） 3 3 6 5 5 6 6 5 6 6 3 5 - 5 6 -
又 听 得 老 夫 人 怒 冲 牛 斗，
（一锣切住）

〔亮弦〕
（3 5 7 6 …）（红娘进门归“小边”）【小锣凤点头】（过门同前） 3 3 6
走 近

5 5 3 i 6 6 5 3 3. i 6 5 6 6 i 5 -（5i65 356i 5）
前 施 一 礼 细 问 根 由。

红　娘　老夫人！（施礼，仍站“小边”）
崔夫人　你与我跪下！
红　娘　好端端地干吗要我跪下呀？
崔夫人　你还敢不跪么？
红　娘　要跪，我就跪。（撩裙，跪下）
崔夫人　好个要跪就跪，我且问你，小姐这几日言语恍惚，神色不佳，为了何事？
红　娘　呕，我当是为什么哪，您敢情是为这个呀！（边说，边站，佯笑）
崔夫人　（怒）跪下！

---

① 此句原旧词为：怕的是到不了偕老白头。

红　娘

红　娘　那我再跪下。（不服气地跪下）

崔夫人　我来问你，你每夜同小姐到后花园为了何事？

红　娘　前去焚香，与老夫人添福添寿。

崔夫人　怎么与我添福添寿？（冷笑）哼哼哼，好个添福添寿！（回身取家法）我就

打你个 | 添 | 福 | 添 | 寿 ‖

（0大衣 | 台 | 台 | 令 | 台）‖

〔崔夫人拿家法打红娘，红娘左闪右躲三打，扬右袖举肩后，在末一击小锣上以左手托住崔夫人执家法之手，颤抖。

〔哭头〕

红　娘　サ（令 台 0 6）5 5 5 4. 5 3 3. 5 2 -

啊[①]！

6 6 6 353 5 6 6 6 5 - ¦

老 夫 人 哪！

（左手推开老夫人家法）

〔西皮摇板〕

【小锣凤点头】（过门同前）3 36 5 7 6 7 6 6 35 6 ¦

那 一 日 小 姐 停 针 绣，

（怒态中带娇羞）

（65 | 35 | 65 | 32 | 12）| 3 36 5 6 7 7（76 | 56 |

猛 想 起 那 张

（紧接着以水袖掩嘴，继一想藐视反抗一抖水袖）

7 | 2̇ | 76 | 56 | 7 ……）6 5 6 6 5 65 3 5 - ¦

（台） 张 家 哥 哥 病 不 瘳。

（双肩抱胸前一比）

（5 | 35 | 6i̇ | 55 | 32 | 12 | 6̣5）3 36 5

背 夫 人

（双手水袖一前一后，由上望下同时前指）

5 7 6 5 7 65 3 - 5 - 5 - 6 - ¦

同 红 娘 到 书 斋 问 候，

---

① 这里"啊"字也可不唱，直接唱"老夫人哪！"

崔夫人　住口！那张珙有病与你们什么相干？

红　娘　咳！【小锣凤点头】（接唱）

3 3 6 5 5 3 3 i 6 5 i 3 i 6 5 3 3 5
她 言 道 老 夫 人 你 恩 反 成 仇 (哇)！

(5 | 3 5 | 6 i | 5 5 | 3 2 | 1 2 | 6 5) | i 5 6 6 5
当 初 何 必 无

6. i 3 5 6 (6 5 | 3 5 | 6 5 | 3 2 | 1 2) | 3 6 5 3 i i 6 5
中 (啊) 有， 一 旦 成 空 (啊)

4 - 3 4 3 4 6 6 i 4 3 2 3 5 - （过门）
就 喜 变 忧。

崔夫人　这是那小畜生讲的？

红　娘　3 3 6 5 5 6 6 6 6 5 3. 6 5 - 5 - 6 -
叫 红 娘 且 先 行 小 姐 落 后，
（右手比己，左手往后指）

崔夫人　落后便怎样？

红　娘　落后哇！【小锣凤点头】（接唱）

3 3 6 5 5 35 3 i 6 6 3 4. 6 4643 3 3 2 - 0
把 红 娘 推 门 外 (呀)
（双手做关门状）

崔夫人　他们便怎么样呀？

〔西皮流水板〕

红　娘　（多罗.）6 6 5 3 3 i 6 5 6 i | 1/4 3 6 | 5 (36 | 5) i | 6 5 |
他 们 就 好 不 害 羞。 燕 侣 莺 俦①
（以手指一羞脸即止）　　（二手一合比）

3 3 | 3 5 | 6 5 | 6 5 | 6 3 | 0 i | 5 6 | 5 (6) | i i | 6 5 |
已 成 就， 何 须 一 一 苦 追 究。 他 们 不 识
（二手平

① 燕侣莺俦：形容男女欢爱如燕莺般和谐相伴。燕侣，燕喜双栖；莺俦，莺喜结友，人们用来喻指男女成双作对。

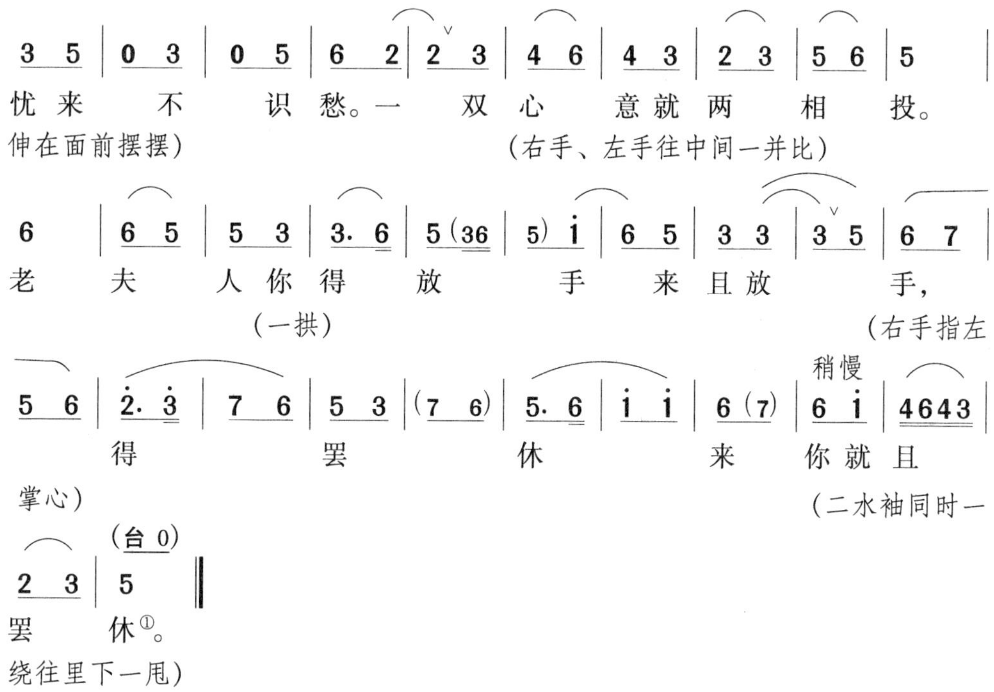

崔夫人 气死我了，事已至此，叫我骂，骂哪一个，这打，打哪一个？我也不打你了，起来！（掷家法于地）

红 娘 （速立起）多谢老夫人！（拾家法，放桌上，站“小边”）

崔夫人 （右手拉红娘左手）随我来，走，走，走！

红 娘 到哪儿去呀？

崔夫人 我将你送到官衙问罪。

红 娘 （右手袖，拂开老夫人，拉自己的手）我红娘有什么罪哪？

崔夫人 我好好的女儿却被你这小贱人引诱坏了，难道你还无有罪吗？

红 娘 我倒不是这等看法。

崔夫人 你是怎么看法？讲！

红 娘 依我看来，既不怨红娘，难怪张生，休怪小姐。

崔夫人 怨着哪个？

红 娘 都是老夫人一人之过。

崔夫人 怎么是我一人之过？

红 娘 老夫人，想当日孙飞虎兵围普救寺的时候，是谁讲的有人退了贼兵，将小姐许配于他？

崔夫人 话虽是我讲的，我不过是一时权宜之计呀。

红 娘 （往前走一步）说什么“一时权宜之计”，那张生若非爱慕小姐，他何必多事？请来白马将军退了贼兵，兵退身安，他二人眼看就要如愿成亲。不想老夫人您就从中悔婚，此事不怨您，您说又怨哪一个呢？

崔夫人 可也说得是。我女儿已经许配郑恒了，他若前来娶亲，又便如何呢？

---

① 这段唱要直撄其锋，率意直陈，声腔要激亢，节拍要紧凑，气势要充沛，如贯珠如泻瀑，口讲指画，以明其理直气壮。（引自《荀慧生文集》）

红　娘　你就多赐他金帛，命他另娶一房；再若不允，您问他兵围普救寺的时候，他不来搭救小姐，他往哪儿去了呢？

崔夫人　我女儿若是许配张生，岂不玷辱崔家门庭？

红　娘　当日孙飞虎将小姐抢去，请问老夫人，小姐的贞节何在？难道说就不怕玷辱你们崔家门庭了吗？

崔夫人　依你之见呢？

红　娘　依我之见，莫若恕其小过，完其大事，木已成舟，就把小姐许配那张生，我想此事倒落得个干干净净。

崔夫人　你这小贱人说的倒也干净。

红　娘　不干净我还不说哪！

崔夫人　哎，我不该养这不肖之女，也罢！就依了你，将小姐许配那个小畜生。快唤张生前来。

红　娘　是。（冲“上场门”请张珙）张先生快来！这就对啦。

张　珙　（【小锣一击】“上场门”上，至“小边”台口立）红娘何事？

红　娘　你还“何事”哪，你们的事都发作啦！

张　珙　哎呀！这便怎么处？（颤抖）

红　娘　瞧，吓得这个样子，得啦，老夫人已然答应啦，你快去吧。

〖红娘、张珙进门，红娘站“小边”。

张　珙　参见老夫人！（施礼后，站“大边”）

崔夫人　啊张生，我待你不薄，为何做出这不法之事？

张　珙　老夫人，小生乃是初犯，下次不敢了。

崔夫人　红娘，唤那不肖之女出来！

〖红娘“上场门”下。

崔夫人　张生，事到如今，无可奈何，我将莺莺许配于你。

张　珙　多谢岳母！

崔夫人　只是我崔家三代不招白衣女婿①，你且上京应举，得中回来与你成亲，若是不中，休来见我！

张　珙　记下了。

〖红娘拉崔莺莺“上场门”上，至“小边”台口。

崔莺莺　啊红娘，我心中有些害怕，还是回去吧！

〖崔莺莺欲回，红娘拦阻。

红　娘　您又来了，干吗那么扭扭捏捏，您要是怕您就甭做，您既做了，就甭怕。随我进来！

〖红娘先进门，归“小边”，崔莺莺随进门，（台）向崔夫人拜揖，站“小边”里首。

崔夫人　哼！好个不出闺门的千金小姐！

崔莺莺　不出闺门，又怎么样呢？（崔夫人欲生气）

红　娘　得啦，老夫人，您就别再说啦。

崔夫人　唉！好个不听教训的冤家啊！

---

① 白衣女婿：白衣，古代平民服，因即用白衣代指平民，亦指无功名、无官职的士人。

〔崔夫人、崔莺莺相抱痛苦。

张　珙　老岳母，不必悲伤，小婿遵命，即日上京应考，也就是了。

红　娘　怎么着，你要进京？嗯，老夫人，叫他们两人成亲之后，再去不迟。

崔夫人　不必如此。得中回来，再与他们完婚不迟。

红　娘　小姐，您这回放心了吧？

崔夫人　后面备酒，与张相公饯行。

红　娘　多谢老夫人！

〔唢呐曲牌＜小锣尾声·合头＞张珙看崔莺莺同笑。崔夫人拉崔莺莺“下场门”下；红娘看张珙会心笑，随下。张珙无可奈何地也随下。【小锣打下】

——剧　终

附　录

荀慧生先生早年演出，曾在第八场“拷红”后还唱一段〔流水〕，因接近尾声，有时不用（扎扎台）起，而用大锣以提高气氛。今附录于此，以供参考。

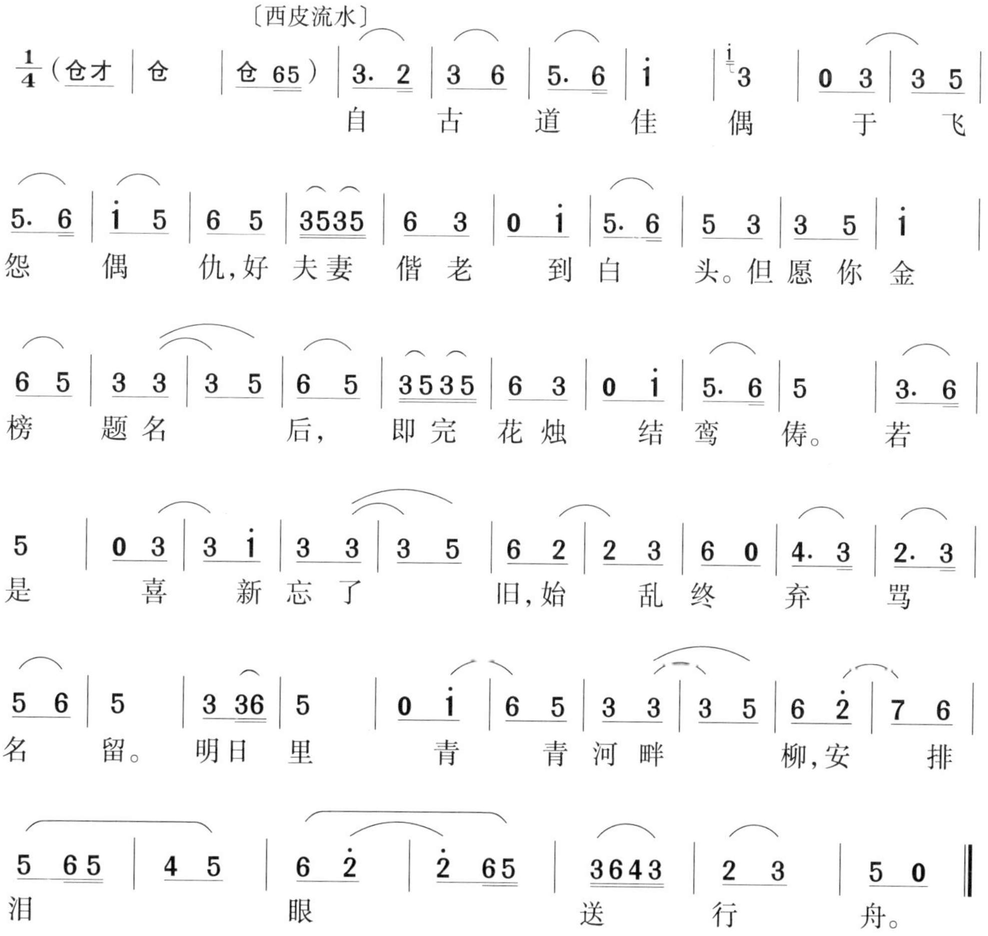

张逸娟　万凤姝　整理

花田错

荀慧生演出本

《花田错》这出戏，早年不见于京剧舞台，而是一出梆子戏。荀慧生先生幼年学的是陕西梆子，此戏和《辛安驿》则是经其太老师陕西梆子名宿侯俊山（艺名“老十三旦”）亲授。戏极风趣，主角——丫环春兰戏料很多。荀先生特别爱演这出他从梆子步入京剧行列、在京剧舞台上首演的一出“起家戏”。在荀氏艺术生活中，有划阶段的意义。

《花田错》按梆子传统演法，是从丫环春兰陪同小姐刘玉燕赴花田盛会，访得书生卞玑开始，直到周通抢亲止。在不断演出中，荀先生觉得有始无终，遂参照《水浒传》中“小霸王醉卧销金帐，花和尚大闹桃花村”一回，增益首尾，加工润色，丰富其中情节：周通到刘家抢亲时，误把前来刘家的卞玑抢回，暂放其妹周玉楼闺中；其妹与卞玑私订终身，放走卞玑；官府督头雷横到周通家，又误把周玉楼当成卞玑抢回；此后周通再来强行入赘，遭到投宿的鲁智深痛打；最后卞玑得中荣归，双娶刘玉燕、周玉楼，大团圆收尾。如此加工之后，可以算出八处误会，于是戏名改用《花田八错》。

新中国成立后，新婚姻法颁布，制止一夫多妻。荀先生把周玉楼这条线减弱，又恢复《花田错》之名。到1959年，为向建国十周年大庆献礼，荀先生将《花田错》、《金玉奴》、《荀灌娘》等剧，再一次进行修订。《花田错》一剧，恢复了周玉楼全部喜剧情节，结尾改成卞玑与刘玉燕成婚；周玉楼则与其兄的好友李忠喜结良缘，算是双喜双圆。并且在尾声前给春兰加了一段〔西皮顶板〕唱段，增强喜剧气氛。

荀先生说，这是一出花旦为主角的戏。主角春兰，是个天真活泼的妙龄女子，但是她的身份是丫环。所以表现这个人物，不能跟《拾玉镯》的孙玉姣、《铁弓缘》的陈秀英、《辛安驿》的周凤英、《勘玉钏》的韩玉姐相同，也不能与红娘这样的丫环一样。具体地说，春兰在小姐刘玉燕面前，表现出的是时时注意主人的行动，既尽丫环的职责，又对其亲如姐妹的感情。当卞玑在刘玉燕的扇子上题诗时，春兰一面看卞玑写字，一面关注小姐的动静。到发现两个人四目相视，久久凝神时，调皮地为二人做牵线，随后走“花梆子”脚步，蹿坐于卞玑的桌子上。这么样的表演，就有了春兰这个人物的特性。过后，在小姐欲付润笔钱时，她就从身上拿出一串小钱，向小姐说：“我先给您垫上，回去您可得想着还我。”随后又补充：“您知道我这小钱，是哪儿来的？是那天，我给您买点心的时候，我赚了您几个小钱。”从这些台词里，就把这个人物的特点显现出来。这就是带有小家子气的小女孩的特色。演员在念这些词时，必得从神情语气上，表现得鲜明准确。念的当中，得注意几处小停顿。比如，念过“给您垫上”之后和“我给您买点心的时候”之后，都不能紧接，而要稍加停顿。尤其后面的一句，更得把害羞的意思带出来。底下这半句的“我”字，不能省略，如此小丫环的心态才能明朗表达。”针对春兰与小姐为卞玑做鞋这场，荀先生说：“演戏的要领，在于‘戏’、‘细’、‘戏’三个字。第一个‘戏’字，说的是演戏；第二个‘细’字，说的是要把戏里的大小情节表演细致，不放过一个小过节这样才能达到第三个‘戏’字，也就是让观众觉得有戏可看。”比如这场的上下楼。上楼时，扶楼栏杆的手，虎口得向上；下楼时，得向下，这样才合于生活真实。此外是揳钉子、搓麻绳、纳鞋底，都是虚拟动作，却得做得细致，给观众以真实感。特别是纳鞋底时的穿针引线，必须给人线越来越短的感觉。胳膊不能总伸那么长，让人感觉线越使越长。荀先生说：“只有把小过节演真实，戏才耐看！”

周 桓

人物行当

刘德明	老生	李　忠	生
卞　玑	小生	四下手	杂
刘　永	老生	四士兵	杂
安　人	老旦	轿　夫	杂
春　兰	花旦	店　家	丑
刘玉燕	旦	鲁　达	净
周玉楼	旦	雷　横	净
周　通	净	朱　仝	生

服装扮相

刘德明　俊扮。员外巾、黪三、黪鬓发、绸条，紫团花帔、衬褶子，彩裤，厚底。

卞　玑　俊扮。文生巾（后戴方正纱帽），湖色绣花褶子，浅色彩裤，厚底。扮女装时：甩发带泡条、戴花，旦角绣花褶子、裙子，彩鞋。后换红官衣、玉带。

刘　永　俊扮。老脸、白满、白鬓发、青罗帽、绸条，青褶子、黄大带，青彩裤，厚底。

安　人　俊扮。黪网子、黪发髻、黪鬓发、绸条，紫团花帔、绿裙子，青彩裤，白布袜、福字履。

春　兰　俊扮。梳大头、线尾子、抓髻小辫、水钻头面，坎肩、腰巾子，裤子袄子，彩鞋。

刘玉燕　俊扮。梳大头、线尾子、水钻头面，浅色绣花帔、绣花白裙子，彩裤，彩鞋。

周玉楼　俊扮。梳大头、线尾子、水钻头面（后戴武生巾），裙子袄子，彩裤，彩鞋。后换小生褶子、厚底。

周　通　勾黑碎脸。黑罗帽、黑耳毛子、茨菰叶、偏花，黑绣花褶子，红彩裤，厚底。后换黑绣花箭衣、苫肩、大带。

李　忠　俊扮。武生巾、黑三、茨菰叶，白绣花褶子、白绣花箭衣、苫肩、大带，红彩裤，厚底。

四下手　俊扮。青布巾子，青布侉衣、小大带，青彩裤，薄底。

四士兵　俊扮。马童巾，紫或蓝色快衣裤，腰箍，薄底。

轿　夫　俊扮。沿毡帽，蓝布箭衣、红卒坎、大带，青彩裤，薄底。

店　东　丑扮。鸭尾巾、黑八字吊牟，宝蓝褶子、绦子，青彩裤，白布袜、福字履。

鲁　达　勾僧道脸。虬髯、发箍，露肚儿、短水裙、绦子，青彩裤，白布袜、厚底鞋。

雷　横　揉黑脸。青罗帽、黑一字，青缎箭衣、大带，青彩裤，厚底。

朱　仝　俊扮。黑硬罗帽、黑三，青缎箭衣、大带，青彩裤，厚底。

道具

折扇	两把	桌子	两张
椅子	三把	文房四宝	一份
笔筒	一个	小钱	一串
描金扇	一把	线筐箩	一个
锥子	一个	小锤	一个
云帚	一个	手帕	一方
红纱台灯	一盏	蜡烛	一枝
银两包	一个	鞋底	一支
鞋帮	一份	桌围椅披	三份
床帐	一份	轿子	一顶

第　一　场

游　会

〔【冲头】【快长锤】李忠、周通从“上场门”上。

〔西皮摇板〕

李　忠　(7 6 5 55 36 55 32 12 65 55) 1 2
　　　　　　　　　　　　　　　　　　　　恼 恨

3 2 12 3 2 (35 21 61 2 2)
朝 廷 害 忠 良

周　通　2 1 3 1 3 21 1 (21 35 21 62 1 1)
英 雄 流 落 在 四 方。

李　忠　3 21 62 1 3 1 2 (3 21 61 2)
结 交 绿 林 英 雄 广，
（向周伸出赞美指）

周　通　25 3 3 21 2 35 23 21 1 -
豪 杰 声 名 四 海 扬。

〔【大锣住头】二人站前台口。

李　忠　俺，打虎将李忠。

周　通　俺(仓)小霸王周通。【大锣住头】俺在山下为王，多蒙大哥不弃，将俺请上山来结为金兰之好。俺虽有意上山，只是小妹年幼，尚未婚配(摇头摆右手)，小弟也还未曾娶妻。待等了却这两桩大事，再上山与大哥(拱手)共图大事，也还不迟。

李　忠　贤弟说哪里话来，自古成大事者（右手赞美指）不以妻室儿女为虑。愚兄（右手抚髯）前在延安府结识提辖鲁达，此人武艺超群，若得此人与贤弟同上山寨，乃愚兄之幸也。

周　通　多蒙大哥见爱，此事改日再议。今当桃花村外花田盛会，你我前往游玩一番便了。

李　忠　如此请！（相互拱手）

周　通　请呐！（相互拱手）

〔【闪锤】二人同时抖袖。

〔西皮摇板〕

李　忠　（过门同前）1 2 3 2 3 1 2 (35 21 61 2 2)
义 气 相 投 金 兰 友，
（右手抚胸）

周　通　3　3 2　1 3　2　3 5　2 1　1̂　-　‖
良　辰　美　景　花　田　游。
（右手向外指出）

〔【大锣打下】二人从“下场门”下。

第 二 场

议　婚

〔【小锣打上】刘德明持扇从“上场门”至“九龙口”理髯，至前台口。【小锣归位】

刘德明　（念引子）少庆螽斯日夜忧，叫人终日（多多）

1　2　3　2　-　2. 6　7　7　6　-　‖
锁　眉　（呀）　头。

〔【小锣归位】归“小座”。

（念诗）

桃杏花发正相当，

一度秋风一度凉。

空有家财千万贯，

无儿传代继书香。（扎）（刘永从“下场门”暗上，站“大边”）

老汉刘德明，雁门人氏，居住在桃花村。膝下无儿，只生一女名唤玉燕，幼读诗书，可算是不栉进士，奈红鸾不照，未选乘龙，也是一桩心事。今日闲暇，不免请安人带女儿出来闲叙一番。刘永！

刘　永　有。

刘德明　请安人、小姐出堂。

刘　永　是。（向前两步，拱手）有请安人、小姐出堂。

〔【小锣打上】安人、玉燕持扇从“上场门”上，至右台口。刘永归原位。

安　人　（念）柳绿窗前舞，

桃花逐水流。

刘玉燕　（念）燕语莺声添憔悴，（右手合扇托掌）

春来花发动心头。（右手合扇抚胸）

〔刘德明见安人，站起，刘永搬座，二人归“八字”坐。玉燕见父行礼，坐“小边”跨椅。

〔春兰内白：“啊哈！”

〔【小锣五击头】春兰持帕从“上场门”上，至右台口。

春　兰　（念）燕子忙上下，（右手按掌）

花影（右手稍指）照（右手按掌）栏（右手向上抛帕）杆。（左手接帕，右手

（大乙.）　（台）　（台）　（台）

向外指出，至台中，面向里施礼）

参见员外、安人、小姐。

刘德明 罢了。

安　人 唤我母女何事？（右手摊掌）

刘德明 你我年过半百，膝下无儿，只此一女，（左手指玉燕）娇养惯了，尚未择配，特请安人商议，若能与女儿招门佳婿，接续刘门香烟（左手按掌），你看如何？（右手摊掌）

安　人 我也早有此意。

刘德明 （略思）我倒有个主意。（以扇托髯）

安　人 员外有何高见？

刘德明 今乃花田盛会，王孙公子纷纷游玩，莫若叫女儿前去观花，自己挑选，（用扇指玉燕）免受日后抱怨。

安　人 员外所见不差。

春　兰 你们老公母俩真开通。（点头、右手点指二人）

刘德明 但是无人保她前去，也是枉然。

春　兰 （拱手）我说这个员外、安人，既是花田盛会，我同小姐一同前去，（双手朝右外方指出）一来逛会（右手按掌），二来选婿，不知员外、安人意下如何呢？（双手摊掌）

刘德明 你保得去？（用扇指春兰）

春　兰 保得去。（点头）

刘德明 保得回？

春　兰 保得回。（右手按掌）

刘德明 （点头）就命你同小姐前去。

春　兰 是啦！

〖刘德明、安人“下场门”同下。

春　兰 小姐随我来。（向玉燕招右手）

刘玉燕 正是：（扎）（左手抖袖出门）主仆二人到花田，（右手持扇按掌向左走两步）

春　兰 小姐！（出门）

管保蝴蝶入桃园。（双手食指直伸向里翻腕向玉燕示意，玉燕羞介）

〖**【小锣打下】**玉燕、春兰从“下场门”下。

第　三　场

访　婿

〖店东内白：“啊哈！”

〖**【小锣五击】**店东从“上场门”上至台中。

店　东 （念）柳荫堪羁马，

李白也停车。

在下姓袁，名叫有分。在这雁门关紫阳镇开了一座店房，名叫迎新馆。我这里住了一位卞相公，乃是襄阳人氏，上京赶考，半道上又上延安府访友，访的是提辖鲁达，因此来至我们这雁门关，在我这店里也住了不少日子啦。我见他愁眉不展，大概是缺乏盘费。听说他会写会画，今当花田盛会，我不免叫他在渡仙桥摆摊儿卖画，换俩钱以做赶考路费。我请他出来商量商量。（至台口）有请卞相公。

「卞玑内白：“来了！”**【小锣打上】**卞玑上，至右台口前。

卞 玑 （念）月影栏杆下，
红日又东升。（左转身）
店东人何事？

店 东 我看你进得我的店来，老是愁眉苦脸的，有什么心事呀？你看，（指桌上）我备得有酒，来，咱们俩喝两杯。

卞 玑 唉！（摇头感慨地）
（念）对酒当歌不必忧，
忽然心事上眉头；
功名何日才成就，
不负寒窗十数秋。
唉！

店 东 相公为何长叹？

卞 玑 我上京求取功名缺少盘费，有意售卖字画，奈无机会。（摇头摆手）

店 东 哎哟！（双手一拍）我请您出来，正是为了这件事，您是个念书的人，我不好意思说这句话。

卞 玑 哎，卖些银两以做赶考路费，这有何妨？（双手摊掌）

店 东 今乃花田盛会，相公就到渡仙桥弄张桌子，（右手摊掌）去卖字画，您看好不好？（右手摊掌）

卞 玑 多承指教了。

「**【小锣凤点头】**店东、卞玑出门。闭二幕，幕内在“下场门”摆斜桌椅。

〔西皮摇板〕

卞 玑 （过门同前）3 6 5 7 6 5 6 3 5 6(76) (3 5 6 5
杏 花 村 里 小 桥 西，
（店东在前领着走，卞玑边走边唱）

3 2 1 2 6 5 5 5) 3 6 5 3 i 6 5 6 5 3 (5)3 5
准 备 羊 毫 六 法 奇。

(6 5 3 6 5 5 3 2 1 1) i 5 7 6 6 (3)5 (3)5 7 (7)6 - |
今 日 香 醪 人 尽 醉，
（右手按掌）

「**【小锣抽头】**店东领走一圆场归到右台口；拉开二幕。

店 东 相公，到了。（一指桌）

〔西皮摇板〕

卞 玑 （过门同前）i 5 3 i 6 -（6 5 3 5 6 6）
花 田 之 中

5 6 5 3 3 5 -（5 5 3 6 5 -）‖
字 画 题。

店 东 相公，您在这儿卖字画，我给您沏壶茶去。（右手指下）

卞 玑 请。（拱手，入座）

〔【快长锤】店家“下场门”下。李忠从“上场门”上。

〔西皮摇板〕

李 忠 （过门同前）2 2 1 3 2 2 1 1 3 2 -（3 2 1 6 1 2 2 2）
花 田 会 上 好 美 景，
（向四周望去）

〔【大锣一击】周通从“上场门”上，看见卞玑字画摊儿。

〔西皮摇板〕

周 通 【大锣凤点头】6 2 1 1 3 2 3 2 1 1 - ‖
那 旁 坐 定 一 书 生。

〔【大锣住头】二人至台中，李忠在里，周通在外面。

李 忠
周 通 先生敢是卖字画的？

卞 玑 正是。（点头）

李 忠
周 通 取字画一观。

卞 玑 现成的无有，二位（拱手）若要，必须当面下毫。（右手做提笔写状）

李 忠 我们未带纸绢。（右手按掌）

卞 玑 我有（右手抚胸）现成的。

李 忠
周 通 当面领教。（拱手）

卞 玑 以何为题？

李 忠 就以大树桃花为题。

卞 玑 （略思）献丑了。（向二人拱手，坐下，提笔疾写）

（念）桃花怎比杏花黄，
青秀枝头嫩蕊香。
走马归来红十里，
玉楼人醉好风光。

李 忠
周 通 （点头称赞）果然好，请先生题款。

卞 玑 小生涂鸦拙笔，何敢题款。（摆右手）

李 忠 先生忒谦了，如不题款怎知你的姓名？

〔卞玑提笔落款，交李忠。

李 忠 （看）好！襄阳举人卞玑题。

李 忠
周 通 原来是位贵人，失敬了。（互相拱手）

卞 玑 （还礼）岂敢。（互相拱手）

李 忠
周 通 先生为何不去赴试？

卞 玑 只因缺少川资。（摇头摆手）

李 忠
周 通 此画要多少银子？

卞 玑 小弟奉送了。（拱手）

李 忠
周 通 我等也要送些盘缠。

卞 玑 愧领了。（欠身施礼）

李 忠 （向周）周贤弟把银子与他。

周 通 （指李）你不会给他么。

李 忠 （用手一摸怀）啊！愚兄我不曾带钱，贤弟你可有哇？（指周）

周 通 （双手拍怀）我也是一文没有。（双手摊掌）

李 忠 （埋怨地）既不带银钱看的什么字画？（向卞玑）啊先生，我两个都未曾带钱，这字画不买也就是了。（递字画）

卞 玑 （忙拦）二位既爱拙作字画，奉送二位便了。

周 通 （拱手）多谢美意，这上京的路费包在我周通的身上，改日一定送来。我们告辞了，告辞了。

〔**【闪锤】**二人施礼。

〔西皮摇板〕

李 忠 （过门同前）3 2 3 21 1 2 1 1 2 -（35 21 61 2 2）
真 草 隶 篆 写 的 精，
（赞美指）

〔西皮摇板〕

周 通 3 32 13 2 35 23 21 1 - ‖
回 家 取 钱 送 画 银。
（右手按掌）

〔**【大锣打下】**二人与卞玑拱手告别。从“上场门”下；店东从“下场门”上看二人后影。

店 东 相公，您卖的字画怎么样了？

卞 玑 方才两个壮士，买了字画，又不曾带来银钱，我就将字画送与他了。

店 东 瞧您呐，作买卖哪有白送的？

卞 玑 看此二人虽然粗鲁，并非等闲，店东人可认识他？（右手摊掌）

店 东 怎么能不认识呢！

卞　玑　我来问你，那白脸的（右手在右颊前托掌）他是何人？
店　东　那白脸的？相公听了！（拱手）
〔数板〕
（多罗.）提起 此人 名，
人人 都敬 重，（双手赞美指）
他父 在朝 为公 卿。
朝中 出了 二奸 佞，（左手外指）
害了 他 居家 一满 门。
怒恼了 小英 雄，（右手向外指）
三拳（举右拳）两脚（踢左腿）
打死了 二奸 佞，（左弓步右拳下打）
反出了 午朝 门。（双手按掌向右上方缓去）
若问 此人的 名和 姓，（右手外指）
打虎将 李 忠·他
是个 0好人。
是个 0好人。（右手赞美指）
卞　玑　噢！是个好人。那黑脸的呢？（右手外指）
店　东　哎哟，那黑脸的呀（左手外指），相公听了！（拱手）
〔数板〕
（多罗.提起 此人 名，
叫人 脑.袋 疼。（右手食指指右额头）
他家 是豪 富，
骡马 又成 群。
有人 敬奉 他，
便过 太平 春；（右手按掌掸动两下）
有人 惹了 他，
一家 定遭 瘟。（左手按掌）
若问 此人 名和 姓，（右手指出）
小霸王 周 通·他 不是 0好 人，
不是0好 人。（摆动双手、摇头）
卞　玑　噢，他不是个好人。
店　东　对了，你可少理他，我呆会儿给您送点儿点心来。
卞　玑　有劳了。（拱手）
〔店东从"下场门"下。
〔春兰内白："小姐，随我来！"
〔【小锣抽头】春兰从"上场门"疾步走上，右手扶髯向前方观望。回身向"上场门"方向招右手，玉燕从"上场门"上至台中。
〔西皮摇板〕
刘玉燕（过门同前）$\dot{1}$ $\dot{1}$ 3 3 6 5 5 6 3 5 6（6 5
阳　春　美　景　喜　眉　头，
（春兰领走圆场，玉燕环视，边走边唱走至右台口）

花 田 错

3 5 6 5 3 2 1 2 6̣ 5 5 5) 3 6 5 3 i̇ 6
阵 阵 香 风
（右手托掌

6 5 5 3 3 5 (5 5 3 6 5 -) ‖
扑 面 幽。
在右颊前）

春　兰　小姐别走啦，（右手一拦）您看花田之中多热闹哇，（右手自胸前向右外方撒掌）真是千枝吐秀，万卉争芳（右手、左手分别向外平撒）。我给您打个座儿去（从右侧幕搬椅放右台口），您就坐在这儿吧！

刘玉燕　桃花虽好，那杏花更加清香。（右手向外指）

春　兰　咱们娘儿们干什么玩哪？（双手摊掌）

刘玉燕　（点头）是呀，做何消遣哪？（双手摊掌）

春　兰　（略想）我给您掐花去吧，我给您掐花去（手做掐花状边走边说），我给您掐……（向左望见卞玑）哎！（一扬手帕）你们瞧见没有，这个人（右手指卞玑）比花长得还好看呢。（右手右颊前托掌，转身向小姐走去）哎，小姐，花儿我没掐来（摆右手），您顺着我的手儿瞧（双手向左指卞玑【小锣一击】）这个人比花儿还好看呢。（玉燕右手扶鬓看）

刘玉燕　你问他是做什么的？

春　兰　是啦！（走至桌前，左手一扬手帕）我说嘿，先生，您是做什么的呀？

卞　玑　我是售卖字画的。

春　兰　噢，是卖字画的。有现成的吗？您拿出来我们瞧瞧。

卞　玑　现成的无有（摇头），若要么，（看春兰）当面下毫。（用右手做提笔书写状）

春　兰　当面下毫，（看卞玑）嗬！（边向玉燕坐处走边说）好大的口气！（右手向左指卞玑，向玉燕）小姐，我给您问来啦，人家是卖字画的。（右手指卞玑）

刘玉燕　取几幅来我看。（向春兰右手抚胸）

春　兰　人家说了现成的没有（摆双手）；若要吗？（学卞玑口气和动作）当面下毫。

刘玉燕　好大的口气。

春　兰　我说他口气也不小。（赞同地点头）

刘玉燕　（一想）春兰，我们未带纸绢如何是好？（双手摊掌，忽见右手中的折扇）春兰，我这里有柄素扇请他挥洒。（向春兰递扇子）

春　兰　（接扇）是啦！（走向卞的桌前）先生，我们小姐未带纸绢，这儿有柄素扇，求您题诗一首。（向卞玑递扇）

卞　玑　（接扇）哎呀呀……但不知以何为题？

春　兰　是呀，拿什么为题呢？【小锣一击】哎，（回头看玉燕）你就拿我们小姐为题吧。

卞　玑　噢，拿你家小姐为题（看玉燕一眼再看春兰）只怕使不得吧！

春　兰　使得（点头、拍手）。

卞　玑　使不得（摇头、摆手）。

春　兰　哎，我说使得就使得，来来来我给您研墨。（春兰伸手欲拿墨，卞玑伸手阻拦正碰春兰手）您这是干什么呀？（怪嗔地看卞玑）

卞　玑　（面带歉意）献丑了（拱手）。

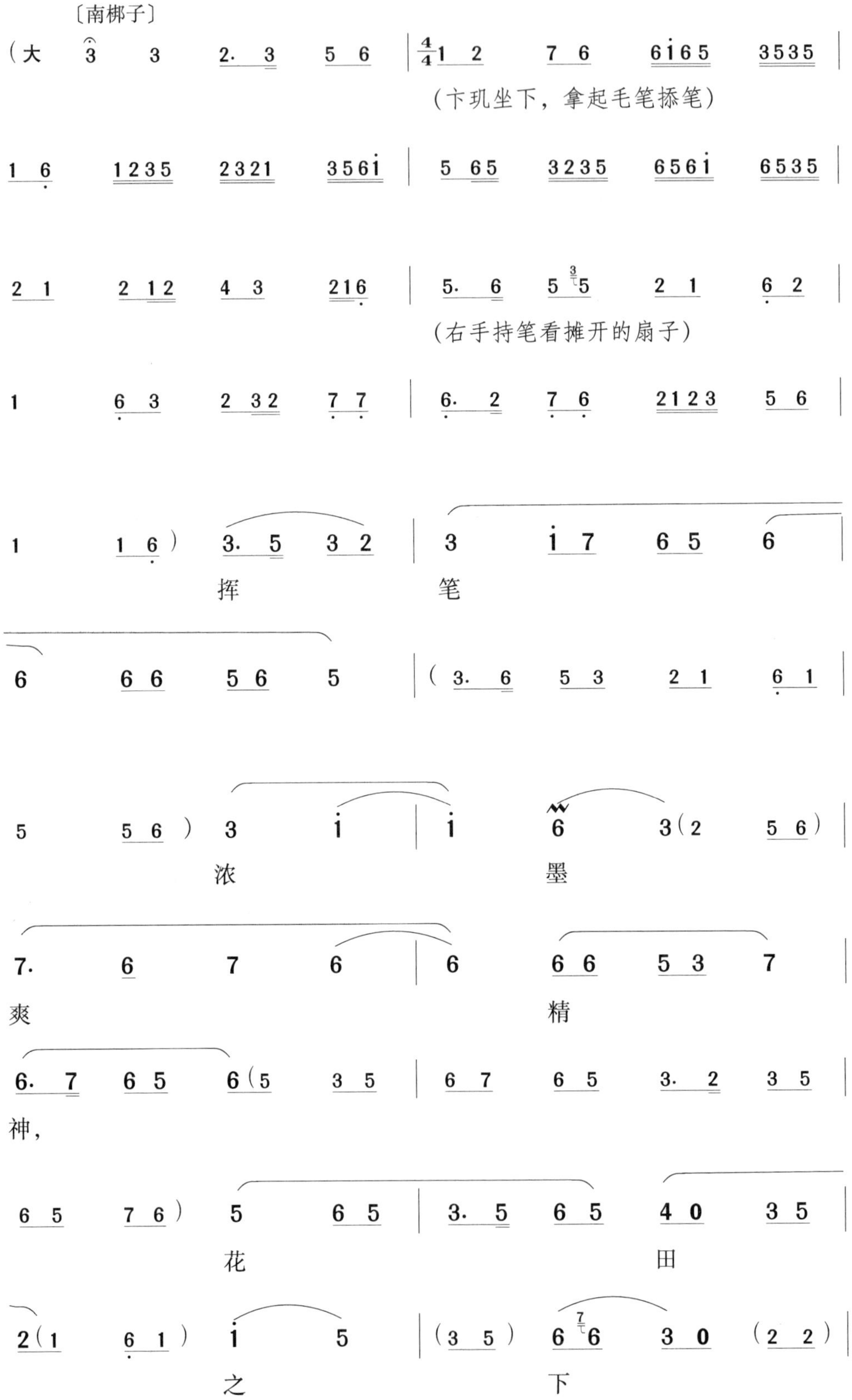

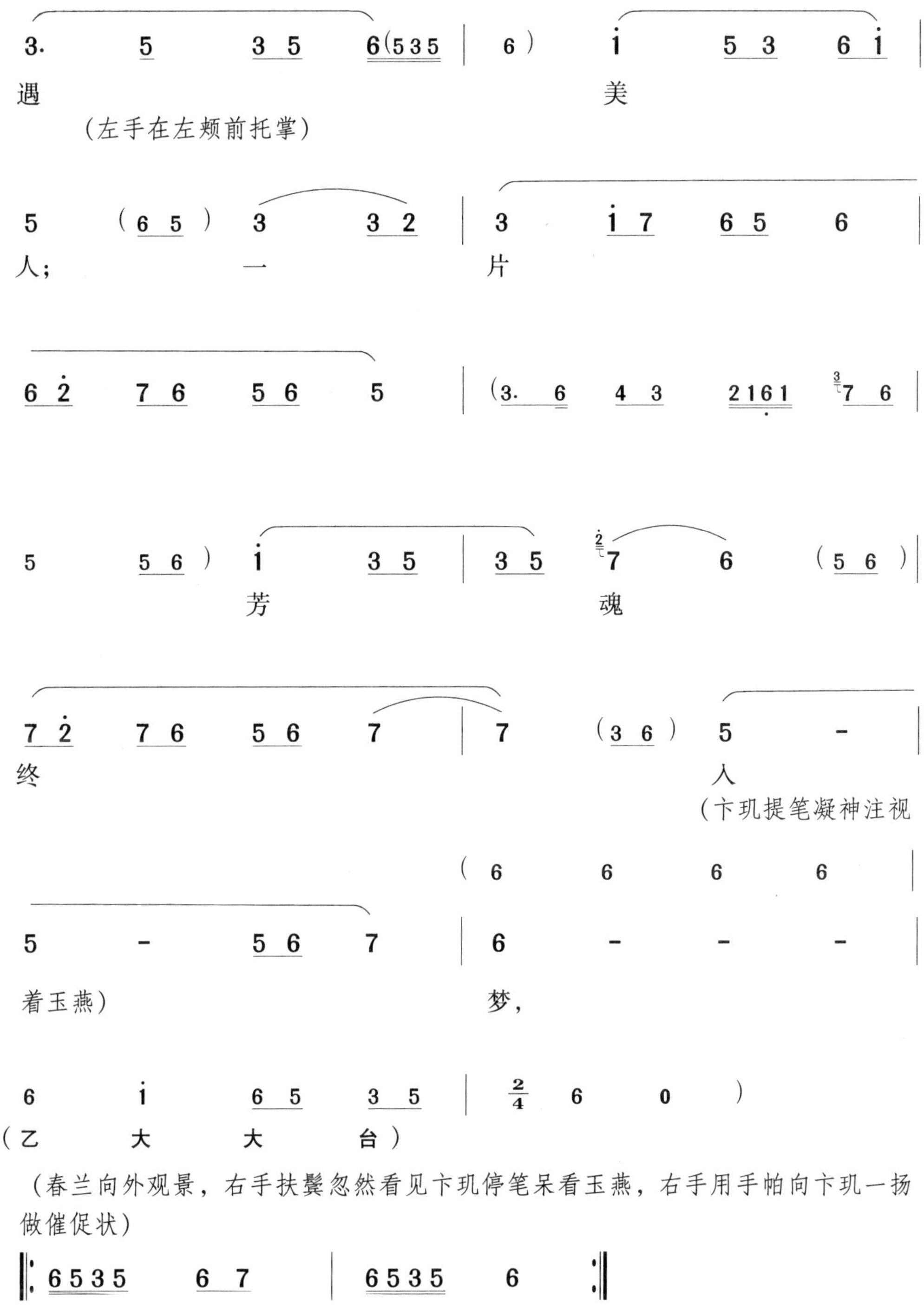

春　兰　先生写呀！

〔再看卞玑仍不动地注视玉燕，春兰用于指卞玑。

春　兰　你怎么不写啦？

〔春兰通过卞玑的目光回头看玉燕，见玉燕正深情地注视卞玑。

春　兰　噢！敢情他们两人……

〔点头，左手指卞玑，右手指玉燕，然后双手食指在胸前并拢。

〔（台）春兰偷笑，又走到卞玑桌前。

春 兰　先生您倒是快写呀！

〔用手帕在卞玑面前一扬，卞玑仍注视不动，春兰回头看玉燕，见玉燕也凝目注视卞玑。

春 兰　小姐别瞧了。

〔用手帕在玉燕面前一扬，玉燕全然不觉。春兰向左右一望，玉燕、卞玑仍注目相视。春兰右手扶鬓一想有了主意，双手一拍。

春 兰　哎！我把你们两人挡上。（左、右分别一指二人）

〔春兰双手自里向外翻腕，双手拍腿，（小锣伴奏）起小蹦子走“花梆子”碎步；双手不停自里向外翻腕形成起伏的浪花状，从玉燕左旁斜线直退至桌前，纵身坐上桌子，挡住了卞玑视线；玉燕见状含羞低首，卞玑猛悟用笔捅春兰示意下去。

卞 玑　你这是做什么？

春 兰　（回头反问）那你那是干什么哪？

卞 玑　你（指春兰）碍了我的眼了。

春 兰　我呀（回头相卞玑）我偏碍你的眼！

卞 玑　（无言答辩，又感到欣喜地）哈哈哈……

〔**【小锣凤点头】**心中喜悦抖下左袖。

〔西皮摇板〕

（过门同前）　1̇　5 3　5　3　1̇　6　（6 5

清　香　满　院

（卞玑提笔在扇上疾写。见春兰仍坐桌上用手拍桌子，春兰下桌）

3 5　6　6）6 5　5 6 3　5　（5 5　3 6　5）‖

不　知　春。　（台）

春 兰　先生，你这是干什么呀？

卞 玑　我写好了。

春 兰　（嗔怪地）写好了，就说写好了，干什么拍桌子瞪眼的？拿来我瞧瞧。（下桌从卞玑手中接过扇子看）嘿写得真不错，您瞧这一撇（右手食指向下划）这一勾（右手食指往上挑在卞玑面前一晃，卞玑稍一闪身）够多么有劲哪，哎真格的，先生这个字念什么呀？

卞 玑　哎呀呀，你不认识字呀！我念与你听。

春 兰　对啦，您念念我听听吧！（递扇）

卞 玑　（接扇，念）

挥毫浓墨爽精神，花田之下遇美人；一片芳魂终入梦，清香满院不知春。

春 兰　好！（接过扇子向玉燕走去）小姐，人家写完了，您看看。（将扇递与玉燕）

刘玉燕　（接扇看点头）字倒也不错，只是未曾落款。

春 兰　怎么着，没落款（接过扇子）？这是欺负咱们娘儿们不认识字呀，我去问问他去。

（右手拿扇，左手指卞向桌前走去）先生，你写这么好的字，怎么不落款呢？（左手指扇）

卞　玑　拙笔怎敢落款。

春　兰　您太谦了，（递扇）您写上姓什么叫什么，（右手按掌）我们也好知道哇（右手抚胸）。

卞　玑　（提笔题款）湖广襄阳举人卞玑题。（递扇）

春　兰　您是湖广人？（接扇）

卞　玑　湖广人。

春　兰　大地方。（右手赞美指）

卞　玑　小去处。

春　兰　您还是位举人公哪！

卞　玑　滥厕科名。

春　兰　“变鸡”？先生您还会“变鸡”哪？

卞　玑　我不会变鸡呀？（双手摊掌）我姓卞名玑，哪一个会变鸡呀！

春　兰　噢，您不会变鸡呀？我说的呢，您方才说会下鹤，又么一会儿的工夫又变起鸡来啦？（双手伸开做抖落翅膀的样子）

卞　玑　哎，（看春兰）淘气！（右手指春兰）

春　兰　（走向玉燕）小姐，他题款啦。（递扇）

刘玉燕　（认真看）写得好。

春　兰　写得好不是，人家要钱了。（左手指卞）

刘玉燕　（向身边一摸）哎呀春兰，我们出来的慌促，未带银钱。

春　兰　您瞧瞧，（右手指玉燕）您这么大的小姐出门连钱都不带（摆右手），我摸摸我带了没有。（用手向腰间取出一串小钱，用右手提了着）哎，小姐，我这儿有几个小钱，我先给您垫上，（左手指玉燕刚要走又回头说）回去您可想着还给我。

刘玉燕　一定把钱还与你。（右手指春兰）

春　兰　哎小姐，您知道这几个小钱（用右手提了着晃悠）是哪儿来的？

刘玉燕　我不晓得。（摇头）

春　兰　还是那天，我给您买点心，我赚了您几个小钱呢（一笑）。先生，（走向桌前）我们小姐出来的慌促没带银钱，我这儿有点小意思，给您添点儿墨水吧。

卞　玑　既然未带银钱，我就奉送小姐了（拱手）。

春　兰　（忙摆手）哪儿有白写的呢？

卞　玑　实不要钱。

春　兰　实话告诉您说，这几个小钱还是我垫上的（卞玑摆手不要），您嫌轻，我就给您搁在笔筒里啦。（将钱放进了笔筒）（边走边说）小姐，天不早啦（右手托掌）咱们该走了！

刘玉燕　回了去吧！（站起，春兰将椅搬回）

「**【小锣凤点头】**左手抖袖。

〔西皮摇板〕

（过门同前）3 6　5　7　6　7　6　3　5　6

好　女　贞　节　须　当　守，

（6 5 3 5 6 5 3 2 1 2 6̣ 5 5 5）i̇ 6 5 5 6
瓜 田 李

3 5 6 5 6 5 3 ⁵3 5（5 5 3 6 5）
下 莫 勾 留。

〔【小锣一击】玉燕从“上场门”下。

春　兰　先生，我们走啦，我们明天还来呢！（边向“上场门”走边说，卞玑从桌后走出）

〔卞玑依恋不舍地向玉燕走的方向望去，春兰回身见卞玑凝目观望，向前走两步。

春　兰　蹭！（右手食指往卞玑面前一伸；卞玑吓了一跳）嘿！（一扬手帕）你这个人呀（指卞玑）真不老实，瞧人一过眼，（右手在右颊前托掌）你怎么属臭虫的往肉里头叮啊？（右手指卞玑，春兰站“小边”；卞玑站“大边”）

卞　玑　你家小姐长得好看（右手在右颊前托掌），我爱看。（右手抚脸）

春　兰　（点头）噢，我们家小姐长得好看（右手在右颊前托掌）你爱看（右手指卞玑），那么你再瞧瞧我呢！（双手自里向外翻腕后双叉腰）

卞　玑　（上下打量春兰）你么，也好。

春　兰　得了呗！我就是不要这个“也”字。（一甩帕）

卞　玑　好！（右手赞美指）

春　兰　这不结啦，你看我们小姐好看，（向右后方指）你知道她姓什么？（右手摊掌）

卞　玑　不晓得。（摇头）

春　兰　我们小姐姓刘——

卞　玑　噢，姓刘。

春　兰　名唤玉燕，就住在桃花村花墙里边，（右手按掌）我们员外（拱手）叫刘德明。

卞　玑　大姐上姓。

春　兰　我也姓刘。（右手抚胸）

卞　玑　怎么，你也姓刘。（右手指春兰）

春　兰　我（右手抚胸）是仆随主姓。（右手按掌）

卞　玑　请问大姐的芳名？（拱手）

春　兰　（初不解，略想）噢，你问我的名字呀？我叫春兰（右手稍指）。

卞　玑　春——兰，可是春天之春，（春兰点头）兰花之兰？（用右手食指在左掌心比划写着）

春　兰　是呀。

卞　玑　（吟唱）好个响亮的名字哟……（右手食指向鼻尖前一蹭再向下划圈，然后把左掌心送到嘴边用舌头一舔做吃状）

春　兰　啊，先生（一扬手帕），你怎么把春兰给吃在肚子里头去啦。（右手摊掌）

卞　玑　吃在肚内，记在心中（右手抚胸），我是一辈子也忘不了的了哇。

春　兰　好（背语）敢情是个书呆子。（略思）嗳，先生，真格的，你娶过媳妇没有哇？（右手摊掌）

卞　玑　一介寒儒，哪有银钱娶妻呀！（双手摊掌）

春　兰　噢，您还没娶媳妇哪？

卞　玑　不曾娶妻。（摇头）

春　兰　这倒巧得很。（双手一拍）我告诉你说（指卞），我奉我们员外（拱手）之命，跟着小姐一来逛会（右手按掌），二来访婿。我瞧您这个人长得不错（指卞），人有人才（右手在右颊前托掌），文有文才（右手按掌），要不然我在中间（右手抚胸）给你们说合说合，作个小两口（双手食指直伸在胸前并拢）您瞧好不好？（双手摊掌）

卞　玑　不敢高攀。（欠身施礼）

春　兰　不要紧的（双手摆动），都有我哪！（双手抚胸）

卞　玑　事成之后，重礼相谢。（躬身拱手）

春　兰　谢不谢的这倒不要紧（摆右手），可是这么着，我们员外他是个急脾气（右手稍指），我回去跟他一说，（右手向外指出）他立刻就会打发人来请你（右手指卞），你可别走（摇头，摆右手）。

卞　玑　（点头）我是不走的。

〔玉燕内呼：“春兰快来。”

〔**【小锣一击】**春兰回身望“上场门”。

春　兰　哎呀糟了（双手自里向外翻腕后拍双腿），我竟顾得跟你说话了（左手指卞），我们小姐八成走远了（右手向后指“上场门”）。先生您别走（朝卞走去双摆手），小姐你等着（右回身疾步朝“上场门”方向走；抬右手）。先生您别走！（左回身向卞走两步摆双手）**【小锣一击】**

〔玉燕内呼：“春兰快走！”**【小锣一击】**

春　兰　哎！（急右回身向“上场门”抬右手）小姐你等着！（急左回身朝卞叮咛）先生，你可别走哇！（双摆手，摇头）

〔**【小锣长丝头】**春兰右回身；双手一缓两缓在两侧胸松握拳疾步从“上场门”跑下。

卞　玑　妙哇！（双手一拍）

〔**【小锣凤点头】**抖右袖。

〔西皮摇板〕

（过门同前）　3 6　5 i　6 5 6 3 5 6（6 5 3 5 6 6）

无　意　之　中　得　佳　偶，

（双手食指直伸在胸前并拢）

3 6　5 3　i　2 i　6　5　5　5　6　7 6　5 –‖

这　场　佳　话　好　风　流。

（右手按掌）　（右手摊掌）

哈哈哈……

〔**【小锣一击】**店东从“下场门”上。

店　东　先生您喜欢哪？（右手指卞）

卞　玑　我有喜事，（右手抚胸）怎的不喜欢呢（双手摊掌）！

店　东　您有什么喜事呀？

卞　玑　（看店东）满腔心腹事（右手抚胸），不可对人言（摆右手）。

店　东　您说的是什么呀，我也听不明白（摇头）。干脆，我让您（右手指卞）喜上加喜（右手按掌）。

卞　玑　怎么，还有喜事么？（右手摊掌）

店　东　先生，我给您揽了一个好买卖，有一大户人家，请您画围屏（右手做写字状），这一下您进京赶考的盘费可就有啦。（右手指卞）

卞　玑　（摇头）我有要事（右手抚脸），我在此等他。（右手向后指）

店　东　您等谁呀，咳，那个顾客脾气急，您还是跟我快走吧！（左手去拉卞左手；用右胳膊夹住卞左胳膊连拉带扯向"下场门"走；卞玑不时回头望"上场门"）

〔【小锣打下】店东拉扯卞玑从"下场门"下。

第　四　场

兰　禀

〔【小锣抽头】刘德明偕同安人从"上场门"上，刘永随上。

〔西皮摇板〕

刘德明（过门同前）2 1 3 2 32 3 2 -（35 21 6̣1 2 2）

才观春日花 开放，

（右手撒掌）

安　人 2 1 2 2 25 3 21 1 - ‖

未必春光不 久 长。

（右手按掌）

〔刘德明坐"大边"；安人坐"小边"，刘永侍立"大边"。

〔春兰内白："小姐，随我来！"

〔【小锣抽头】春兰引玉燕从"上场门"上，至右台口。

〔西皮摇板〕

刘玉燕（过门同前）i 5 7 7 5 6 5 6 35 6 -

花田之事 实难 讲，

（右手摊掌）

（76 55 36 55 32 12 6̣5 55）i 5 6

低 头 参

（玉燕向二老施礼）

（二人进门）

6 5 65 3 ⁵3 5 -（55 36 5 -）

见 我 爹 娘。

爹娘！（坐"小边"跨椅，春兰侍立玉燕旁）

刘德明　花田之事怎么样了？

刘玉燕　这个……春兰一概尽知。

〔玉燕含羞将扇交与春兰示意，春兰点头，玉燕从"上场门"羞下。

刘德明　啊，春兰，花田选婿之事，怎么样了？（右手摊掌）

花田错

春　兰　（拱手）员外、安人容禀：

圆圈；脚下走“云步”将扇送到员外面前半踏步蹲双手呈上）

刘德明　（看扇）写得果然不错，此人相貌如何？

春　兰　长得好看着哪！是个小白脸儿。（右手在右颊前托掌）

刘德明　（颇感满意）他在哪里！（扇放桌上）

春　兰　现在渡仙桥，（右手外指）您快打发刘永去请人家去吧！

刘德明　好！（点头）刘永，你去到花田将卞先生请来，说我有喜事相商。（右手按掌）

〔刘德明从“下场门”下，安人随下。刘永欲出门。

春　兰　（急招右手）哎刘永，你回来，（刘永站住）那卞先生在渡仙桥摆个摊儿（双手铺掌），卖的是字画。（指着刘永叮咛从“上场门”下）

刘　永　（点头）知道了。

〔**【大锣原场】**刘永出门从“下场门”下。

第　五　场

错　请

〔周通内白：“嗯哼！”

〔**【大锣五击】**周通从“上场门”上，至右台口。

周　通　（念）满怀英雄艺，
　　昂藏貌出奇。
俺与李大哥在花田买了卞先生的字画未曾把钱，特地前来送他银两（向前走两步）。卞先生！（未曾见到，又呼）卞先生，（左右寻看）卞先生他往哪里去了？（双手摊掌）嘿，（京白）怎么没有人哪，（略思）我给他看看摊儿吧。（右手指桌，随之迈步坐在了字画摊儿的椅子上）

〔**【小锣五击】**刘永从“上场门”上至右台口。

刘　永　来此渡仙桥（右手按掌），待我看来。（捋髯望见周通）此人相貌丑陋，（右手向左指周通）怎与小姐匹配？（双手摊掌，略想）哎，这是小姐自家愿意，我请了他去（右手左指）自有员外作主。啊，（向桌前行走）卞……（拱手）

周　通　你便怎么样？（右手指刘永）

刘　永　我奉员外之命，（拱手）请先生一叙。

周　通　哪个员外？

刘　永　桃花村刘太公。

周　通　我与他素未识面，请我作甚？（双手摊掌）

刘　永　我家员外有一女儿，要招先生（拱手）为婿。

周　通　（抬右臂背语京白）请我招亲，这是好事呀！这也是我红鸾星动。好，走着（右手一扬）！

〔**【大锣打下】**刘永领周通从“下场门”下。

第 六 场

强 婚

〔【小锣打上】刘德明、安人从“上场门”上，至前台口。

刘德明 （念）女儿婚姻事，（右手稍指出）

安 人 （念）时刻挂在心。（右手抚胸）

〔【小锣一击】刘永从“上场门”上；向刘德明欠身施礼。

刘 永 卞先生请到。

刘德明 春兰快来！

〔春兰内应：“哎，来啦！来啦！”

〔【小锣长丝头】春兰疾步从“上场门”跑上。

春 兰 员外，什么事？（双手摊掌）

刘德明 卞先生请到了。

春 兰 怎么着，卞先生请到了，（向刘永）快把人家请进来，我搀小姐（右手向后指）拜堂，越快越好。

〔【小锣长丝头】双手拍掌疾步跑下。

刘德明 刘永，请卞先生来见。

刘 永 （出门）有请卞先生。

〔【大锣五击】周通从“上场门”上至右台口。

周 通 嘿嘿，喜事从天降，前来拜岳丈。（拱手）

刘 永 员外请先生相见。

周 通 你(指刘永)去对员外言讲,必须口称新姑老爷(摇头晃脑)方可进去。(右台口站)

刘 永 （进门站“大边”）员外，那人言道，要口称新姑老爷方可进府。

刘德明 好，你就称他一声新姑老爷。

刘 永 （出门）有请新姑老爷！（拱手入门）

周 通 （进门）我来了，岳父在哪里，岳父在哪里？（ “挖门”边走边说归“大边”）

刘德明 （离座）哦，新……（拱手，见周通吃惊【撕边一击】背语）怎么这样丑陋哇！（双手摊掌）春兰快来！春兰快来！（急叫）

〔春兰内应：“哎，来啦！来啦！”【小锣长丝头】春兰快步从“上场门”跑上。

春 兰 员外什么事呀？（摊掌）

刘德明 我来问你，卞先生是个白脸的，还是个黑脸的？

春 兰 是个小白脸呀！（右手在右颊前托掌）

刘德明 哼！你自己去看。

春 兰 哟，您这么大岁数连小白脸、小黑脸都看不出来了（用右手指刘数落着）。我瞧瞧去（边走边说），明明是个小白脸呀！（**嘟 八龙 冬 仓**）（春兰向左一回头，猛然见周通，吓得向右转身双手捂脸）哎哟！我的妈呀（吓得右手连拍胸）！可吓死我了。（指刘永）你怎么把包老黑给请来啦？（向员外）员外他他他……不是卞玑（摆双手）！是刘永他给请错了，（指刘永）可没我的事（右手抚胸），我管不了啦！哎哟！（双手拍腿）我可管不了啦！（急摆手）

〔【小锣长丝头】春兰从“上场门”疾跑下。

刘德明 （回身指）刘永，你这奴才做的好事，我定打死你这奴才！

〔【撕边一击】刘德明举右拳；周通向前一扬右手。

周　通 呔！（仓）俺进得你家，（指员外）你骂奴打仆，岂是待娇客的道理！（双手摊掌）

刘德明 （左手指周）你是什么娇客！快快出去！

周　通 你请我进来焉能赶我出去，（右手一扬）自古道：请神容易送神难。（右手按掌）

刘德明 刘永快取银子缎匹过来。

〔【冲头】刘永“下场门”取银、缎托盘复上，交刘德明。

刘德明 壮士，这里有银子二百两，杭缎二匹，拿回家去另娶一房也就是了。

周　通 住了！（右手指员外）【大锣五击】（向前欺员外一步）俺家财豪富（右手拍胸），岂要你的银钱！俺是前来成亲来了。（右手按掌）

刘德明 你是何人！

周　通 小霸王周通。

〔【撕边一击】周通右手拍腹右侧，刘德明吓得惊退一步。

刘德明 哎呀！【快纽丝】（双手摊掌）

〔西皮散板〕

サ（7 6 6 5 i 3 2· 1 7 2 1 1）

4 3 3 3 3 1 2 3 3（6 1 2 3）

听 说 他 是 周 通 到，（仓）

（向安人交流目光）

安　人 1 2 1 2 3 1 2 2 2 1 6 1 －

好 言 赔 礼 求 恕 饶。

（向员外示意，右手按掌）

〔【大锣住头】刘德明捧托盘走近周通一步。

刘德明 啊，壮士，只因家人刘永做事昏庸，错将壮士请来，小女已经有了人家，壮士回家另娶一房也就是了。（央求着）

周　通 住了！【大锣五击】（右手指刘德明）俺在花田游玩（右手按掌），被你家人（指刘永）请来招亲，你若后悔（指员外），是自找其祸（右手点指员外）。俺三日（右手伸食、中、无名指）之内定要招亲（右手按掌），你若不从，俺就放火烧庄（双手一扬）。俺去也。正是：【大锣住头】（右手抖袖）

（念）自古良缘天助成，（拱手高举）

周通不是自求亲；

金银缎匹成何用？

三日之内配婚姻。

【大锣三叫头】（双手扬起）哈哈，哈哈；啊（看员外得意地）哈哈哈……

花 田 错

〔【冲头】【冷锤】周通向员外甩袖。【冲头】从“下场门”下。员外将托盘放桌上。

刘德明 （焦急地回身招呼）春兰快来！春兰快来！

〔春兰内应：“来啦，来啦！”

〔【小锣长丝头】春兰从“上场门”疾步跑上。

春　兰 真是忙了我一个人了（右手连连拍胸），员外什么事？（右手摊掌）

刘德明 嘟！【大锣五击】（怒指春兰）大胆贱婢勾来小霸王周通，呸！（回身拿起家法）着打！

〔【撕边一击】刘德明举家法，春兰害怕后退一步摆双手摇头。

春　兰 （哭）喂呀员外呀……【纽丝凤点头】（拭泪双腿跪下）

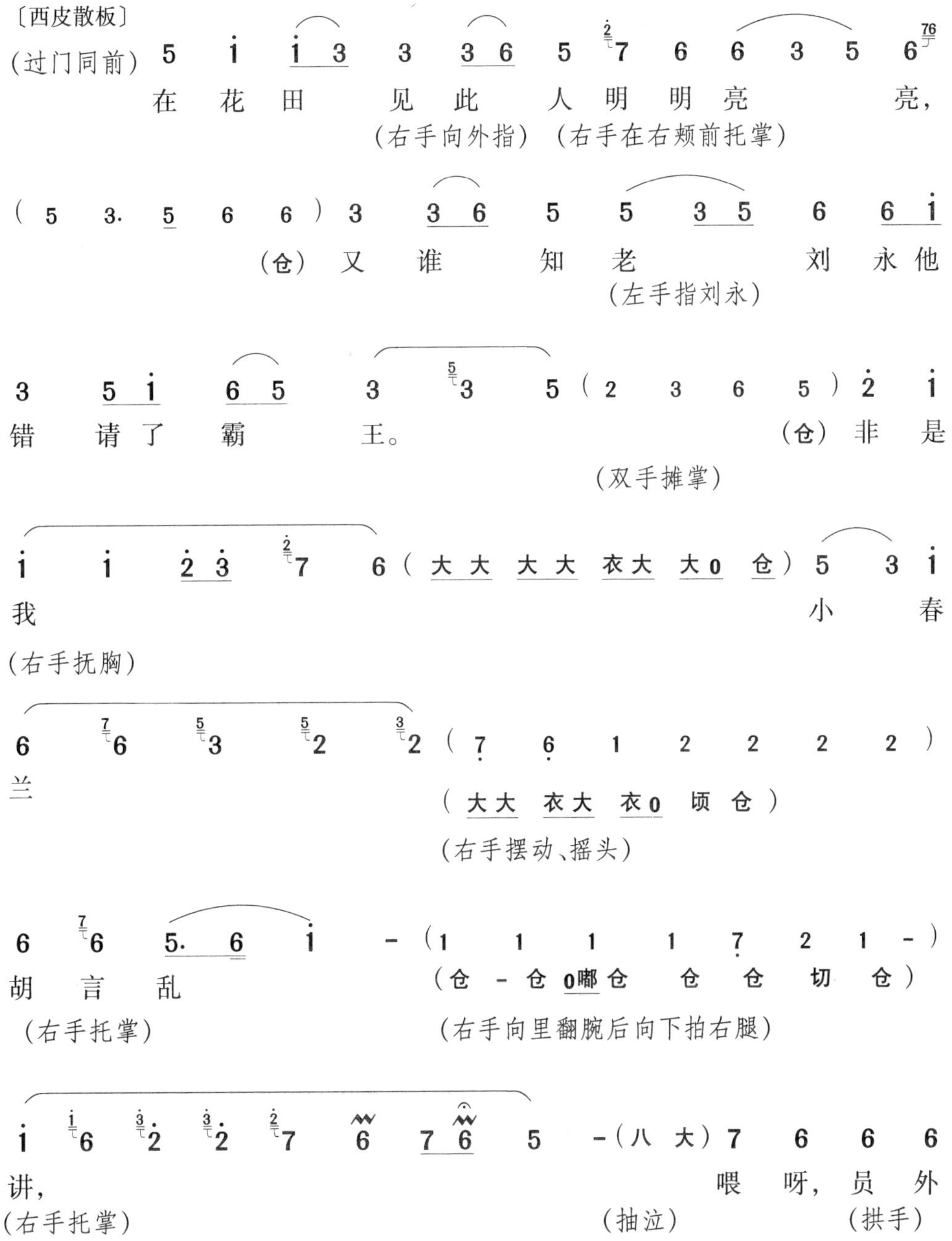

6 ³5 ³5 5 6 ²̇7 ²̇7 ⁶5 6 6 ¹̇5 -【纽丝凤点头】
爷 呀！ （用帕拭泪）（员外示意春兰站起）

（过门同前）3 3. 6 5 5 3. 5 6 6 3 5 i̇ 6 5 3 ⁵3 5 -‖
请 出 了 小 姑 娘 细 问 端 详。
（拱手） （右手按掌向里翻腕成端掌）

有请小姐。（回身向“上场门”拱请）

〖【小锣抽头】玉燕从“上场门”至右台口，抖右袖。

〔西皮摇板〕

刘玉燕 （过门同前）5 i̇ i̇ ¹̇3 3 6 5 7 6 3 5
一 桩 喜 事 从 天
（边向台中走边唱右手按掌）

6⁷⁶（6 5 3 5 6 5 3 2）i̇ 6 5 6 6 5 6 5
降， 爹 娘 因 何 泪 悲
（右手扶鬓看员外、安人） （拱手） （右手摊掌）

6 6 ¹̇5 -（5 5 3 6 5 -）‖
伤。
（站“小边”）

爹娘何事？（双手摊掌）

刘德明 哎呀儿呀，今有刘永错请了小霸王周通（右手向外指），三日之内要招亲来了。

刘玉燕 有这等事，待我碰死了吧！（右手翻折水袖成举袖）

〖【撕边一击】刘员外急拦。

刘德明 我儿不必如此。

刘玉燕 喂呀……（拭泪）

刘德明 待为父（右手托髯）告他一状便了！（右手外指）

春　兰 刘永快去备马。

〖【扫头】刘永带马，刘德明上马，从“下场门”下。

春　兰 （怨恨地）都是你这老东西！

〖【撕边一击】春兰用脚踹刘永，刘永从左侧幕下。

刘玉燕 喂呀……（拭泪）

安　人 我儿不必啼哭，春兰搀你家小姐回房去吧！

春　兰 是啦，老太太您也别着急了。

安　人 哼！都是你这个丫头办的好事。（右手点指春兰数落着，春兰低头扯弄手帕）

〖【小锣一击】安人从“下场门”下。

春　兰 小姐随我来。（右手招呼）

〖【小锣凤点头】玉燕右手抖袖。

〔西皮摇板〕

刘玉燕 （过门同前）3 6 5 7 7 5 6（6 5 3 5 6）5 6 3 5

满 腹 冤 屈 无 言

（右手抚胸） （轻轻摇头）

6（3 6 5 5 3 2 1 2 6 5 5 5）i 6 5 5. 6 3 5 6

讲， 含 羞 带 愧

（春兰领走圆场至右台口，春兰引玉燕上楼）

（6 5 3 5 6 6）5 6 5 3 3 5 -（6 5 3 6 5 -）‖

转 兰 房。

（试泪） （归台中，春兰站“小边”）

春 兰 小姐别哭啦，哭这会子当什么哪？（双手摊掌）您大小得拿个主意呀？

刘玉燕 我是忙中无计。（摆右手摇头）

春 兰 您没有主意呀，（略思）嗳，我倒有个主意。（右手抚胸）

刘玉燕 你有何妙计？（右手摊掌）

春 兰 我去到渡仙桥（右手外指），看看卞先生在那儿没有。他要在那儿，我叫他给咱们娘儿们拿个主意（右手按掌），您看好不好哇？（右手摊掌）

刘玉燕 此意甚好，（点头）你要早去早回。

春 兰 小姐呀！（拱手）

〔西皮摇板〕

【小锣凤点头】（过门同前）3 6 5 7 7 5 6 7 6 3 5 3 5 6 -

小 姐 不 必 悲 声 放，

〔【小锣抽头】玉燕示意春兰快去，玉燕从“上场门”下；春兰在左台口下楼，至台中出门，向“下场门”方向走去，右转身上步至左台口。

〔西皮摇板〕

春 兰 （过门同前）3 6 5 5 5 3 5 6（6 5 3 5 6 6）

见 了 卞 生

5 6 5 3 3 5 -（5 5 3 6 5 -）‖

细 商 量。

（右手指出）

〔【小锣抽头】春兰左转身从“下场门”下。

第 七 场

邀 玑

〔【小锣抽头】卞玑从“上场门”上至台中。

〔西皮摇板〕

卞　玑　（过门同前）i　6 5　3 6　5　5　6　3　5　6　6（6 5　3 5

心　猿　意　马　渡　仙　桥，

（右手向左指）

6 5　3 2　1 2）3 6　5　5 65　3 5　6　5　5　5　6　6　5　－‖

梦　中　不　忘　美　多　姣。

（右手托掌后归座入睡）

〔【小锣抽头】春兰从“上场门”上至右台口。

〔西皮摇板〕

春　兰　（过门同前）i　i 3　3 6　5　7　6　3　5　6　6

只　为　一　曲　风　流　调，

（右手按掌）　（边走圆场边唱）

（5 5　3 5　6 5　3 2　1 2　6 5　5 5）3 6　5　5　6 5

叫　我　日

（归到右台口右手抚胸后右手

3 5　6　5　6 5　3　3　5（5 5　3 6　5　－）‖

夜　受　辛　劳。

扶鬓看）

哟，这么热闹，他倒睡着了（左手指卞玑）。我说嘿，卞先生醒醒。（近前用手拍桌子）

卞　玑　（醒）你来了！（站起出桌）

春　兰　我来了。

卞　玑　你来迟了。（埋怨地指春兰）

春　兰　我怎么来迟了。

卞　玑　你误了我的大事了。（抖右袖）

春　兰　我怎么误了你的大事了！（右手抚胸）我问你：方才我们员外打发人请你来（右手指卞），你往哪儿去啦？（右手摊掌）

卞　玑　我不曾到哪里去呀！（双手摊掌）

春　兰　你没到哪儿去？你好好想想。（右手指卞）

卞　玑　（右手抚头略思）不错，方才有人请我去画围屏，我不曾在此。（右手下指）

春　兰　你瞧糟不糟，（右手击左掌后双摊掌）早也不去，晚也不去；（右手按掌）单单那个节骨眼儿你会去啦。（右手向外指）

卞　玑　我就是那个节骨眼儿不在这儿！（点头）

春　兰　我们就是那个节骨眼儿，打发人来请你（右手指卞），一下请错了，（双手一摊）你猜把谁请了去啦？（右手指卞又向外指）

卞　玑　我哪里知道！（双手一摊）

春　兰　我们错把小霸王周通请了去啦！（右手向外指）

卞 玑 怎么？小霸王周通是个黑脸的呀！（右手在右颊前托掌）

春 兰 可不是吗，（右拳击左掌心）我们小姐瞧他长的黑不溜秋的（右手在右颊前托掌），她一吓可就吓死啦！（右手向外指）

卞 玑 怎么，你家小姐她她她……死了么？（惊看春兰）

春 兰 可不是吗！（双手一摊）

卞 玑 哎呀小姐呀……（拭泪）

春 兰 （偷笑）你别哭（劝卞），小姐没死，我跟你闹着玩呢。（右手指卞）

卞 玑 这是怎么讲话。（甩右袖）

春 兰 我们小姐哭的死去活来，叫我跟你要个主意（指卞），你有什么主意没有？（右手摊掌）

卞 玑 我也是忙中无计。（摇头叹气）

春 兰 哎呀！（右拳击左掌心）她也没主意，（右手向外指）你也没主意（左手指卞），这可怎么好？（双手摊掌后右手扶鬓略思）哎，我倒有个主意（右手抚胸），要不然你上我们那儿走一趟。（右手向外指）

卞 玑 如此，走、走、走！（欲走）

春 兰 （拦）你就这样前去吗？（右手指卞）

卞 玑 我不这样前去（右手抚胸），我怎么样去呀？（双手摊掌）

春 兰 是呀，要怎样前去哪（扶鬓想）？嗳，你男扮女装吧！

卞 玑 我男扮女装？（右手指鼻略想）嗳（抖右袖），我是举人，不扮女人（摆右手）。

春 兰 怎么着，你不扮女人？（右手指卞）你还不错哪（右手点指卞）。你爱扮不扮？你不扮就见不了我们小姐，我走了。（一甩手帕欲走）

卞 玑 春兰姐你回来，（右招手）我们商量商量。

春 兰 你跟谁商量呀？（双手一摊）

卞 玑 我心与口商量。

春 兰 （冷眼看卞）对了（点头），你商量商量，可别上了当。

卞 玑 哎呀且住，我是个举人，她叫我扮作女人（右手指春兰又抚胸），我若不扮就见不着佳人。（摇头）这这这便怎么处（双手摊掌后扶右额头想，下决心）！唉，我就扮它一次（以右拳击左掌心），下次不可（摇头摆手）。啊，（回身）春兰姐，我就扮这一次（右手食指直伸），下次不可。

春 兰 嗐！（一甩手帕）谁让你老扮女人哪。（左手指卞）

卞 玑 我扮是扮，我来问你：这头上我戴哪一个的？（右手指右额头）

春 兰 戴我们小姐的。（右手指右额头）

卞 玑 身上穿的呢？（双手一摊）

春 兰 也穿我们小姐的。（右手按掌）

卞 玑 足下呢？

春 兰 也穿我们小姐的。（右手按掌）

卞 玑 哎呀呀！（京白）你们小姐有这么大的脚巴丫吗？（右手指抬起的左脚）

春 兰 不要紧，我回去给您赶做一双。你明天还在这儿（右手下指）等我（右手抚胸），你（左手指卞）可别走啦。（摆双手）

卞 玑 （点头）我不走了。

春 兰 你可千万千万别走了。（左手指卞）

卞 玑 嗳（右拳击左掌心），我至死（右手抚胸）也不走了。（摆右手，春兰点头）

春 兰 我要告辞了。

〔**【小锣凤点头】**春兰施礼，卞玑拱手还礼。

〔西皮摇板〕

（过门同前）i 3 3 6 5 7 6 6 3 5 - 6 - |

桃 源 路 上 须 要 早，

（右手按掌）

【小锣抽头】（右回身欲走又转身左手指卞玑）嘿，你可别走了。（摆左手，卞玑点头示意）

〔春兰右转身从“上场门”下。

〔**【小锣凤点头】**卞玑望远去的春兰回身抖右袖。

〔西皮摇板〕

卞 玑 （过门同前）3 6 5 6 6 5 5 5 6 - 5 5 - ‖

准 备 明 天 渡 鹊 桥。

（右手向外指出）

〔**【小锣抽头】**左转身从“下场门”下。

第八场

赶 鞋

〔**【小锣抽头】**玉燕从“下场门”上至台中。

〔西皮摇板〕

刘玉燕 （过门同前）i 3 3 6 5 7 6 3 5 6（6 5 3 5

自 古 好 事 多 磨 难，

（右手按掌）

6 5 3 2）3 3 6 5 5. 6 3. 5 6 6 5 563 5 - ‖

闷 坐 绣 房 心 不 安。

（右手抚胸）

〔**【小锣抽头】**玉燕归“小座”；春兰从“上场门”至右台口。

〔西皮摇板〕

春 兰 （过门同前）3 3 6 5 7 7 6 5 6 7 6 6 3 5

为 小 姐 婚 姻 事 心 忙 意

（右手抚胸）

6 (6 5 3 5 6 5 3 2 1 2 6 5 5 5) 5 i 6 5 6 5
乱，　小春兰要
（向台中走，进门，挖到右台口站）

3 5 6 i 6 5 563 5 5 (5 5 3 6 5 0) ‖
做个人定胜天。
（右手握拳示决心）

唉！为了小姐的事情，打绣阁跑到渡仙桥（右手指出），打渡仙桥跑到绣阁（右手按掌），两腿累的（右手指腿）酸酸的（右手摊掌，略思），我不免站在门外（右手下指）听她说些什么。（假装咳嗽）嗯咳！

刘玉燕　何人痰嗽？

春　兰　怎么？连我的声音都听不出来了。

刘玉燕　噢，春兰回来了！（惊喜）

春　兰　是我回来了。（仍站门外）

刘玉燕　你为何不进来？

春　兰　我进去也是站着，我不如在这儿站会儿吧。（右手指地）

刘玉燕　你进来，（向春兰招手）有你的座位就是了。

春　兰　怎么，有我的座儿？（右手抚胸）那我就进来了。

〔【小锣一击】春兰进门，搬座“小边”跨椅。将右腿搭在左腿上，用左手掰着右脚揉动。

刘玉燕　你可曾见着卞先生无有？（站向前向右摊掌）

春　兰　（故意揉脚）哎嗯！

刘玉燕　他与你说些什么？

春　兰　（放腿，一扬手帕）嘿，你别忙，你等我喘口气呀！（右手抚胸；故意深呼吸）

刘玉燕　（着急地）他到底说些什么？

春　兰　我去到渡仙桥，我见他在那儿睡觉哪，我就把他叫醒了。（右手外指）把咱娘儿们的事（右手拍胸）跟他这么一说，说小霸王周通要来抢亲（右手按掌），他听了一害怕（右手点指）就急死了（站起，右手向外指）。

刘玉燕　（惊）怎么！他（右手抖指）死了么？

春　兰　（眼不望玉燕）可不是吗。（连连点头）

刘玉燕　（动情地）哎呀卞郎啊……（哭，拭泪）

春　兰　（偷笑,走两步背语）两人害一样的毛病（右手向左指玉燕）,都会哭。（双手一摊，偷笑,回身向玉燕）小姐,他没死，我跟您闹着玩呢！

刘玉燕　（羞嗔）顽皮！（右手指春兰）

春　兰　我给他出了个主意，（右手外指）我叫他上咱们这儿来一趟，您看好不好哇？（右手摊掌）

刘玉燕　嗳，这是小姐绣楼（右手向下指），乃燕飞不到之处（右手自里向外撒掌），况且他是个男子，（右手外指）怎能来到我这绣楼？（右手抚胸）

春　兰　我叫他男扮女装。（右手在右颊前托掌）

刘玉燕 男扮女装？（右手扶鬓略思）我来问你他头上戴的？（右手指右额头上方）
春　兰 戴您的。（指玉燕）
刘玉燕 身上穿的呢？（双手向下一缓）
春　兰 也穿您的。（指玉燕）
刘玉燕 足下？（右手下指略伸出的左脚）
春　兰 （心不在焉地点头）也穿您的。
刘玉燕 嗳！（右手抖袖）我的鞋儿，他如何穿得？
〔【小锣一击】春兰右手扶鬓略思。
春　兰 咱们不会上楼上去，一夜不睡觉，给他赶一双吗？（右手向外指）
刘玉燕 （赞同地点头）甚好，带路。（右手外指）
春　兰 （应）是啦！
〔奏京胡曲牌<柳青娘>

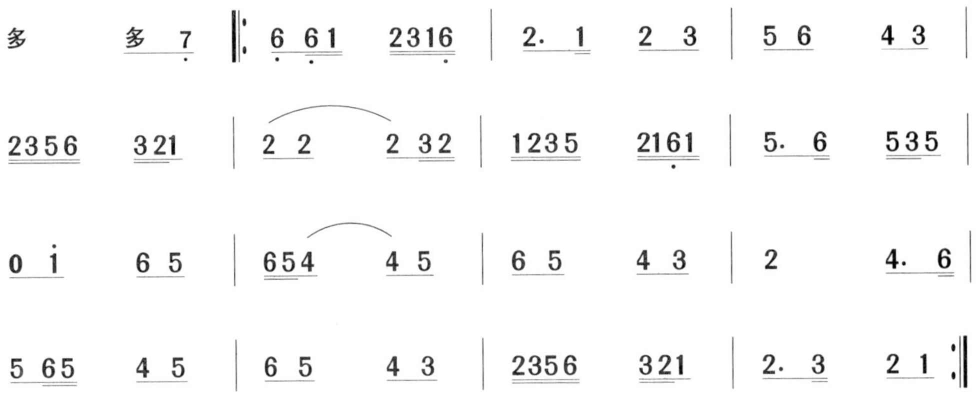

〔闭二幕，“大边”摆正桌，“八字”椅；玉燕、春兰上楼。
〔开二幕、春兰、玉燕进门，春兰下又复上拿针线笸箩。
〔春兰将针线笸箩放桌上，取出钉子、小锤，向四周一望，看在哪里揳钉子合适，向左台口走去，用小锤在墙上揳钉子。
〔春兰看，又用手晃了晃钉子，觉得牢固了，转身至桌前放下小锤，拿起“麻坯子”向左台口走去，将“麻坯子”捋好挂在了钉子上，随之双手拿“麻坯子”“碎步”斜线向“上场门”方向退至过台中偏右方向站定。双手来回拉“麻坯子”比量着将双根线拉齐。
〔将左手的“麻坯儿”放在嘴里用牙咬住。
〔右手将“麻坯子”线头交左手，随即双手搓动“麻坯儿”，随着双手的搓动。配合双目左右平视。
〔将右手的“麻坯儿”搓好。左手拿住用牙咬的那根单坯儿；将搓好的单坯儿用右手放入口中用牙咬住。
〔右手向外翻腕绕过搓好的单坯儿。
〔双手将未搓的那根左“麻坯儿”来回搓动，配合音乐做搓绳动作，双目来回左右平视。
刘玉燕 啊！春兰！
春　兰 哎！（应声口中咬住的麻绳脱口而出，春兰忙碎步跑向前，用右手揪住未搓好的麻

绳）瞧！您这一叫，这半天白搓了。（不满地白了玉燕一眼）

〔春兰依上述动作搓麻绳。先搓“单坯”后将两股合成一股搓成“麻绳”。右手向外翻腕将麻绳越绕越短，最后从钉子上将麻绳带下来，然后向里翻腕将麻绳松开，右手拉住麻绳头，将另一端甩在了左肩上，快步走到桌前，坐在“小边”椅子上，咬线头，捻线头、穿针，拿起鞋底开始纳底。

〔玉燕纳鞋帮，二人交流眼神，示意快做。起二更。

〔**【小锣凤点头】**二人抬头倾听更声。

〔西皮摇板〕

刘玉燕

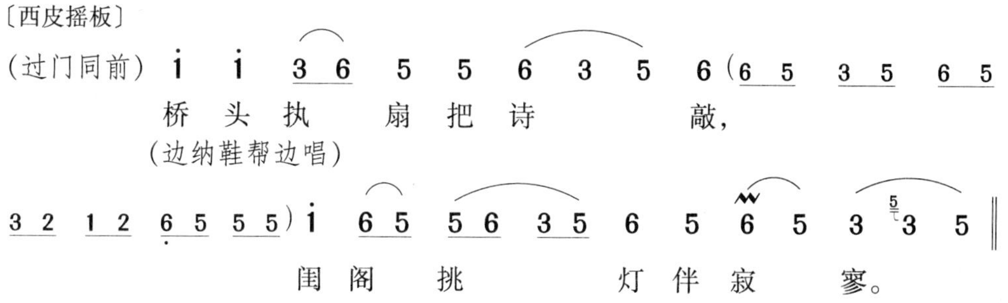

〔**【小锣凤点头】**安人持灯从“上场门”上。

〔西皮摇板〕

安　人

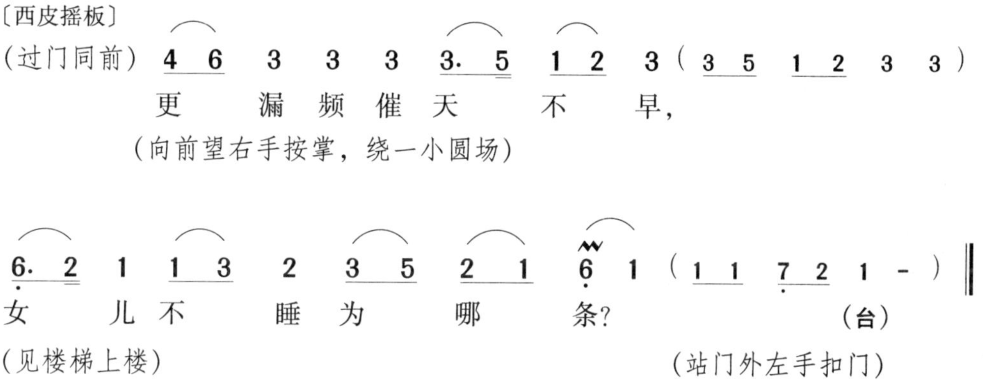

春兰！开门来！

〔**【冷锤】**春兰惊忙将鞋底放在椅子上，疾步至门前；用手扶门侧耳听。

春　兰　谁？

安　人　老身来了，你们怎么还不睡觉？

春　兰　啊……就要睡的。（忙应付）

安　人　早早安歇。（边走边说）

春　兰　（里应）是啦！

安　人　小心灯火。（至楼梯前说，然后下楼）

春　兰　知道了。老太太您去睡觉去吧！（催促着）

〔安人下楼后从“上场门”下。

春　兰　（扶着门）老太太，老太太。（听脚步走远）这个老太太早不来，晚不来，单单这个时候来（双手一摊埋怨地，向椅子走去）**【冷锤】**（刚坐下，猛地站起身来，用右手捂屁股。连声叫“哎哟”）

刘玉燕　你怎么样了？

春　兰　扎了我一下；（拿起放在椅子上的鞋底，朝玉燕）这都怪你妈不好，三更半夜她来干什么呀？

刘玉燕　（向春兰提示）做哇！

〔西皮摇板〕

（过门同前）i̇　i̇ 3　3 6　5　7　6　3　5　6（6 5　3 5　6 5

明　知　此　事　非　正　道，

（轻轻摇头）

3 2　1 2　6 5　5 5）3 6　5　5　3 5　6　5　6 5　3　3　5　－‖

只　为　下　郎　生　情　苗。

（右手抚胸）

〔起五更。

春　兰　（一望）哟！天都亮了，小姐你做好了没有？

刘玉燕　我不曾做好，你呢？

春　兰　我连半只还没纳得哪。（左手指鞋底）

刘玉燕　（着急地哭）喂呀……

春　兰　小姐你别哭哇，（略想）嗳，我想起来了。老太太的睡鞋还在楼上哪，您拿衣服，我去拿睡鞋。

〔二人分下拿衣服、鞋，复上。

春　兰　（右手拿鞋）唉，小姐这是你妈的……（左手指）

刘玉燕　什么！

春　兰　睡——鞋——

刘玉燕　（右手点指）淘气。（回身包衣服与鞋）

春　兰　您把衣服包好啦，给我吧。（玉燕递，春兰接包袱）我到渡仙桥去啦。（背起包袱欲出门抬左脚又缩出）我（右手抚胸一转眼珠）我不去啦！（连连摇头）

刘玉燕　为何不去？

春　兰　我为什么要去？（回身对玉燕）我跑前跑后的（右手按掌）两条腿都跑细了。（用右手指两腿）我为谁呀？（双手一摊）

刘玉燕　哦（右手扶鬓看春兰），我明白了（点头），事成后我与你做衣服，打首饰。（右手按掌，又指春兰头）

春　兰　我不要。（摇头，摆手）

刘玉燕　多把银钱与你。

春　兰　我们有钱，我也不要。（摆双手）

刘玉燕　你要怎样啊？（近前一步右手摊掌）

春　兰　是呀，我要怎样哪？（双手一摊，略思）这么办吧，你叫我一声。

刘玉燕　叫你一声，好春兰。（右手扶春兰肩）

春　兰　什么春兰呀！（用右手拨拉开玉燕的右手）谁不知道我叫春兰呀！（右手抚胸后双手一摊）我又嘚儿春兰啦。（用不满的眼光看玉燕一眼）

刘玉燕　我不叫你春兰，叫你什么？

春　兰　（顽皮地）你得叫我一声姐姐。（摇头晃脑）

刘玉燕 住了！（右手指春兰）我乃一主（右手抚胸），你乃一仆（右指春兰）使不得。（右手抖袖）

春 兰 嗬！（双手叉腰看玉燕）拿出小姐的架子来了，（左手点指玉燕）你不叫哇，我还不去呢！（一甩手帕，双手叉腰扭过头去）

刘玉燕 （无奈央求）好，春兰姐姐。

春 兰 把春兰取消，（右手往外一拨拉）干拦着姐姐（用右手点指两下强调地）！

刘玉燕 如此，我哪——（近前一步，难以启齿）

春 兰 （催促地）叫哇！（右手指玉燕）

刘玉燕 姐姐！（羞）

春 兰 嗳！（高兴地点头）我那好妹妹哟！（双手拍玉燕右肩）**【小锣凤点头】**（将包袱背在肩上）

〔西皮摇板〕

（过门同前）3 6　5　7　7　5　6　7　7　6　3　5　-　6　-

小　姐　但　把　宽　心　放，

（右手抚胸）

〔**【小锣抽头】**玉燕示意春兰快去，春兰点头。玉燕从“上场门”下；春兰下楼、开门、出门，走至左台口转身站。

〔西皮摇板〕

（过门同前）3 6　5　5. 6　3 5　6（6 5　3 5　6 6）5　6 5　3　3　5　-‖

管　叫　二　人　配　鸾　凰。

（右手向外指出）

〔**【小锣抽头】**左转身从“下场门”下。

第 九 场

错　抢

〔**【小锣抽头】**卞玑从“上场门”上至台中。

〔西皮摇板〕

卞 玑 （过门同前）i　5　5　7　6　5　6　3　5　6（6 5　3 5　6 5

精　神　恍　惚　梦　颠　倒，

（右手在右颊前托掌）

3 2　1 2）i　5 3　i　6　6　-　5. 6　3　5　-（5 5　3 6　5　-）‖

心　中　焦　躁　似　油　浇。

（右手抚胸）

〔卞玑归“大边”站，春兰从“上场门”上至台中归“小边”站。

卞 玑 春兰姐，你来了。

春 兰 卞先生，你真守信用。（右手指卞）

卞　玑　衣服鞋儿可曾带来？（右手摊掌）

春　兰　(打开包袱)这是衣裳。鞋没做好，这是我们老太太两只睡鞋（先将衣服交卞，后将鞋提了起来），你就将就穿吧（递给卞）。

卞　玑　我在哪里改扮？

春　兰　你到没人的地方去改扮吧！（左手向后指）

「卞玑从“下场门”下。

「奏京胡曲牌〈柳青娘〉。

春　兰　我给他收拾文房四宝。（用右手指桌子。随即将笔、笔筒收拾到一起，往“下场门”望）怎么还不出来呀！（双手摊掌）我看看有人没有！（向两边“望门”后，右手向“下场门”招呼）卞先生！

「在转胡琴<花梆子>中，卞玑以左袖遮面，从“下场门”上。

卞　玑　“闷儿”。（左手放下袖子）

春　兰　（右手扶鬓看点头）真漂亮啊！

卞　玑　（京白）走走走。（欲向前走）

春　兰　（左手一拦）你就这么走吗？

卞　玑　我不这样走，怎样走哇？（双手摊掌）

春　兰　你得学我们女人（右手抚胸）走道儿。

卞　玑　我不会呀！（摆右手）

春　兰　待我教给你女人走道儿。出得门来（做出门动作）这么一摆（右手抖袖）。

卞　玑　唔，一摆。（学春兰动作）

春　兰　这么一摆。（左手抖袖）

卞　玑　二摆。（学春兰动作）

春　兰　这么一捂。（双手做双搭袖动作）

卞　玑　二百五。（右手指春兰）

春　兰　你才二百五呢！（一扔手帕）嗳！（双脚起小蹭步，在京胡起奏<花梆子>中斜场碎步后退，大乙 台 台 台0 ，同时双手叉腰三摆动腰）

卞　玑　噢！就是这样，我会了。（点头）

春　兰　你演习演习（右手指卞）我看看。（右手抚胸）

卞　玑　女人走路出得门来（做出门动作），这么一摆（抖右袖看春兰）

春　兰　（点头）一摆。

卞　玑　这么一摆。（抖左袖）

春　兰　二摆。（右手拍左掌心）

卞　玑　这么一捂。

春　兰　真正的二百五。（以右手点指卞）

卞　玑　嗳！（双手抖袖，在京胡<花梆子>中，卞玑双手翻袖向后退，大乙 台 台 台0 ，双手折袖一摆两摆，随即双手向后扶腰）哎哟！闪了我的腰了。

春　兰　嗬，你长的真全货！（领走圆场边走边说）有人问你，你说你姓什么？

卞　玑　我姓卞。

春　兰　你叫什么？

卞　玑　我叫卞玑呀！（右手抚胸）

春　兰　（摇头）嗳，有人问你，你就说你叫卞娘子。（指卞）
卞　玑　（点头）噢，我叫卞娘子。
春　兰　再有人问你干什么来了？
卞　玑　我与小姐送画儿来了。
春　兰　嘿，你老忘不了画儿（左手点指卞），你就说给小姐送花儿来了。
〔二人走至右台口；刘永从“下场门”上。春兰见刘永惊，示意卞玑藏在背后。（**大、大、大……台0**）三人对面“摊磨”一圈，卞玑急躲春兰背后。
刘　永　春兰，你身后何人？（右手指卞）
春　兰　（摇头、摆手）没有人。
刘　永　分明有人怎说无人？
春　兰　（掩饰地）啊……你眼睛花了，员外命我找你呢（右手指刘永）。你快去吧！
〔春兰连推带踹刘永，刘永从“下场门”下。卞玑从春兰身后出来。
卞　玑　哎呀呀，吓了我一身冷汗（右手一摸额头往下一甩），他是何人？
春　兰　他呀（指刘永走的方向），是个老藏头。
卞　玑　嗳，是个老苍头吧。
〔二人边走边说，走一小圆场。
春　兰　不错，不错，老苍头。
卞　玑　到了无有？
春　兰　（一看）到了。
卞　玑　待我上楼。（欲上）
春　兰　（一拦）你先等等。得了吧，当是你们家哪（一扬手帕），这是有尺寸的地方（右手指地）。
卞　玑　我在哪里躲藏？（双手一摊）
春　兰　我给你找个地方。（向台右侧幕一看，推开门）你藏在这儿吧！（指右台侧）
卞　玑　（进门，急抽脚、捏鼻退出）哎哟哟！这是茅厕呀！臭得很哪！（用手扇鼻）
春　兰　您就将就点吧。（推卞玑进门，倒扣门，从右台口上楼）有请小姐。
〔**【小锣一击】**玉燕从“下场门”上。
刘玉燕　春兰回来了。卞先生可曾请到了？
春　兰　卞先生请到了。
刘玉燕　待我下楼迎接。（右手折袖，欲行）
春　兰　（急拦）嘿嘿嘿，这么大的小姐真不害臊（用右手食指羞羞脸），端着点（双手架拳、晃头）坐好了，我给你摆个姿势，眼睛往前看（右手向前直指），两手捂好不许动，（双手捂眼）不许动（摆双手）。
刘玉燕　这是什么样儿？（一甩水袖）
春　兰　你爱怎样就怎么样吧！（一扬手帕）
刘玉燕　快请他上楼！
春　兰　是啦！
〔春兰下楼，一推门；装老安人咳嗽：“嗯哼！”
〔**【小锣一击】**卞玑惊跪，春兰见状偷笑又假正经地。
春　兰　你姓什么！（双手叉腰）

卞　玑　我姓卞。
春　兰　你叫什么？（右手指）
卞　玑　我叫卞娘子。
春　兰　做什么来了？（右手摊掌）
卞　玑　我与小姐送花来了。
春　兰　这是小姐绣楼，燕飞不到之处，（右手按掌），你前来做甚？（右指卞）记打！（指卞）
卞　玑　是。
春　兰　记责！（右手点指卞）
卞　玑　是。
春　兰　抬起头来，看看我是谁？（双手叉腰）
卞　玑　是！多谢老安人。
春　兰　“闷儿”。（一笑）
卞　玑　（站起）原来是春兰姐，这是做什么？
春　兰　我跟你闹着玩呢！（右手指卞）
卞　玑　哎！（右手抖袖）吓了我一头冷汗。可曾说好？（右手摊掌）
春　兰　说好了（点头），跟我上楼。

〔二人上楼，入内，玉燕站“大边”，卞玑与玉燕碰面目光相对，玉燕羞。春兰站二人中间。

春　兰　小姐，我把卞先生请来了，您跟他说话吧！

〔近前拉玉燕，玉燕假做不理。

春　兰　卞先生，你好容易见了我们小姐，您倒是说话呀。

〔近前拉卞左袖，卞玑害羞难以启齿。

春　兰　嗬！（双手一拍腿）你真要菜呀！（右手指卞）（左看右瞧）他们俩怎么不说话呀？（双手摊掌略思）哎哟！我也糊涂，有我（右手抚胸）在这儿，人家两人（右手点指二人）怎么好意思就说话呢！（一想）好，我躲一躲。（出门，将门倒扣。回身向屋里说）你们俩说话可是说话，可得快着点，我一会儿就来。

〔春兰下楼，从“上场门”下。

卞　玑　小姐。
刘玉燕　卞郎，奴家情不自禁误入魔网，与君私会者（拱手），爱君之才也；不与君苟合者，全奴之节也。（右手抚胸）今有诗帕一方持赠，愿君早得功名，央媒说合（递帕）。
卞　玑　（接帕）多谢小姐赠诗帕美意。小生亦曾读过诗书，愿学柳下惠坐怀不乱，非登徒之辈也。自那日花田分手，小生梦寐不安，在扇儿上题诗数首，送与小姐以做订婚之证，来日相逢，也以为凭。（递扇）
刘玉燕　（接扇）多谢相公。

〔**【小锣长丝头】**春兰从“上场门”急跑上。

春　兰　小姐，大事不好了！
刘玉燕　何事惊慌？
春　兰　方才我在后院听得小霸王周通（右手外指）带领好些人前来抢亲来了。（右手按掌）
卞　玑　哎呀！**【冷锤】**（惊退一步）

〔**【乱锤】**卞惊吓，走“屁股坐子”，玉燕束手无策，春兰在惊慌中意识到要将卞巩藏起来，春兰示意卞玑暗藏在帐中，卞玑会意入帐。

〔【乱锤】安人从“上场门”上，上楼。

安　人　哎呀儿呀，小霸王周通带领多人前来抢儿成亲，你快些躲藏！

春　兰　您别说啦，快跟小姐下楼藏躲起来。

〔【乱锤】安人急拉玉燕，玉燕示意春兰要藏好卞玑，春兰会意，安人拉玉燕下楼，从“下场门”下。

春　兰　哎哟，我的妈呀！他们都走了，我也快走吧！（欲走）

卞　玑　（双手开帐急叫）啊！春兰姐。

春　兰　（着急地双手拍腿）哎哟，这儿还藏着一个活的呢！（左手指帐内）

〔【乱锤】卞玑出帐，春兰推卞玑入帐，卞玑不肯，欲跳楼，春兰急拦，劝推卞玑入帐，春兰忙下楼滑步坐地，急站起。忽听门外人声乐声喧闹，知是周通抢亲，急从“下场门”下。

〔【冲头】四下手、周通从“上场门”上。“站门”。周通至台中。

周　通　（念）怒气冲霄汉，劫抢女多姣；

　　朱陈多反复，祸事自家招。【大锣住头】

打进去，两厢搜来！

〔【搜场】四下手两厢搜索。

四下手　两厢无有！

周　通　楼上去搜！

〔【冲头】四下手、周通上楼。四下手两厢探索。周通站台中。

四下手　也无有。

周　通　他往哪里去了？这倒奇怪了。

卞　玑　春兰姐救我！

〔【撕边一击】周通看睡帐。

周　通　哟！小宝贝在这儿呢，（右手指帐）我来救你。抢！

〔【乱锤】刘永从“上场门”上，上楼。周通见刘永阻拦，将刘永打倒；四下手掀帐抢卞玑，四下手、周通携同卞玑下楼从“下场门”下。

刘　永　（站起）待我报与员外知道！

〔【冲头】刘永从“下场门”下。

〔【冲头】安人、玉燕、春兰从“上场门”上。

安　人　春兰！看看小姐房中丢了什么没有？

春　兰　是啦！

〔【冲头】春兰、安人、玉燕上楼。春兰急掀帐子；【冷锤】春兰惊。

安　人　（四处观看）刘永不知往哪里去了！

刘玉燕　想是藏躲去了。

春　兰　老夫人，什么也没丢，就丢了我们小姐心爱的那么一个玩意儿。（示意玉燕，表示卞玑被抢走）

刘玉燕　（痛心地）喂呀……

安　人　那不过小孩子的玩具，老身有的是钱，多买几个（向玉燕）也就是了。

春　兰　哎哟老太太，那个小玩意儿，要一个（右手食指直伸）就够了。

安　人　哎，老身有的是银钱（右手抚胸），多买几个（右手按掌），还有你（指向春兰）一个呢。

春　兰　（摆双手）我不要。

刘玉燕　喂呀……

安　人　儿呀，不必啼哭，随为娘来呀！

〔安人拉玉燕从“下场门”下。

〔**【小锣一击】**春兰右手扶鬓看安人、玉燕走的方向。

春　兰　这个老太太够多么糊涂，（左手点指“下场门”）那个小玩意儿上哪儿买去呀！（双手摊掌）不想周通把卞先生抢了去，今天晚上一入洞房（双手食指直伸并拢胸前），哎呀……（左右一想；忙摆双手）

〔**【小锣长丝头】**春兰从“下场门”跑下。

第　十　场

搬　差

〔**【大锣原场】**朱仝、雷横从“上场门”上，走至台中。**【大锣归位】**

朱　仝　美髯似关公，

雷　横　腾空如大鹏。**【住头】**

朱　仝　俺（仓）美髯公朱仝。

雷　横　插翅虎雷横。

朱　仝　贤弟，（拱手）今日太爷升堂，命我捉拿黄泥冈的强盗，太爷言道周通也在其中（右手按掌），不免拿他到案，你我一同前去。（右手向外指出）

雷　横　周通武艺平常，仁兄一人前去便可成功。（右手赞美指）

朱　仝　言之有理，正是：**【大锣住头】**

　　身在公衙内，

　　官差不自由。（摆右手）

〔**【大锣打下】**朱仝从“下场门”下。

〔**【大锣水底鱼】**刘德明从“上场门”上，至台中。

刘德明　二位都头在家么？

雷　横　（近前）员外来了，到此何事？

刘德明　只因周通要抢小女成亲，特到公衙禀报。（拱手）

雷　横　周通犯了嫌疑之罪，朱都头拿他去了。（左手向外指出）

〔**【冲头】**刘永从“上场门”上站“小边”。

刘　永　员外大事不好了。

〔**【撕边一击】**刘德明惊看刘永。

刘德明　何事惊慌？（右手摊掌）

刘 永 周通将小姐抢去了！（右手向外指）

〔【**撕边一击**】刘德明双手摊掌。

刘德明 这便如何是好?

雷 横 员外不必惊慌（摆右手）。周通抢劫民女（右手按掌）目无王法，员外但放宽心（右手抚胸）；待我与你一同前去（右手指出），将你女儿夺回（右手按掌）也就是了。

刘德明 有劳了。

雷 横 士兵走上。

〔【**冲头**】四士兵分两边上。

雷 横 往周通家中去者！（右手指出）

〔【**大锣原场**】四士兵“插门”从“下场门”下，雷横、刘德明随下。

第 十 一 场

误 认

〔【**小锣夺头**】周玉楼从“上场门”上。

$\frac{4}{4}$（龙 冬 大大 大大 | 台 另台 乙另 台 |

〔西皮原板〕

大 台 台 65 3561 | 5 3 5 1 6 5 3 2 |

（缓步走至台中）

1. 2 3 5 6136 5 1 | 2 3 5 5 216 1 2 |

周玉楼 7 72 6 5 3. 2 126 | 1 1 6 6） 5 3 6 1 |

奴 本

（右手抚胸）

6 2 7. 2 6 5 （3 6） | 1 1 5 3 6 5 |

江 湖

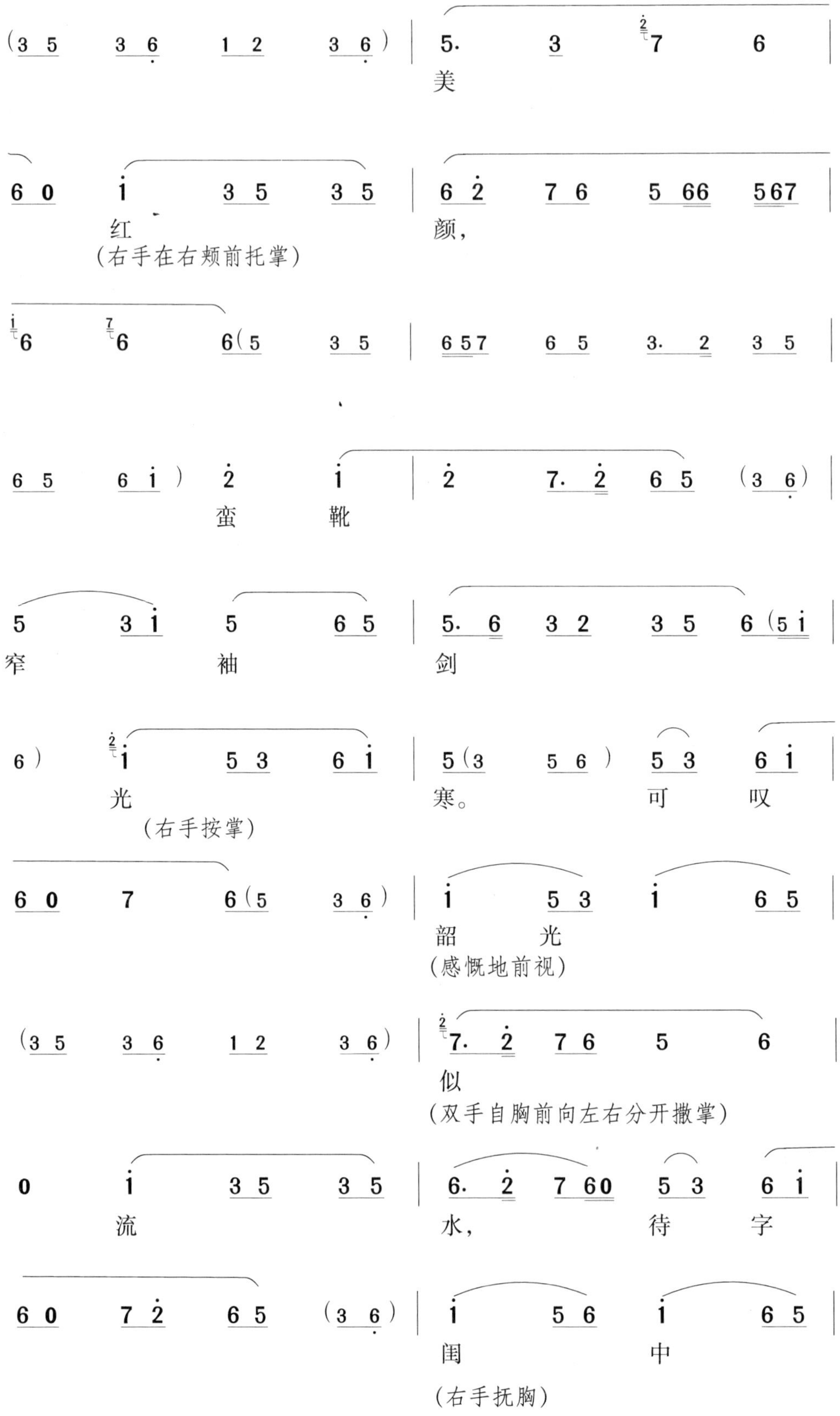
美
红
(右手在右颊前托掌)
颜，
蛮
靴
窄
袖
剑
光
(右手按掌)
寒。
可
叹
韶
光
(感慨地前视)
似
(双手自胸前向左右分开撒掌)
流
水，
待
字
闺
中
(右手抚胸)

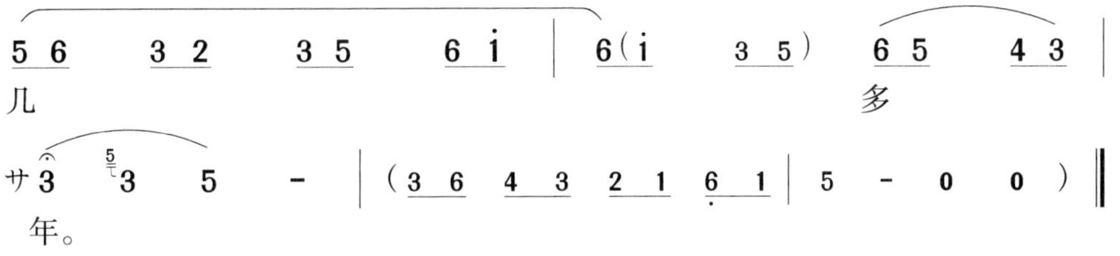

（双手摊掌，轻轻摇头，向左转身归“小座”）

（念京白）奴家周玉楼（右手抚胸），哥哥（拱手）周通，父母双亡，怎奈我哥哥横行霸道，把我的终身大事（右手抚胸），一字不提（摇头、摆右手）。今天早晨他就出门了，天到这般时候（右手扶鬓看）还不见回来，唉，又不知道他干什么去了。（以右拳击左掌心）

〔【乱锤】周通拉卞玑从“上场门”上，进门，周玉楼见状站起，周通拉卞玑坐下；周玉楼拉周通前走两步。

周玉楼　哥哥，这是哪儿来的女子呀？（右手指卞）

周　通　她乃桃花村刘德明刘员外的女儿，（左手指卞）名唤玉燕。与愚兄结为百年之好。（右手按掌）

周玉楼　恭喜兄长。（拱手）

周　通　可恨那老头儿忽然反悔，杀人可恕，情理难容，是俺将她抢来的！（一扬右手）

〔【撕边一击】周玉楼右手扶鬓看周通。

周玉楼　哥哥，这犯法之事做不得！（摆双手）

周　通　不用你管。（摆左手）

〔【撕边一击】周玉楼前上一步。

周玉楼　你如此胡作非为，（右手点指周通）岂不怕人家骂你吗？（右手摊掌）

周　通　骂我与你何干？（前逼一步，双手摊掌）

〔【大锣水底鱼】朱仝从“上场门”上。

朱　仝　（念）捉拿天边月，
　　海底去寻针。（右手向外指出后见周）
周贤弟，黄泥冈打劫可有你（右手指周）在内？（右手摊掌）

周　通　并无小弟在内。（摆右手）

朱　仝　既无贤弟在内，可随愚兄到县衙分辩！（右手指出）

周　通　我今日成亲，不去了！（摆右手）

〔【撕边一击】朱仝握拳看周。

朱　仝　嗳！【撕边一击】（一扬右手）太爷（拱手）命我捉拿与你（左手指周），此乃官事（右手按掌），你焉能不去（右手摊掌）？快快随我前往！（右手向外指）

〔【撕边一击】周通略思。

周　通　大哥你别生气（摆双手），我去就是。（点头）

朱　仝　走！（举右掌）

周　通　嘿！（仓）（双手一摊）只说蓝桥会，谁想拆了桥。贤妹好生照看嫂嫂，愚兄到县衙走走。

〔【冲头】周通随朱仝从“下场门”下。

卞　玑　（哭）喂呀……

〔【小锣一击】周玉楼右手扶鬓看。

周玉楼　我说嫂子你别哭啦，（近前劝慰）你别看我哥哥长得黑不溜秋的（右手在右颊前托掌），可是他的心眼还好（右手抚胸）。

〔卞玑扭身不理，用水袖将脸遮住。

〔【小锣一击】周玉楼近前往下拉卞玑的水袖。

周玉楼　你干吗老挡着脸哪！（卞玑又急挡脸）别害臊啦！（又欲拉，卞又躲不想将脚露出）

〔【小锣一击】周玉楼低头看卞脚。

周玉楼　哟，你怎么这么大的脚哇！

〔卞玑急往里收脚。

周玉楼　别躲了，我早瞧见了。我搀你到新房里去吧。

〔周玉楼近前欲搀；卞玑站起身迈八字步。周玉楼右手扶鬓看。【小锣一击】

周玉楼　（背语）奇怪呀，他的哭声跟走道的样子怎么不像（摆右手）女人模样啊！（双手摊掌，略思）八成是个蒙事的（右手点指），我吓唬吓唬他。（回身取宝剑过来）呔！（仓）（左手指卞）哪儿来的狂徒，休走看剑！

〔【撕边一击】周玉楼右手举剑、左手指卞玑，亮相。

卞　玑　小姐饶命呀……

〔【撕边一击】卞玑双腿跪下。

周玉楼　说了实话便罢，如若不然，剑下做鬼！【撕边一击】（右手横剑逼看卞玑）

卞　玑　哎呀小姐呀！【大锣五击】（跪走两步）我乃（右手抚胸）襄阳举人卞玑，只因小生与刘玉燕有婚姻之约（双手食指直伸并拢一处），又被令兄恃强争娶（右手按掌），他家使女春兰（右手指出）将我扮成女子模样（右手在右颊前托掌）带进他府（右手按掌）。令兄前去抢亲，错把小生抢来（双手摊掌），望小姐饶命（连连磕头）。

〔【撕边一击】周玉楼惊退一步，又冷眼对卞玑。

周玉楼　你改装戏弄人家闺秀，斩者无亏。

〔【撕边一击】卞玑抬头，连连摆手。

卞　玑　我与刘玉燕小姐共订白首之盟（右手按掌），不曾苟合（摆双手），若有虚言，天（指天）地（指地）鉴之。（又作揖）

〔【撕边一击】周玉楼左手背剑，右手扶鬓思之。

周玉楼　可是实言？

卞　玑　句句实言。

周玉楼　那你起来。

卞　玑　多谢小姐。（作揖）

〔【大锣住头】卞玑站起；周玉楼把剑放在桌上。【小锣一击】周玉楼右手扶鬓看卞。

周玉楼　哎呀且住！【小锣一击】（背语）我看此人温文典雅，（右手在右颊前托掌）倒也不像浪荡公子（摇头、摆右手），我不如（稍略思）把他给放了。【小锣一击】哎哟不好，我要把他放了，我哥哥回来要是跟我要人，我可拿什么话对他呀？（双手摊掌）【小锣一击】可是我要不放他（双手摆动），我哥哥回来知道他是男的，不但他的性命难保，就是我与他（看卞）同在一处孤男寡女的，叫我哥哥知道了，也是好说不好听啊！（感到左右为难）哎哟！（双手拍腿）这倒难了。【小锣一击】这可怎么好哪（双手摊掌，连连抖动两下），【小锣一击】唉！（右手向里翻腕拍左掌心）有道是积德胜遗金（右手按掌），我干脆还是把他给放了的好（指下下决心）。【小锣一击】我说哥哥呀哥哥（右手向外点指），你能抢，我就能放（右手撒掌）。（转身面对卞玑）我说卞相公，我来问你，我若不杀你（摆右手），放你逃走（右手按掌），你意愿何往呢？（双手摊掌）

卞　玑　今乃大比之年，我有意（右手抚胸）上京求名，只是缺少盘费。（双手摊掌）

周玉楼　这有什么哪（挥一下右手），假若我放你逃走，再送你银两进京求名，你若得中之后可又怎样感谢我呢？（双手摊掌后变双手叉腰）

卞　玑　倘若小生得中，小姐（拱手）有何为难之事，小生万死不辞（摆右手），只是……你（指周）我（指自己）素不相识（摆右手），怎敢当此重赐。（躬身施礼）

周玉楼　嗳，（一扬右手，回身取银）送你作为盘缠有何不可呢？（递银）

卞　玑　如此小生愧领了（接银），告辞。（施礼欲走）

周玉楼　回来！（抬手）

〔【小锣一击】卞一惊，转回身。

卞　玑　小姐又不放我走了？

周玉楼　（笑摆手）你瞧你男不男，女不女的（用手点指卞的穿戴），走在街上这像什么样子哪？（双手一摊）

卞　玑　（为难地）我无有男子的衣裳啊！

〔【小锣一击】周玉楼一想。

周玉楼　嗳，我哥哥有的是衣裳（右手按掌），穿他的，你等着，我给你拿去。（右手后指）

卞　玑　多谢小姐！（施礼）

〔【小锣一击】周玉楼下，去取衣服。

卞　玑　（背语）看此女子，倒是侠义心肠（右手抚胸），倘若今日他哥哥在家，我这条性命啊，也就交待了。（双手一摊）

〔周玉楼取衣服复上。

周玉楼　来，快换衣裳吧。

〔帮卞玑换上男装，稍作上下打量，略点头。

卞　玑　告辞！（施礼）

周玉楼　（一拦）你先等等，我到外头看看有人没有。

卞　玑　有劳小姐。（再施礼）

〔周玉楼左脚出门手扶门往两边一望，抽步向卞示意。

周玉楼　正好没人，您请吧！（双手往外一让）

卞　玑　如此，小生告辞了。（施礼、落帕）

〔卞玑从“下场门”下。周玉楼低头一看，发现卞玑失落的手帕，忙拾起。

周玉楼　哎哟，他怎么把一块手帕丢下啦！（左手指帕，仔细看）这不是女人的手帕吗？（展开手帕看帕上的字）嘿，原来是刘玉燕送给他的手帕（右持帕，左手指帕），真荒唐！（摆左手看帕一想）我说卞相公！（见卞已走，追出门）卞相公！（向“下场门”招右手）

〔【大锣水底鱼】雷横率四士兵、轿夫从“上场门”上，雷横见周玉楼正招手，忙将周扯进轿归“大边”。【乱锤】周玉楼惊怕，在轿前将手帕遗落，雷将手帕拾起。

雷　横　（持帕向内招唤）刘员外快来！

〔【冲头】刘员外疾步从“上场门”上。

刘德明　小女可曾夺回？

雷　横　令嫒现在轿内（指轿），她有手帕一方，员外请看。

〔【撕边一击】刘员外看帕。

刘德明　正是小女的手帕，多谢都头。（施礼）

雷　横　（还礼）告辞！

〔【大锣原场】雷横领四士兵从“上场门”下。刘员外拱手相送。

刘德明　轿夫，将小姐抬回。

〔【四边静】轿夫走圆场；刘员外伴轿而行，轿夫从右台口下。刘员外进门。

刘德明　安人哪里？

〔【小锣抽头】安人“上场门”上。

〔西皮摇板〕

安　人　（过门同前）3 21 62 1 32 3 2(35 21
无 端 横 逆 心 惊 怕，
（右手抚胸）

61 2 2) 1 2 3 2 3 21 616 1 ‖
令 人 今 夜 长 叹 嗟。
（右手摊掌）

〔【小锣一击】刘德明向前一步。

刘德明　啊，安人你在家中有何用处（右手摊掌），女儿被周通抢走（左手外指），你还在不慌不忙（右手点指安人），幸而请得雷都头（拱手）将女儿救回（右手按掌），现在门外轿中，你快叫春兰扶她下轿。

〔【小锣冷锤】安人不解双摊掌。

安　人　奇了！女儿现在家中（右手后指），此话从何说起？（双手摊掌连连抖动两下）

〔【小锣一击】刘德明不解地摇头。

刘德明　这就奇怪了，我因刘永通报女儿被周通抢去（右手指出），是我请得雷都头将女儿夺回，现有手帕（从袖中抽出）在此，你道（指安人）女儿现在家中，难道我撞见妖怪不成？

〔【撕边一击】二人摊手对视。

安　人　待我看来！（向上接帕）啊员外，帕上有诗，员外请看。

刘德明　待我看来！【大锣五击】（双手展帕）

（念）“雁塔题名日，
　　琼林赴宴时，
　　挥毫光四座，
　　独占凤凰池。”

〔【小锣一击】刘德明定神看帕。

刘德明　此乃赠别之诗，（一惊）难道女儿有了私情？唤她出来一问。

安　人　（一拦）不如审问春兰，免得大家无光。

刘德明　（点头）春兰快来！

「【小锣一击】春兰缓步扯手指从“上场门”上，至右台口。

春　兰　（念）好事成虚话，（双手一摊）

刘德明　春兰快来！

「春兰向里一望。

春　兰　（念）心中乱如麻。（右手抚胸）
员外什么事呀？

刘德明　你是小姐贴身使女，小姐逾闲荡检你可知道？（右手指春兰）

春　兰　小姐谨守闺门，（右手摊掌）没什么逾闲荡检的事儿呀！（双手一摊）

刘德明　贱人还敢犟嘴，还不跪下！

春　兰　（赌气地）跪下就跪下。（跪于台中）

刘德明　不但叫你跪下，我还要打！**多罗 0　台 0**

春　兰　别忙！（双手抬过头摆动）我还有说话。

刘德明　讲。

「【大锣一击】刘德明甩右袖。

春　兰　我说员外，您生这么大的气，难道说拿着什么凭据了吗？

刘德明　这有诗帕一方，你拿去看来！

「【大锣一击】刘德明将帕扔在春兰面前。

「【小锣一击】春兰眼看着刘德明，手摸地拾起帕。

春　兰　我看看。【小锣一击】（双手展帕看，背语）哟！这方手帕是我们小姐赠给卞相公的，怎么会到他手里了？（向刘德明）我说员外，我跪着（指腿）说不出话来。

刘德明　（无奈地）好，你就起来。

春　兰　起来？那敢情好（站起背语）。起来了我说什么呢。（双手一摊，一想计上心来）员外，这头一个字（指手帕）我不认识。（摇头）

刘德明　你终日陪伴小姐读书，连个“雁”字都不认识吗？（指帕）

春　兰　（假装细看点头）不错是个“雁”字，我们小姐的贞节跟大雁一样（右手向空中一指），她这首诗是送卞姑爷的（右手向外指），怎么能算逾闲荡检哪？（双手摊掌）

刘德明　我家有什么卞姑爷？

春　兰　就是卞玑（右手外指）。员外（拱手）亲自主婚将小姐许配于他（右手按掌点动四下），那不是卞姑爷吗？（双手一摊质问）

刘德明　他怎能与小姐相会？（右手抖袖）

春　兰　只因员外命刘永去请卞先生（拱手），不想错请周通弄出抢亲之事（右手外指），小姐急的几乎寻死（摆动双手）。是我（右手抚胸）将卞先生男扮女装（右手在右颊前托掌）领进府来，（右手按掌）小姐送他诗帕一方（左手指帕），叫他求取功名，等他得中回来（右手外指），再央媒说合（右手按掌），谁知周通前来抢亲，误将卞先生抢去（右手外指）。员外，这是这件事的真根实底（右手直伸食指向下划圈），我是一句瞎话也没有（摆双手）。

刘德明　你这贱人（指春兰），勾引外人，败坏我们的门庭，其情可恶！（抖右袖甩左袖）

春　兰　（胸有成竹地）请问（拱手）花田访婿谁出的主意？（右手摊掌）

刘德明　是我出的主意。

春　兰　我同小姐花田访婿回来，谁把小姐许配卞先生（向员外摊掌）？叫刘永去请的？（右手向外指出）

刘德明　也是我作主许亲，叫刘永去请的。

春　兰　这不结啦！（以右拳击左掌心）既然都是员外的主意，这“勾引”二字我可担待（右手连连拍胸）不起您哪。（看员外）

刘德明　好一个利口的丫头（右手点指春兰），唉，本来是我不该叫女儿花田访婿，弄出这一场丑事。（摇头摆手）

春　兰　员外您可真老糊涂啦！（用左手点指员外）小姐与卞生发乎情，止乎义（用右手食指拨拉左手的食指、中指）有什么丑事？（双手摊掌）请问员外（拱手），这方手帕是哪来的？（左手指右手帕）

刘德明　我请（拱手）雷都头到周通家中夺回小姐，得了这方诗帕（指帕）。如今小姐现在家中，我夺回的却是谁家之女？（双手摊掌）

春　兰　员外不怪我说您糊涂（右手指员外），你可真够明白的（右手指员外），既是从周通家中抢回，又有诗帕（右手按掌），那轿子里头定是卞姑爷了。（右手向外指出）

刘德明　既是卞先生，待我将他拉出轿来（右手按掌），问他个改装戏妇女之罪。（右手指出）

春　兰　哎哟！（双手拍腿）员外怎么出乎反乎，既将小姐许给他啦（右手向外指），人家夫妻调笑（双手食指直伸手心朝上向里摆动两下），怎么能算改装戏妇女呢？（双手摊掌）

〔**【小锣一击】**刘德明略思。

刘德明　也罢，这说的也是（以右拳击左掌心），今日我就与他完成花烛。（左手向外指出）

春　兰　嗬，我（右手抚胸）忙了这几天（右手按掌），今儿才听见一句痛快话（右手在右耳边指），等我去搀他下轿。（欲走）

刘德明　（拦住）男女有别，用你不着（向春兰抖袖）。刘永（招呼刘永），快请卞姑爷下轿。

春　兰　（急拦）哎慢着，员外，您怎么越老越上岁数啦！（左手点指刘员外）

刘德明　这是怎么讲话！

春　兰　您想啊，卞姑爷打扮得不男不女的（双手分别向左右一摊），怎么下轿（指地）见丈人哪？（双手一拍后摊掌）

刘德明　依你之见？（右手摊掌）

春　兰　（略思）依我（右手抚胸）之见，您拿套男衣，给他穿戴好了（双手端掌自双肩往下放），也好下轿见丈人哪！（拱手）

刘德明　（点头）这也说的不差，（向刘永）刘永取套男衣，请卞姑爷更衣相见。

刘　永　是。

〔刘永从“上场门”下。

刘德明　春兰，你到后面说与小姐知道。（右手后指）

春　兰　是啦！（欲走）

安　人　（拦住）啊春兰，那日你家小姐丢了个小玩意儿（右手指出），可是这个人儿么？（右手摊掌）

春　兰　（笑）您今儿个才明白，我的老太太！

〔春兰右手捻打一个响，“啪！”**【小锣长丝头】**春兰从“下场门”跑下。

〔【大锣五击】刘永引更换男装的周玉楼从"上场门"上。

刘　永　啊，卞相公，这是员外、安人。

周玉楼　（背语）我好不明白（双手摊掌）。【小锣一击】我晓得了，他拿我当做卞相公了（右手向左指），我就给他一个将错就错（右手食指直伸向下划圈）。员外、安人拜揖。（拱手躬身）

〔【小锣一击】，刘德明捋髯、安人抬头观看。

刘德明　果然好个人才（挑拇指向安人示意），卞先生请坐。

周玉楼　告座。

〔【小锣一击】周玉楼坐"大边"；刘德明坐"小边"，安人坐"小边"跨椅。刘永站"大边"。

刘德明　卞先生你行得好狡狯。

周玉楼　（一笑摇头）这也是风流佳话（右手按掌），只恐狡狯之中还有狡狯。（右手直伸食指向下划圈）

刘德明　（点头）好一个风流佳话（双手一拍）！卞先生，老汉（右手托髯）久慕大才，欲将小女攀附丝萝（右手按掌），望勿见却。（右手指周）

〔【小锣一击】周玉楼一惊。

周玉楼　这个…… 【小锣一击】（为难双手一摊）不敢从命！（躬身施礼）

刘德明　你既不愿与小女结亲，为甚么男扮女装（右手在右颊前托掌）来至我家？

钮【大锣一击】周玉楼急上步欲辩。

周玉楼　这个…… （双手摊掌）我还有下情（躬身作揖）。

刘德明　啊！你敢无义背盟（看周），老汉（右手托髯）定不与你甘休！（指周）吩咐动乐搀新人。

〔吹奏唢呐曲牌<小傍妆台>

〔刘员外、安人双双站立台中，周玉楼见状不知所措，欲走，刘永向前拦，示意在前台口站好，周玉楼无可奈何地摇摇头。

〔春兰扶玉燕从"上场门"上，至前台口与周玉楼并排，先拜天地、再拜高堂、夫妻对拜，周玉楼茫然不知如何是好。

刘德明　送入洞房。

〔周玉楼看春兰、春兰示意。周玉楼、玉燕、春兰"下场门"下；众人随下。

第 十 二 场

乔　婚

〔奏胡琴曲牌<海青歌>

〔春兰引周玉楼、玉燕从"上场门"上，春兰进门，相继周玉楼进门，春兰再扶玉燕进门。周玉楼归"大边"坐；春兰扶玉燕坐"小边"。

〔春兰与周玉楼对视，【小锣一击】周玉楼忙扭捏转头过去，春兰右手扶鬓上下仔细打量周玉楼,纳闷地摊开双掌。曲牌止。

〔【小锣一击】春兰向右台口走两步。

春　兰　（背语）哎呀慢着，这个人乍看像卞生（右手向左指），细看（右手扶鬓看周）怎么不像啊（双手摊掌）！再说卞生男扮女装（右手在右颊前托掌）刚扮了几天，怎么这么扭扭捏捏的，（学周刚才的样子）这是什么毛病啊？（以右手背连击左掌心两下变双手摊掌；略思）小姐，（走向玉燕）您瞧新郎不是卞相公（右手指周玉楼）。

刘玉燕　待我看来！（右手扶鬓看）【小锣一击】（吃惊）果然不是卞郎（摆右手、摇头）！哎呀！（台）这姻缘错也……啊……（拭泪）

春　兰　小姐您别哭（抚玉燕肩），我看他不像男子（摆右手）。

刘玉燕　怎见得？（右手摊掌）

春　兰　他要是个男子（右手指周），错娶人家媳妇，洞房花烛应当欢天喜地的（右手在右颊前托掌）。您瞧这小子直眉瞪眼（右手指周；学周神情），就跟凉药吃多了似的（右手指嘴又向外指），他坐在那儿只发愁（双手指交叉手心向下按），多半不是男的。（连连摇头、摆手）

刘玉燕　怎样识破于他呢？（右手摊掌）

春　兰　主意倒有（点头），您可得老着脸（右手在额前托掌）别害臊（摆右手看玉燕）。

刘玉燕　怎么不害臊？（低头问）

春　兰　您（拍玉燕肩）拉他睡觉（右手做枕拳状）。

刘玉燕　（羞）这……

春　兰　他（指周）要是男的一定去睡（右手按掌），他要不睡（摆双手）一定是女的！（右手外指）

刘玉燕　他若是男子（指周），便如何是好？（双手摊掌）

春　兰　他若是男子（指周）您就跟他成亲（双手食指直伸并拢胸前）。

刘玉燕　（羞抖右袖）卞先生回来呢？

春　兰　卞先生回来（右手外指），您再跟卞先生成亲。（右手按掌点动两下）

刘玉燕　那如何使得？（摆双手）

春　兰　（一想）我也说使不得！（双手一摊）哎，（略思）小姐这么办，您不会装肚子疼吗？（双手捂肚子）

刘玉燕　只怕不妥。

春　兰　怕什么（一扬左手）有我（右手拍胸三下）在暗中保驾呢？（双手胸前架拳摇头晃脑）

刘玉燕　只是你不可远离。

春　兰　（点头）您跟他说夫妻话，我总得躲躲。

〔春兰欲走；玉燕站起拉春兰。

刘玉燕　我说不出口。（羞）

春　兰　这怕什么（双手一摊），都有我呢！（拍胸）

〔春兰出门，在门外偷听。玉燕向前走两步。

刘玉燕　相公，请来见礼。（施一礼）

周玉楼　（惊慌地站起）还礼！（先两手做万福之礼又慌忙改作揖）

春　兰　又万福（学周）又要作揖（学周），这是什么礼！

刘玉燕　啊卞郎，夜已深了，你我安歇了吧。

〔【小锣一击】周玉楼心惊故作镇静。

周玉楼　(一扬右袖)我新郎不叫你新娘睡（右手指玉燕），你新娘怎么倒叫我（右手抚胸）怎么倒叫我新郎睡，你好无有廉耻呀！（右手抖袖、左手甩袖）

〔【小锣一击】玉燕急出门。

刘玉燕　春兰，他果然不睡。

春　兰　(拉玉燕抬右手)您过来吧，我瞧这小子（右手指周）越瞧越不像个男的，您过去摘他的帽子（右手做摘帽动作），非叫他露馅儿不可。（右手外指；跺右脚）

〔玉燕点头，春兰示意快去，玉燕进门。

刘玉燕　相公，安歇了吧！（向前去拉）

周玉楼　(甩袖）你怎么全无新人体态！（甩袖怒视玉燕）

〔【大锣一击】玉燕向前摘周玉楼帽；周大惊后退。

刘玉燕　嘟！

〔【大锣五击】玉燕怒指周玉楼，春兰进门，周玉楼惊跪。

刘玉燕　你是谁家女子（右手指下跪的周玉楼）改扮前来，婚姻之事当做儿戏（右手按掌），洞房之中戏弄有夫之妇（右手抚胸），拉你当官辩理！

〔【撕边一击】周玉楼忙摆双手。

周玉楼　我哥哥周通，我是他妹妹名唤周玉楼。只因我哥哥横行霸道（右手按掌），指望抢来小姐（拱手）成亲，谁知错把卞玑抢去（右手外指），被我识破，问明情由（右手按掌），我看卞公子堂堂仪表（右手在右颊前托掌），倒像个正义君子。(右手赞美指)

刘玉燕　你可知他是个有妇之夫！（右手指周）

春　兰　(背语)不得了，要吃醋。（向玉燕）小姐，您先别吃醋（拉玉燕），听她往下讲！(指周)

刘玉燕　你往下讲来！

周玉楼　常言说男女有别（双手食指直伸向外分开），我哥哥不在家中，他若藏在我家被他人知晓多不好听呀（双手摊掌），再说我哥哥回来知道他是一个男子（右手外指），恐怕他性命难保（摇头摆右手），因此我才赠送他衣服银两，叫他上京赶考去了。（右手外指）

〔【小锣一击】春兰双手一拍。

春　兰　哎哟！敢情人家是好人哪！(右手指周)小姐(向玉燕）您还不赶紧叫人家起来吗？

刘玉燕　姐姐请起。

〔【大锣住头】玉燕双手翻折水袖；搀周玉楼站起。

周玉楼　多谢小姐。（施礼）

刘玉燕　我来问你，我赠送卞玑的诗帕，怎么落到你的手中了。（右手摊掌）

周玉楼　是他临行之时慌慌张张（右手按掌点动四下），将诗帕失落我的房内，被我拾起，正要喊他送还与他，谁知糊里糊涂来了一伙人（右手外指），糊里湖涂将我抬上轿去，搭在你的家中（右手指玉燕），将要下轿，糊里糊涂又送我一身男衣，叫我穿戴好了（双手一摊），去见刘员外，刘员外（拱手）不容我说明（摆双手），就糊里糊涂要我（右手抚胸)跟你（指玉燕)拜堂成亲，我也不知道都是哪儿的事情

（双手一摊）。话已讲明(右手按掌),小姐，干脆您放我走吧！（右手外指）

刘玉燕 倒叫姐姐受屈了。（施礼）

周玉楼 那我就走了。（欲走）

春　兰 您先慢走！（拦阻。**【小锣一击】**）小姐（向玉燕），您要是放走了周小姐（指周），倘若他哥哥来抢亲（右手外指），那可就不得了啦！（以右手背连击左掌心后双手摊掌）

刘玉燕 依你之见？

春　兰 倒不如把周小姐（右手指周）暂时留在咱们府中做个挡头（右手按掌），他哥哥要再来抢亲,有他妹妹在这儿,(右手指周）咱们可就跟他有理可讲了。（右手点指）

周玉楼 哎呀！你呀（右手指春兰）害苦了我了（右手拍胸），只是我们这夫妻不是长久的夫妻呀！（双手一拍双摊掌）

春　兰 你倒想了个周到，还不错呢，你人俩（指玉燕、玉楼）是假夫妻。（右手按掌）

刘玉燕 爹娘知晓，如何是好？（双手摊掌）

春　兰 不要紧的（摆双手），你们俩白天是夫妻，（双手食指直伸在胸前并拢）夜晚是姐妹，员外、安人（拱手）知道，都有我保驾呢（右手拍胸）！

周玉楼
刘玉燕 如此说来，你是我们二人（右手抚胸）的保驾将军了。

春　兰 （一笑)我也只能保你们（指二人）这一时，等卞机公回来，我可也就保不住了（摆双手),你这个假姑爷(右手指周）也得挪窝了。（右手向里翻腕后向右下方划指）

刘玉燕 如此保驾将军！（向春兰）

春　兰 在——呀！

〔**【大锣一击】**玉燕指春兰、春兰躬身打揖。

刘玉燕 保驾来！

春　兰 得令哪！

〔二人相视一笑，**【大锣打下】**春兰示意，玉燕、周玉楼点头会意，二人相视一笑，二人双手翻折水袖相挽，从“下场门”下；春兰随下。

第十三场

强　聘

〔乐队奏**【退堂鼓】**，朱仝、周通从“上场门”上，至台中。周通归“大边”。

周　通 官司打了半年整。

朱　仝 今日才得出衙门。

周　通 这场官司多劳兄长维持。

朱　仝 本来此案无你在内，此乃太爷（拱手）明断，我何功之有（右手摊掌）？贤弟，你急速回去吧！（一扬左手）

周　通 改日奉谢。（躬身打揖）

朱　仝 请！（拱手告别）

〔【小锣五击】朱仝从“上场门”下，周通拱手相送。

周　通　这才是好朋友（走至右台中），好朋友（右手赞美指，【小锣一击】从前台口进门，低头唤）夫人，妹子！（见无应声，抬头看）啊！【大锣一击】怎么俱已不见——（双手摊掌）【撕边一击】（略思）定是回娘家去了。众好汉！

〔【冲头】四下手从两边上。

周　通　带了黄金、彩缎（二下手分去拿礼盘复上）打上桃花村。

〔【大锣水底鱼】四下手“插门”圆场，至右台口站“一条鞭”。

周　通　来此已是桃花村。呔（仓）刘德明与我滚了出来！

〔刘永从“下场门”上。

刘　永　大王来了！（拱手施礼）

周　通　快把你家老狗唤出来！（右手一扬）

刘　永　有请员外！（向内呼请）

〔【小锣一击】刘德明从“下场门”上。

刘德明　何事？（右摊掌）

刘　永　周大王来了！（指门外）

刘德明　待我看来！

〔【大锣五击】刘德明出门看。

刘德明　（大惊）哎呀大王！（跪地）

周　通　起来，我且问你，（刘德明站起）我妹妹可在你家中？

刘德明　（摆手）无有此事。

周　通　你女儿可是你夺回的？（左手指员外）

刘德明　此乃公差雷都头所作，与小老儿无干。（连连摆手）

周　通　前事一概不管（一扬左手），这里有黄金、彩缎你且收下。（二下手放礼盘给刘永）

刘德明　大王（拱手），小女已招亲多日，此礼万不敢收！（摆手，又作揖）

周　通　（怒）啊！（仓）你敢赖我亲事，快快打扫洞房，今晚就要成亲！（右手指出）【大锣冷锤】（怒看刘德明，刘员外惊摊双手）众好汉！回庄。

〔【冲头】周通从“上场门”下；四下手随下。

刘德明　这是哪里说起。唉！——

　　这场祸事真不幸，

　　偏遇冤家对头人。（双手摊掌）

〔【大锣打下】刘德明背手摇头从“下场门”下，刘永捧礼盘随下。

第十四场

闹　婚

〔鲁达内白：“走哇！”

〔【快长锤】鲁达持云帚从“上场门”上，至“九龙口”站。

〔西皮摇板〕

鲁 达 （过门同前）1 2 3 2 2 2 12 4 3 -

腹 中 酒 肉 穿 肠 过，

（右手云帚向外指出）

〔【闪锤】鲁达至台中站。

〔西皮流水〕

(3. 5 | 6 i | 5 5 | 3 2 | 1 2 | 6 5 | 5 5) | 3 |

清

2(1 | 2)1 | 1 2 | 3 | 1 2 | 1(2 | 1)2 | 2 1 |

规 戒 律 奈 我 何？ 学 佛

（右手云帚搭于左小臂，左手合十）

6 2 | 1 | 3 2 | 1 1 | 2 | 6 2 | 1 | 2 |

不 通 经 律 论， 好 似 西

（摆左手）

2 | 2 | 3 | 2 1 | サ6 1 | 6 | i ‖

方 阿 修 罗。

（右手缓帚指出）

〔【大锣住头】右手云帚搭于左小臂，左手合十。

鲁 达 洒家姓鲁名达，法号智深。【大锣住头】只因大闹五台山被赶出寺院（右手云帚下甩），前往东京寻找好友林冲，行至中途，天色已晚，不免寻一大户人家投宿一宵，明日再走。（右手云帚指出）

〔西皮摇板〕

（过门同前）2 2 3 2 2 2 1 3 2 -（3 5

夕 阳 西 下 人 烟 静，

（右手向外撒帚）

2 1 6 1 2）3. 3 2 1 3 2 6 1 i ‖

寻 一 大 户 且 存 身。

（右手云帚指出）

〔【大锣住头】站前台口偏右处。

鲁 达 此处有一大户人家（右手云帚向左指），门上有人吗？（扣门）

〔【小锣一击】刘永“下场门”上，出门。

刘 永 什么人？

鲁　达　洒家因天色已晚，要在宝庄借宿一宵。

刘　永　（摇头摆手）我家有事，你别处投宿去吧！（忙摆右手）

〔**【撕边一击】**鲁达不悦。

鲁　达　洒家不来，你家也未必有事，怎么洒家一来，你家便有起事情，呸！招打！

〔**【撕边一击】**鲁达举拳、刘永忙躲，刘德明急上。

刘德明　外面何人喧哗，待我自己看来！（出门）原来是位师父（拱手施礼）请进。

鲁　达　（向刘永）便宜了你这老狗！

〔**【大锣五击】**鲁达进门归“大边”；员外、永刘归“小边”。鲁达向员外合十施礼。

刘德明　师父请坐。

〔鲁达、刘德明归“八字”坐。

鲁　达　请问员外上姓？

刘德明　老汉刘德明，请问师父上姓？

鲁　达　洒家法名智深，乃五台僧人，前往东京，行至此间，见天色已晚，要在宝庄借宿一宵。（左手“合十”）

刘德明　本当师父在此（拱手），奈舍下有大祸降临，恐连累师父不便（欠身施礼）。

鲁　达　俺出家人慈悲为本，方便为门（右手按掌），员外有什么塌天大祸对洒家言明，俺与你分忧解愁。

刘德明　唉，师父听了：**【小锣住头】**

只因周通行不正，（摆右手）

要抢小女配婚姻。**【小锣二击】**

老汉若是不应允，（摆手摇头）

放火烧庄强成亲！

〔**【大锣冷锤】**鲁达站起拉住刘德明。

鲁　达　你待怎讲？

刘德明　放火烧庄强成亲哪！（左手抖动捋髯；右手抖动指出）

〔（**崩登仓**）鲁达撒开拉刘德明手，双手一摊、怒目圆睁。

鲁　达　哇呀呀……

〔西皮散板〕

【快纽丝】（过门同前）サ 3 3 3 3 ^{5}3 2 1 2 3（6̣ 1 2

员 外 不 必 心 烦 闷，（仓）

（右手抚胸）

3）3 2 1 3 2 3 2 1 6̣ 1（7̣ 6̣ 2 1）

洒 家 与 你 打 强 人。（仓）

（右手握拳）

2 1 2 3 2 3 3 2 3 2^{32}（7̣ 6̣ 1 2 2）

今 夜 三 更 销 金 帐，（仓）

（右手按掌）

2 5　3　3　3　3 2　(3)2　0　3 5　2 1　6̣　1　-　‖
管　　叫　他　巫（哇）　山　　梦　　不　　成。
　　（右手指出后连三摆手）

【大锣住头】员外不必忧虑，且将令嫒隐藏（右手按掌），待洒家去往洞房等周通到来，打发他回去（一挥云帚）。

刘德明　若得如此，感恩不尽。（施礼）

鲁　达　员外安置令嫒。

刘德明　遵命。**【小锣一击】**（“下场门”下）

鲁　达　管家（向刘永），引洒家到洞房去者。正是：（**扎**）

　　安良除恶霸，

　　便是活菩萨。（左手“合十”）

带路！

〔奏胡琴曲牌<**柳青娘**>，刘永引鲁达走一圆场；闭二幕设床帐，拉开二幕。曲牌止。

刘　永　已是洞房。（右手向里指）

鲁　达　你且回避。（刘永“下场门”下）待俺等候周通便了。（入帐）

〔**【大锣水底鱼】**周通从“上场门”上。

周　通　来此已是老丈人家中（右手向左指），不是外人，待某进去。（出门）有请老丈人。

〔**【大锣住头】**刘德明从“下场门”上。

刘德明　大王。（拱手）

周　通　丈人请上（拱手），小婿拜见。（欲拜）

刘德明　老夫不敢当。（急拦）

周　通　哎，女婿有半子之劳，你怎么不识抬举？（刘德明急吓手足无措，周瞪眼指刘）坐好了，（刘德明不知如何是好，周连推带扶让刘德明坐在外场座上）待我拜上几拜。

〔奏唢呐曲牌<小傍妆台>周通整冠、抖袖，向刘德明三拜，曲牌止。

周　通　丈人，我那夫人今在何处？

刘德明　现在洞房。

周　通　丈人引我到洞房去。（右手指出）

刘德明　大王随我来！

〔**【大锣五击】**刘德明领走小圆场，周通随行，至右台口刘德明示意已到洞房。

周　通　丈人你躲开，我们成亲，你站在这里不成体统。（右手向下指）

刘德明　是，老汉告退。（躬身施礼）

〔**【大锣住头】**刘德明从“上场门”下；周通进屋，两手向前摸黑。

周　通　好黑的屋子，（朝前说）我这丈人真会过日子，洞房连灯都不点，待我明日送他几枝大蜡烛。

〔（**嘟……才**）周通左转身向帐摸去。

周　通　夫人不要害羞，我来了。

〔（**嘟……才**）周通入帐。（**嘟……才**）

周　通　哎哟夫人你好大的肚子呀！

鲁 达 （学女人声）我吃的多呀！

〔帐子拉开【撕边一击】周通摸鲁达脸发现胡子。

周 通 啊（仓）你怎么还有胡子！【撕边一击】你是何人？

鲁 达 我是你和尚祖宗（右手拍右腹）！招打！

〔【撕边一击】鲁达拧周通左臂。【撕边一击】鲁达连击周通。【撕边一击】鲁达踹周通出帐。【乱锤】周通双手抱头。

周 通 哎呀饶命！

〔【乱锤】周通抱头从“下场门”鼠窜而下；刘德明从“上场门”上。

刘德明 师父怎么样了？

鲁 达 这厮不经打，已经跑了（一扬右手）。员外看守门户，待俺赶上！

〔（嘟 崩登仓）鲁达出门持帚亮相。从“下场门”追下。

〔【冲头】刘德明一望鲁达追去的方向。

刘德明 不想周通也会吃此大亏。正是：（扎）

嫩草怕霜霜怕雪，（右手按掌）

恶人自有恶人魔。（右手指出）

〔【大锣打下】刘德明从“下场门”下。

第十五场

双 圆

〔【大锣五击】李忠从“上场门”上至台中。

李 忠 （念）离了桃花冈，（右手一指）【撕边一击】（内喊声，回身向“上场门”一看）又听闹嚷嚷。（右手赞美指向右后方指）

〔【乱锤】周通抱头从“上场门”上。

周 通 哎呀！打坏了。

〔【撕边一击】李忠看周惊，忙向前扶周双臂。

李 忠 贤弟为何这等模样？

〔【撕边一击】周通放下双手，一看。

周 通 原来是大哥（拱手）。哎呀大哥呀！【大锣五击】小弟在桃花村抢亲，遇一胖大和尚（双手做捧腹状），将小弟打的好苦！【撕边一击】（蹲下）

李 忠 贤弟就不该恃强抢亲，（扶周强起）做此无理之事，还不该打，你且闪开，待我迎上前去。

〔【大锣水底鱼】周通向台后退。鲁达从“上场门”上，李忠一整两整袖。周通见鲁，急躲李身后。

鲁 达 周通！哪里走！

〔【撕边一击】李忠见鲁，拱手施礼。

李 忠 来的敢是鲁大哥？

〔【撕边一击】鲁达定神看。

鲁　达　原来是李贤弟。（欲举拳打周）

〔【**撕边一击**】李忠双手一拦。

李　忠　乃是自家人，不要打了。（向周通说）此乃是鲁大哥，向前见礼。（示意）鲁大哥（拱手），这是盟弟，名唤周通。

周　通　（拉李忠）我吃了他的亏（左手指鲁），还要与他见礼，他是谁呀？

李　忠　这就是鲁提辖大哥！（右手指鲁）

周　通　（双手拍腿）怪不得我打他（看鲁）不过呢，（向前两步）鲁大哥在上（拱手），小弟有礼！（躬身）

鲁　达　周贤弟，绿林中人怎能做此无理之事（双手摊掌），下次不可。（摆右手甩帚）

周　通　（点头）下次再也不敢了。

鲁　达　此地不是讲话之所，大家桃花村一叙。

〔【**大锣原场**】鲁达、李忠、周通走一圆场归右台口；刘德明、安人从“下场门”上。刘德明双手摊掌心生疑惑。

刘德明　师父（向鲁）怎么同他们（指周、李）一齐到来？

鲁　达　这都是我的（右手拍胸）兄弟！（一扬右手）

刘德明　原来如此。

鲁　达　二位贤弟与员外见礼。

〔二人施礼、刘德明还礼，刘德明打量李忠。

刘德明　这位壮士尊姓？（拱手）

李　忠　在下李忠。（还礼）

刘德明　原来是李壮士。啊师父，小女之事还望周全。

鲁　达　有我在此，那周家亲事，不再提起了。

李　忠　在下乃是周通的盟兄，是他不该恃强抢亲（右手按掌），多有冒犯，俺（右手抚胸）这里谢罪！（向刘德明躬身打揖）

刘德明　这就不敢。哎呀！（看李）你真乃是一个深明大义的英雄好汉！（双手赞美指）

周　通　有好有坏，哪都像我这么孱头呀！（双手一摊）

〔刘永从“上场门”上，站“大边”。

刘　永　启员外，庄外有一官员，自称卞玑，前来迎娶小姐。

〔【**撕边一击**】刘德明惊。安人摊掌纳闷。

刘德明　啊，卞玑现在我家，（右手下指）哪里又来的什么卞玑（双手摊掌）！莫非有人前来冒亲不成？

众　人　快请来相见，便知分晓。

刘德明　请他进见！（刘永出门）

刘　永　有请卞相公。（进门站原位）

〔奏唢呐曲牌<小傍妆台>四青袍从“上场门”上站“一条鞭”，卞玑举马鞭从“上场门”上至右台口下马，一青袍接马，众青袍“上场门”下。卞玑进门，乐止。卞玑站中间，李、周归“大边”，刘德明、安人归“小边”。鲁达站到台中心。

卞　玑　鲁、李二位仁兄，因何俱在此处？（双手摊掌）

鲁　达　贤弟数载未见，哪里来的这身荣耀？

卞　玑　小弟进京求名，得中状元（右手按掌），前来迎娶刘小姐（拱手），不想大哥在此，真乃奇逢（以右拳击左掌心）。怎么（看周）周仁兄也在此处？

周 通 （羞遮脸）我，我，我……我买你的画没给钱，我给你送画钱来啦！（双手一摊）

〔【撕边一击】刘德明捋髯看卞玑。

刘德明 鲁师父，这位官人（指卞）他是何人？

鲁 达 他乃襄阳卞玑。

〔【小锣一击】刘德明起惑。

刘德明 这就不对了，（摇头）卞玑现在我家（右手抚胸）。

卞 玑 下官卞玑乃是新科状元，怎么说现在你家（指刘德明）？莫非奸人前来冒名不成？（右手摊掌）

刘德明 哎！（甩袖）侍女春兰在渡仙桥曾经识面（右手在右颊前托掌），焉能冒名（双手摊掌）？

卞 玑 是呀！下官在渡仙桥曾与春兰姐识面，那春兰姐是认识我的呀（右手抚胸）！

刘德明 啊，安人，此事好生奇怪，两个卞玑全要我家女儿如何是好。

安 人 将春兰唤来一问便知。

刘德明 春兰哪里？

〔春兰内应："哎，来啦！来啦。"

〔【小锣长丝头】春兰从"上场门"跑上。

春 兰 员外什么事呀？

刘德明 你这个丫头做的好事！（右手点指春兰）

春 兰 我没有做什么歹事呀！（双手摊掌）

刘德明 你与小姐访婿访了几个？

春 兰 这还能有错吗？（双手一摊）一个呀！（右手食指朝上直伸）还能两个吗？

刘德明 小姐招的女婿可是卞玑？

春 兰 不是卞玑，还是变蛋吗？

刘德明 小姐招了一个卞玑，怎么又弄出一个卞玑来了。（右手指卞）

春 兰 怎么！（惊喜地）卞相公他来了？（右手外指）我快瞧瞧。（转身向内）

〔【小锣一击】春兰走两步右手扶鬓看；卞玑看春兰、二人对视。

卞 玑 哎呀！春兰姐。

春 兰 哎哟！（双手拍腿）这可不是我们小姐日夜盼望的卞相公吗（右手指卞）！

刘德明 春兰，你认得清？

春 兰 我们找他画过画（右手做写字状），怎么认不清？（双手摊掌）

刘德明 看得准？（指春兰）

春 兰 我带他进过小姐的绣楼，（右手外指）怎么看不准呢？（右手摊掌）

刘德明 那洞房之中小姐招来的女婿又是何人？

春 兰 那是员外用轿子抬来的（双手托掌向员外又向右外方），您问不着（摇头）我呀！（故意双手叉腰）

刘德明 你花田访婿遇的是哪个？

春 兰 卞玑呀！（右手指出）

刘德明 这一个呢？（右手向后指）

春　兰　卞玑呀！

刘德明　哎呀呀，我家哪里来的许多的（以右手背连连击左掌心）卞玑！

卞　玑　（向前）春兰姐，怎么小姐做了他人的妻子？（右手摊掌）

春　兰　（故意拖长声音）可不是吗，谁叫您来晚了哪！（朝卞双摊掌）

〔**【小锣一击】**卞玑一愣。

卞　玑　哎呀呀！（双手摊掌）想我卞玑堂堂五尺之躯，妻室竟被他人占去（右手外指），这这这……（双手摊掌）**【乱锤】**（来回踱步）哎！**【大锣五击】**（右手举起下决心）我还有何脸面在此，待我走了吧。

〔**【撕边一击】**卞玑出门欲走；鲁达相拦。

鲁　达　贤弟，我乃出家之人，原不该多口，只是贤弟之事不能不问（摆右手），贤弟还是走到洞房看看的好！

众　人　言之有理，一同前去！

〔**【大锣水底鱼】**众人圆场。闭二幕，开二幕，刘玉燕与周玉楼坐在小帐中。

〔**【撕边一击】**卞玑与众人看玉燕、玉楼，卞玑抬起左袖遮羞；刘德明怒气不息。

卞　玑　哎呀呀呀……羞煞人也，还是走了吧！（提袍欲走）

〔**【撕边一击】**刘德明打春兰一记耳光，春兰捂脸。

刘德明　都是你这贱人做的好事。

周　通　何处狂徒，竟敢强占人妻，招打！

〔**【撕边一击】**举拳欲打周玉楼。

〔**【冷锤】**春兰急步过去打周通一记耳光；周通捂脸。

春　兰　你别假充好人啦！

周　通　哎哎，你怎么打我呀？

春　兰　得了吧！黑大个你没瞧见吗？他（指刘员外）打了我一个嘴巴！（刘员外欲打）员外您先别打我，（周通欲举拳）黑大个你也慢动手（两边一拦），卞相公（看卞）您也别害臊，容我一一告禀。

〔西皮快板〕

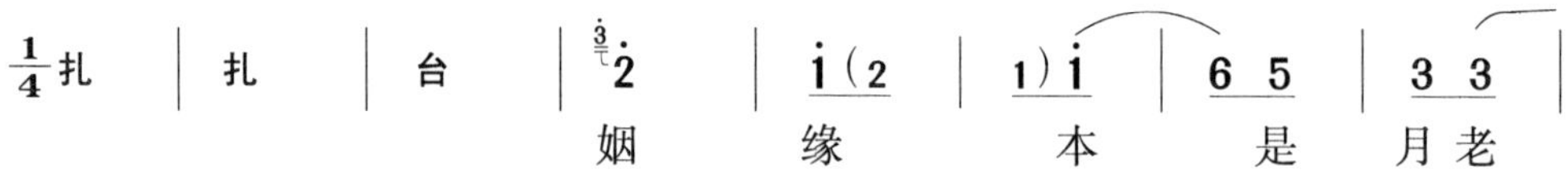

（向众人拱手亮相）

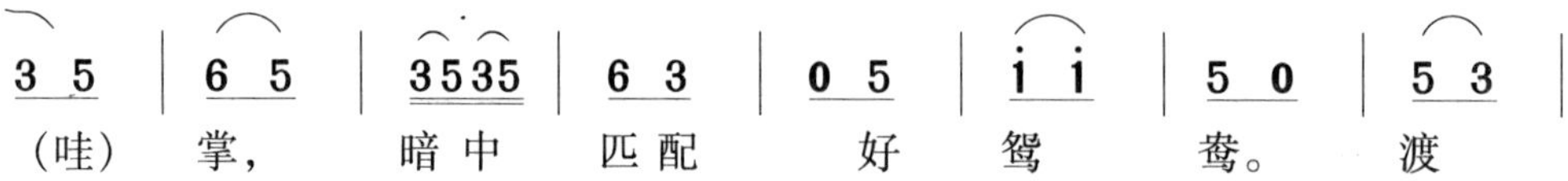

（双手食指在胸前并拢）

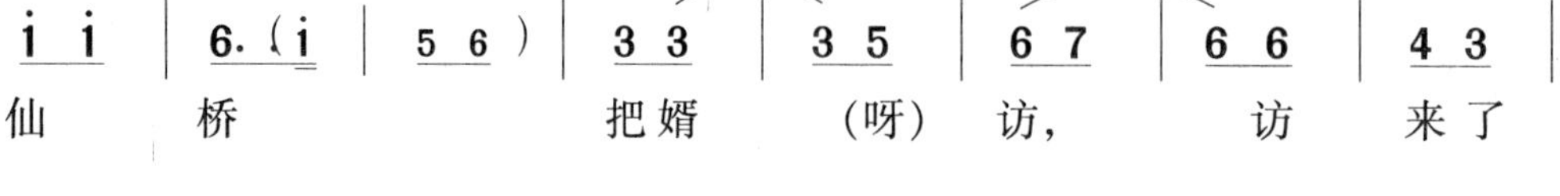

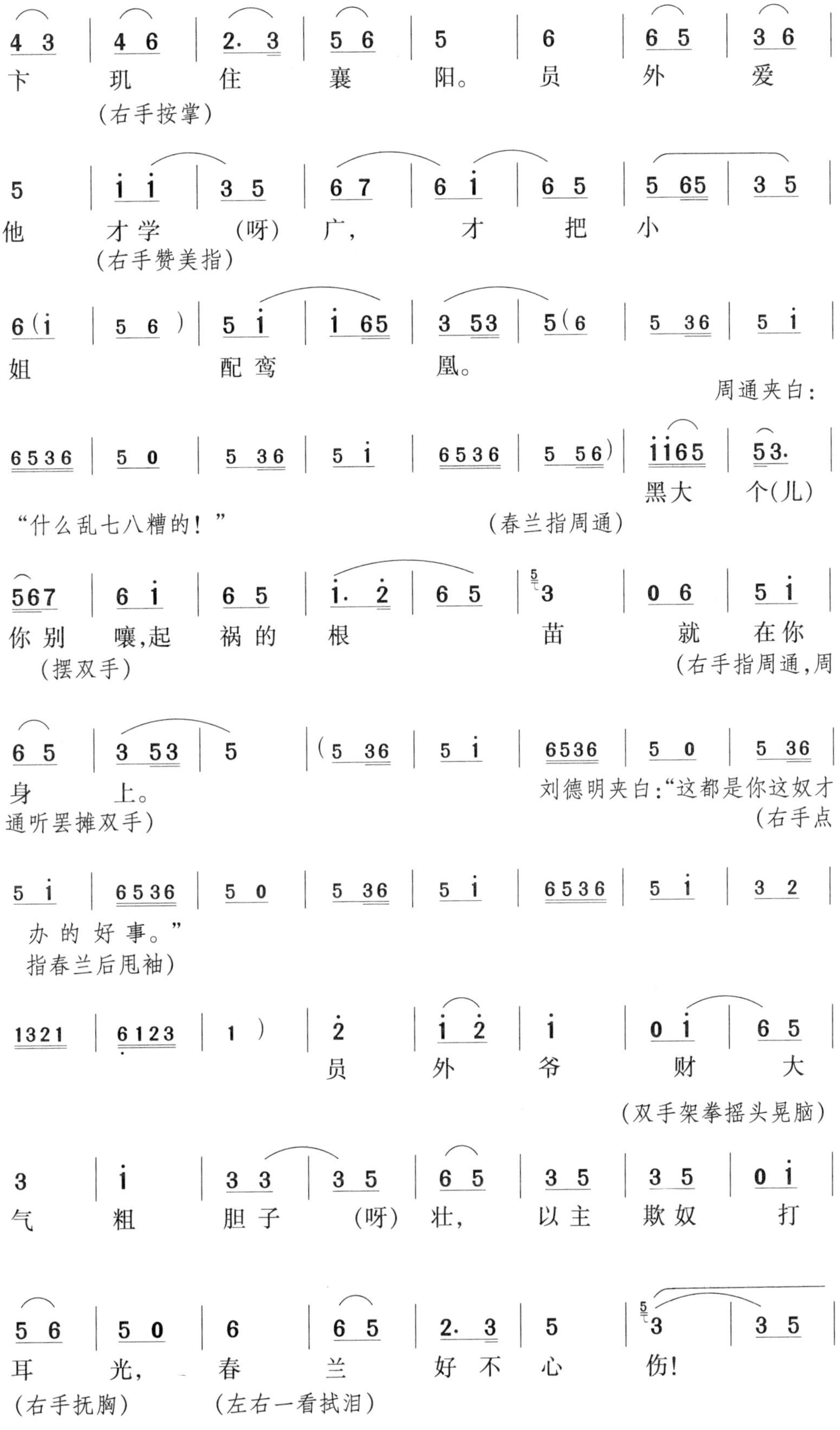
下 巩 住 襄 阳。员 外 爱
（右手按掌）
他 才学 （呀）广， 才 把 小
（右手赞美指）
姐 配鸾 凰。
周通夹白：
黑大 个（儿）
“什么乱七八糟的！”
（春兰指周通）
你别 嚷，起 祸的 根 苗 就 在你
（摆双手）
（右手指周通，周
身 上。
刘德明夹白：“这都是你这奴才
通听罢摊双手）
（右手点
办的好事。”
指春兰后甩袖）
员 外 爷 财 大
（双手架拳摇头晃脑）
气 粗 胆子 （呀）壮， 以主 欺奴 打
耳 光， 春 兰 好不 心 伤！
（右手抚胸）
（左右一看拭泪）

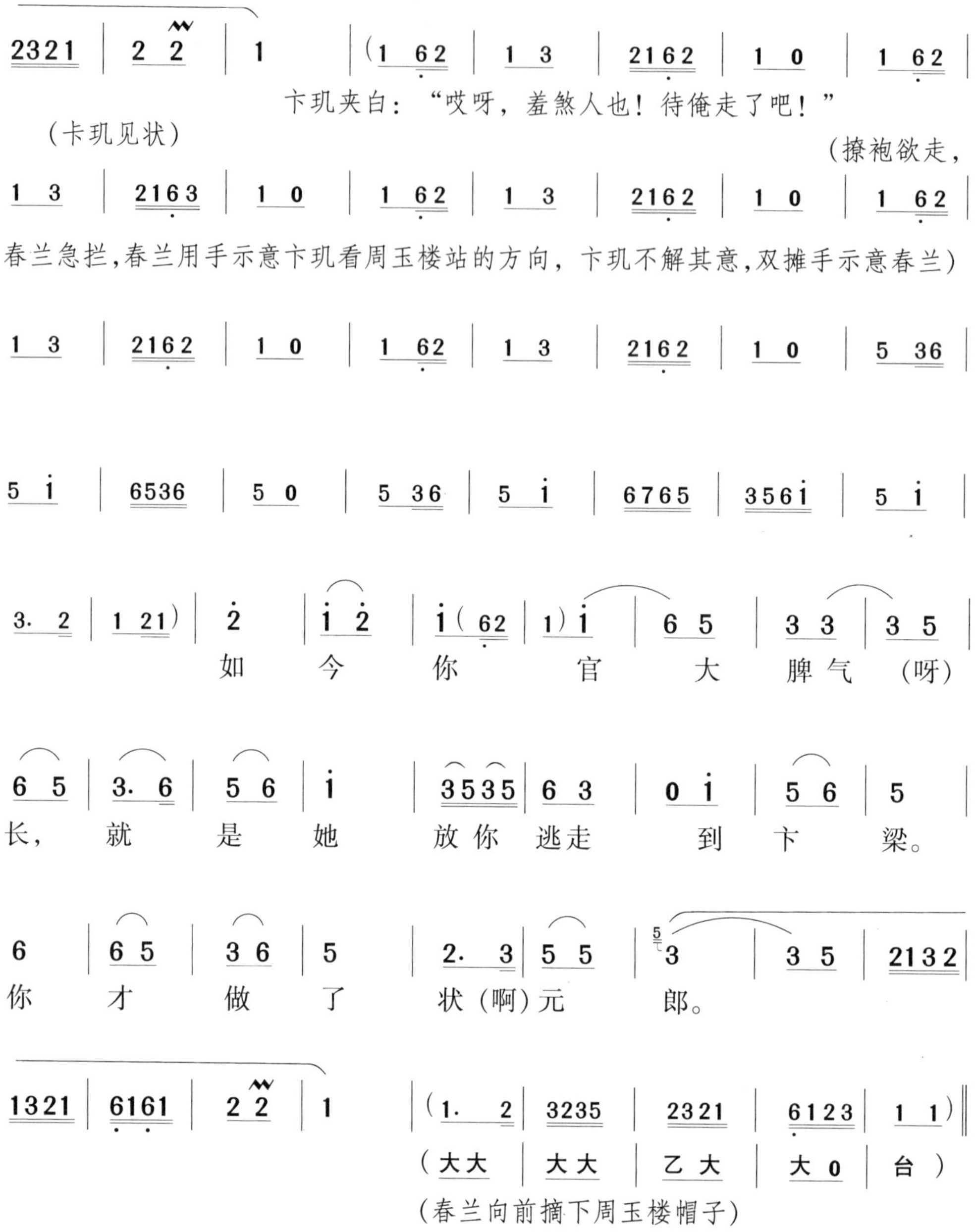

春　兰　你（向玉楼）也别装蒜啦！卞相公，你再看看她是谁呀？

〔【撕边一击】卞玑定神相看，大悟。

卞　玑　果然是恩人在此，小生大礼参拜！（欲施礼跪，周通见状急拦）

周　通　你住了吧！（指卞玑）我家妹子怎么成了你的恩人了！（用右拳击左掌心后双摊手）

周玉楼　兄长（拱手）有所不知，那日你将卞相公抢到家中（右手按掌），是我将他释放，赠他银两（指卞，卞点头），如今得中回来，我岂不是他的恩人么！幸喜卞公子是个仁人君子（右手赞美指），若遇你这无赖之徒（指周通），那日将公子抢回家中，小妹我岂不受人欺侮了！（右手指出）

〔【撕边一击】周通向下甩手低头。

李　忠　周小姐（拱手）言之有理，想你（向周通）乃堂堂男子，反不如令妹深明大义，你这样行为，使我（右手抚胸）放心不下，还是随愚兄上山去吧！

「【撕边一击】李忠右手指去。春兰右手扶鬓看李忠。

春　兰　嘿！（右手拍腿）真是贤愚不等！周小姐你看人家（指李忠）真是大大的好人哪！（右手赞美指）

「【小锣一击】周玉楼、李忠目光相视，周玉楼羞。春兰眼珠一转，计上心来。

春　兰　我说这个员外、安人、小姐（拱手），周小姐为咱们家（右手抚胸）的事情可真不容易呀（摇头摆双手）！又在咱们家替卞相公拜堂成亲（右手按掌），当了好些日子的假姑爷（一笑），现在真姑爷回来（指卞玑），也就没她什么事了（双手一摊）。可是咱们怎么相谢人家呢？（双手一摊，【小锣一击】看刘员外，刘员外连连点头、双摊手不知如何是好）我打算他（指李忠）跟她（指周玉楼）他们俩……（双手食指直伸并拢胸前看员外、安人，【小锣一击】员外、安人、小姐会意，互视）您看好不好哇？

刘德明　此乃人家婚姻大事，我如何能够作主？

春　兰　不要紧的（摆右手），我先跟黑大个儿说说去。（向周通）我说黑大个，你听明白了没有？

周　通　我早明白了，你得问问我妹妹她愿意不愿意。（指玉楼）

春　兰　（向玉楼）我说周小姐，我说的话你也早明白了吧？（周玉楼羞，春兰略想）这样吧，干脆你给我一个摇头不算，点头算（右手按掌），你看怎么样？

「【小锣一击】春兰、周玉楼目光相视，周玉楼微笑点头，春兰指玉楼；玉楼羞。

春　兰　这事办好了，你还别喜欢（向玉楼），我（右手抚胸）还得问问人家有没有媳妇呢？（向李忠）我说李壮士，您娶过妻室没有哇？（双手摊掌）

李　忠　未曾娶妻。（摇头）

春　兰　哎哟（拍手），这可是天凑良缘。我说李壮士，我看您为人豪爽（右手按掌），周小姐仁义可风，我打算从中做媒，你们俩（看李、看玉楼）做个小两口（双手食指直伸并拢胸前），你看好不好哇？（右手摊掌）

李　忠　好便好，只是要问过她的兄长（指周通）。

春　兰　我早就问过啦！来、来、来（向周通招手）黑大个儿过来见见礼吧！

李　忠　内兄！（拱手）

周　通　妹夫！哎呀呀……亲事未曾到手，反做了人家的大舅子！（**八大仓**）（双摊手亮相）哇呀呀……

春　兰　得了吧！你！【冷锤】（一扬手帕指周）水都叫你一个人闹浑了。我说员外爷，（向刘员外走去）他们两对连娶带聘，（右手按掌）没有什么说的，您（指刘员外）就一人包办了吧。（做“万福”拜式，示意谢）

刘德明　这有何难？现有周壮士送的全份彩礼在此。（右手按掌）

春　兰　喝！（右手扶鬓看刘员外）我说员外，您可真会打算盘哪！（点指）

刘德明　哈哈哈……今日良辰吉日，我就命他在我家拜堂成亲，（右手按掌）三日之后（向玉燕、卞玑）你们夫妻二人回家祭祖（拱手）。你们夫妻二人（朝李忠、玉楼）同去桃花山。（右手指出）

春　兰　员外您都别管了（摆双手向刘），都交给我了。（向玉燕、玉楼）二位小姐跟我到后面打扮打扮（右手在右颊前托掌），我自己呀（右手抚胸）也捯饬捯饬（右手向里翻腕拍腿），待会搀你们同拜花堂！

〔【小锣五击】卞玑、玉燕、李忠、周玉楼、春兰同下。

〔【小锣一击】刘员外见众人下，转身面外。

刘德明 只是无有傧相如何是好？（双手摊掌，【小锣一击】捋髯看鲁达。刘德明略思，向鲁达走去）啊，就烦鲁师父（双手合十）赞礼如何？

鲁　达 哎呀，和尚赞礼倒也少见（双手一摊），只怕使不得！（摇头，摆手）

刘德明 （连连拍手）使得！使得！和尚赞礼，生下儿郎福寿绵长。（右手按掌）

鲁　达 （略思）如此，洒家就赞礼一回。（一甩云帚）

（念）今日洞房喜成双，（双手食指直伸并拢胸前）

来年定生下胖儿郎。（双手向上一扬）

俺（右手抚胸）本是四大皆空一和尚，（左手合十，右手持帚搭左腕）

不贪恋这儿女情长温柔乡。（双摆手）

不会赞礼，（双手摊掌）俺胡言讲，

快搀新人拜花堂。

〔奏唢呐曲牌＜小傍妆台＞随即收住。

〔【紧锤】春兰双手按掌疾步从“上场门”上，至台中，向后招手。两对新人随上。

〔西皮快板〕

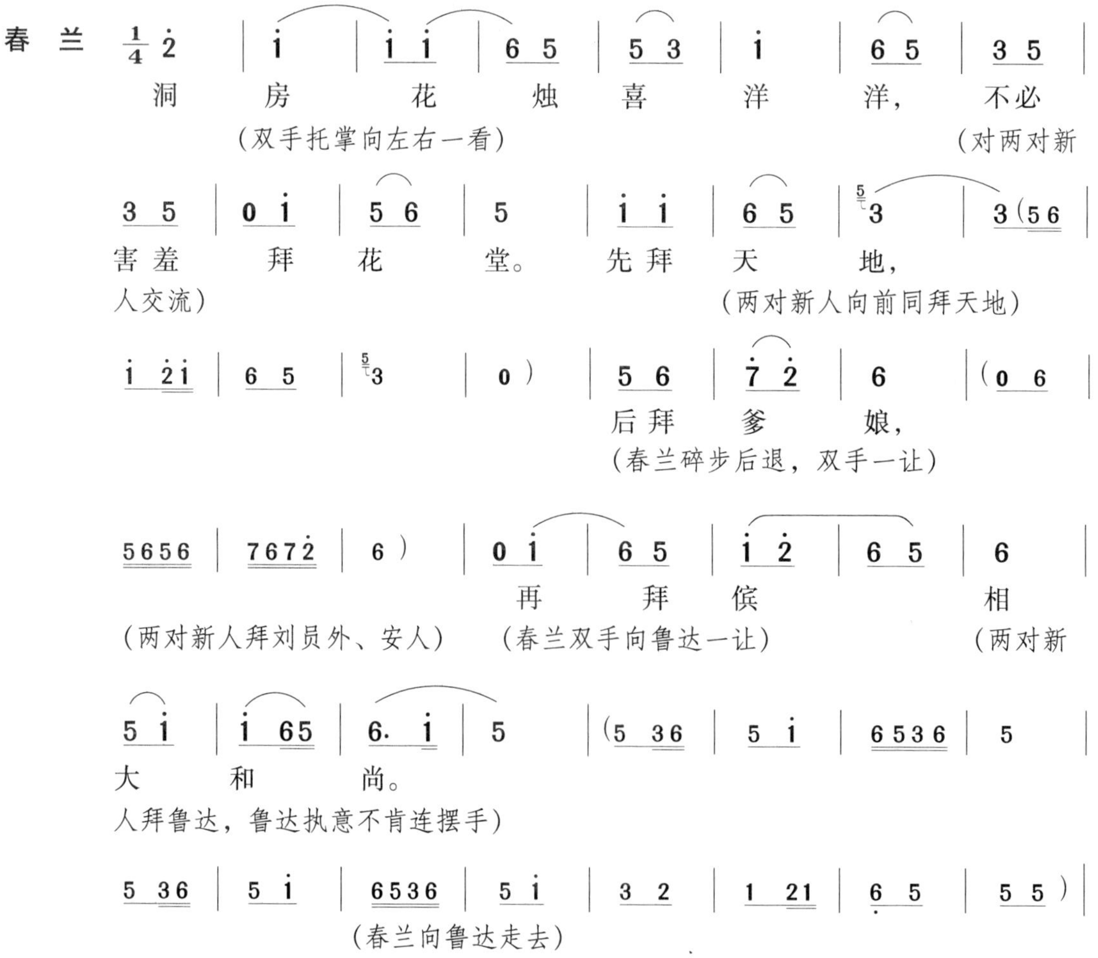

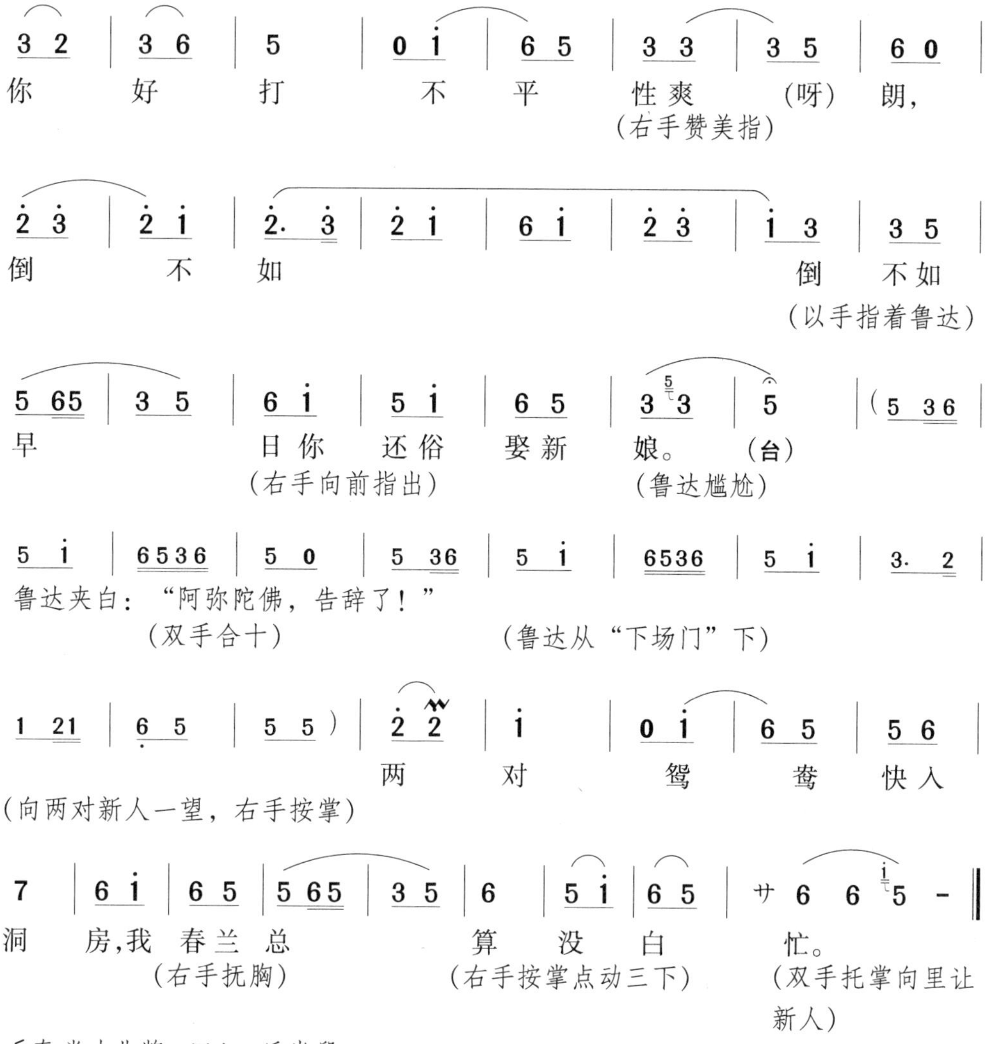

〔奏唢呐曲牌<尾声>后半段。

〔众人向外齐亮相,春兰挥手笑向新人示贺意,刘德明、老夫人同笑,幕徐落。

——剧 终

早期演出的结尾处如下:

〔两对新人相搀从“下场门”下。

刘德明 啊,安人!(伸手欲拉安人,安人拂袖甩开)

安 人 (笑)老不正经哪!

〔刘德明一笑从“下场门”下、安人随下,春兰也随后拍手笑下。

赵纪鑫　**整理**　　　　王　威　**记谱**

杜　十　娘

荀慧生演出本

20世纪50年代我在北京荀慧生京剧团工作，一边参加剧团的演出，一边兼任荀慧生先生的秘书，为他整理剧本和几十年的“艺事日记”。

荀先生年轻的时候，与著名前辈老生孙菊仙先生来往密切，孙先生给了他珍藏的《杜十娘》剧本。荀先生深感此剧既富于警恶劝善的教育意义，剧中人物杜十娘的性格也符合自己的表演风格，很感兴趣，但是感觉情节结构较为松散，缺乏重点展示人物扣人心弦的重头戏。在重新翻阅了《警世通言·杜十娘怒沉百宝箱》，又反复琢磨之后，便请剧作家陈墨香先生改编此剧。他亲自参加设计、导演，很快把这出《杜十娘》排了出来，并于1929年12月1日在北京中和园首演。荀先生饰杜十娘，金仲仁饰李干先，马富禄饰孙富，张春彦饰柳遇春，赵桐珊（芙蓉草）饰鸨儿，首演非常成功，博得了专家和观众的好评。

《杜十娘》这个戏题材比较新颖：描述明朝洪武年间，临安书生李干先（李甲）入都应试，结识金陵名妓杜十娘。杜十娘久厌风尘，总想寻觅一位佳偶从良，误以为李干先可以托终身，于是便设法逃出妓院，与李干先同船返回故里。途中，夜泊瓜州渡口，为富商孙富所见。孙富贪恋杜十娘貌美，便借与李干先叙旧之机，用千两纹银质换十娘。李干先利令智昏，欣然应允。此事使十娘异常惊愕和悲伤。在船头迎娶时，她怒斥李干先，并将自己携带的百宝箱当场出示，李干先悔之不及。杜十娘一气之下，将宝物一一投入水中，随之投江自尽。见利忘义的李干先落得人财两空。

荀先生在谈《杜十娘》这出戏的表演时，再三强调第五场“沉江”是全剧的高潮。这场戏是在船上进行的，时间已近初更。场上设大帐子表示后舱。右侧摆斜桌、两把椅子。幕启，音乐演奏“夜景配曲”，杜十娘轻轻将帐帷掀开，略微侧身，看看天色，随后由帐内缓步走出来。因久等李公子不归，十娘睡不安稳，脸上充满不安和盼望的神情。低身由舱窗望出去，看看岸上有没有公子。外面茫茫夜色，江中帆樯稀落，寥寥可数，岸上空无一人。这时，十娘回身走近桌旁，自言自语：“我那公子怎么还不回来呀！”语调轻缓，但隐含不安。当念到“我那公子”，一顿；“怎么”二字以探询的语气念出，好像是在猜测公子不回来的原因；末一个“呀”字尾音轻轻拖一下，随后接唱〔四平调〕“月色茫茫初更后，江风刺骨冷飕飕。手攀船篷望江口，耐等公子早回舟”。他说：“第一句唱法为了表现人物的沉思，我是把昆腔、吹腔的腔调糅进来，又略加变化，逐渐引入。采用低回的唱法，更能展现此时此刻人物的心情。”

李干先抱银回船，船头与杜十娘相见。十娘见公子回来，满脸含笑招呼李干先上船。这时李干先因心中有愧，迟迟不前。十娘脸上和眼神立刻露出不解的神情，通过动作表示她心中的猜测：莫非他吃醉了，或是与谁生了闲气？于是微笑招手叫公子快些上船。荀先生这里为了表现十娘对公子的爱恋之情，二人面对面，左右手互相搀扶，低身，十娘先斜插右足，李干先迈左脚，转身，互换位置，进舱、落座。她的眼光一刻也舍不得离开李干先，这样更能衬托出十娘对公子的情意。但是李干先却毫不动心，回以冷淡，与十娘形成鲜明的对比。

李干先不敢把事直接说出来，只是先谈到进京盘费的问题。十娘轻轻一笑，将桌上的小箱子递过去。但是李干先此时眼里只有孙富给的那一千两银子，对十娘的至诚关怀、推心置腹相待，视若不见，没容十娘把话说完，就不耐烦地扭过脸去，反手将十娘递过的箱子搡了回去。随后说出孙富为他指引明路，并赠银给他。十娘顿时一惊，感到事情不妙，两只眼睛紧紧盯视李干先。

当李干先说到“我已将你……”十娘好像被迎头猛击一棒。荀慧生此时表演十分生动。她双眼看着李干先的眼睛，好像要看到他的心底里去。右手一把抓住李干先的手腕。浑身不由颤抖起来，强压怒火，促声追问：“你，你，你是卖与不卖？”当听说真的卖了，十娘全身的热血一下涌上头顶，支撑不住自己，晃了一下，绝望地向上一望，垂下双目，头向后一扬，狠劲地将李干先推开，痛苦地朝前踱了两步，离李干先远一点，呆立一旁。这里荀先生没加台词，只是用表情显示十娘满腹的悔恨。主要是眼神，用一种深含怒意却不形于色，深感失望却又强自忍耐的眼神。呆呆地凝视一处，许久不动。荀先生说：“不在词多词少，而是用情真意切把人物的内心揭示出来，诱发出观众的联想，把观众带进戏里来。”当李干先进帐入睡后，这会儿十娘回想当初，看看眼前，心中酸楚难禁，一肚子的眼泪再也忍不住了，热泪夺眶而出。嘴角微微一撇，抬左臂，垂手掌，以手腕遮嘴，欠左足，向右转身低下头。此时起〔二黄慢板〕“月暗星稀二更后……”唱腔。唱的时候，没有什么动作，只是垂手站着，空有填膺之愤，却又诉告无门。悲恨难平，愁绪缠人。这场戏里，只有杜十娘一个人，全凭演员的表演，使戏逐步深入。这就更需要演员细心琢磨人物的内在情感，展示自己的功力。

此剧整理过程中，承蒙戏曲评论家王家熙先生给予大力支持，特此衷心感谢。

赵纪鑫

人物行当

杜十娘	旦	家　院	老生
李干先（李甲）	小生	丫　环	旦
孙　富	丑	酒　保	丑
柳遇春	老生	船夫甲	杂
鸨　儿	花旦	船夫乙	杂
来　旺	丑	车　夫	杂
梅　香	旦		

服装扮相

杜十娘　俊扮。梳大头、双光水钻头面、线尾子、草花。第一场“议婚”：米黄色绣花裙子、米黄色绣花褶子，粉红彩裤，彩鞋；第二场“遂愿”，换白绣花裙子、葡萄紫色绣花褶子；第三场“计脱”，换绿色绣金花裙子、绿色绣金花袄子；第四场“变渡”，换红色绣花裙子，内穿红色绣花袄，外罩红色绣花帔；第五场“沉江”，上穿红色绣花袄，下穿红色绣花裙子，红色绣花斗篷、手绢。

李干先　俊扮。黑学士巾，米黄色绣花褶子（后换淡粉色绣花褶子），淡绿色彩裤，厚底靴。

孙　富　丑扮。绿色绣花荷叶巾，绿色绣花褶子，红色彩裤，白布袜、福字履。后换葡萄紫色绣花荷叶巾，葡萄紫色绣花褶子。

柳遇春　俊扮。黑色学士巾、黑三，宝蓝褶子外罩黑缎子古铜边白牙大坎肩、蓝色绦子，黑彩裤，厚底靴。第三场“计脱”换古铜色褶子，蓝色缎子大坎肩。

鸨　儿　俊扮。梳大头、线尾子、银钉、草花，淡蓝色绣花裤袄、外置黑缎子绣花坎肩，斜系白绸绣花腰巾，手绢，绣花黑彩鞋。

来　旺　丑扮。黑缎子软罗帽，黑缎子素褶子、大带，黑彩裤，白布袜、方口皂鞋。

梅　香　俊扮。梳大头、单光水钻泡子、线尾子、草花，米黄色绣花裤袄、粉色绣花腰巾，手绢，绣花彩鞋。

家　院　俊扮。黑三、黑缎子软罗帽，黑缎子褶子、大带，黑彩裤，厚底靴。

丫　环　俊扮。梳大头、线尾子、水钻头面，袄子、坎肩、腰巾子，彩裤，彩鞋。

酒　保　丑扮。蓝毡帽，蓝布大袖白短腰包，黑彩裤，白布大袜、方口皂鞋。

船夫甲　俊扮。蓝毡帽，蓝布箭衣、大带，黑彩裤，薄底。

船夫乙　俊扮。蓝毡帽，蓝布箭衣、大带，黑彩裤，薄底。

车　夫　俊扮。蓝毡帽，蓝布箭衣、大带，黑彩裤，薄底。

道具

桌子	一张	椅子	四把
纱灯	一盏	酒壶	一把
酒杯	两只	百宝箱	一个（内装金银首饰、珠宝）
大帐子	一份	银子包	一包
红色桌围椅披	一份	笔、砚、笔架、墨、盘	一份
紫色桌围椅披	一份	车旗	一对
米黄色桌围椅披	一份	茶盘	一个
船桨	两个		
木托盘	一个		
茶杯	两个		

第　一　场

议　婚

〔舞台设置:堂桌、两把椅子,紫色桌围椅披,摆“小座”,旁边放一把椅,后摆“小边”跨椅。

〔幕启:【大锣撤锣】转【小锣抽头】柳遇春从“上场门”上,至“九龙口”抖右手水袖,摇头,面带愁烦。

〔西皮摇板〕

柳遇春 サ(6̣ 6̣ 35 55 36 56 32 11 6̣5 55)1 2
翰 林
(抬右手

1 2 32 3 2(3 21 6̣1 21 6̣5 55)3 1
院 中 闲 无 事, 终 朝
先向左斜方指后改摆手) (抬左手

13 2 - 12 16̣ 1 -(11 7̣2 1 -)‖
饮 酒 并 赋 诗。
拇指与食指成弧形酒杯式)

〔【小锣住头】鸨儿快步从“下场门”上,与柳遇春相遇。

鸨　儿　(抬右手满脸陪笑地)哟,这不是柳老爷吗?(抬右手往里让柳遇春)来呀,柳老爷,您里边歇会吧。

柳遇春　(摆手)不,不,不,今日还有别事,改日再来。(欲走)

〔鸨儿急忙向前一步,拉住柳遇春。【小锣一击】

鸨　儿　哟,柳老爷,这可得罚您,哪有漫门而过的道理哪。来吧,(双手拉柳遇春进门,把柳遇春让在正场“小座”)您少坐会儿,喝杯茶再走。

〔【小锣一击】鸨儿热情地让柳遇春坐下。

柳遇春　(无可奈何地点头)如此少坐片刻。

鸨　儿　(满脸陪笑地)这不结了,您请坐吧!

〔等柳遇春坐稳,鸨儿站在“小边”。

柳遇春　好,好,坐坐就走。(坐正场“小座”椅)啊妈妈,杜十娘可在院中么?(抬左手往“下场门”指)

鸨　儿　(双手上下对拍)我一猜您就得问她,她让杨老爷(用右手向外指)约到畅春园吃酒去了,这就回来,柳老爷我给您拿茶去。

〔【小锣五击】鸨儿出门至“下场门”内速端茶盘,盘上放着一茶杯,快步献给柳遇春,仍站“小边”。

鸨　儿　柳老爷请茶。

柳遇春 好，好，好。（抬右手从盘中拿起茶杯、饮茶）**【小锣一击】**

鸨　儿 啊，柳老爷，我们十娘（抬右手向外指）自从认识您之后，（指左手柳遇春）跟您学点诗词歌赋，可高兴了。（双手合掌指柳遇春）您老不来，她还是真想您。

柳遇春 （微笑点头）十娘确是个颇知上进的女子。（抬右手挑拇指夸赞。后抬头看天色，**【小锣一击】**）天时不早，十娘还不回来，我要先行一步了。（起身欲走，鸨儿忙拦住柳遇春）**【小锣一击】**

鸨　儿 您还是走哇。

〔**【小锣抽头】**梅香引杜十娘坐车上。

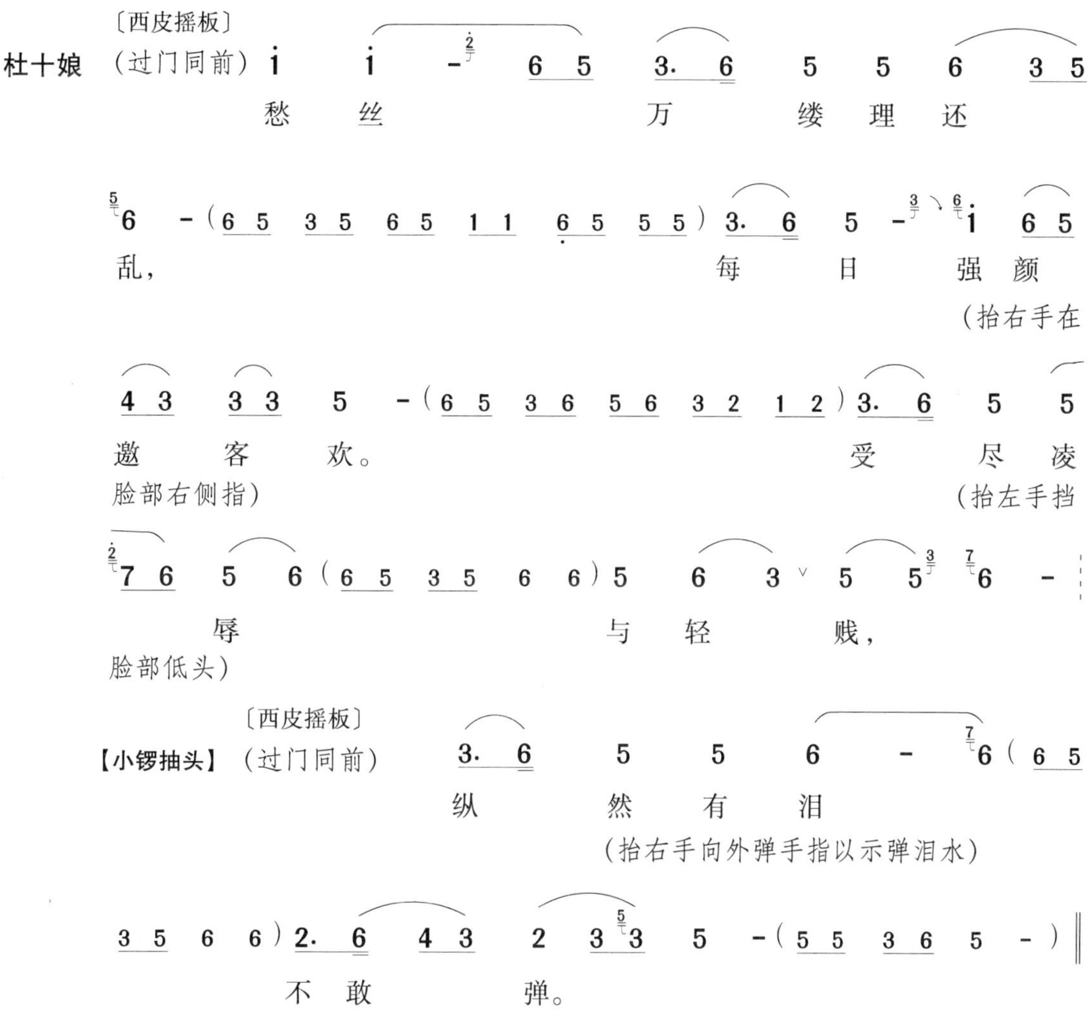

〔**【小锣二击】**杜十娘下车。梅香、车夫从“上场门”下。鸨儿、柳遇春出门与杜十娘相遇。

鸨　儿 哟，这不是十娘回来了吗！（高兴地抬右手指杜十娘，快步凑到杜十娘身边，亲热地）柳老爷等你半天啦。

〔**【小锣一击】**杜十娘斜眼瞟柳遇春，急忙上步向柳遇春拜万福。

杜十娘 柳老爷万福。（**【小锣一击】**柳遇春笑着抬右手接礼，上下打量）

柳遇春 十娘回来了？

杜十娘 （微微点头，抬左手向内请式）柳老爷，还是里面请坐吧。

鸨　儿 （兴奋地笑着）对了，柳老爷，您多跟我们十娘聊会子吧。

〔【小锣一击】鸨儿快步进门，搬椅子摆“小边”跨椅。

鸨　儿 你们聊着，我别处张罗张罗去。（抬左手摇动手绢）

〔【小锣一击】鸨儿出门至“大边”台口用手绢捂嘴笑着转身从“下场门”下。柳遇春入正座，杜十娘坐“小边”跨椅。

柳遇春 十娘近日可劳倦否？

杜十娘 虽有不少王孙公子(抬右手向前方指)争来缠头，只是奴家深为厌恶此等之人，能拒者则拒，(抬右手向外摇动手腕)得推者便推，故而倒还消闲。（双手指自己）

柳遇春 闲来之时，做何消遣？（双手分开向杜十娘展示）

杜十娘 不过日习柳老爷（双手向柳遇春拱揖）所教诗词歌赋，近又重温丹青之笔，（抬右手伸手腕做画画动作）怎奈柳老爷多日不来，无处求教，（双手拱揖）只好温故知新了。【小锣一击】

柳遇春 十娘真勤奋之人也！（向杜十娘挑拇指赞扬）

杜十娘 人生几何，若不发奋求学，岂不可惜。（双手向外翻，手心向外）柳老爷怎不知，“褪色残花辞枝落，落花难得再上枝；（双手抬起从上至下，表示落花之意）春华应恋似锦日，红颜珍惜少年时”？(抬右手指容颜）【小锣一击】

柳遇春 （大笑）哈、哈、哈……好一个珍惜少年时！啊，十娘，听你之言敢是厌倦风尘？

杜十娘 哎呀，柳老爷，奴家虽在烟花，(双手指胸部)性情孤傲，终日与那些官僚商贾(抬右手向外指)曲意周旋实非所愿。(摆右手)这几年颇积得些资财，我有意寻个年貌相当之人，(双手在胸前相合)托付终身，纵荆钗布衣，亲操井臼，也甘心情愿。(双手翻腕从胸部向下压)此衷肠实话，柳老爷不可当作虚谎之言。(向柳遇春双手拱揖)【小锣一击】

柳遇春 既是如此，（双手合拍）日后待我替你物色一位才郎，你意如何？（抬左手向斜外方指，身体向“小边”微有倾斜，眼睛观察杜十娘的表情）

杜十娘 （面露笑容双手向柳遇春拱揖）若得如此，感恩不尽。

柳遇春 这才是：君子本该成人美，（右手指杜十娘）柳某情愿作（抬左手指自己）红媒。（双手食指在胸前合拢）

〔【小锣长丝头】梅香从“上场门”跑上，进门站“大边”。

梅　香 启禀柳老爷，（双手放在腰间拜揖）方才你府院公前来说，有临安李公子到府相访，请柳老爷速回。（抬左手向外指）【小锣一击】

柳遇春 知道了。啊，十娘，家中有人相访，（抬右手向外指，随后抖袖）我要告辞了。（起身后，梅香将杜十娘“小边”跨椅搬回改“八字”椅）

〔西皮摇板〕

【小锣凤点头】(过门同前) 1 2 1 2 1 2 2 1 1 3 2(3 2 1 6 1 2 1 6 5 5 5)

暂别十　娘　改　日　见，

（抬右手指杜十娘）

杜十娘 5 i - i i 6 5 5. 6 3 5 6(i) 5 i 6 5

望　君　　　　切　　记　适　才

（双手向柳遇春拜揖，眼睛盯住柳遇春微笑点头，退步转身至“大边”）

3 5　3　5　－（6 5　3 6　5 6　3 2　1 2　6 5　5 5）

言。

柳遇春　1　2. 5　3　1 2　2　－　2 1　3　－　2　－

你　且　宽　心　免　悬　念，

（抬左手指自己胸部，抖动五个手指）

〔杜十娘向柳遇春再拜揖后，抖右手水袖上步转身挺背从“下场门”下，梅香随下。柳遇春出门向“大边”走小圆场。**【小锣抽头】**李干先、来旺从“上场门”上。

李干先　（见柳遇春双手拱揖）仁兄。**【小锣凤点头】**

〔西皮摇板〕

（过门同前）3. 6　5　3　i 6（6 5　3 5　6　6）5　－　6 6　5　－（5 5　3 6　5　－）‖

小　弟　前来　问　金　安。

（拱手）

〔柳遇春站“大边”双手拱揖向李干先热情招呼。

柳遇春　贤弟，来得好，快快请至客堂！（抬右手向内让李干先）

〔**【小锣五击头】**李干先先“挖门”至“大边”，随后柳遇春“挖门”至“小边”二人同入座。来旺随后“挖门”站“大边”。

柳遇春　（双手拱揖）堂上伯父大人安泰？

李干先　（向外拱手）家父安好，问候仁兄。（转向柳遇春抬右手指）

柳遇春　岂敢！（抬右手摇动）啊，贤弟此来，敢是为了求取功名？（双手张开斜视李干先）

李干先　这，一来为了求取功名；（抬左手挑起食指）二来么……（抬右手向柳遇春伸出食指和中指表示“二字”）**【小锣一击】**

柳遇春　还有何事？

李干先　（吞吞吐吐地）这二来么……**【小锣一击】**

来　旺　您干吗不好意思说呀？我替您说。（抬左手指自己）柳老爷，我们公子在家的时候就想娶媳妇，（指李干先）所以此番前来还要请您做个大媒，（向柳遇春双手拱揖）给说个好媳妇哪。（抬右手向外挑大拇指，出神）

李干先　嗘，谁要你快言快语。（向来旺抖左手水袖，**【小锣一击】**）

柳遇春　（微笑地连连点头）噢，噢，噢，原来为此。我看贤弟年纪尚轻，（上下打量李干先）何必急于婚姻之事。（双手轻轻一拍）

李干先　哎呀，仁兄啊，（双手拱揖）**【小锣三击】**非是小弟急于婚事，（指自己）只因家父（双手拱揖）年迈，无人侍奉，故而叫弟恳托仁兄与小弟择一佳偶（抬右手挑食指）。他老人家言道：不孝有三，无后为大。**【小锣一击】**（伸右手挑三个指头，表示“三”字）功名倒可以缓，亲事却要早办，他还急于抱孙孙呢。（右腿搭在左腿上，右手像抱娃娃似的，左手轻轻拍打。**【小锣一击】**）

柳遇春　哎呀呀，老伯真是个操之过急呀！（抬右手指向外方）

来　旺　公子，（用右手揪李干先褶子的左下襟，轻轻地）老爷子没说这话呀。

李干先　（生气地）多口！（甩左手水袖暗示来旺）**【小锣一击】**

来　旺　这是实话呀。柳老爷，我们临出门的时候，公子和老爷（双手向外拱揖）还为这挡子事闹家务呢。我们公子说，(抬右手指李干先)哎呀，爹爹呀，（双手扬起叫头）【小锣五击】孩儿定要先娶了媳妇，再进京赴考，不然我是不去的。(双手摇动）我们老爷说,(左手插腰，右手向李干先怒指)奴才呀奴才！【小锣三击】(抖袖)

柳遇春 这是怎样讲话！（抬左手指责来旺)

来　旺 我是学我们老爷哪。（抬右手指自己鼻子）我们老爷说，待等得中回来，再与你完成花烛，如其执意不去，我便将你活活打死，(左手将右手袖子往上卷起来，伸出右手拳头狠打三下【小锣三击】)还是我从中给劝的架哪。(抬左手指自己鼻尖)

李干先 满口胡言！【小锣一击】(向来旺狠甩左手水袖)

柳遇春 哈，哈，哈，好好好。（双手合掌）不管如何，待愚兄与你物色就是。（用右手指自己）【小锣一击】

〔家院从“下场门”上，端着茶盘，上面放着两杯茶，进门献茶。

家　院 李公子，请用茶。

〔【小锣一击】李干先、柳遇春同饮茶。

柳遇春 来旺一路劳累，随院公下面歇息去吧。（抬左手指来旺)

来　旺 是。（向柳遇春拜揖）柳老爷，您可紧着手办哪，我们公子可等不及了。（用右手指李干先)

李干先 (甩左手水袖）还不下去!

〔【小锣五击】家院领来旺从“下场门”下。

柳遇春 啊贤弟，这金陵城中新开了一家酒楼名唤“天然居”，（抬右手向外指）你我且到那里畅叙一回，权当与贤弟接风。（拱手)

李干先 (双手在胸前摇动）小弟不敢。

柳遇春 (以左手先指李干先，再指自己）多年世交，不必客套。请吧。（伸右手向外指)

李干先 如此小弟遵命就是。(双手拱揖，低头从命)

〔【小锣水底鱼】柳遇春引李干先出门，走圆场至舞台“小边”台口。

李干先 啊仁兄,(用左手揪住柳遇春褶子)吃酒是小事，方才提到婚姻之事，你要挂心哪！

柳遇春 但不知贤弟要何等之女子?

李干先 年轻标致之人（抬右手指自己面部）便是最好无有了。

柳遇春 这倒不难。

李干先 目下可有吗?

柳遇春 嗳，贤弟，你也忒急了！你我还是畅饮几巡吧。正是：（扎）

（念）两地相隔难聚会，（双手抬起在胸前对峙)

李干先 （念）故友重逢喜上眉。（抬左手指柳遇春，随之抬右手在眉间）【小锣一击】

柳遇春 （念）霎时来到酒楼前，（抬左手高指酒楼匾额)

李干先 （念）畅叙别情饮几杯。（抬右手拇指与食指成弧形，表示酒杯）【小锣一击】

柳遇春 (至舞台正中，抬右手向“下场门”呼唤）酒保。

〔酒保幕内白：“啊哈！”【小锣五击头】从“下场门”上。

酒　保 (念）客上天然居，（抬右手先指外方再往里指)

居然天上客。(双手从胸前向左右分开)

〔【小锣一击】酒保出门，满面笑容迎接柳遇春等。

酒　保 柳老爷，请上楼吧。

柳遇春　头前带路。

酒　保　您随我来。

〔【小锣水底鱼】酒保领柳遇春、李干先进门小圆场至“小边”台口，酒保退后抬左手让柳遇春、李干先上楼。酒保摆“大座”、“大边”跨椅，柳遇春坐“大座”、李干先坐跨椅。

酒　保　柳老爷，您用点什么？

柳遇春　上等酒席摆下。（抬右手指酒保）

酒　保　是了。（向“下场门”内高喊）伙计们，上等酒席一桌呀！一桌呀！

〔幕内应：“是啦！”【小锣三击】酒保进“下场门”速取酒盘，盘上放着酒壶、两个酒杯快上，进门摆好酒杯、酒壶，斟好酒。

酒　保　柳老爷给您预备齐了，还用些什么？

柳遇春　唤你再来。

酒　保　是。（拿着红色木盘满脸笑容【小锣三击】出门下楼，从“下场门”下）

柳遇春　贤弟请。（举酒杯向李干先敬酒）

李干先　仁兄请。（举酒杯二人同饮）【小锣二击】

〔孙富内白:“啊哈！”【小锣五击头】从“上场门”上，至舞台“小边”台口。

孙　富　说我富——（多 .多 乙 多 多）（抖左手水袖）

（念〔数板〕）

说我 富，不算 富，（抬右手摇动）

开.了 几座 典当 铺。（抬左手挑大拇指）

大元 宝 无计其 数，

金黄 黄的 像倭 瓜，（抬双手成弧形展示瓜形）

白花 花的 赛豆 腐，

我们家的 厨子 二百 五，（抬右手先出食指和中指表示“二字”后出“五个手指”表示五字）

稀里 糊涂往 锅里 入。（伸右手往下放的动作）

烧火的 丫头 直叫 苦，

掀开 锅盖 杵一 杵。

乐得 她.把 小嘴 捂。（抬右手捂嘴笑）

自从 目下 到盘 古，

谁见过 倭.瓜、元宝 一锅 煮,一 0 锅 煮！（双手成弧形表示锅）

〔行至舞台左侧台口。孙富抬头看头顶正中匾额。【小锣一击】

孙　富　说着说着到了。酒保，酒保！

〔【小锣长丝头】酒保快步从“下场门”跑上。出门。

酒　保　唉，来了来了。（出门猛抬头用右手指孙富）啊，敢情是孙子。

孙　富　玩笑是怎么着？（用左手指酒保）【小锣一击】

酒　保　（满脸赔笑地）您怎么啦,古时候有孔子、（双手拱揖）孟子，我叫您孙子，这不是尊敬您吗？（双手再拱揖）

孙　富　哦，我这个姓不成，（抬左手摇摆）你还是别尊敬我啦。

酒　保　（连连点头）好好好。那么孙三爷，（双手向孙富拜揖）您请上楼吧。

孙　富　这不结了，这比那好听得多。带路！

酒　保　是。

〔【小锣五击】酒保引孙富进门至舞台“小边”台口，让孙富上楼，酒保随后上楼。孙富挖到“小边”台口。与李干先相遇，立刻起身。

李干先　（双手拱揖）孙仁兄。【小锣一击】

孙　富　李贤弟久违了啊。（双手拱揖）什么时候到这儿的呀？

李干先　小弟方才到此。

孙　富　（双手拱揖）老太爷好啊？我也短瞧他去。

李干先　岂敢。（拱揖）

〔柳遇春急忙离座出迎。

柳遇春　既是相识，一同入座吧。（抬右手向上座让孙富）【小锣一击】

孙　富　（忙退步，连续摆手）不不不，咱们还是各吃各的吧。

柳遇春　朋友见面哪有分座之理，（抬右手指孙富）一同饮酒，我做东道。（抬左手指自己）

孙　富　怎么着，您做东道请客呀？（伸左手用食指指柳遇春）那我得扰您几杯。（抬右手用拇指和食指形成弧形表示酒杯）【小锣一击】可我还不知道您姓什么哪？（抬左手出食指指柳遇春）

李干先　来来来，我与你们引荐引荐。（抬右手指柳遇春）此位是柳遇春仁兄，孙富仁兄见过。（酒保又摆上“小边”椅）

孙　富　柳仁兄失敬失敬。（双手向柳遇春拱揖随后转向酒保）酒保，多添好酒好菜，我们不怕花钱啊。

酒　保　是了。

〔【小锣二击】酒保快步至“下场门”边下边喊：“伙计们好酒好菜快点上啊——”

柳遇春　孙兄、贤弟请。

孙　富　请。

李干先　请坐。

〔【小锣三击】柳遇春坐“大座”，孙富坐“大边”座，李干先坐“小边”座。此时酒保端酒盘内有酒壶、酒杯，分别摆放在桌上，将酒斟好。站“大边”。

孙　富　喝着，喝着。哎呀，【小锣一击】这寡酒难饮哪。酒保，拿个纸片来。

酒　保　是。

〔酒保转身从“下场门”下。

柳遇春　孙兄莫非传唤妓女？

孙　富　是啊。

柳遇春　你我弟兄畅饮、畅谈甚好，不必如此了吧。（抬左手指孙富又指桌上酒席，摆手）

孙　富　柳兄，（双手拱揖）您怕花钱是怎么着？您要是怕花钱，不要紧，（抬右手摆手，随后拍打腰部，脸上带着得意神态）我这带着哪。呆会儿酒钱归您，传妓之资归我怎么样？

〔【小锣一击】孙富从怀里掏大元宝摆桌上。

柳遇春　嗘，取笑了。既是孙兄有此雅兴，传唤也好。

〔【小锣一击】酒保端红木盘上面放纸片和笔从“上场门”上。

酒　保　纸片取到。

孙　富　（接过红盘，拿笔写）传宜春院杜十娘。

酒　保　是啦。

〔【小锣五击】酒保托纸片下楼，出门从“下场门”下。柳遇春、李干先听说孙富传杜十娘二人发愣，各有所思。

孙　富　柳兄、贤弟别愣着呀，喝酒。

〔孙富拿起酒壶又给柳遇春、李干先斟酒。

〔幕内酒保高喊：“杜十娘请到，请到楼上！”

〔【小锣抽头】梅香引杜十娘从“上场门”上。

〔西皮摇板〕

杜十娘　（过门同前）i　i. 2　6 5　3. 6　5　7　6　3 5　6（6 5
无　端　列　入　烟　花　队，
（双手摆手，随后右手向下指）

3 5　6 5　3 2　1 2）3. 6　5　5 3　i　6　-　4　3. 6
送　旧　迎　新　日　几

4 3　2. 3　5　-（6 5　3 6　5 5　3 2　1 2）7　5　7　7　5
回。　强　颜　欢　笑
（抬右手用食指折腕指

6　-　7　6　3　5　6　-（6 5　3 5　6 5　3 2　1 2）3. 6
装　娇　媚，　夜
脸部）

5. 3　i　6（6 5　3 5　6）5　6 5　3 5　3　5　-　‖
阑　人　静　泪　双　垂。
（抬左手反手腕在眼部轻轻低垂弹泪）

酒　保　（热情地）十娘，孙三爷在楼上等您哪。

〔【小锣五击】杜十娘在前，梅香、酒保随后上楼。

酒　保　十娘来了。

孙　富　十娘来了，快快请坐。（站起来让坐，柳遇春也站起来）

〔酒保立即摆“大座”。

杜十娘　孙相公，柳老爷也在此。

柳遇春　十娘，请坐。

孙　富　哟，敢情你们二位也挺熟的？（抬右手先指柳遇春，再指杜十娘）哈哈，原来柳兄也好此道啊！（伸右手食指先指柳遇春，手腕一转圈再指杜十娘，眼睛看着柳遇春）

〔【小锣一击】此时李干先也直瞪着杜十娘。

柳遇春　取笑了。坐，坐，坐。

〔【小锣二击】柳遇春坐“大座”左侧，孙富坐“大座”右侧，杜十娘坐右跨椅，李干先坐左跨椅。酒保赶快斟酒，从“下场门”溜下。

孙　富　十娘啊，我今儿个请你喝一盅，一块聊会子，你瞧怎么样？（右手端起酒杯向着杜十娘说）

杜十娘　妾身今日身体不爽，不能饮酒，（抬右手摆动）还望孙相公海涵。（双手向孙富拱请式）**【小锣一击】**

孙　富　哟，怎么那么巧啊！不要紧，（端着酒杯向杜十娘白）少喝一点。

杜十娘　（面带微笑，眼睛斜视李干先）奉陪一杯就是。

〔**【小锣一击】**四人举杯同饮。

孙　富　干！（把酒杯向外一翻，眼睛盯着杜十娘）劳您驾，您给斟上吧。

杜十娘　哎！（点头，站起身分别给柳遇春、孙富、李干先斟酒）

〔**【小锣一击】**孙富看了一眼李干先。

孙　富　哟，真格的，这儿还有一位哪，我也忘了给你们引荐引荐啦。来，这是临安李相公，（抬右手指李干先）这就是金陵城内大名鼎鼎的杜十娘。（抬左手挑大拇指，脸上表露出得意羡慕的神态）

杜十娘　（立即起身，向李干先拜揖）李公子。

〔**【小锣一击】**李干先也站起身。

李干先　（眼睛看着杜十娘，双手拱揖）小娘子。

孙　富　请吧。

〔四人同举酒杯共饮。**【小锣一击】**

孙　富　干，咱们再来一盅。

〔梅香立即与四人斟酒。

杜十娘　（端起酒杯）李公子，柳老爷。请。

〔**【小锣一击】**柳遇春手握酒杯吟诗。

柳遇春　（念）高士举杯自不凡，（得意地晃头）

李干先　（念）斗酒润喉诗百篇。（右手握酒杯，左手从里至外展开）

杜十娘　（念）醉书吓蛮伏夷叛，（抬左手向外指）

柳遇春　孙兄，该你了。（指孙富）

孙　富　该我的，给我吧。（伸出右手向柳遇春要东西）

李干先　（抖左手水袖**【小锣一击】**）嗳，该你接下这第四句了。

孙　富　我就知道这末句是给我留着哪嘛。我说（指自己）我说——（左右看看后，用右手挠下巴，眨眼）

（念）我们喝酒你给钱。（抬右手指柳遇春）**【小锣一击】**

柳遇春
李干先　（同笑白）哎呀呀，孙兄，果然高才。（同挑拇指向孙富开玩似地称赞）

孙　富　得啦，你们别骂我了，还是喝酒吧。（抬右手指酒杯）

李干先　啊，小娘子，我看你举止不凡，文才广有，（向杜十娘挑左手拇指）怎的竟栖身青楼之内？（惋惜地双手对击）

杜十娘　哎，一言难尽，公子不必细问了。（抬右手摆手）公子，柳老爷，还是饮酒吧。（满脸愁烦地举起酒杯，向柳遇春、李干先敬酒）

柳遇春
李干先　（举酒同饮）请。

【小锣一击】

杜十娘　公子可是初到金陵？

李干先　正是初到金陵，乃是赶考来了。（右手指地，随后平往前指）

杜十娘　以公子的才华，蟾宫折桂，高占鳌头，（抬右手挑拇指）自然是易如反掌。

李干先　小娘子，过奖了。（双手拱揖，举酒杯）请酒。

杜十娘　柳老爷请。

「柳遇春面带笑容举杯。【小锣一击】

柳遇春　请。

孙　富　嘿，（生气地）你瞧，我叫她来的，她可跟他们俩聊得挺热闹，一句也不理我。（拿起酒杯）我说十娘来吧，（用左手拉杜十娘衣襟）咱们也聊会子，痛痛快快地喝几盅。（举着酒杯硬逼杜十娘饮酒）

杜十娘　妾酒已够了，（抬右手摆手）实难再饮了。【小锣一击】

孙　富　怎么着，到我这儿就不能喝了。

杜十娘　改日再来奉陪如何？

孙　富　你瞧，当着他们二位，你这不是给我个脸下不来吗？（抬左手指脸）来，（气冲冲地）再喝了这盅。（举酒杯快接近杜十娘的脸部）【小锣一击】

杜十娘　好，（气愤地举起酒杯，一饮而尽）干！【小锣一击】

孙　富　这不挺好吗，（挑起左手拇指）别装蒜，再来，再来！（右手拿起酒壶又要斟酒）

杜十娘　孙相公，我实实不能再饮了。（左手托着头，右手摆动手）

孙　富　嘿，我们是花钱叫你来陪着喝酒的，（抬左手拍着自己胸脯，随后指杜十娘气愤地）喝不喝能全由着你吗？【小锣一击】(左手指杜十娘，右手端着酒杯逼迫的态度)

杜十娘　孙相公，有钱你叫别人陪，(抬左手用食指向前方指)十娘我告辞了！(站起身来欲走)【大锣一击】

「柳遇春、李干先欲拦，孙富十分尴尬苦笑。

孙　富　嘿，你瞧，她这火比我还大，(抬左手指杜十娘)没说三言五语，她倒翻了！(看看柳遇春、李干先又转向杜十娘)好，你不是要走吗？孙三爷(抬右手拍打胸脯)我还是偏不让你走。【小锣一击】

李干先　(和气地)孙兄，小娘子不胜酒力，还是叫她回去了吧。(抬右手让杜十娘走去)

孙　富　（气冲冲地用右手一推李干先）贤弟你别管！【小锣一击】

柳遇春　(上前忙拦)孙兄何必如此，(用左手拉住孙富)叫她回去了吧。（右手指杜十娘）

杜十娘　多谢二位，(双手在腰向柳遇春、李干先拜揖，转向梅香)梅香，随我回去。

梅　香　是。

「【小锣二击】杜十娘刚到楼口，梅香跟随，孙富赶前两步拦住。

孙　富　回来，（伸右手拦阻杜十娘）我还没发话呢，你就不能走！【小锣一击】

杜十娘　（眼睛直瞪孙富，向孙富跟前靠近伸右手指着他）你当真不许我走？【大锣一击】

孙　富　（边退步，边白）当真不让你走！【大锣一击】

杜十娘　（又向前逼问一步）果然不许我走！【大锣一击】

孙　富　（摇头晃脑地）我一定不让你走！【大锣一击】

杜十娘　（坚定地）我告辞了！【大锣一击】

孙　富　啊，我看你走！（伸左手指杜十娘）

杜十娘 正是：（双抖水袖）【大锣五击】（念）绿鬓红颜原是梦，（抬左手指头部）劝君梦里听晨钟。（双手从胸前分开后抬右手指斜前方）

〔【大锣冲头】杜十娘快步下楼，梅香随后下楼出门从“上场门”下。酒保听客座吵嘴，立刻出来想劝又不好劝。

〔孙富追到楼口，朝着楼下大喊大叫。

孙　富 杜十娘你敢走！我看着你走，（边喊边捋胳膊挽袖子）我看着你走！【小锣一击】（向楼下望）我可不是看着她走了，真气死我啦！

李干先 （温和地）孙兄，叫她回去吧。

孙　富 （张牙舞爪地）咳，这是怎么说的？实指望把她找来痛痛快快地喝会子，没见过你们二位这么不开窍的，（抬右手指柳遇春、李干先）替婊子讲情，这不没影的事吗！挺好的事，（双手对拍）让你们给吵啦。（双手对外张开）我也不陪着你们俩了，我告辞了！【小锣五击】（假装生气找辙溜掉，一边说一边快步下楼出门，从“下场门”下）

酒　保 （看着孙富背影）送三爷。

〔酒保双手轻轻对拍，摇头白眼长叹，暗从“下场门”溜下。

柳遇春 贤弟怎得与此人相识？

李干先 此人曾在临安经商，与家父略略相识。

柳遇春 观他举止定非善类，贤弟切不可与此人交往。

李干先 小弟谨记。啊，仁兄，方才那位小娘子堪称天姿国色，可惜竟堕落青楼了！（双手向外张开抖动）【小锣一击】

柳遇春 十娘本是良家女子，虽身堕青楼，却不甘轻贱，乃是个有志气的人！（抬右手挑拇指）

李干先 今日亲眼得见，果然是个有志气的。（也挑起拇指摇晃脑袋夸赞）啊，仁兄，小弟若有此女为妻，平生之愿足矣！（双手从胸部往下压）【小锣一击】

柳遇春 （惊奇地问）贤弟果有此意么？

李干先 弟决非笑谈！（抬右手不停地摆手）

柳遇春 哎呀呀，这倒巧得很。【小锣一击】（双手对拍）十娘也曾托我代为物色年貌相当之人，永偕百年之好。不过愚兄只恐她曾居青楼，负有微贱之名，如此撮合，恐负老伯重托。（抬右手向李干先摆动）【小锣一击】

李干先 哎呀，仁兄说哪里话来，年貌相当，人品出众，也就是了。（双手对拍）何必顾及门第二字？（抬右手出食指与中指表示“二字”）事不宜迟，就请仁兄成全了吧。（向柳遇春拜揖）【小锣一击】

柳遇春 （连连点头）好好好，来日我与十娘言明就是。

李干先 多谢仁兄。（双手拱揖）

柳遇春 天时不早了，你我（抬右手指李干先）也回去了吧。（向右侧幕内喊）酒保，酒钱放在此处，（从怀里取出银子放在桌上）我们去了。

〔【小锣二击】酒保快步从“下场门”跑上。

酒　保 （热情地）好啦。（弯腰抬左手让柳遇春）柳老爷您慢走。

柳遇春 正是：（扎）（向李干先挑右手拇指）青楼也有贤良女，

〔柳遇春下楼梯，李干先随后下楼。

李干先 （念）未入龙门小登科。（自觉得意地抬右手拍腰间）

〔柳遇春、李干先同出门双手拱揖，柳遇春从“上场门”下，李干先从“下场门”下。**【小锣打下】**

第　二　场

遂　　愿

〔舞台设置：皎月色绣花桌围椅披，舞台正场一桌两椅，先摆“小座”后改“八字椅”，舞台右侧斜场桌，桌上摆放铜制菱花镜、草花、木梳。

〔**【小锣帽子头】**杜十娘从“上场门”上“九龙口”，抬右手整头饰，左手轻轻掸衣服，眼睛斜视看天色，面带愁烦摇头，走至正中。

杜十娘　（念）坐下重勾粉面，（抬左手伸食指折手腕指脸部）
起来慵自梳头。（放下左手抬右手抚摸头部）
百般心事几曾休，（用左手在胸前指画小圈，面带愁容）
正是春愁时候。（双手兰花指从里向外翻，轻轻摇头）

〔**【小锣归位】**杜十娘向右转身坐“小座”。

杜十娘　奴家杜美，小字十娘。（抬右手指胸部）**（扎）**可叹身堕青楼，每日不胜苦楚。（抬双手在脸前摆动，面带愁苦双目下垂）昨日在酒楼之上偶遇临安李公子，（伸右手出食指折腕向前指）我看他人品、才华俱为上乘，不似那等纨袴子弟，獐头鼠目，满口俚俗，（抬左手轻摆动）倒是一位不可多得的少年才子。（指右手挑拇指，面带微笑）**【小锣一击】**唉！（摇头）虽然柳絮情多，（伸右手向斜前方上指）可恨桃花命薄。（收回右手，左手抓住右手水袖放在嘴唇处，低头）**（大大大）**（慢慢抬头翻眼皮向天仰看）天哪，我这场冤孽何时得了哇！

〔南梆子原板〕

3 - 2. 3 5 6 | i i2 7 6 6 5 3 2 |
（大）
0 0 0 0 | 0 0 0 0 |

（抬右手，用水袖揾泪水）

1 6 1 3 2 1 356i | 5 4 3 5 65i 6535 |
0 0 0 0 | 0 0 0 0 |

2 1 2 3 5 6 2 3 | 5 6 5 35 2 1 6 2 |
0 0 0 0 | 0 0 0 0 |

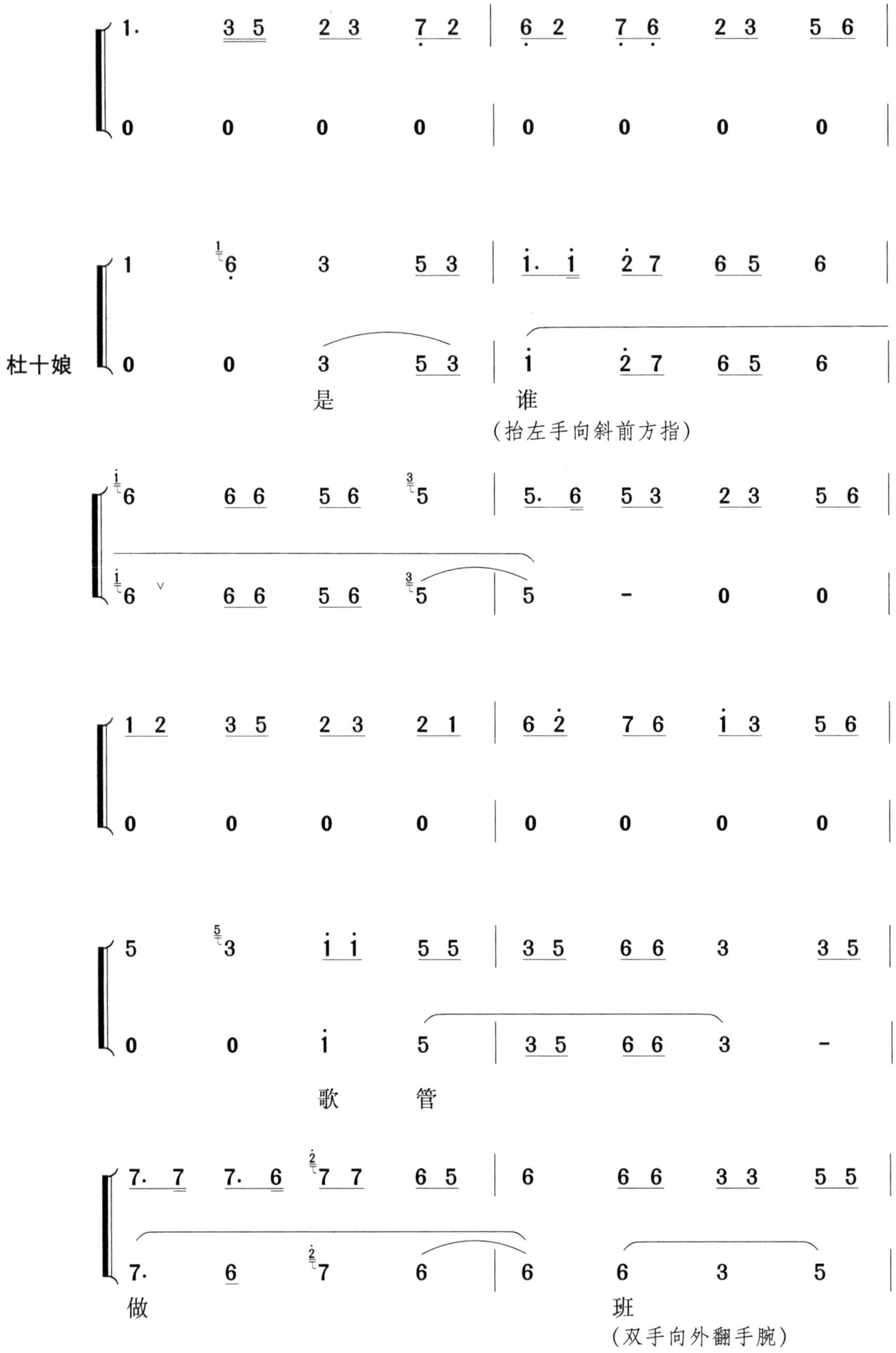
杜十娘
是
谁
（抬左手向斜前方指）
歌
管
做
班
（双手向外翻手腕）

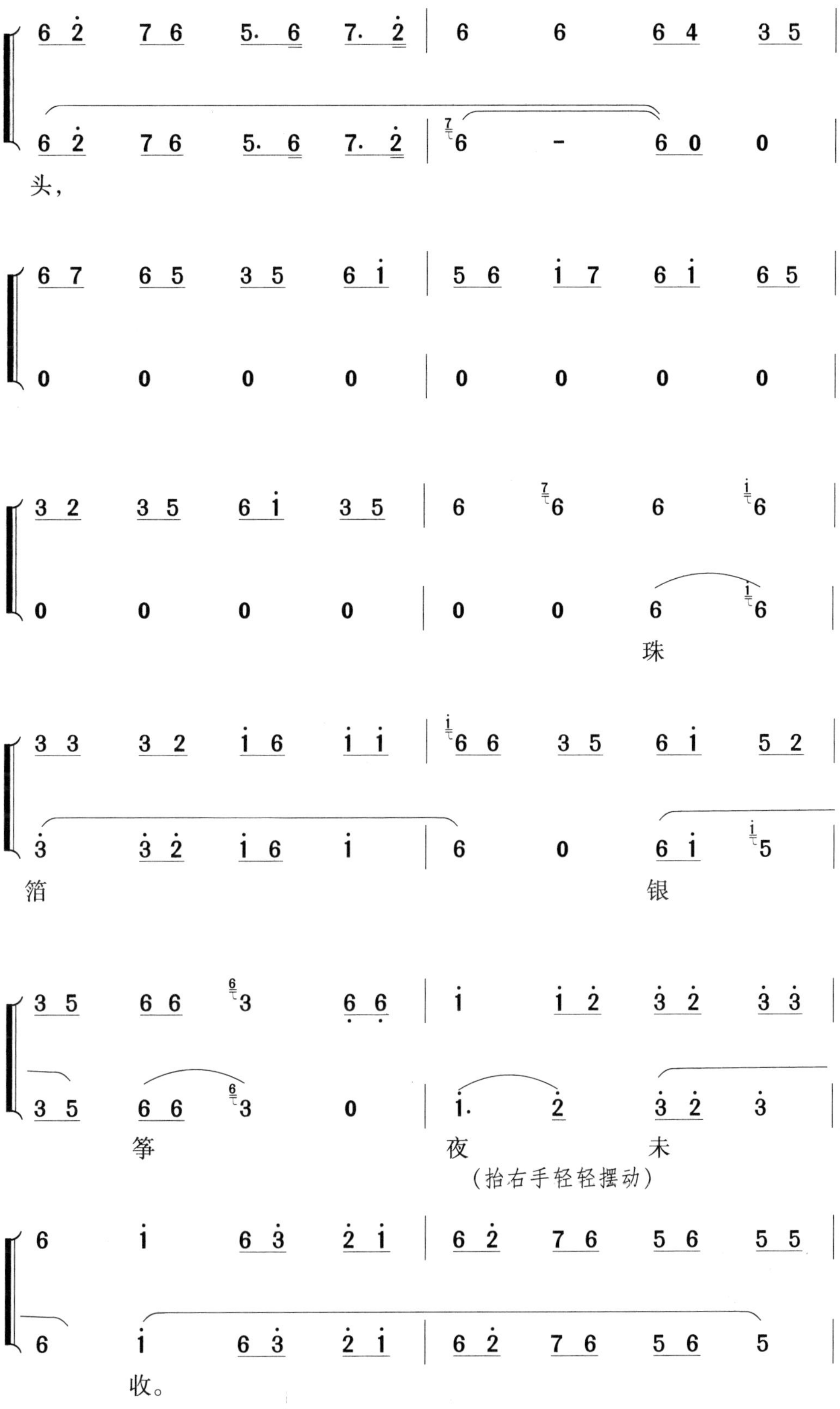
头，
珠
箔
银
筝
夜
未
（抬右手轻轻摆动）
收。

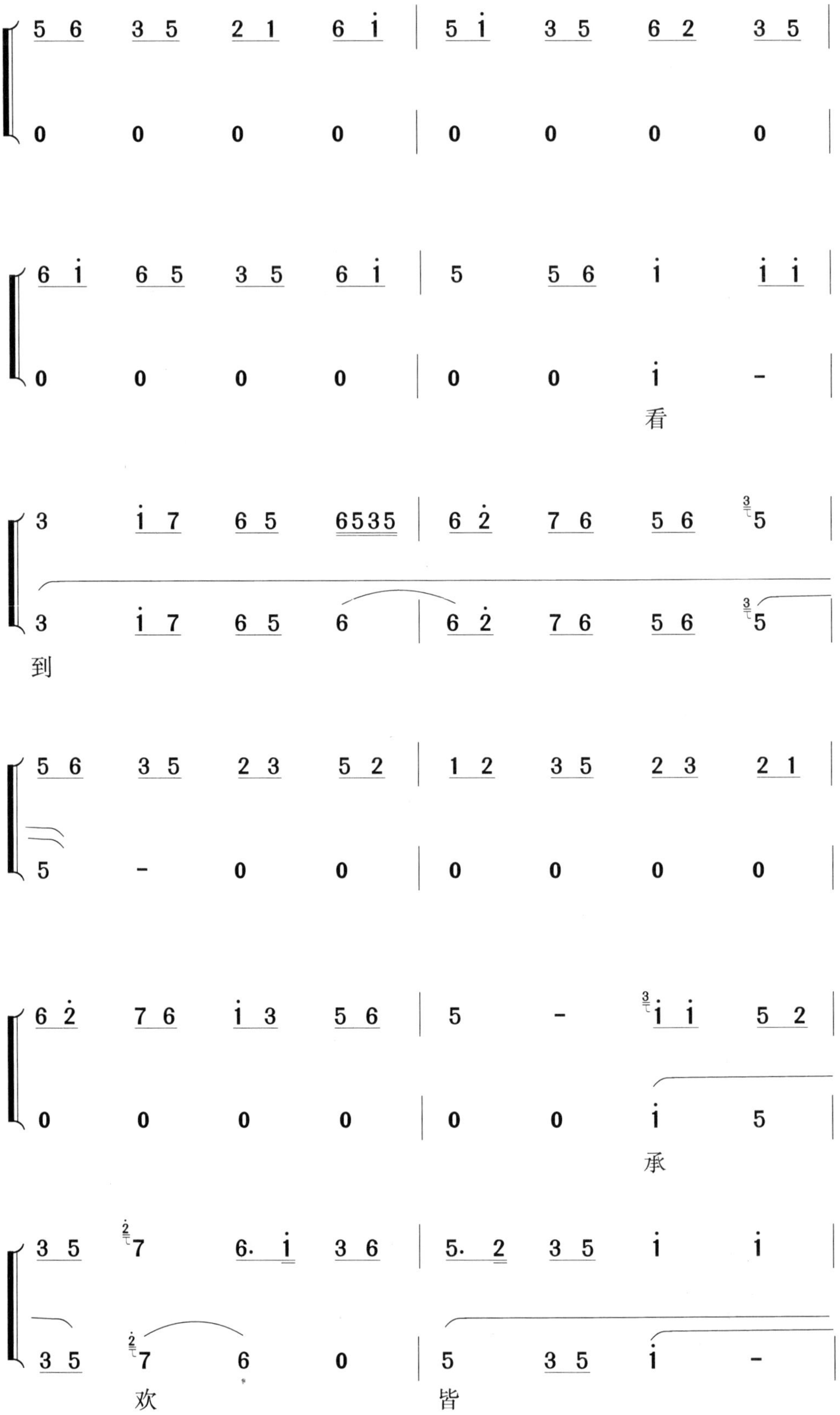
看
到
承
欢
皆

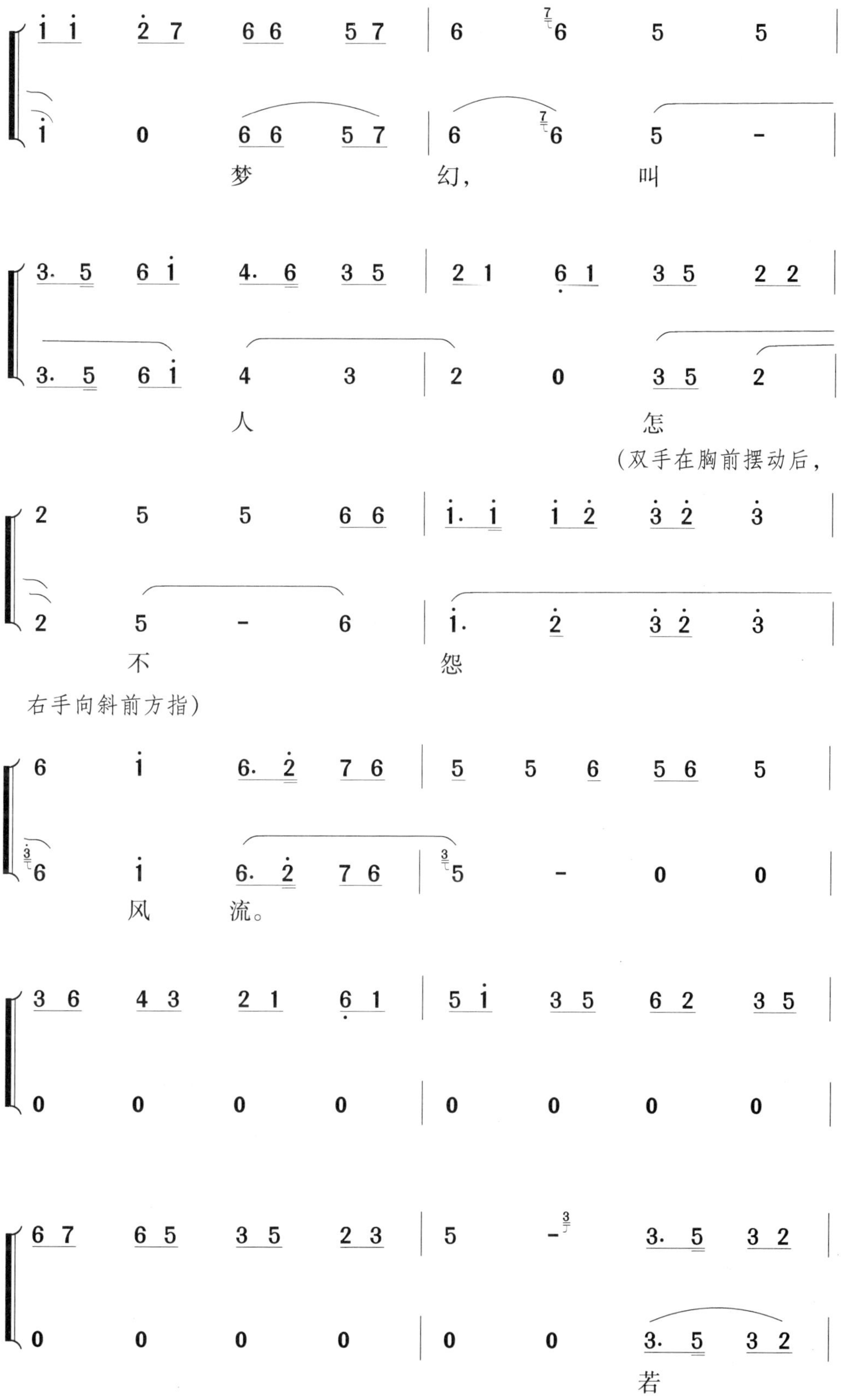
梦 幻， 叫
人 怎
（双手在胸前摆动后，
不 怨
右手向斜前方指）
风 流。
若

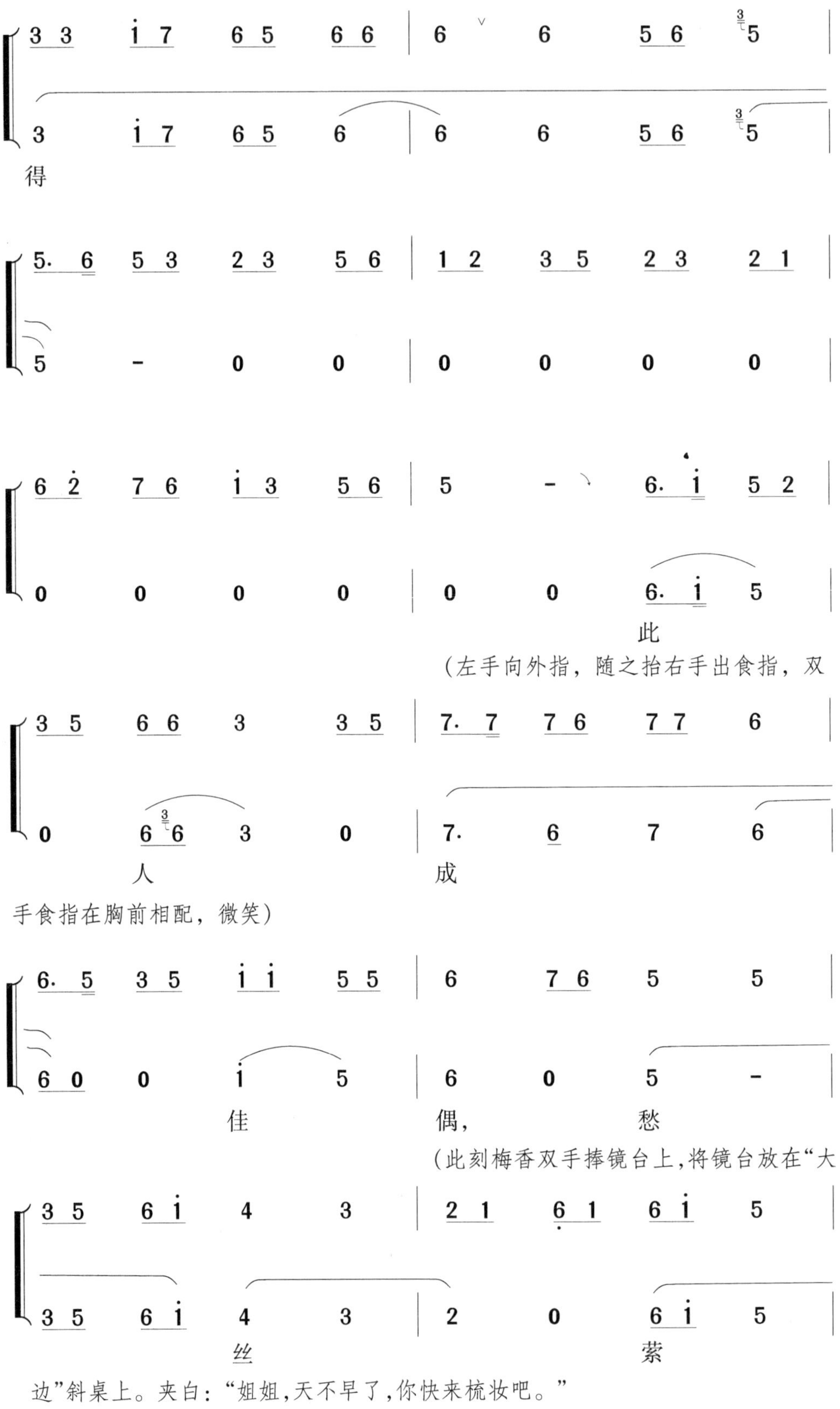
得
此
（左手向外指，随之抬右手出食指，双
人
成
手食指在胸前相配，微笑）
佳
偶，
愁
（此刻梅香双手捧镜台上，将镜台放在“大
丝
萦
边”斜桌上。夹白：“姐姐，天不早了，你快来梳妆吧。”

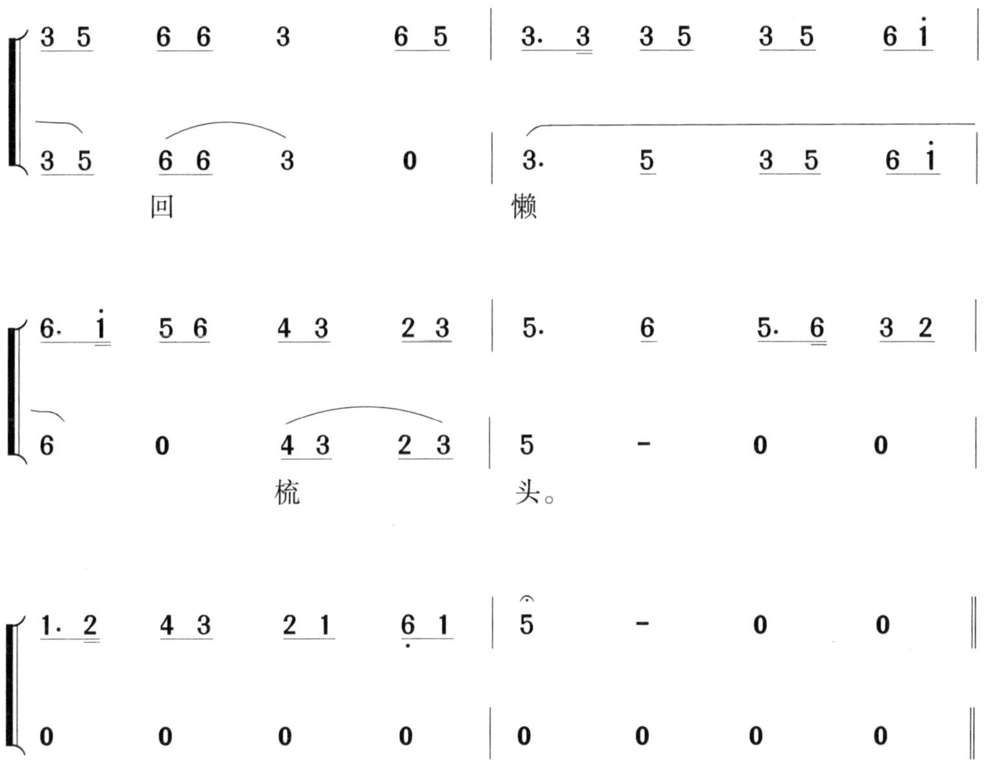

〈梅香将镜台又擦了擦，杜十娘面对镜台愁苦地摇头。
〈**【小锣抽头】**柳遇春从“上场门”兴奋地上抖左手水袖，至“小边”台口。

柳遇春

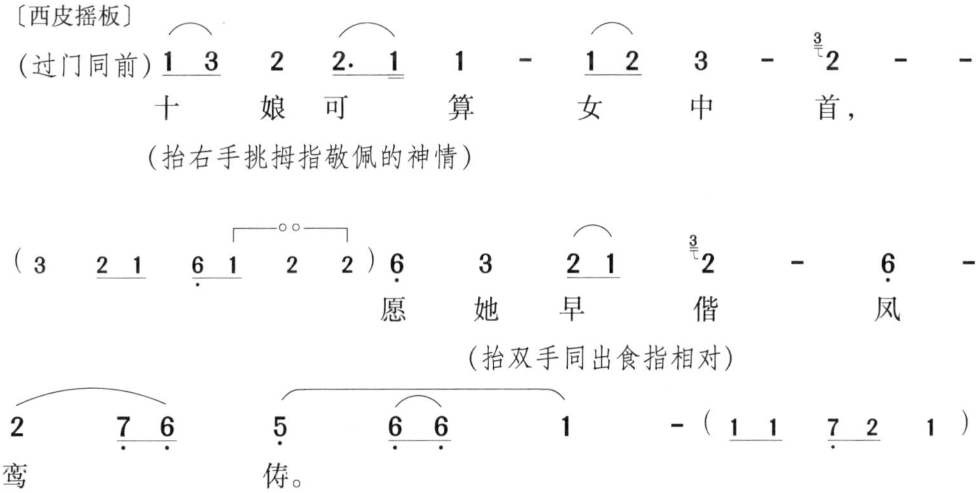

十娘，十娘！

〈柳遇春边喊边进门，站“小边”。这时杜十娘急转身。**【小锣一击】**

杜十娘 柳老爷来了，请坐。（伸右手向里让坐）

〈**【小锣一击】**梅香赶快把“小座”改为“八字椅”。柳遇春挖到“大边”，杜十娘至“小边”，二人入坐。梅香从“下场门”暗下。

柳遇春 有座。啊，哈哈哈……

杜十娘 （惊愕地打量柳遇春）柳老爷为何如此高兴？（双手展开）

柳遇春 啊，十娘，我与你访到一位才郎，（抬右手出食指，指杜十娘）依我看来可遂你心愿了。

杜十娘 【小锣一击】（一惊）不知他是何人？（伸右手向外指）

柳遇春 （得意地摇摆头部，面带微笑）他么？就是昨日酒楼之上相见的李公子，（抬左手用食指向外指，【小锣一击】）十娘可愿否？

杜十娘 此人虽则秀雅，（抬右手折腕用食指指自己面部）但不知他的人品如何，才华可有？（右手食指向外指，眼睛微笑斜视）

柳遇春 我与他通家之好，依我看他的人品倒还不错。（摇头摆手）

杜十娘 才华呢？

柳遇春 虽无子建之才，也总比得谢少莲了。（左手向外指）

杜十娘 既然如此，就烦柳老爷改日请他前来一叙如何？（抬右手翻手掌）

〔【小锣一击】梅香从“下场门”端茶盘，盘上放着茶杯上进门，向柳遇春献茶。

柳遇春 不消改日，梅香姐，你到外面告知我那家院，（转身向站在右侧的梅香白）叫他速请李公子到此。（抬右手从外向里示意请来李公子）

梅　香 是。（双手拜揖）

〔【小锣二击】梅香出门，从“下场门”下。

杜十娘 李公子既在府上，柳老爷何不邀之同来？（抬右手从外向里示意）

柳遇春 只因我要成全你们二人的美满姻缘，（双手食指相对）不愿叫他把你看做青楼女子，（右手指杜十娘）故而我先来做个冰人。

杜十娘 （双手拱揖）柳老爷如此用心，贱妾杀身难报。【小锣一击】

柳遇春 十娘过谦了。（摆手）

〔幕内梅香白：“李公子，随我来。”

〔李干先内白：“来了。”【小锣抽头】

〔杜十娘站起身来至“大边”斜桌前，面对镜台梳理鬓发。

〔梅香从“上场门”引李干先上，梅香站“小边”台口，李干先上抖袖至台口。

〔西皮摇板〕

李干先 （过门同前）i 5 7 6 - 5 6 3 5 6 -（65
今 朝 姻 缘 得 成 就，
（双手出食指相对，面带笑容）

35 65 32 12）3.6 5 5 3i 6 - 4 3.6
胜 似 往 日 梦 寐
（抬右手用食指指头部，食指转动）

43 2 3 5 -（65 36 56 32 12）3.6 5 5
求。 甚 感 柳
（双手拱揖）

7 6 -（65 35 6 6）7 6 3 5 - 6 -
兄 恩 德 厚，

〔梅香引李干先进门，挖至“小边”，柳遇春起身招呼。

李干先 （双手拱揖）柳仁兄，小弟来了。

柳遇春 好好好，（双手合掌）贤弟，见过十娘。

李干先 （两眼盯住杜十娘异常惊呆地）啊啊啊……

【小锣凤点头】（过门同前）5 i̇ i̇ － 65 5 35 ⁷6 －（65 35 60）

近 相 觑 愈 爱她

（抬右手指杜十娘）

サ 3. 6 5. 6 i̇ － ᵛ4 36 43 2 － 35 3 5 － ‖ **【小锣一击】**

皓 齿 明 眸。

〔急忙掸衣襟热情地向杜十娘双手拱揖。

李干先 十娘姐，小生这厢有礼。

杜十娘 （赶忙向李干先拜揖）还礼，李公子请坐。（抬右手向里让坐）

李干先 （双手拱揖）有座。

柳遇春 大家随便坐吧。

〔**【小锣二击】**李干先坐“大边八字椅”，柳遇春坐“小边八字椅”，杜十娘坐“小边跨椅”。

杜十娘 啊，公子，昨日酒楼初会，今日院内重逢，真乃三生有幸。（抬左手出三个手指）

李干先 小生昨日深慕十娘丽质，今得重睹丰姿，实慰平生之愿矣！

柳遇春 哈哈哈，看你二人情谊甚投，堪称一对佳偶，待我备酒，与你二人（抬左右手相对）庆贺佳期。妈妈哪里？

〔柳遇春向“下场门”内呼叫。**【小锣二击】**鸨儿内白：“唉，来了，来了！”边应边从“下场门”上，进门站“大边”。

鸨　儿 柳老爷，什么事呀？

柳遇春 快快备酒一席，款待这位公子。（抬左手指李干先）他乃李都堂（双手拱请式）的令郎，非寻常之人可比，（抬右手挑拇指）酒筵要丰盛些。（指鸨儿）**【小锣一击】**

鸨　儿 （双手拜揖）是了。没错，我们上好酒席是现成的，（抬左手向外指）说摆就摆。

柳遇春 如此速速摆下。

鸨　儿 是啦。（双手拜揖）我去吩咐他们。

〔**【小锣二击】**鸨儿出门，从“下场门”急下。

柳遇春 啊十娘、贤弟，今日淑女才郎得遂心愿，（双手食指相对）酒宴之间，我们大家俱要多饮几杯。（抬右手以拇指、食指表示酒杯）

〔梅香与丫环端酒盘、摆宴。**【小锣五击】**正中双椅“大座”、“大边跨椅”。梅香斟酒后与丫环同从“下场门”下。

柳遇春 酒席摆齐，干先贤弟，你与十娘并座，愚兄（右手托胡须）下面相陪。**【小锣一击】**

杜十娘 依我看，还是柳老爷上座，我与李公子左右相陪的好。

李干先 是呀，（双手对击）**【小锣一击】**仁兄不必客气，就请上座。（边说边将“大座”左侧椅搬至堂桌左侧）以表我等谢媒之意。**【小锣一击】**

柳遇春 哎呀呀，（双手轻拍）十娘与李公子乃是初会，便得如此亲密，可算是一见如故的了！（挑拇指）**【小锣一击】**啊哈哈哈，好好好，我今日请客，反倒偕坐了。

〔柳遇春坐“大座”，李干先坐右侧椅；杜十娘坐左侧椅。

杜十娘 待奴把盏。（为柳遇春、李干先斟酒）

〔西皮摇板〕

【小锣凤点头】（过门同前）3. 6 5 7 6 － 7 6 3 5 6 －

华 筵 开 处 春 无 限，

（抬右手折腕指脸部欢笑）

（6 5 3 5 6 5 3 2 1 2）i i 3 i 6 － 4 3 2 3

欢 声 四 溢 酒 尽

（左手举酒杯饮酒而尽）

5 －（6 5 3 6 5 6 3 2 1 2）3. 6 5 － 5. 2 7 6 5 －

酣。 似 水 流 年

（以右手向外反腕指）

6 －（6 5 3 5 6）5 6 3 5 6 －（6 5 3 5 6 5

不 嗟 叹，

3 2 1 2）3. 6 5 6 6 － 5 6 5 3 5 3 5 － ‖

姊 妹 当 羡 并 蒂 莲。

（双手从外向内相对）

〔三人举杯同饮。**【小锣凤点头】**

李干先（过门同前）3. 6 5 7 6 － 5 6 3 5 － 6 －

畅 饮 方 知 酒 量 浅，

（左手举杯，右手抚摸胸部）

〔行弦〕

（台 大.）‖: 6 3 5 | 6 7 | 6 5 3 5 | 6 0 :‖

夹白：“小生酒已够了。”

杜十娘 公子，再饮几杯。

柳遇春 十娘，我家贤弟酒量不大，少饮几杯也好。饮酒过量，我们回去之时多有不便哪。（摇手阻拦）

〔西皮摇板〕

杜十娘（6 3 5 | 6 7 | 6 5 3 5 | 6 5 3 2 1 2 6 5 5 5）

（大 大.大 大 大 乙 大 大 大 台）

3. 6　5　6　^{3}6　4 3　2 3　5　－（过门略）3　3 6
纵　然　一　醉　又　何　干？　难　回
（左手拿酒杯，右手出食指轻拨动，眼睛斜视李干先）

5　－　5　$^{\dot{2}}$7　6　5　6　－（6 5　3 5　6）7　6 5
府　就　留　在　宜　春
（伸右手出食指向柳遇春使眼神指幕里，随后低头）

2　3　5　－　6 5　4　－　3　3　^{3}2　－
小　院，

李干先　（双目盯住杜十娘发自内心地笑）妙呀！（双手合拍）**【小锣一击】**

（过门同前）$\dot{1}$　－　5　－　6　－　^{3}6　－　6 5　5　3　5　－
如　此　今　宵　可　尽　欢。**【小锣凤点头】**

柳遇春　（过门同前）3　3 2　^{5}3　－　3　2. 1　1　－　1　3　1 2
他　二　人　情　义　重　两　厢
（抬左手水袖暗用手指李干先、杜十娘微笑）

3　3　－（3 2　1 2　3 1　6 5　5 5）6 2　1　3　^{3}2　－
眷　恋，　契　友　初　逢

2 1　1　－　6　3　2　^{6}1（3　2 1　6 2　1 2　6 5
你 们　要　倾　心　谈。

5 5）5 3　3　1. 2　1　2　－　2 1　1 3　^{3}2　－
辞 别　十　娘　回　府　转，
（起身从堂桌内走出来，双手拱揖）

杜十娘　（忙站起身，双手拱揖）柳老爷，再饮几杯。
柳遇春　不不不，（摆手）告辞了。（抖左手水袖）**【小锣抽头】**

（过门同前）6. 2　1　1 3　2　6 1　2 ^{3}2　^{2}1　－
我　若　在　此　讨　人　嫌。
（抬右手指自己）

杜十娘　送柳老爷。（双手在腰部拱揖）
李干先　仁兄慢走。（双手拱揖）

柳遇春 不必送了。（看李千先一眼大笑）哈哈哈……

〔【小锣抽头】柳遇春出门，从“下场门”下。

李千先 （含笑得意地看着杜十娘）

〔西皮摇板〕

（过门同前）3 6 5 5 7 6 - 7 6 3 5 6 -
宜 春 院 内 春 色 暖，

（双手弧形指“下场门”）

（6 5 3 5 6 5 3 2 1 2）3. 6 5 3 i 6 - 4 3. 6
从 此 不 再 叹 衾

（抬右手摇摆）

〔亮弦〕

4 3 3 3 5 - 【小锣一击】（4 3. 2 3 6 5 -）
寒。（摇头装醉） 夹白：“嘟嘟嘟。”

〔【小锣凤点头】杜十娘赶忙上前搀扶李千先。

杜十娘 （过门同前）3. 6 5 7 6 - 5 6 3 5 6 -（6 5 3 5
就 请 公 子 后 堂 转，

（抬右手向前指，斜视李千先）

6 5 3 2 1 2 6 5 5 5）i i - i i 6 5 5
知 音 共

（伸右手指自己胸部，斜视爱慕李千先慢慢退步）

3 5 6 6（6 5 3 5 6 6）5 6 5 3 5 3 5 - ‖
话 语 缠 绵。

〔【小锣下场】李千先暗笑偷看杜十娘，做神气转身扶在杜十娘肩上，杜十娘真诚地仔细搀扶李千先从“下场门”同下。

第 三 场

计 脱

〔舞台设置：先空场，后来旺圆场摆一桌三椅，紫色桌围椅披。

〔【撤锣、小锣打上】幕内来旺白：“啊哈！”从“上场门”上。【小锣五击头】

来 旺 跟随——（抬左手向前指）

（念〔数板〕）

（多罗.）跟随 相公 到金 陵，

指望在金陵金榜题名，（抬右手挑大拇指）
又谁知·他洞房花烛情意重，（左手向斜前方指）
宜春院中苦用功。
银子、元宝往鸨儿手中送，（抬左手食指、中指做银子形往前递）
到如今只落得囊空如洗、两袖清风。（抖双手水袖）
他常叫我去柳府借钱用，（抬右手向斜前方伸出手掌）
柳老爷倒给相公做了财东，做了0财东。

〔来旺圆场至“小边”台口，抬头看府门。

来　旺　到了，常来常往，自己进去。

〔**【小锣二击】**来旺进门，左右看看向“下场门”拱揖。

来　旺　有请柳老爷。

〔柳遇春幕内白：“嗯哼。”**【小锣五击】**从“下场门”上。

柳遇春　（念）鸟啼扰清梦，
　　觉来日已红。

来　旺　参见柳老爷。（站“小边”向柳遇春拜揖）

柳遇春　罢了。（坐“小座”）来旺，今日前来敢是你家相公手内又……（抬左手手心朝上表示借钱动作）

来　旺　哎哟，柳老爷，（双手拜揖）您这么一问，我都怪害臊的，（抬右手用食指指脸部）除了这档子事之外，我还有点事跟您说哪。（双手拜揖）

柳遇春　还有何事？快些讲来。（抬右手指来旺）

来　旺　柳老爷呀！（双手拱揖后，抖水袖）

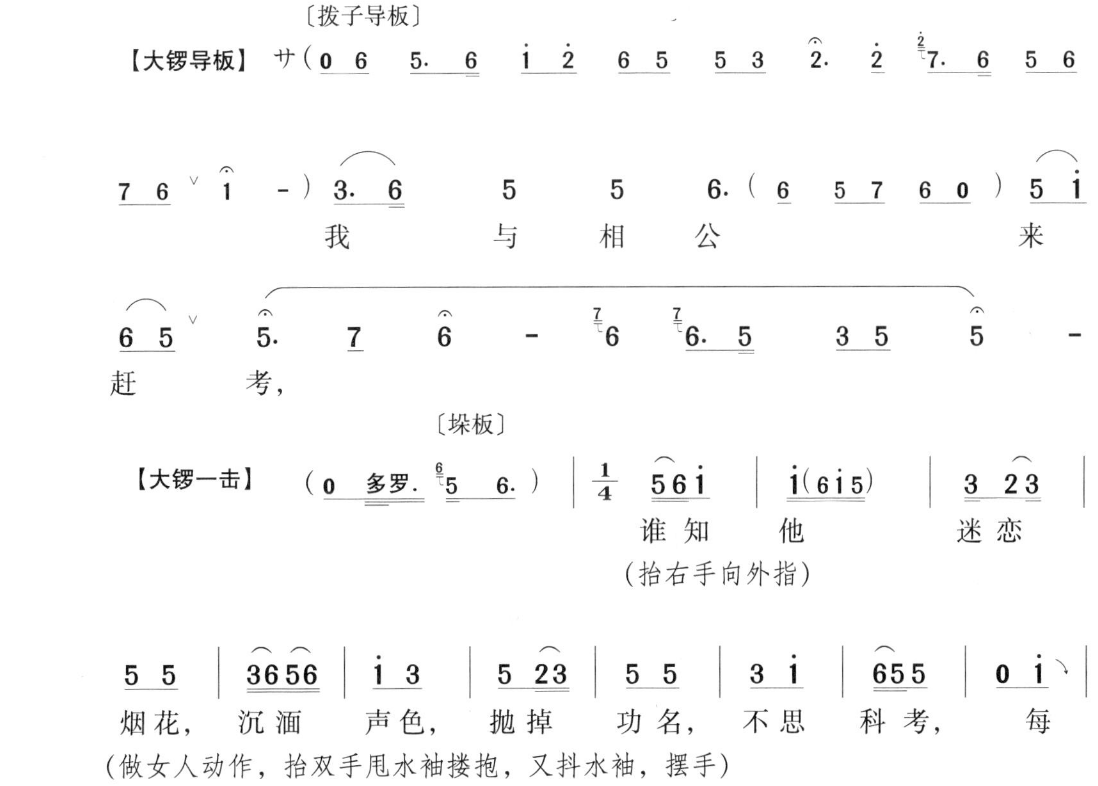

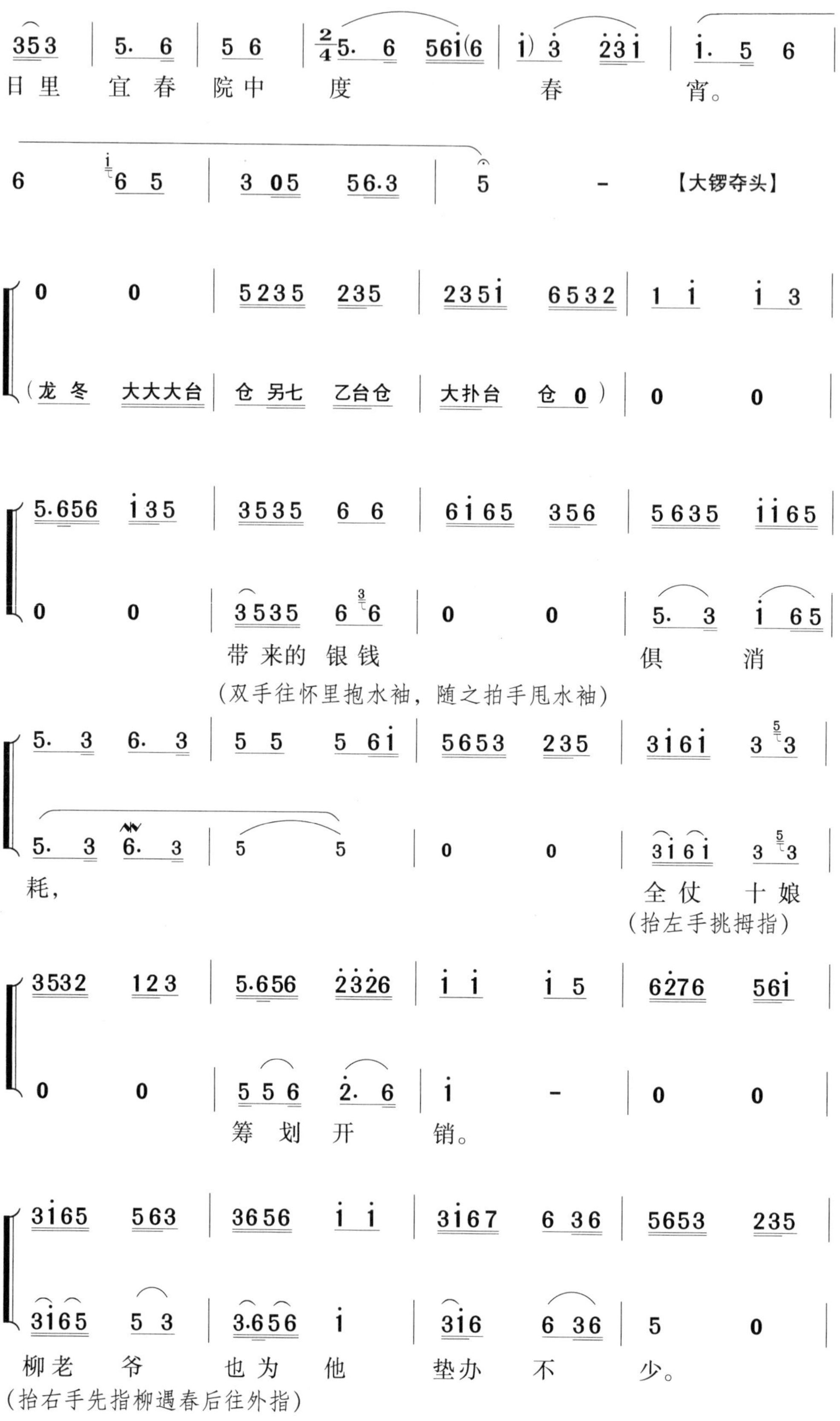
日里 宜春 院中 度 春 宵。
【大锣夺头】
（龙 冬 大大大台 仓 另七 乙台仓 大扑台 仓 0）
带来的 银 钱 俱 消
（双手往怀里抱水袖，随之拍手甩水袖）
耗，
全 仗 十 娘
（抬左手挑拇指）
筹 划 开 销。
柳 老 爷 也 为 他 垫办 不 少。
（抬右手先指柳遇春后往外指）

杜 十 娘

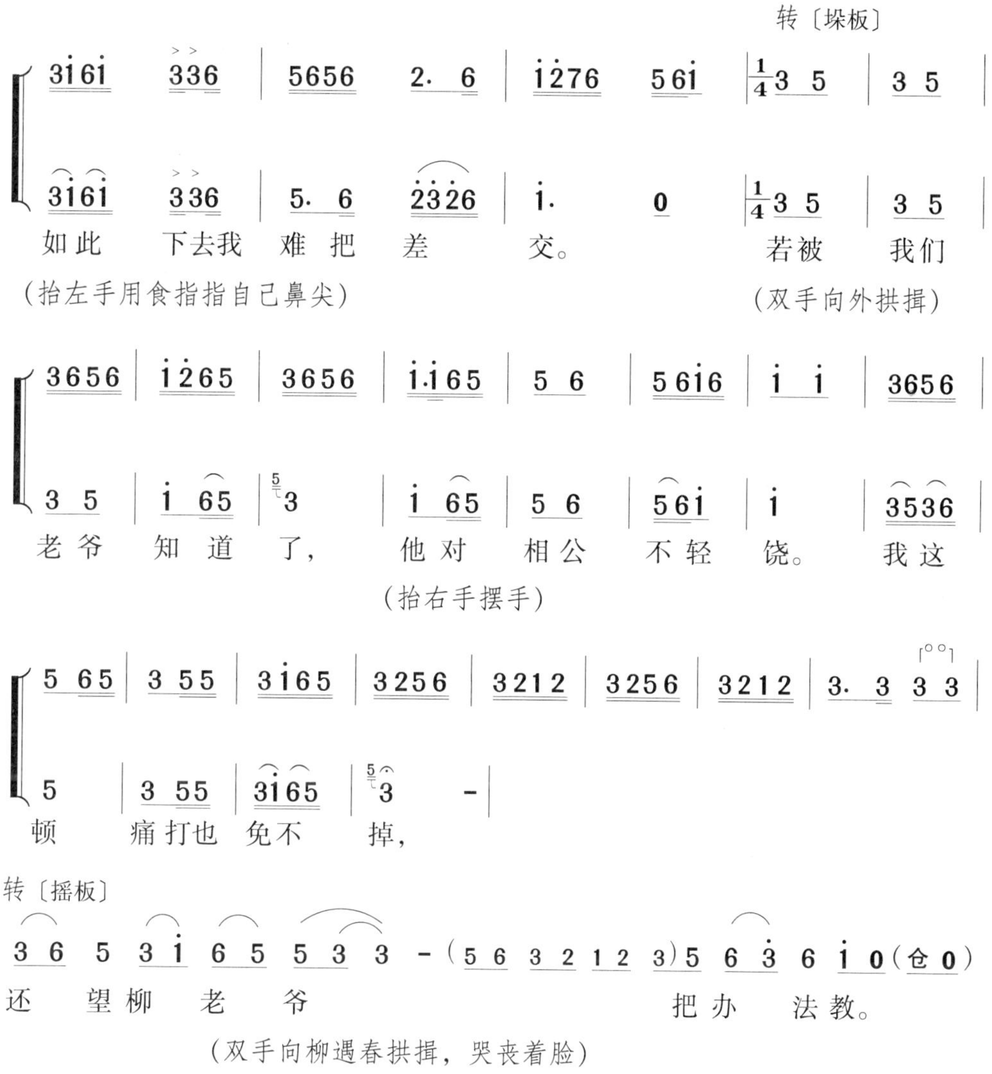

柳遇春 你家相公与十娘可曾对你说过什么无有？

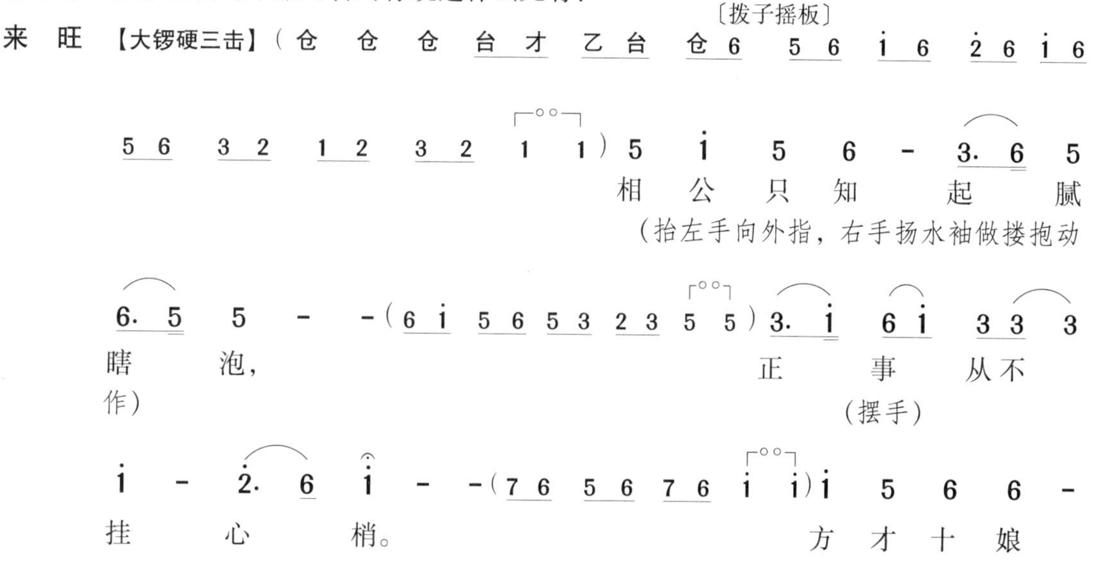

5 i 6 6. 5 5. 7 6 － 6 6. 5 3 5 5 － 【大锣一击】
倒 说 了 一 套，

柳遇春 十娘说些什么？（双手向来旺张开）
来　旺 （哭丧着脸，吞吞吐吐地）十娘说的不明不白，到底说的是什么意思……我猜不着。（摆手，抖双水袖）

（仓 0 5 6.） i 56 | i | 3 5 | 3 5 | 5i65 | 3（256） | i i |
十娘 说 妓院 鸨儿 如虎 豹， 花钱
（抬右手向外指）

5 6i | 6553 | 5（65） | 3 i | 5 6 | 6 6 5 | 5（6 5） | 3.65 | 5 i | サ 6.
不能 零打碎 敲。 快刀 斩麻 是正 道， 一劳 永 逸
（抬右手做刀形斩麻动作）

柳遇春 （高兴地向来旺挑拇指）哈哈哈！

（6 5. 6 7 2 6 0）6 i 6 i 0 （仓 0）
办 法 高。
（抬右手挑拇指）

来　旺 怎么，柳老爷，您明白了？
柳遇春 我明白了。哈哈哈！【小锣一击】
来　旺 嘿嘿！（双手对击）

〔拨子散板〕
来　旺 【大锣凤点头】（0 6 5. 6 3 2 1 2 3 2 1 －）3. 6 5 6 6
到 底 您 的
（向柳遇春挑拇指）

i 6 － 6 6 5 5.（3 2 3 5 －）3 i 6 i i
学 问 比 我 好， （仓） 话 未

3 3 3 3. 6 5 6 6 i －（7 6 5. 6 7 6 i －）
说 完 事 已 明 了。 夹白：“到底是怎么回事情啊？柳老爷！”

柳遇春 来旺啊！（抬手呼叫）
i 5 6 6. 3 i 6 5 5 3 i 6 i 3 3 3
十 娘、公 子 情 义 好，盼 望 早 日
（抬左右手出食指相对，随后向外甩水袖）

3 3 2 i i.（6 5. 6 7 6 i －）
脱 笼 牢。

来　旺 （夹白）噢，这么回事啊？（点头）

柳遇春　5 3 i 6 6.(6 5. 6 7 2 6 0) 3 i 6 5 5.(4 3 2 3

叫　来　旺——　(仓)　你　与　爷　(顷

(扬右手水袖)

5 0) 6 6 5 5 6 5 - 7 6 - 6 6. 5 3 5 5 -

仓)　头　前　引　道，

来　旺　(双手拱揖)是。

仓 6 | 5 6 5653 |: 5 6 5653 :| 5 6 5653 | 5 0

(扎　扎　仓0)

(来旺领柳遇春圆场“蹉步”、“吊毛”)【大锣凤点头】

柳遇春　(过门同前)5 i 6 3 i 6. 5 5 3. 6 5 6 6 - i 2. 6 i 0 ‖

宜春院见机行　事救　脱风尘　在今　朝。

〔【大锣闪锤】来旺从“下场门”下。杜十娘从“上场门”上。

〔二黄摇板〕

杜十娘　(6 5 3 2 2 3 3 3 3 2 1 6 1 5 6 7 6 5 5)

3. 6 5 6 6 6 3 5 6 i.(2 7 6 5 6

喜　得　檀　郎　美　品　貌，

7 6 1 1) 7. 6 5 6 7 7 - 6 6 3 5

典　雅　温　文　才　华

(抬右手先指面部，后挑拇指称赞)

2 7 6 5 6 - 6 5 -(3 2 1 6 1 5 6 7 6

高。

5 5) i 5 6 6 6 3 5 6 i - 2 i -

紫　燕　双　飞　凤　愿　了，

(双手出食指相对，从胸部下垂)

柳遇春　啊，十娘。

杜十娘　(双手拜揖)哎呀，柳老爷来了？

【大锣凤点头】(过门同前)2 2· 3 7 6 5 6 5· 6 7 －(2 7 6
熏 风 送 暖
(抬左手挡住，右手用食指指柳遇春)

5 6 7 7)6 6 3 5 7 6 － 6 5 － ‖【大锣住头】
岁 寒 消。
(右手折腕向上翻到面部，此刻带笑容)

〔杜十娘让柳遇春坐“大边八字椅”，杜十娘坐“小边八字椅”。梅香从“下场门”端茶进门，给柳遇春送茶后，又从“下场门”下。

柳遇春 (左右环视)干先贤弟呢?

杜十娘 他还在里面读书呢，(抬左手以食指向后指)待我唤他。(欲起身)

柳遇春 (忙拦)不要惊扰于他。啊，十娘，方才听来旺传言，知你亟欲脱此青楼，敢是与干先(抬右手指“上场门”)两情无改了么?(摆右手)

杜十娘 我二人情已深矣!(抬左手用手绢遮脸，含羞)早思脱此青楼，做一对名副其实的夫妇，(双手出食指相对)只是恶鸨贪婪无厌，未敢轻举;(摆手)还望柳老爷从中为力。【小锣一击】(双手拱揖)

柳遇春 此事包在我的身上。(抬右手拍腰部)少时我出面言讲，她若依允，(抬左手向斜前方指)我们便以礼相待,多少与她一些便宜,否则…… (用右手摸胡须，思考)

杜十娘 (抬右手以食指指头部，思考)智取可好?【小锣一击】

柳遇春 哈哈哈……使得!(双手合掌)啊，十娘，但不知干先对你到底情深如何?

杜十娘 看来一片至诚，(双手抚摸胸部)挚情无二。(双手摆动)

柳遇春 如此甚好。【小锣一击】(右手拍桌)你看他来了，待我再试他一试。(抬右手遮避，左手指“上场门”处)

〔【小锣三击】李干先持书从“上场门”边上边看。

柳遇春 (见李干先发笑)哈哈哈……贤弟手不释卷，真乃是苦读上进!(抬右手指李干先)

李干先 哎呀，仁兄啊，这是娘子的台命，(左手持书指杜十娘)小弟不敢不遵。(双手向杜十娘拜揖)此时我心中只有十娘，又哪有心思于此故纸(拍打书卷)陈词呀!【小锣一击】

柳遇春 考期已近，临阵之前总是要磨枪的哟!(左手在前，右手在后，做拿枪的姿态)【小锣一击】

李干先 我是不想入那科场的,(摆手)我还要终朝与十娘作伴哪!(扬左手水袖搂抱杜十娘)

柳遇春 岂不有负伯父大人的厚望?(双手拱揖)

李干先 我只知有妻，不知有父!(甩右手水袖)【小锣一击】

杜十娘 (顿时一惊)啊，公子，你怎么讲?

李干先 (吞吞吐吐地)啊,这……不知有什么富贵二字,(抬左手出食指和中指表示“二字”，掩盖前言)还进得什么科场啊?

柳遇春 (追问)难道你就不想回转临安了么?(双手成弧形质问李干先)

李干先 我是乐不思蜀，一辈子也不回临安了!【小锣一击】

柳遇春 常住此地?喏喏喏，(从怀中取出银子，展示)你可有这个么?【小锣一击】

李干先　（吃惊地后退，抚摸怀中）啊，这……（低头）

柳遇春　我今日前来，正是与你说明此事，从今以后我是无能为力的了。（摆手）

李干先　怎么，你不帮助于我了么？

〔**【小锣一击】**李干先上步抓住柳遇春右胳膊逼问。

柳遇春　（摇头，脸上露出愁苦表情）无能为力！

李干先　哎，你这算什么，岂不是要将我活活逼死！（双手扔掉柳遇春右胳膊。**【小锣一击】**脸上表露出哀求的样子）仁兄啊，宁可一死决不能与十娘分离的呀！（转身亲切地抱住杜十娘）**【小锣一击】**

柳遇春　（见此情景连连点头）好了，贤弟不必着急，我有意与十娘赎身出院，与你做个长久夫妻，十娘得离青楼，你也免误功名，不知贤弟以为如何？

李干先　仁兄果若如此，恩同再造！请上受弟一拜。**【小锣二击】**（李干先拉柳遇春至正场，便跪下与柳遇春叩头）

柳遇春　（忙搀扶李干先）但只一件……（抬右手出食指表示“一字”）

李干先　哪一件？

柳遇春　你不可久而变心，负了十娘。（抬右手指十娘）

李干先　兄长说哪里话来，我与十娘情深义厚，纵然是海枯石烂，心坚无改。（抬右手拍打胸部）况且小弟乃知书明礼之人，岂能作此不义之事！**【小锣一击】**（以右手摆动）

柳遇春　只要你心口相应就好。（双手合拍）十娘，权且等候消息。（转向李干先）贤弟，随我前去寻找鸨儿。

李干先　（双手拱揖）就依兄长。

〔**【小锣水底鱼】**杜十娘从“下场门”暗下。柳遇春拉李干先出门圆场至舞台“小边”台口，柳遇春向“下场门”呼唤鸨儿。

〔**【小锣二击】**鸨儿从“下场门”快步上。

鸨　儿　哎，来了，来了。（出门）噢，柳老爷来了。李公子，你们请进，一块上楼吧。（抬右手从里面让柳遇春、李干先）

柳遇春　（忙拦）慢来，我们今日不见十娘。（摆手）

鸨　儿　哟，（惊奇地）不见十娘，您莫非找我吗？（抬左手拍自己胸脯）

柳遇春　正是找你。

鸨　儿　啊，真找我来了？（抬右手让他二人进门）你们有话坐下说。（向台下背白）我还走这个运呢！

〔**【小锣二击】**柳遇春、李干先进门，分坐“八字椅”。

柳遇春　啊，妈妈，你看十娘年龄已长，我欲为媒，将她嫁与李公子，（抬右手指李干先）特来与你商议赎身之事。

鸨　儿　（大吃一惊）什么？！您要给十娘赎身吗？（抬右手摸头部，两只眼睛旋转思考，满脸陪笑地转向柳遇春）柳老爷，十娘在我院中也有十年啦，她今日从良，我也不能拦着，不过她的名声在这儿哪，有道是货高价出头，身价银子得稍微多一点。

柳遇春　不知需要多少？

鸨　儿　（满脸赔笑地）柳老爷，都是熟人我也甭跟您多说，干脆您拿一万两银子。**【小锣一击】**（抬右手出食指表示一万两银子）

〔柳遇春与李干先同时惊愕。

鸨　儿　您把钱拿出来，就让她立刻跟您走，（用左手从里往外扬手绢表示走的动作）您瞧怎么样？

柳遇春　（狠狠向鸨儿甩水袖）岂有此理！【小锣一击】哪有这样昂贵的身价！难道买你合院之人不成！

鸨　儿　（嘻皮笑脸地）买我合院之人？那敢情好了。

柳遇春　胡说！我只与你五百两银子，也就不少了。

鸨　儿　五百两？不行，不行！（摇手）那我可不能答应。

柳遇春　十娘自己情愿从良，你还是准她的好。

鸨　儿　我说柳老爷，十娘在我们院中吃的什么，穿的什么，（抬左手，用右手拨左手手指算账）我不让她去也是为了她好。

柳遇春　如此你就将她唤出，问上一问。

鸨　儿　叫她就叫她。（向前走至舞台正中，向"上场门"呼唤）十娘快来。

〔杜十娘幕内白："来了。"随之，【小锣抽头】杜十娘从"上场门"上，至"小边"台口。

〔二黄摇板〕

杜十娘　（过门同前）i 5 6 6 63 56 1 －（23 76 56 1 1）
慷 慨 助 我 出 孽 网，
（双手握手绢抚胸部后，右手向前指）

7 62 7 6 7· 6 5 5 6 7 － 6
柳 老 爷 侠 风 义 骨 好
（拱手）（抬左手挑拇指，脸上表露出敬佩神情）

65 5 6 6 5 －（3 21 61 56 76 5 5）
心 肠。

3·6 5 6 6 63 56 1 －（76 56 1 1）
鸨 儿 无 改 贪 婪 样，
（抬右手向斜下方指）

7 67 2 6 2 7 6 5·6 7 －（76 56
管 叫 她 人 财 两 空
（抬左手反手腕向舞台右侧鸨儿处指，双手轻拍反手腕轻抖动）

7 7）66 35 7 65 6 － 6 5 － ‖
自 遭 殃。

〔杜十娘进门挖至舞台"小边"。

杜十娘　（故作镇静地）妈妈，（拱揖）啊，柳老爷、公子（拜揖）也在这里？

柳遇春　（气愤地拍堂桌）可恼哇，【大锣一击】可恼！

杜十娘　（故作惊奇地）柳老爷与何人生气？

柳遇春　与你妈妈生气。（抬左手指鸨儿）【小锣一击】

杜十娘　为着何来？（双手反腕问情由）

柳遇春　就为的是你！（指杜十娘）

杜十娘　（故意地）为我？（双手抚摸胸部）

柳遇春　是呀。只为李公子托我替你办理赎身之事，她要的（指鸨儿）身价银子太不公道，故而与她生气。

杜十娘　这个……（眼睛朝上翻，在思想）啊，柳老爷，（双手拱揖）这就是你的不是了。想我乃宜春院中之人，并非你柳府之人，（指柳遇春）允不允（摇头）自然得有妈妈作主。（双手向鸨儿拱揖）

鸨　儿　嘜，这话说得对。（双手轻拍）

杜十娘　况且我在院中吃的是珍馐美味，穿的是绫罗绸缎，朝欢暮乐，胜于从良。你为何苦苦与我赎身呢？（双手向外翻腕子）

柳遇春　（突然一惊）十娘，你怎么变了心了？【小锣一击】

李干先　是啊，十娘，你我二人（先指杜十娘，后指自己）十分恩爱，共偕白首，（抬右手指头部）今日为何竟出此言？（甩右手水袖气怒）【小锣一击】

杜十娘　公子休提恩爱二字，要知娼家是惯以假面目待人的。

柳遇春　啊！（吃惊地）假面目待人？李贤弟，我们走。（气怒地拉李干先欲出门）【小锣一击】

李干先　（不愿意走，拜求柳遇春）还求仁兄设法办理才好。

柳遇春　此时谅办不成了，你我暂且回去。（抬左手向外指）

李干先　（垂头丧气地）只好如此，哎！（垂水袖失望地）

〔【小锣五击】柳遇春拉住李干先出门，从“下场门”下。

鸨　儿　（斜视“下场门”）哼，这两个讨厌鬼可走了！

杜十娘　妈妈，他要与奴赎身，又不肯花钱，世上哪有这样的道理。（故作生气，甩手绢）【小锣一击】

鸨　儿　是呀，你这话说得对呀。可气死我了！（也同样甩手绢）

杜十娘　妈妈不要生气。（走近鸨儿用双手抚摸她的胸部）

鸨　儿　嘜，好孩子，没什么的。（抚摸杜十娘的手高兴地）妈妈哪能跟他一般见识呢。

杜十娘　妈妈歇息去吧。（搀扶鸨儿欲出门）

鸨　儿　不用了，嘜，我走了。孩子，这会儿没什么事，你也歇会儿去吧。

〔鸨儿让杜十娘。随后出门从“下场门”下。【小锣二击】杜十娘探头看鸨儿走远，左右寻视机警地关门。

杜十娘　哎呀且住！【大锣住头】看鸨儿如此贪婪无厌，我哪有出头之日！且喜柳府（指前方）上离此地不远，我不免将金珠首饰，（双手向“上场门”指）异宝奇珍，一同收拾在小小箱儿之内，（双手在胸前相离一尺，比作小箱）逃往柳府，求柳老爷设法，早离此是非之地，（用右手食指指地）我就是这个主意哟！（抬左手指自己胸部，点头）

〔二黄散板〕

杜十娘　【大锣凤点头】サ（6̣ 5̣ 3 2 2 3 3 2̲1̲ 6̣· 6̣ 5̣ -）i̇ 5 6 6

安 排 巧 计

（抬左手向斜前方指，

6 3 5 6 i - 2 2 1 - 【大锣扭丝】（过门同前）6 7. 6

出 罗 网， 异 宝

快步至“上场门”内拿宝箱快上）

5. 6 7 - 7 6 6 5 5 6 - 6 5 -

奇 珍 妥 收 藏。

（怀抱宝箱急出门，圆场）

（3 2 1 6. 6 5 -）3. 6 5 6 6 6 3

【大锣一击】 浅 水 鳌 鱼 得

5 6 i 2 2 7 6 5 6 2 7 -（6 5 6 7 -）

潮 涨，随 波 逐 浪

6 6 3 5 7. 6 5 6 - 6 5 5 - 【大锣住头】

入 长 江。 （圆场至舞台左侧“小边”台口）

杜十娘 （看门）来此已是柳府，门上有人么？（抬右手扣门）

〔【小锣五击】家院从“下场门”上，开门，出门。

家　院 哪个叩门？（看杜十娘）原来是十娘。

杜十娘 烦劳院公通禀，我有要事面见你家老爷。（拱手）

家　院 十娘请进，待我通禀。

〔【小锣二击】杜十娘进门挖至舞台左侧。家院随之进门至“大边”向“下场门”拜揖。

家　院 启禀老爷，杜十娘要面见老爷，有事相求。

〔幕内柳遇春白：“请她前厅相见。”家院转身向杜十娘白。

家　院 十娘，我家老爷请你前厅相见。

〔【小锣五击】柳遇春从“下场门”上，杜十娘上前拜揖。

杜十娘 柳老爷，万福。

柳遇春 少礼，请坐。

〔家院搬“八字椅”后暗从“下场门”下。【小锣二击】柳遇春坐“大边”；杜十娘坐“小边”，把宝箱放在桌上。

柳遇春 啊，十娘，听你方才之言，难道便是你的智取之计吗？

杜十娘 鸨儿贪财无义，若不如此，焉能脱身！

柳遇春 （看宝箱）啊，十娘，你这小小箱儿，内装何物？（抬右手指宝箱）

杜十娘 这，只不过一些簪环首饰而已。

柳遇春 十娘真细心人也。（抬右手挑拇指）只是你今日如此出来，那鸨儿岂肯与你甘休！

杜十娘 （双手向柳遇春拱揖）还望柳老爷从中设法。

柳遇春 这——【小锣一击】（抬左手用食指指头部思考）叫我如何设法？

杜十娘

杜十娘 （双手拱揖）柳老爷呀！

〔四平调〕

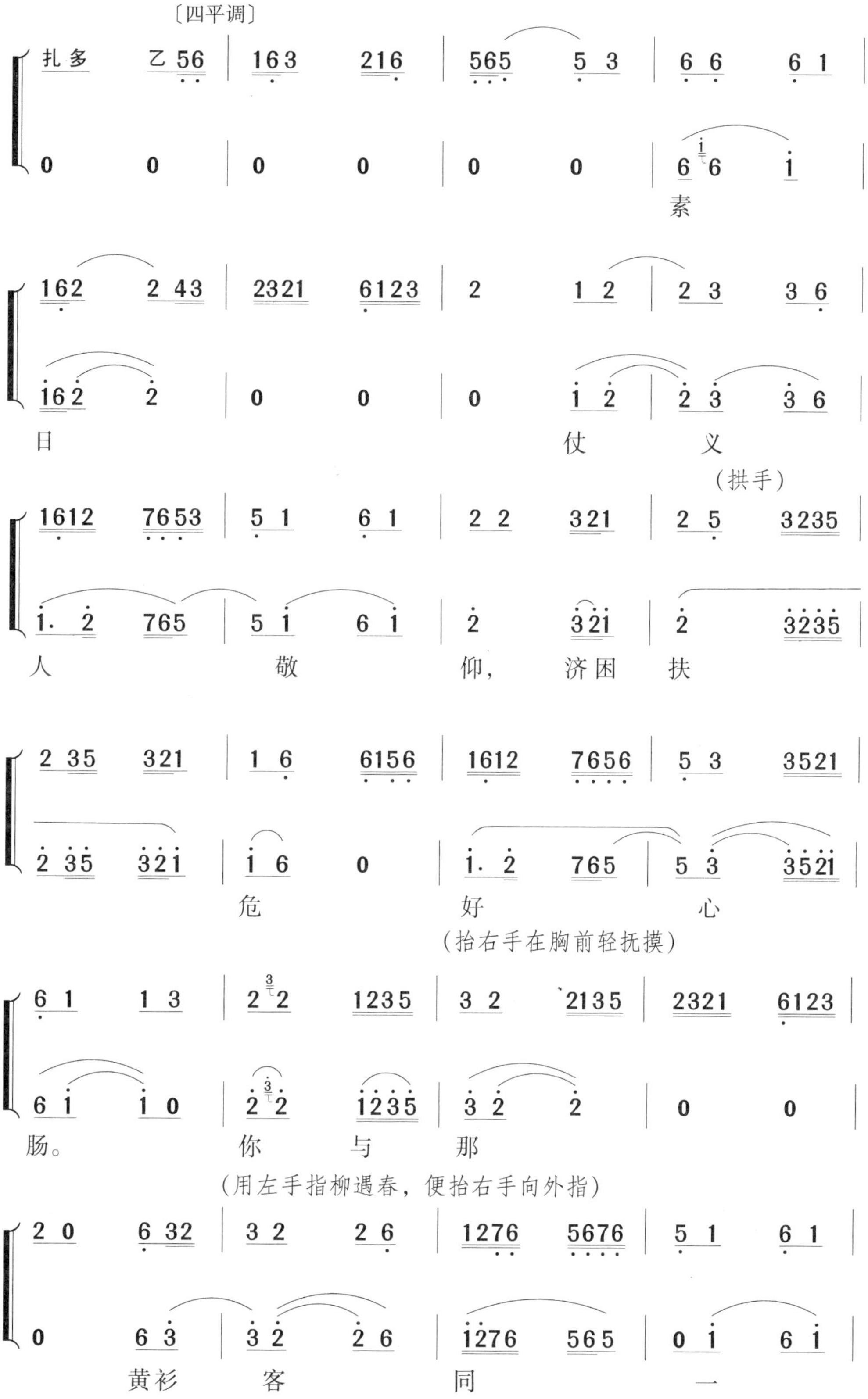

（抬右手挑拇指，站起身来往前慢慢走）

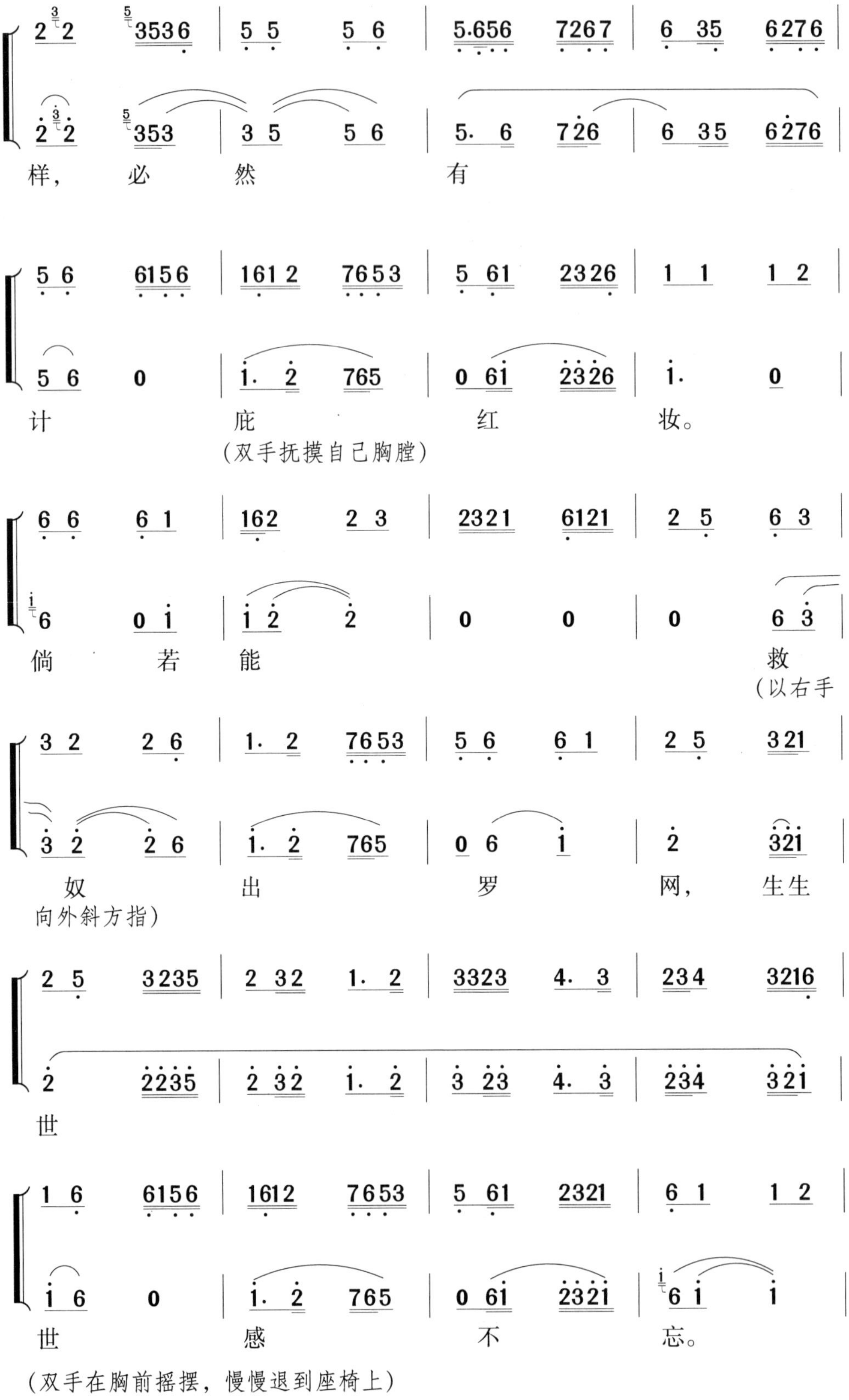
样，必然有
计庇红妆。
（双手抚摸自己胸膛）
倘若能救
（以右手
奴出罗网，生生
向外斜方指）
世
世感不忘。
（双手在胸前摇摆，慢慢退到座椅上）

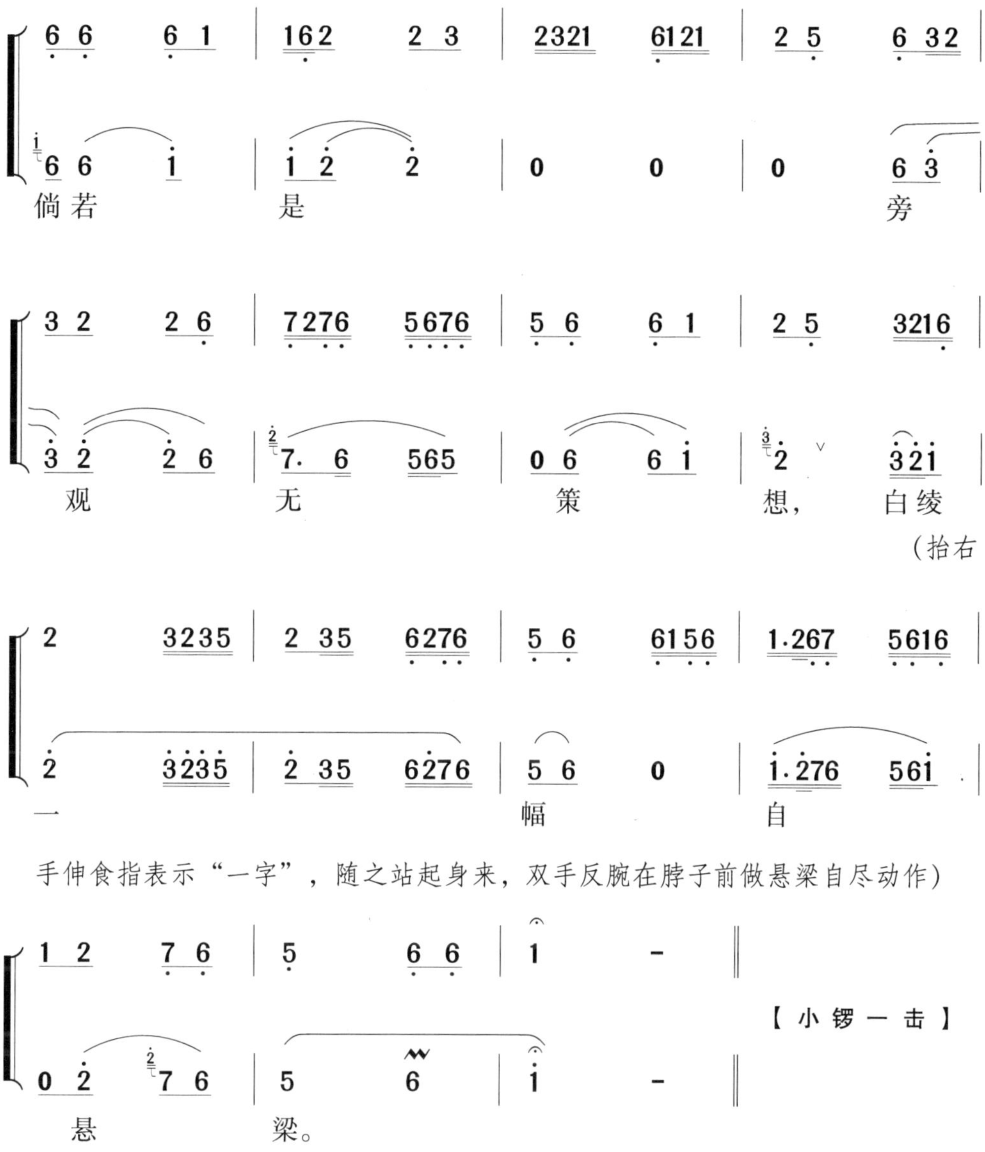

柳遇春 （看着杜十娘摆手）十娘不必着急，待我唤出李公子，大家商议就是，贤弟快来。

〔柳遇春站起身转向“下场门”抬左手招唤李干先。

〔幕内李干先应声：“来了。”随后从“下场门”上。**【小锣抽上】**打上。

〔西皮摇板〕

李干先 （过门同前）

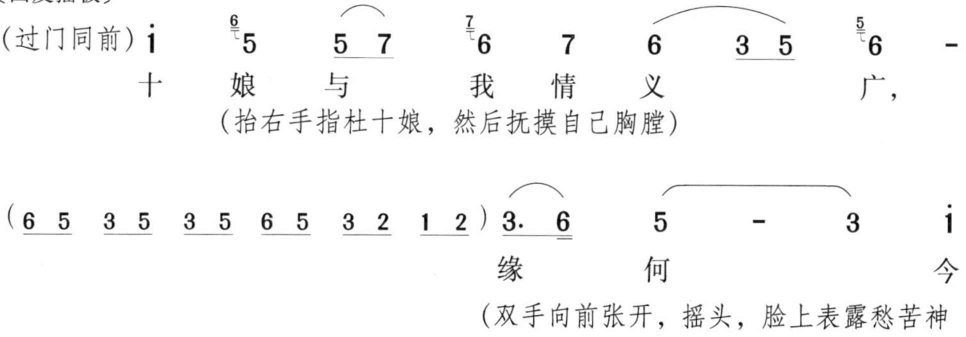

6 - 6 5 6 i6 5 (5 5 3 6 5 -) ‖
日 意 彷 徨。
态）

李干先 仁兄。（双手拱揖）

柳遇春 贤弟。

杜十娘 （双手向李干先拱揖）公子。【小锣一击】

李干先 （打量杜十娘）啊，原来十娘来了，今日在院中。（抬右手指杜十娘）你为何……

柳遇春 （上前忙拦）贤弟不必说了，今日之事果不出兄之所料，（抬右手抚摸胸部）乃是十娘用计稳住鸨儿之后，潜出宜春院，如今她已是你的人了。（抬左手指李干先）【小锣一击】

李干先 （顿时一惊）怎么？如今十娘已是我的人了？（抬右手抚摸自己胸膛，退后一步打量杜十娘，面部露出喜悦神情）哎呀呀，待我谢天谢地，（转身向天幕拜揖异常高兴地大笑）哈哈哈……

柳遇春 （忙拦住李干先）贤弟且慢高兴，还有事与你商议呢。

李干先 如今有了十娘也就是了，还有什么商议的呀？（向柳遇春不耐烦地抖水袖）【小锣一击】

柳遇春 贤弟呀！

〔西皮摇板〕

【小锣凤点头】（过门同前） 1 2 1 2 1 2 3 2 (3 2 1 6 1
十 娘 潜 出 宜 春 院，
（抬右手指杜十娘）

2 1 6 5 5 5) 6 2 1 1 2 3 2 1 6 1 -
鸨 儿 必 定 心 不 甘。
（摆手）

(3 2 1 6 2 1 2 6 5 5 5) 1 2 3 3 2 6. 2
寻 衅 生 非 事
（抬左手向上翻手腕）

1 2 (3 2 1 6 1 2 2) 1 3 2. 1 1 -
难 免， 必 须 早 日
（抬右手向外抖动水袖）

2 (3 2 1 6 1 2 2) 1 2 1 6 1 -
离 此 间。

李干先 这有何难！（抖水袖）

〔西皮摇板〕

【小锣凤点头】（过门同前）3. 6 5 5 7 6 - 7 6 3 5 6 (6 5
此 事 何 必 兄 作 难？
（双手向柳遇春拱揖）

3 5 6 6）3. 6 5 5 3 i 6 -（6 5 3 5 6 6）5 6 6 5 -

弟 偕 十 （呀）娘 返 家 园。

（抬左手拉杜十娘，以右手向外指）

杜十娘 【小锣凤点头】（过门同前）i 6 5 3. 6 5 - 5 6 3 5

春 闱 试 期 已 不

（向李干先摆手）

6 -（6 5 3 5 6 5 3 2 1 2）i 5 6

远， 公 子 怎

（抬

6 - 6 5 5 3 5 -（5 5 3 6 5 -）‖

能 返 临 安？

右手从里向外斜指）

柳遇春 （点头示意）是呀，依兄之见，不如教十娘暂居愚兄别墅之中，待贤弟高中之后，再一同返里。

李干先 这倒不必，（摆手）小弟来京之时，家父（拱手）也曾言过，家中无人侍奉，结亲从速，春试从缓，兄怎的忘怀了？

柳遇春 噢，噢，噢，贤弟来时也曾提过。既是如此，你二人就一同回转临安也好。（抬左手向外指）事不宜迟，贤弟你就速速收拾去吧。（用右手向外指斜前方）

李干先 遵命。（双手拱揖后转向杜十娘）十娘在此稍候。

〔【小锣二击】李干先出门从“下场门”下。

柳遇春 （转向杜十娘）啊，十娘，你夫妻此去要夫唱妇随，永偕和好。（双手在胸前食指相对，面带微笑）

杜十娘 定当如此，决不辜负柳老爷一片热忱。

〔李干先幕内白：“来旺随我来！”【小锣五击】李干先前行，来旺挑着担子跟着从“下场门”上，“挖门”。

柳遇春 贤弟收拾好了？

李干先 收拾好了。

柳遇春 你二人就此起程去吧。

杜十娘 啊，柳老爷，我们虽然走了，只恐鸨儿还会寻你生事，你要做一准备。

柳遇春 难道我怕那鸨儿不成，（拍胸脯）十娘你就放心去吧。

〔西皮摇板〕

【小锣凤点头】（过门同前）1 2 5 3 2 2 - 2 1 3 2（3 2 1

愿 你 夫 妻 永 欢 畅，

6 1 2 1 6 5 5 5）6 2 1 1 3 2 1 2 1 6 1 -

举 案 齐 眉 效 鸿 光。

（抬右手至眉头向上翻手腕）

杜十娘 （3 21 62 12 65 55）i 36 5 - 52
柳 老 爷 言
（双手抚摸胸膛）

76 5 6 - 5 6 35 6 -
语 不 敢 忘，

李干先 （65 35 65 32 12 65 55）3. 6 5 i
谢 过 冰
（双手向柳遇春拜揖）

i - 6（65 35 6 6）65 53 5 -‖
翁 引 红 缰。

李干先
杜十娘 （同白）拜别了。（二人双双拜别柳遇春）

柳遇春 【小锣凤点头】（过门同前）3 3 4 3 - 3 1 - 2 2
明 珠 归 了 珊 瑚

3（4 32 12 31 65 55 36 55 32 12）
网，

十娘，你的箱儿在此。（从堂桌上拿起宝箱递交杜十娘）

杜十娘 （双手从柳遇春手里接过宝箱，用手绢擦一擦，微笑）
3. 6 5 6 6 - 65 53 5 -‖
用 手 接 过 百 宝 箱。

柳遇春 恕不远送。（拱揖）

［李干先与杜十娘二人拜别柳遇春，转身李干先向来旺示意扬水袖，来旺挑担出门，**【小锣抽头】**从“下场门”下，随之，李干先与杜十娘出门，李干先甩水袖搂着杜十娘十分亲热地从“下场门”下。柳遇春出门站“小边”送李干先、杜十娘，望着二人背影得意地发笑。

【小锣抽头】切住〔亮弦〕（4 3. 2 36 5 -）

柳遇春 （笑）哈哈哈哈！**【小锣一击】**哈哈哈！（抖水袖）**【小锣凤点头】**

〔西皮流水板〕
1/4（6 | 6 | 5. 5 | 55 | 36 | 5i | 32 | 1 21 |

65 | 55）| 1. 2 | 3(212 | 3) 3 | 21 | 621 | 13 |
看 他 二 人 情 意
（抬左手指“下场门”）

2(161 | 2) 62 | 1. 2 | 3(12 | 3) 5 | 6 1 | 6535 | 2326 |
广， 柳 遇 春 我 做 了 好 事 一
(右手指自己) (挑右手拇指，得意微笑)

1(262 | 1) 5 | 6 1 | 1212 | 3(21) | 6 3 | 3 1 | 2(161 |
桩。 李 干 先 宿 宜 春 我 花 银 两，
(抬左手指“下场门”，抬右手拇指与食指成弧形示意银子)

2) 5 | 6. 2 | 1(62 | 1) 1 | 1 3 | 2 3 | 1. 2 | 3 2 |
杜 十 娘 选 才 郎 我 往 来 奔

1(62 | 1) 3 | 2 1 | 123 | ³2 32 | 1. 2 | 323 | 2(161 |
忙， 结 成 了 美 姻 缘 他 们 临 安 往，
(双手出食指在胸前相对，随后出右手食指向前方指)

2) 5 | 621 | 1 1 | 6 3 | 2.(3 | 2 1) | 6 1 | 2 ³2 | ²1 -
我 还 要 与 鸨 儿 一 费 周 章。

〔柳遇春气愤地抖水袖，转身背手。**【小锣下场】**从“下场门”下。

第四场

变渡

〔舞台设置：幕启空场，后“大边”摆红色桌围椅披，一桌两椅，“骑马桌”；当孙富与李干先圆场至酒楼拉二道幕后摆紫色桌围、两把椅子“骑马桌”。

〔幕启：**【大锣快长锤】**船夫甲拿船桨从“上场门”引李干先和杜十娘、来旺上“扎犄角”。李干先眺望前方，抖袖。

〔西皮摇板〕

李干先 （过门同前） 5 i 63 5 5 7 6 7 6
效 张 敞 画 眉 黛 妆 台

6 35 ⁷6(7 65 35 65 32 12 -)
永 伴，

杜十娘 3 36 5 6 65 3 3 5i 65 353 5
且 喜 得 烟 花 女 匹 配 良 缘。
(用手绢扶摸胸膛，随后用左手指李干先)

李干先 （3 5 6 5 3 6 5 6 3 2 1 2 6 5 5 5）3 3 6 5 7
一 霎 时 彤
（抬左手指天空）

7. 6 5 6 6 6 6 3 5. 7 6 －【大锣一击】
云 布 江 风 扑 面，

〔杜十娘与李干先分别抬左、右手遮挡江风。

船夫甲 启禀相公，来在瓜州渡口，（双手拱揖，把船桨搭在左胳膊上）江风起来了，天儿也不早了，咱们就在这儿湾船吧。

李干先 好。（抬左手指船夫，点头）

〔西皮摇板〕
【大锣凤点头】（过门同前）3 3 6 5 i i 6 i 5 6 5 353 5【大锣住头】
就 在 此 瓜 州 渡 湾 下 舟 船。
（抬右手用食指指就地）

船夫甲 是。（双手拱揖，划动船桨向“下场门”内走去）湾船啦。

来 旺 湾船啦。

〔来旺随船夫甲从“下场门”下。

〔二道幕拉上摆舞台右侧“骑马桌”、“八字椅”。急拉开。

李干先 啊，十娘，外面风浪甚大，既是在此湾船，你我也到舱中，（抬左手向“下场门”前指）歇息歇息吧。

杜十娘 （拱手）就依公子。

〔【半个大锣水底鱼】李干先搀扶杜十娘低头弯腰扬水袖进舱中，分坐“八字椅”，杜十娘坐“小边”，李干先坐“大边”。船夫乙手拿船桨从“上场门”引孙富上，站舞台“小边”。

船夫乙 孙三爷，江面风大浪急，就在这儿湾船吧？

孙 富 好。湾船就湾船吧。谁让赶上风浪啊。（抬右手指斜前方）这回船也不能走啦，哎，这瓜州渡口我可有些日子没来了，我还是上船头瞭望瞭望去。

〔【小锣二击】孙富向前走至台口，瞭望。

杜十娘 啊，公子，此番回得家去，安置之后。你还是重返金陵应试的好。

孙 富 （自言自语地）哟，这条船上怎么有女子说话的声音？好耳熟啊！

李干先 我已言过，有了十娘，（抬右手指杜十娘）我李干先再无别求，只愿朝夕与十娘相守。

孙 富 （惊讶地）什么十娘、十娘的，待我仔细听听。

杜十娘 哎，大丈夫本应争占鳌头，金榜题名，公子如此贪恋闺房，岂不置十娘于不义（抬左手摇摆），也辜负爹爹教子之心，（拱手）还是赴试的好！（抬右手向前方指）

李干先 （双手作揖）依了十娘就是。啊，十娘，自离金陵之后，久未闻十娘作曲，（双手做弹琴姿态）如今夜泊江中，天时尚早。就请十娘轻歌一曲，以解旅途寂寞。（将左腿搭在右腿上，右手在胸前轻轻摇动，脸上表露出得意笑容）【小锣一击】

杜十娘 （拱手）公子说哪里话来，十娘此番随你出京，原为脱去娼妓之名，（抬左手向李干

先摇动）如今已是良家之人，（右手指自己）公子不可再提弹唱二字。（伸左手向李干先摆手）

李干先　（寻视四周，抬左手向外指）船行半江，四下无人，轻歌一曲，有何不可？（双手对拍）【小锣一击】

杜十娘　（低头不乐斜视李干先）难道你还把我当作娼妓看待么？

李干先　（急忙摆手）言重了，言重了！不唱也罢。

孙　富　（点头微笑，探头向右侧窥探）怎么又是十娘啊，又是唱曲呀，这是谁啊？我隔着舱口瞧瞧，（探头偷看）哎呀呀！这不是李干先和杜十娘吗？这小子倒是艳福不浅哪！杜十娘怎么跟了他了？这小子可真走运。我可不甘心，（用左手拍打自己胸脯）今儿个叫我碰见了，我得耍耍手段。（抚摸头部思想）嗯，有主意，我先叫他一声。我说邻船敢是干先贤弟吗？（抬左手伸出去招呼）邻船敢是干先贤弟吗？

杜十娘　公子，有人唤你。（抬右手向舱外指）

李干先　（惊奇地）哪个唤我？（站起身寻视）

孙　富　是干先贤弟吗？

李干先　是我。（抬右手指舱外）外面何人？

孙　富　（抬左手指自己脸部）我是孙富呀。

〔【小锣一击】杜十娘从座位上猛然站起来，忙拦李干先。

杜十娘　孙富来了！此人不是好人，公子不可理他。（忙摆手）

李干先　故友相逢，怎好不睬，待我出舱应付几句。（右手提褶子欲出舱）

杜十娘　不可久叙。（向李干先摇摆手示意）

李干先　是。【小锣二击】（提褶子衣襟弯腰出舱见孙富）原来是孙仁兄到了。（拱手）孙仁兄因何到此？

孙　富　我是出去做趟买卖，贤弟是回临安吗？（抬左手指李干先）

李干先　正是。

孙　富　哎呀，巧得很，（双手对拍）日前酒楼不期而遇，不想今日你也乘船，（指李干先）我也乘船，又在江中相逢了。（双手抬起同出食指相对，表示相逢之意）

李干先　真个凑巧。

孙　富　啊，贤弟，舱内何人？（抬左手向舱内指）

李干先　贱室杜十娘。

孙　富（惊愕地）哟喝！我的妈，（往后退步，用右手摸自己的脖子，上下打量李干先）【小锣一击】她怎么嫁了你了呢？兄弟，你可真是艳福不浅哪！请来见个礼吧。

李干先　这有何难。（转身弯腰进舱）【小锣一击】啊，十娘，孙富兄来了（抬右手指舱外）请出舱来相见。

杜十娘　我如今已是良家妇女，（抬右手指自己脸部）是不能见生人的了。

孙　富　（抬左手用水袖挡住背白）嘿，你瞧，她更端起来了。（李干先转身出舱，见孙富欲白，孙富抢白）得了，不见不见吧。贤弟，看天时尚早，这瓜州渡口有家好酒馆，我请你去喝两盅。（抬右手拍胸，随后指前方）你瞧好不好？

李干先　（忙摆手）夜已将临，改日再去吧。

孙　富　嗐，（抖左手水袖）【小锣一击】不远嘛，上岸就到，一会儿就回来。走吧，走吧！（用左手指李干先）要不然我可过去拉你去啦。船夫，搭跳板。

船夫乙 是。

〔船夫乙欲搭跳板，李干先忙拦。

李干先 小弟奉陪就是。仁兄少待，（双手拱请式，转身向舱内）待我告知十娘。

孙　富 告知十娘？（自言自语）真孝顺啊！

李干先 （向舱内白）啊，十娘，你且后舱歇息，我随孙兄上岸饮酒，少时便回。

杜十娘 公子，早去早回，我在后舱等你。

〔**【小锣五击】**杜十娘从“下场门”暗下拉二道幕，李干先与孙富从两条船上同跳到岸上**【锣鼓水声】**二人反圆场。

孙　富 来，来，来，离这儿不远，拐弯就到。

〔孙富领李干先至“小边”台口，抬头看酒楼。二幕拉开，舞台正中“骑马桌”左右摆“八字椅”。

孙　富 瞧，到了。酒保！

〔孙富向“下场门”招手。酒保从“下场门”内喊：“啊哈——”**【小锣五击】**酒保走至舞台“大边”台口。

酒　保 （念）酒旗飘江岸，（抬左手在胸前画弧形）
　　玉液透瓶香。（抬右手在鼻前向上翻动表示香气）

〔酒保出门热情迎客人，见孙富、李干先。

酒　保 敢情是孙三爷，您什么时候到的呀？

孙　富 刚到。酒保，给我个单间，同朋友聊会子。

酒　保 得，您二位随我来。二位请坐吧。

〔**【小锣五击】**酒保引孙富、李干先进门小圆场让座。李干先坐“大边”椅；孙富坐“小边”椅。

酒　保 您是熟人，您爱吃什么好菜我也知道，我跟大师傅说去。

孙　富 酒菜要好一点。（指酒保）

酒　保 错不了，全交给我了。（抬右手拍自己胸脯，转身至“下场门”向内喊）伙计们，好酒好菜伺候孙三爷。**【小锣三击】**（快速进“下场门”取酒，端酒盘，上面摆着酒壶、两酒杯上，摆放在堂桌上，斟好酒）先给您一盘下酒的菜，你们二位先喝着。

孙　富 好。

〔**【小锣一击】**酒保出门，从“下场门”下。

孙　富 （举酒杯）贤弟喝着。

李干先 又叫孙仁兄破费了。

孙　富 自己哥儿们，没说的，喝着。（举杯与李干先同饮）贤弟，我有句话想跟你谈谈哪。

李干先 仁兄，（拱手）有话请讲。

孙　富 我问问你，想这杜十娘乃是金陵第一名妓，（抬右手挑拇指）她怎么会跟了你了哪？（抬左手指李干先）

李干先 仁兄啊！（拱手）

〔西皮摇板〕

【小锣凤点头】（过门同前）3 6　5　5 7　6　7　6　3 5　6（7 6 5 3 5

十　娘 久　把　青　楼　厌，

（抬左手向外指，摇动手势）

6 -）3 6 5 5 6 5 1̇ 5 6 5（6 5 3 6 5 5）
又 得 柳 兄 来 成 全。
（双手拱请式）

7 6 5 5 6 7 6 3 5 6（7 6 5 3 5 6 -）
山 盟 海 誓 结 姻 眷，
（双手出食指相对）

3 6 5 5 3 1̇ 6 - 4 3 2 3 5 5（5 5 3 6 5 -）‖【小锣住头】
才 随 小 弟 转 临 安。
（左手向外斜上方指）

孙 富 哎呀呀，这么一说，杜十娘对你可是真有情义呀！（抬右手在胸前拨动）

李干先 （点头示意）正是。

孙 富 愚兄看来，恐怕未必吧！（摆手）

李干先 怎见得？（双手在胸前张开，追问）【小锣一击】

孙 富 想那杜十娘乃京都名妓，交满天下豪绅。（双手在胸前拨动）江南必有她的知心之人，此番前来或许借兄之力（指李干先）寻访她的旧好，（抬右手向外指）也未可知。

李干先 不会的，不会的。（摆手摇头）

孙 富 不会就好。（转眼珠假笑）喝着喝着（举杯让酒）啊贤弟，你今收纳杜十娘，尊翁（拱手）可知么？

李干先 这——尚未禀过家父。（拱手）

孙 富 （吃惊地)怎么着，老伯不知道？（摆手出神）哎呀！想老伯乃是朝廷的显宦，为人正真，家法森严，（抬右胳膊做打人动作）【小锣一击】没有父母之命，媒妁之言，不告而娶，已有一行大罪；（抬右手出食指表示“一字”）何况你娶的还是娼家妓女,(抬左手向地上指点)你想老伯能够容你吗?（双手对击）【小锣一击】

李干先 （吃惊地）哎呀！这个……

孙 富 （斜视李干先表情，又继续煽动)我的好兄弟，（站起身来走近李干先，拍打他的肩膀）要不是咱们这样的朋友，我可不能这么口直心快，不过老伯的脾气我是知道的，（拱手后，右手拍打肚皮，又走到原座位上）说这些话也是为了你好不是。你想想（抬左手指李干先）老伯这回叫你出来，原指望你金榜高中，一举成名，（抬右手向外挑拇指）如今你是钱也花光了，功名也没到手，（双手对拍）带了这么一个败坏门风的妓女回去，（用左手食指朝着李干先不断点地）我看老伯一定要把你赶出门外。（双手向外扬水袖）为了一个妓女闹得父子反目，（抬右手指脸部）可不值当的。再说离开老伯，你还哪有钱接着求学，（用右手食指和拇指比画钱的动作）进京赴考呀？愚兄（拍自己胸脯）这可是为你好，才说出这一番话来呀。

李干先 （惊呆）呀！（【撕边大锣一击】站起身来又呆坐在椅子上，发呆沉思）
〔亮弦〕
（7̣ 6̣ 2 1 -）

李干先

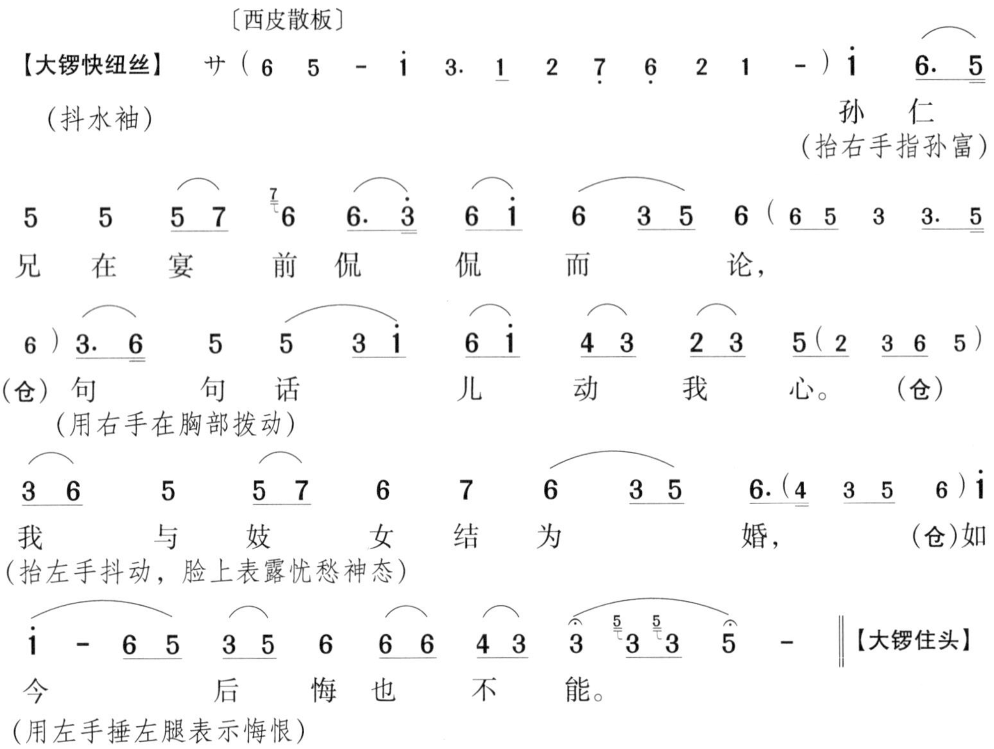

孙　富　说什么“如今后悔也不能”啊,现在你要能够悬崖勒马,(以右手抓缰绳的姿态,做骑马动作)可还不算晚哪!

李干先　(惊奇地问)此时还不晚么?

孙　富　不晚,不晚哪!(连续摆手)

李干先　兄可有计教我?

孙　富　办法我倒是有,就怕贤弟你不能照办。

李干先　只要仁兄有好办法,小弟定然照办。

孙　富　能舍得杜十娘吗?

李干先　啊,这……(进退两难的神态)

孙　富　你瞧是不是!(抬左手指李干先,不满意的样子)

李干先　(坚决地)舍得的。(抖右手水袖【小锣一击】)

孙　富　舍得?那就行!依我说你先和杜十娘分开,不要她了。再设法弄一千两银子,以作上京赶考的路费。(抬左手出食指表示“一字”,随之以右手向斜前方指)以你的人才、文才,不难金榜高中,到那个时候平地一声雷,(双手从下至上哄起)名扬天下,你想要多少钱,要什么样的娇妻美妾没有啊,(抬右手以兰花指在脸旁摆动)你瞧怎么样?(双手向李干先张开)【小锣一击】

李干先　(愁苦地)只是十娘安放何处?哪里去寻千金资斧?

孙　富　这,嗘,这倒难了!(假装用右手抚摸下巴,思考)你说走到这个地方,上不着村,(抬左手向前指)下不着店,(以右手指左前方)可怎么想办法去呀!这要是在那大市镇上,我倒可以帮忙给你找找,看谁能拿出一千两银子,(抬右手出食指表示“一字”)把杜十娘留下,解你这眼前的困难呀,可现在不行啊!(左

手轻轻拍桌子）

李干先 一事不烦二主，还请仁兄代为设法吧！（双手拱揖）

孙　富 是呀，我也是这么想呀！我这个人的脾气，兄弟你还不知道吗？我是愿意成人之美，最是仗义疏财呀！（拍自己的胸脯）可是，目前我、我、我——（出神态）帮不了这份忙啊，我……

李干先 （焦急地追问）哎呀，但不知孙兄，此次出京，资斧可充裕否？（恳求地抓住孙富）【小锣一击】

孙　富 （故意地）你说钱哪？那倒方便，可以给你垫办一千两银子，只不过这个杜十娘，她可怎么交代呀？

李干先 弟有一言不好启齿。（抬右手捂嘴）

孙　富 咳，兄弟说什么话哪，咱们这样的朋友，（抬左手先指李干先，再指自己）再说我这个人又最好慷慨解囊，济人之困，有什么话你（指李干先）只管说吧。

李干先 既是如此，孙兄可否与小弟筹划千两纹银？（抬右手出食指表示“一字”）【小锣一击】

孙　富 你要银子我（拍腰间）有的是，就是说这个杜十娘（指斜前方）应该怎么办？

李干先 十娘嘛？【小锣一击】哎！（右手拍桌）弟就将她交与仁兄就是。【小锣一击】（抓住孙富）

孙　富 （抬右手用食指指鼻梁）交给我？哎呀，不成不成！（摇晃脑袋）想我们孤男寡女的，我把她搁在哪儿呀？再说，我的名声也要紧，这不是让人家好说不好听吗！（摆手）

李干先 嗳，（【小锣一击】抖水袖表示决心）弟将她卖与仁兄为妾了！【大锣一击】

孙　富 怎么着，（喜出望外地）贤弟把她卖给我？（右手先指外边，立即指自己）

李干先 正是。

孙　富 哈哈哈……哎呀，不成不成！（摇头）那可使不得。我孙富怎能做这种缺德的事呀，这日后要让别人知道了，我多不够朋友啊，我这不是不义吗！（摆手，假惺惺地推辞）

李干先 此乃小弟自甘情愿，哪能有人责怪仁兄不义？（摆手）

孙　富 这么说使得？

李干先 使得。

孙　富 是你（指李干先）自甘情愿？

李干先 半点不差。

孙　富 好，就这么办，我以千金相赠贤弟，贤弟以十娘还赠与我。（指自己，忍不住发笑）

李干先 （抓住孙富袖子，追问）此话当真？

孙　富 大丈夫一言既出，驷马难追，板上钉钉，如白染皂，万难更改，绝不食言，你放心吧，只要你不反悔就行。

李干先 仁兄成全大恩，（双手拜揖）小弟尚不能报，哪有反悔之理！

孙　富 这你算想开了。（抬右手出食指，指自己脑袋摇动手指）本来嘛，年轻轻的偏偏要个妓女干什么，先求个有钱有势，那还怕没媳妇？贤弟（从怀中取出银包放在桌上）这是一千两银子，你先拿去。

〔孙富刚要递银，李干先欲接，孙富又缩回。【小锣一击】

李干先　仁兄可是舍不得了？

孙　富　这是哪儿的话呢！不过我想这么做法总不合适，圣人云：朋友之妻不可贪之，朋友之妻不可纳也，我这么办有点不好意思的呀！（摇头）

李干先　这都是为了相助小弟，（抬左手指自己）有何不可！

孙　富　（故作坚定）好，那就这么办，给你拿去。（把银包递给李干先）

〔李干先满脸笑容地接过银包得意地笑了。

李干先　好哇！**【小锣凤点头】**

〔西皮摇板〕

（过门同前）i 5 57 6 5 6 35 6 -（65

多 谢 仁 兄 来 指 引，

（抱银包双手拜揖）

35 6 6）36 5 5 6 5 i 56 5 -

再 谢 仁 兄 赠 千 金。

（65 36 5 5）3. 6 5 5 7 6 6 6 3 5 -

夹白：“哎呀！” 舍 去 十 娘 心 何 忍……

（抬右手抚摸胸）

3 7. 2 6 - **【小锣一击】**〔亮弦〕（4 3 5 6 -）

孙　富　（观察李干先神情）怎么着，要变卦是怎么着？贤弟，可是白银千两（指李干先手里抱着的银包）高官厚禄啊！（抬右手指头部）**【小锣一击】**

李干先　弟决不后悔。仁兄，弟酒已够了，（抬右手摆手）我要先回去了。（站起身抱银包欲出门）

孙　富　好，你先走吧，（抬左手招呼李干先）回去好好劝劝十娘，明个清早，我就要接人啦。（右手和向外斜方指）

〔李干先一惊怀抱银包往后退了两步，低头看看银包，点头。**【小锣凤点头】**

李干先　（过门同前）3. 6 5 3 i 6 5 65 35 3 5 - ‖ **【小锣抽头】**

宁 愿 舍 人 不 舍 银。

〔李干先抱着银包与孙富点头示意。出门，提袖盖住银包从“下场门”下。

孙　富　（眼睛盯住李干先，发自内心地大笑）哈哈哈！（向“下场门”高喊）酒保，酒钱放在这儿了，（从怀中取银子放桌上）三爷我走了。

〔酒保幕内应声。孙富随说随出门，大笑，抖水袖。

孙　富　哈哈哈……哎呀，李干先真是个书呆子呀！

〔西皮摇板〕

【闪锤】（过门同前）2 1 3 2 3 3 - 2（3 21 61 2

我 说 什 么 他 都 信，

（抬左手指“下场门”）

2 ）3 2　3　1　2　3　1 2　1（3　2 1　6 2　1　1）
十　娘　难　逃　我　掌　手。
（抬右手攥拳头）

2　1　3　2　2　1 2　3　3. 5　2　2　–【闪锤】
今　日　走　了　桃　花　运，

〔孙富高兴地出门至“大边”双抖水袖返回，自行得意地拍手哈哈大笑。

孙　富　（过门同前）3　2　3　1　2. 1　1　3　2　2 3　1　0 ‖【大锣原场】
明　日　船　头　我　接　美　人　哪。
（得意地伸右手出食指向前方指，满面笑容）

〔孙富一边轻轻拍手，一边得意地摇摆步伐从“下场门”下。

第五场

沉江

〔舞台设置：正场摆米黄色绣花大帐，右侧“骑马桌”与米黄色绣花桌披和“八字椅”，堂桌上放着桌灯。

〔幕启：杜十娘从大帐内走出来寻视。

杜十娘　（自言自语地）天到这般时候，我那公子怎么还不回来呀！（用手绢擦眼睛眺望）

〔四平调〕

（大　大　大 大　乙　台　廿　7　–　6　–　2　–　3. 2　1 2　2　6 1　5　–

3　–　5　–　2　–　3　–　1　–　2　–　7　–　6. 1　5　–）

【二更鼓】

5　–　6. i　6 5　5 2　5　5　5　5 5　5 2　2　（冬仓）
月　色　茫　茫
（抬左手拿着手绢向舱外眺望，指月亮）

$\frac{1}{4}$ 1 6　1 2　7276　5 3 | 5　3　6. 1　6 1 |

$\frac{1}{4}$ i.　2　7276　5 | 5 0　3　6.　i |
初　更
（双手在胸前“云手”“卧鱼”起身）

后，
江风 刺 骨
（进舱弯腰抬左手挡江风）
（台）
冷 飕
（双手抱肩，脸上露出寒冷样子）
飕。
手 攀 船蓬 我
（左手提裙子，右手微扶船栏杆一步步向
望
江
“小边”走，至左侧抬左胳膊张望）
口，

2 0 サ 5 3 5 6 1 2 1276 5· 6 7 2 3 5 353 5 – ‖
(仓)
0 0 サ 5 5 6 i i276 5· 6 7 2 3 5 353 5 – ‖
耐 等 公 子 早 回 舟。
(右手指斜前方，点头)

〖【慢纽丝】李干先抱着银包从“上场门”慢步而上。

李干先 （看手里的银包摇头）哎——（抖右手水袖挡江风）

（锣鼓切住）〔亮弦〕（7 6 2 i –）【大锣凤点头】

〔西皮散板〕

李干先 （过门同前）i 6 5 5 5 5 7 6 7 6 6 3 5
孙仁 兄赠 银 两 恩 义 广
(抬右手指“上场门”，挑拇指)

6（5 4 3 3. 5 6）3 3 6 5 5 3 i i 6.（5
有， 踏 银 雪 沐 江风
（忙将银包藏在怀里，慢步前行。抬右手在脸部拨动水

3 5 6）i i 6 5 5 – 353 5 – ‖【大锣住头】
急 转 小 舟。
袖，抬左手指右侧船上）

杜十娘 （抬左手站船头招呼李干先，高兴地）公子回来了，快快请上船来吧！

李干先 （见杜十娘热情地招手）呀！

【大锣凤点头】（过门同前）3. 6 5 7 6 6 5 – 7 7 6 –
不 义 之 事 难 出 口，
（转身向左侧捂嘴。有意避开杜十娘）

【大锣一击】〔行弦〕（仓大.）6535 ‖: 6 7 | 6555 | 6 | 6535 :‖ 6

李干先 【大锣凤点头】（过门同前）3 3. 6 5 5 5 3 i 6 i 6 5 5 3 5 ‖【大锣住头】
舍十 娘可算 得仁财 两 收。

杜十娘 （招呼）公子，请上船来吧。

李干先 啊？

杜十娘 （旁白）莫非他吃醉了么？公子，请上船来。

李干先 （连连点头）噢，上船，上船。（右手扬水袖，杜十娘上前搀扶，跳上船【水声】李干先至“大边”）

杜十娘 （关切地用手绢为李干先掸衣服）公子为何天到这般时候方才回来呀？

李干先 酒肆之中贪饮几杯，故而迟了，有劳十娘久候。

杜十娘 这倒无妨。（抬右手摆手）

李干先 【大锣叫头】十娘啊，方才酒肆之中那孙富与我谈到你我二人之事……

杜十娘 他讲些什么？（二人坐在堂桌两侧，李干先坐在外侧）

李干先 他言道，我此番遵奉父命，进京科考，（抬左手向外指）以求取功名，光耀门庭。不想今日，功名未就，银两耗尽，(双手轻拍)只带了一名青楼女子、不节之妇，相偕而归，家严恐难容留你我。【小锣一击】（抬右手先指杜十娘，后指自己）

杜十娘 十娘出身微贱，尚知三从四德，尽孝堂前，爹爹（拱手）怎能不容你我？(双手反腕问示动作）即是爹爹不容，我可暂居他处，待等公子功名成就，再行团聚，有何不可？（向李干先摆手）

李干先 爹爹（双手拱揖）若是不容，哪有盘费再进京都？（指斜前方）

杜十娘 公子不必忧虑，为妻（双手抚摸胸膛）替你筹划就是。

李干先 十娘休得取笑。（指杜十娘摆手，看不起的样子，异常冷淡）

杜十娘 我焉能与你取笑。来来来，（站起身，向李干先三点手欲至帐前）你看我那小箱之内……

李干先 （起身拦阻)不必看了。【小锣一击】你身旁那只小箱，内中不过些许簪环首饰，(用左手比划）怎值千金？哪里够得进京盘费！【小锣一击】（狠抖右手水袖，走至“小边”）

杜十娘 够与不够。你日后自然晓得，（指李干先，温柔地）总不会叫你为难就是。公子夜已深了，（抬头望舱外）寒气袭人，快快上床安歇去吧！（回转身指大帐子）

〔乐起【二更】

李干先 哎呀，十娘呀！天已二鼓，（抬左手指舱外）转眼即是明晨，我是不得不说，不得不讲……（摆手）【大锣一击】

杜十娘 （仔细打量李干先，抬左手指他）公子，看你变脸变色，有什么言语，你就快些讲吧！

李干先 十娘，我在危难之中，你要救我一救。（双手拜揖）

杜十娘 只要于你有益，（抬左手指李干先，右手指自己）我虽死不辞。（十分诚恳、温和的语调，并露出坦然的笑容）

〔李干先欲说又吞吞吐吐咽回去，转身。【小锣一击】

李干先 哎呀，十娘啊！方才酒肆之中，那孙富已然为我指引明路，（抬右手向前指）他叫我舍去十娘，【小锣一击】（甩左手水袖搭在右胳膊上，头部向左转低下头）然后进京科考，（慢慢抬起头来，向前望去）他慷慨赠银千两叫我将你卖与他人。【大锣一击】

杜十娘 (大吃一惊用左手食指指李干先，逼问)公子，你是卖与不卖？（此时要发出颤抖声音，双眼直勾勾地瞧着李干先）

李干先 哎，说什么卖与不卖？（摆手）他道你是青楼妓女，不节之妇，【大锣一击】我已将你卖与那孙富了！【大锣一击】

〔杜十娘听到此话险些昏倒，猛然抓住李干先左手，双眼先瞪眼看李干先，随后闭眼昏迷坐在椅子上。此情此景完全出乎杜十娘的意外，就像霹雷轰顶似的给予沉重打击。

〔亮弦〕(サ 3 - 1 - $\underset{\cdot}{7}$ $\underset{\cdot}{6}$ 5 4 3 - 2 - $\overset{\frown}{\dot{1}}$ -)【大锣导板】

杜 十 娘

〔西皮小导板〕

杜十娘 （6 5 i – 3. 1 2 7 6 2 1 –）i

痴（昏

i 6 5 3 6 5 2 i 2 2 – 2 2 i –

心 一 片 反 遭 卖，

坐在椅子上，左手扶着头部）

【大锣一击】〔亮弦〕（7 6 2 1 –）【大锣散板凤点头】

（过门同前）3 6 5 6 i 6 6 5 3 i 6 5 353 5 –

柳老爷的言语你可记心怀。

（颤抖着双手怒指李干先，用手绢擦眼泪）

【大锣一击】〔行弦〕5 36 ‖: 5 i 6536 | 5 5 36 :‖【大锣凤点头】

李干先夹白：“柳遇春？若不是他，我还落不到这步田地呢！”

杜十娘 （过门同前）i 3 365 5 6 3 5 6（4 3 5 6）i 6 5 3 i

他人不识好和歹，（仓）恩怨不

（抬右手指李干先）

6 5 3 i 6 5 3 5 –【大锣凤点头】（过门同前）i 3

明他是狼豺。孙富

（颤抖着右手指地上） （左手指

3. 6 5 7 0 6 3 5 6（4 3 5 6）3. 6 5 3

贼子心肠坏，（仓）棒打

前方，右手在胸前拨动） （双手食指

i 6. i 6 5 3 5 5 3 5 6 – 5 –【大锣住头】

鸳鸯两分开。

在胸前相对，慢慢分开，泪下，擦眼泪）

李干先 十娘不必啼哭，（摆手）此事我是出于无奈，望十娘成全了我吧。（右手指自己）

【小锣一击】

杜十娘 （低头悲愤地）好一个“出于无奈”，你（指李干先）既是将我卖了，（左手抚摸自己胸部）银子可曾到手吧？（双手手背轻拍后，双手分开向李干先质问）

李干先 （十分得意地从怀中取出银包，让杜十娘看）银子早已到手，你来看这白花花的一千两银子，好生可爱呀！

〔李干先看看银包又放在怀里，脸上露出微笑。【小锣一击】杜十娘此刻更加心情沉重，低下头。

杜十娘　（哭泣地）但不知他何时前来迎娶？

李干先　明日前来接你。（抬右手指杜十娘）

杜十娘　（吃惊地）噢！**【小锣一击】**明日我与你就要永别了么？（左手怒指李干先后，双手从头部颤抖行成弧形，做分开动作，**【大锣一击】**杜十娘慢慢低下头，强压怒火）

李干先　明日再说明日的话。看天时不早，（抬右手向前方指）你我一同安歇（双手指正中大帐子）了吧。

杜十娘　（怒视李干先，慢慢退了一步）如今你我已非夫妻，你一人去吧。（用左手指帐子，并向右前方走了两步，不理睬李干先）

李干先　十娘，你我恩爱甚厚，（双手食指相对）明日就要永别，（双手分开）只此一宵不可辜负。（向前用左手拉杜十娘的右手袖口，微笑地轻轻摇动，更加暴露他内心的卑鄙）

〔杜十娘痛感被玩弄、凌辱的痛苦，此时怒火满腔以扬右手的大动作，狠狠甩开李干先）**【大锣一击】**

杜十娘　（厉声怒斥）休得胡缠！

李干先　（后退一步生气地）哼，果然是妓女无情，（以左手指杜十娘）我卖得不差。**【大锣一击】**

〔李干先狠狠地向杜十娘怒抖左手水袖，转身入帐内。杜十娘惊坐在"大边"椅子上，心如针刺，气极语塞。此刻，杜十娘擦眼泪，心情万分悲痛、全身酥软毫无半点气力地轻轻摇晃着头，回忆往事。**【小锣一击】**

杜十娘　（眼睛向上翻，双手紧抓手绢，完全失望地回想自己。带着哭泣声音）哎，想我杜十娘本是良家女子，不幸身陷平康，遍尝多少苦楚，终日送往迎来，人人都道我名利双收，何等侥幸。怎知这卖笑生涯（抬右手指脸部，摇头）背后凌逼，实难忍受。多少王孙公子慕我姿色，（抬左手指脸部）要与我赎身，我（双手抚胸）岂肯做那酒色之徒玩赏之品。（以左手向外怒指）谁知选来择去，竟错配了这负义的小人！（用右手指大帐）**【小锣一击】**（轻轻摇头，悔恨交加，心中充满苦痛，苦不堪言，于是从心底喊出）苦哇！苦……（此时泣不成声，用手绢挡住脸在桌前翻身）

〔二黄慢板〕

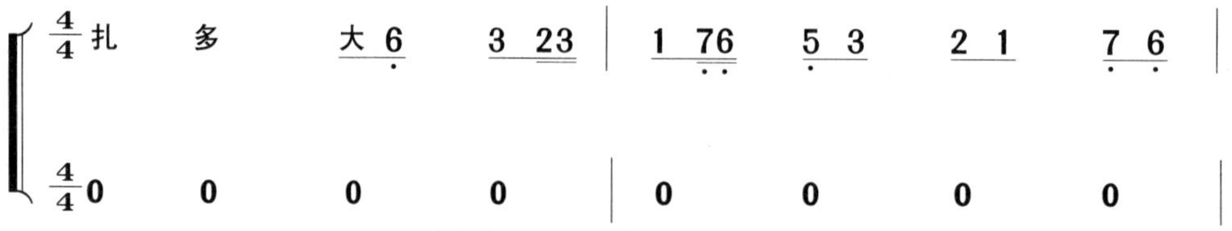

（慢慢向右侧翻身擦泪）

（双手扶桌，身子靠桌向天空呆愣）

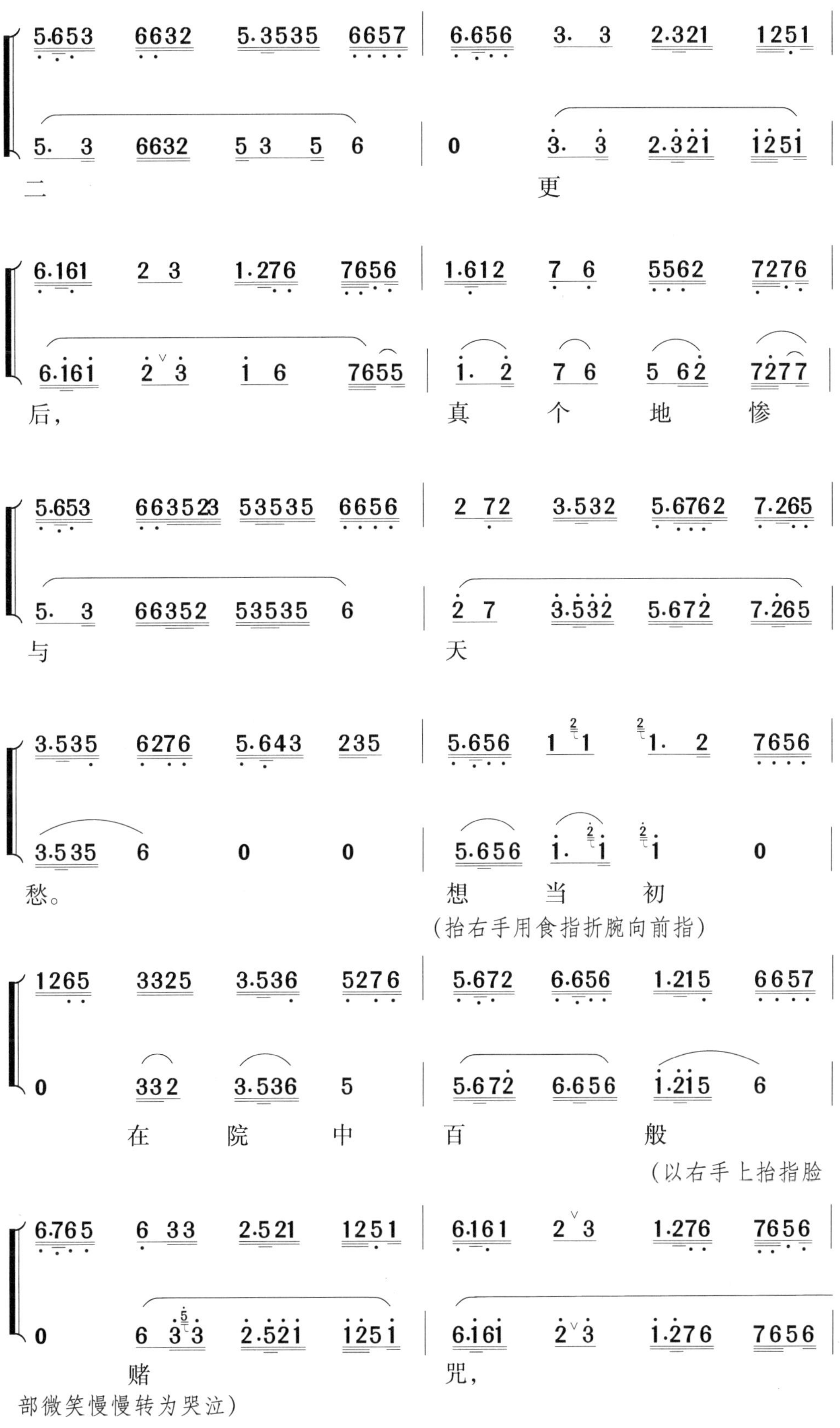
二
更
后，
真 个 地 惨
与
天
愁。
想 当 初
（抬右手用食指折腕向前指）
在 院 中 百 般
（以右手上抬指脸
赌
咒，
部微笑慢慢转为哭泣）

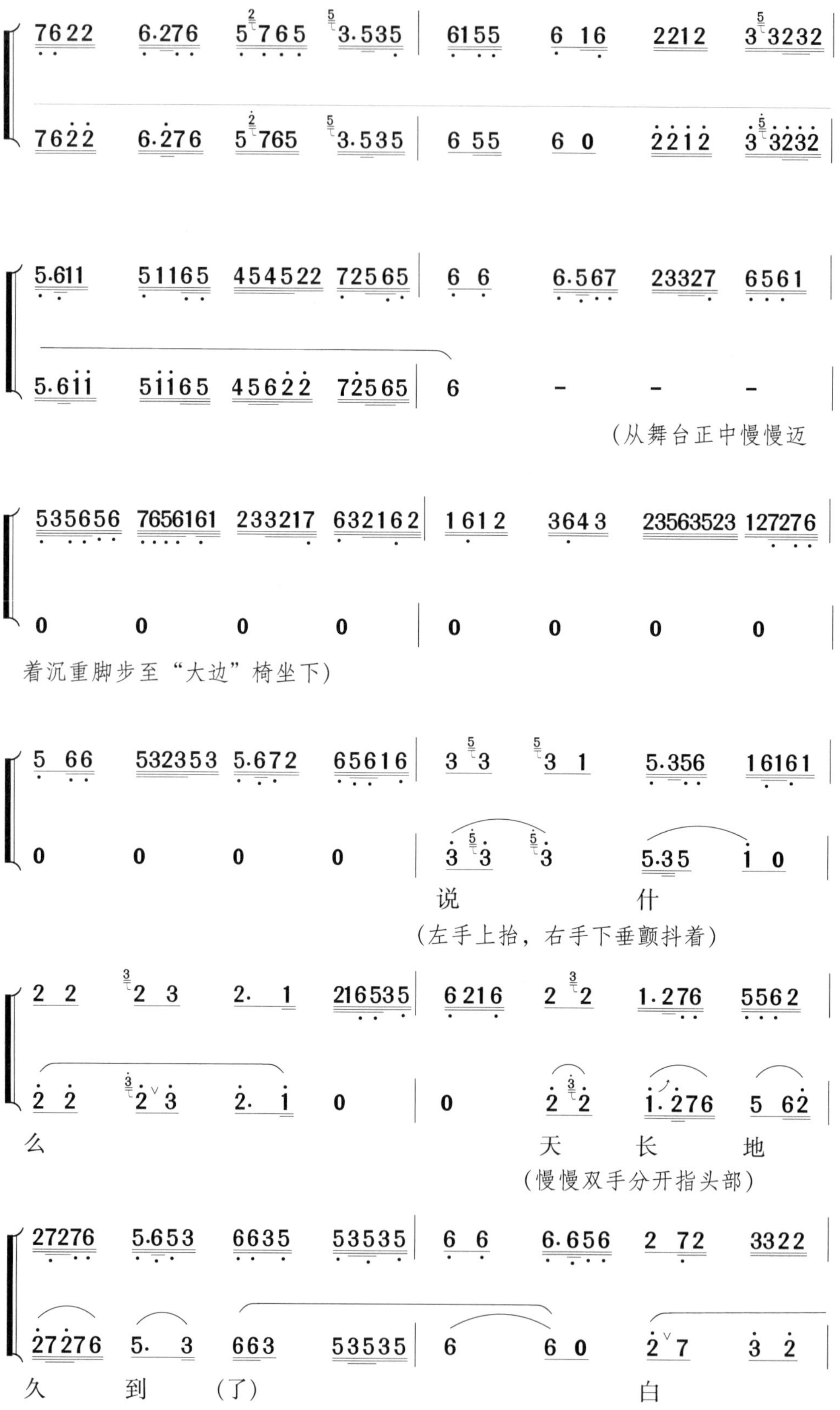
（从舞台正中慢慢迈
着沉重脚步至“大边”椅坐下）
说 什
（左手上抬，右手下垂颤抖着）
么 天 长 地
（慢慢双手分开指头部）
久 到 （了） 白

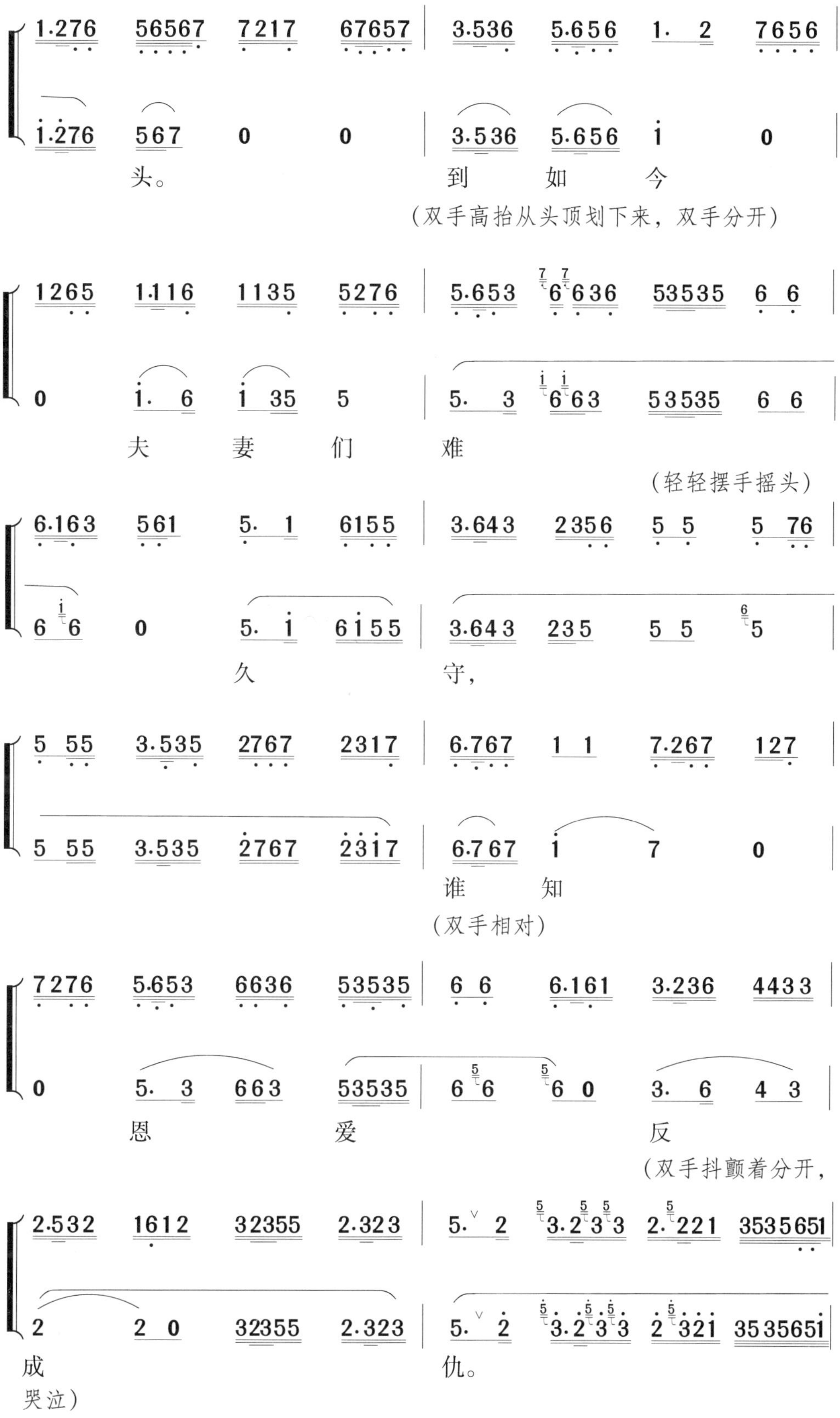
头。
到 如 今
(双手高抬从头顶划下来，双手分开)
夫 妻 们 难
(轻轻摆手摇头)
久
守，
谁 知
(双手相对)
恩 爱 反
(双手抖颤着分开，
成
哭泣)
仇。

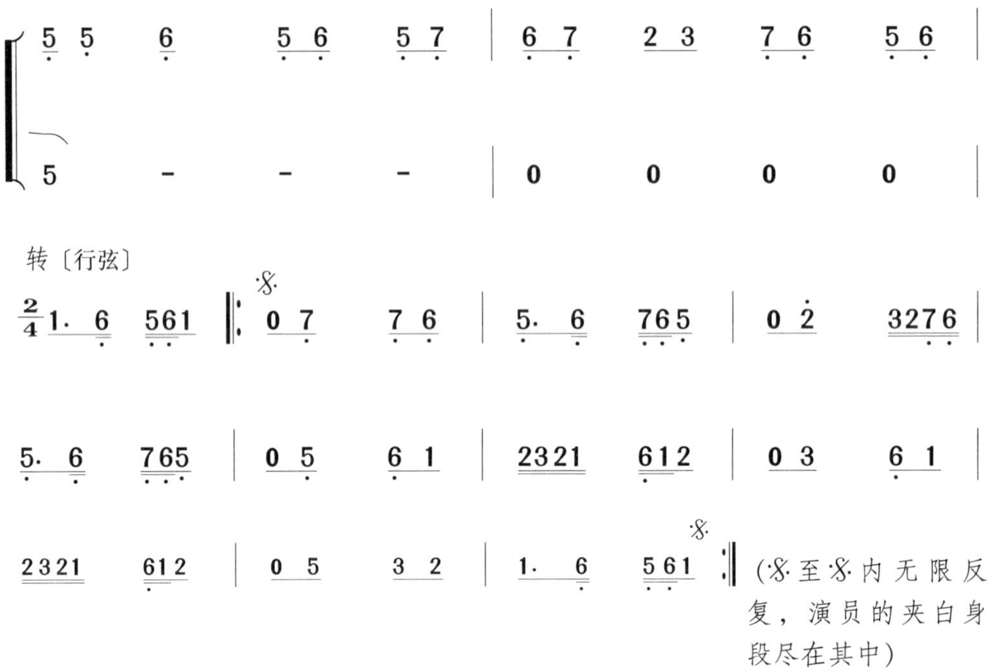

杜十娘 哎，想公子不过为了银两花尽，心中焦急，我这小箱之内珍宝甚多，（左手抱宝箱，用右手指着）胜似千两白银，何妨与他言明。（斜身抬右手指大帐内，【小锣二击】抱宝箱欲入帐。突然停住脚步，斜身侧耳听）

李干先 （在帐内）十娘，你要成全于我，有了一千两银子，我便不愁高官厚禄，绝色佳人了。你就随他去吧！【大锣一击】

〔这时，杜十娘唯一的希望彻底破灭，万念俱灰。半天呆愣在那里，浑身颤抖，慢慢地转过身来。此刻，鼓师要用“硬键子”击鼓（大 大 大 大 大大 大大 乙大 大 仓）杜十娘毫无希望地把手里的宝箱摔在桌上。打开宝箱，一个一个拿出钗环，看了又看，摇摇头，一切都完了，要这些珠宝还有什么用？又把珠宝扔进箱内，颓丧地倒在椅子上。双眼发呆，稍静场。

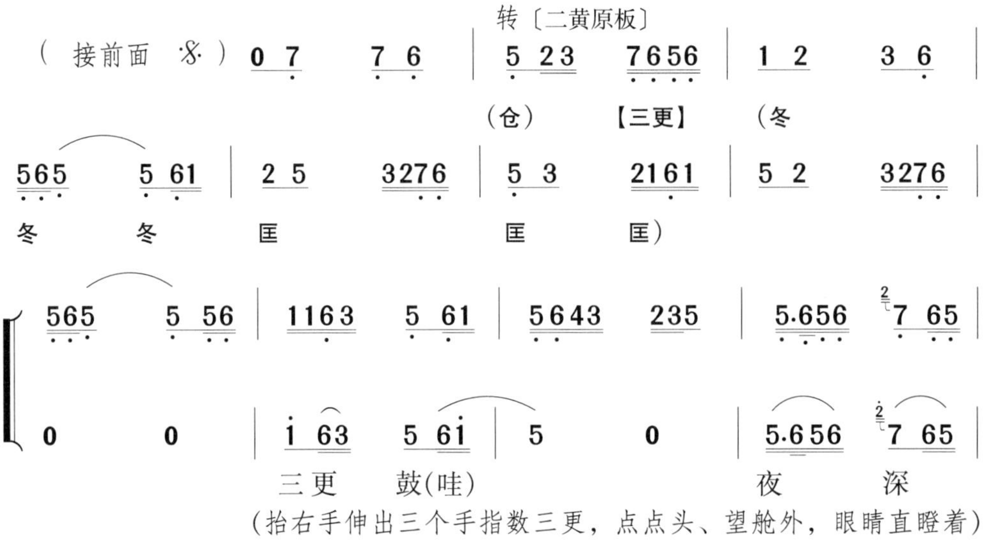

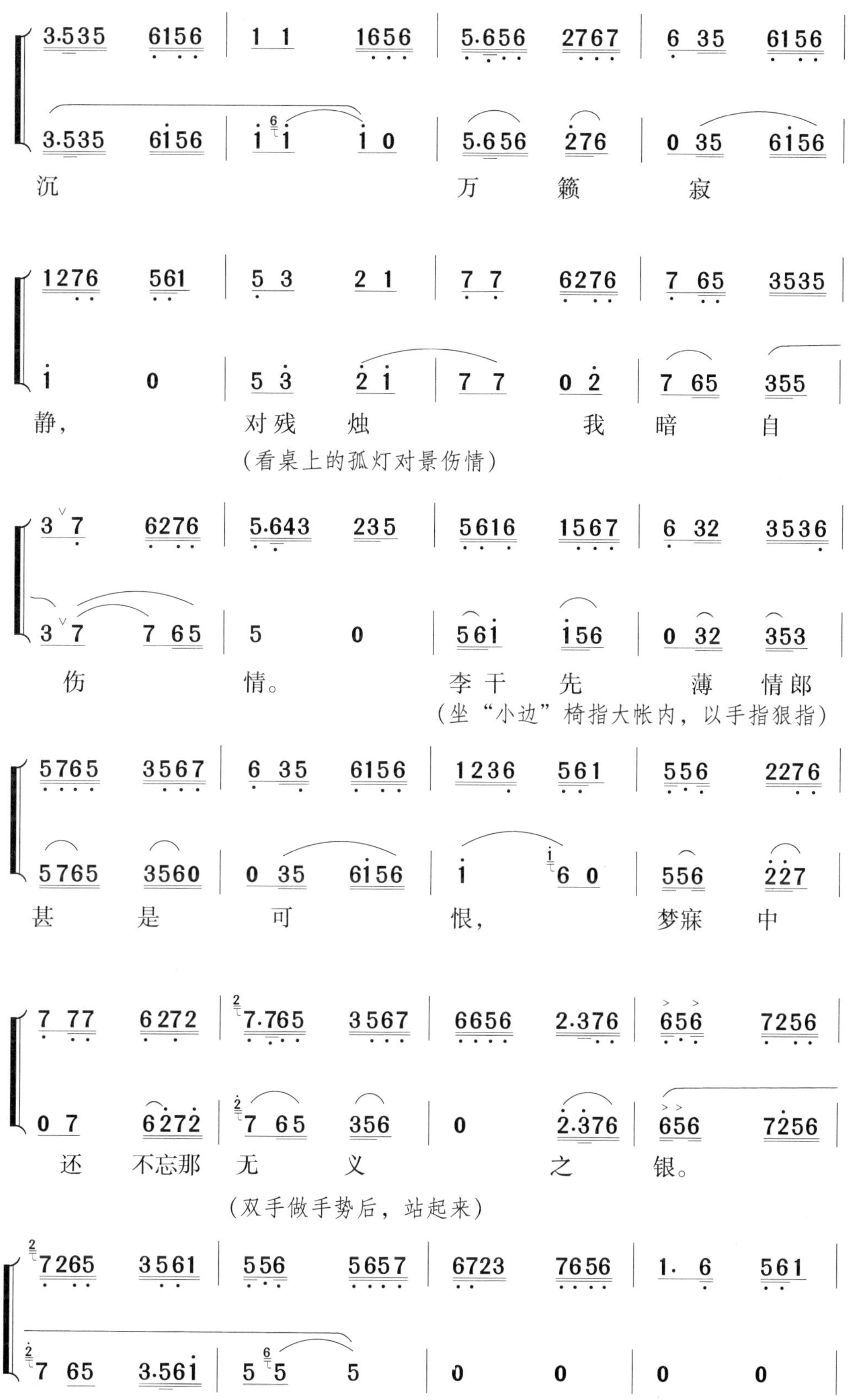
沉 万 籁 寂
静， 对残 烛 我 暗 自
（看桌上的孤灯对景伤情）
伤 情。 李干 先 薄 情郎
（坐“小边”椅指大帐内，以手指狠指）
甚 是 可 恨， 梦寐 中
还 不忘那 无 义 之 银。
（双手做手势后，站起来）

哎呀，不想他睡梦之中，（抬右手指帐内）毫无悔意，我若将珠宝与他，待我年老（抬左手指脸部）色衰之时，（左手向下垂）他还是要抛弃于我的呀！（双手向外翻，毫无办法，这里念这段好似吃了满嘴苦药，咽不下去，也吐不出来的感觉，不由得声泪十分凄惨地倾吐银钱的作祟）

（右手指桌上的小箱）

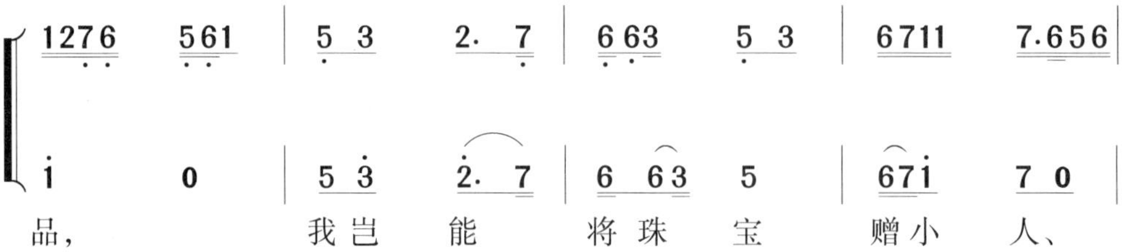

（抬右手，左手抓住右手袖口，向前颤抖地指去）

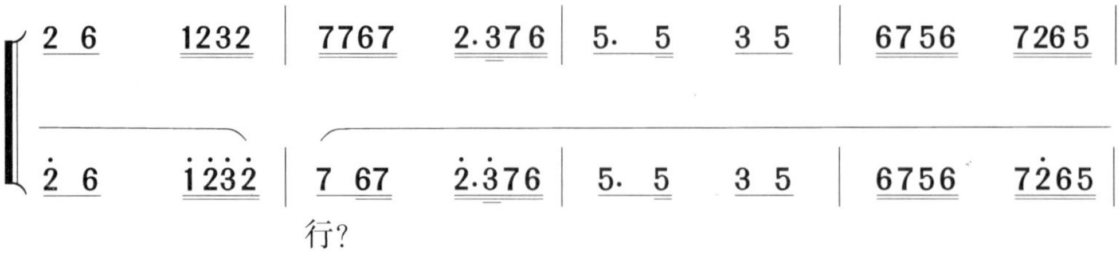

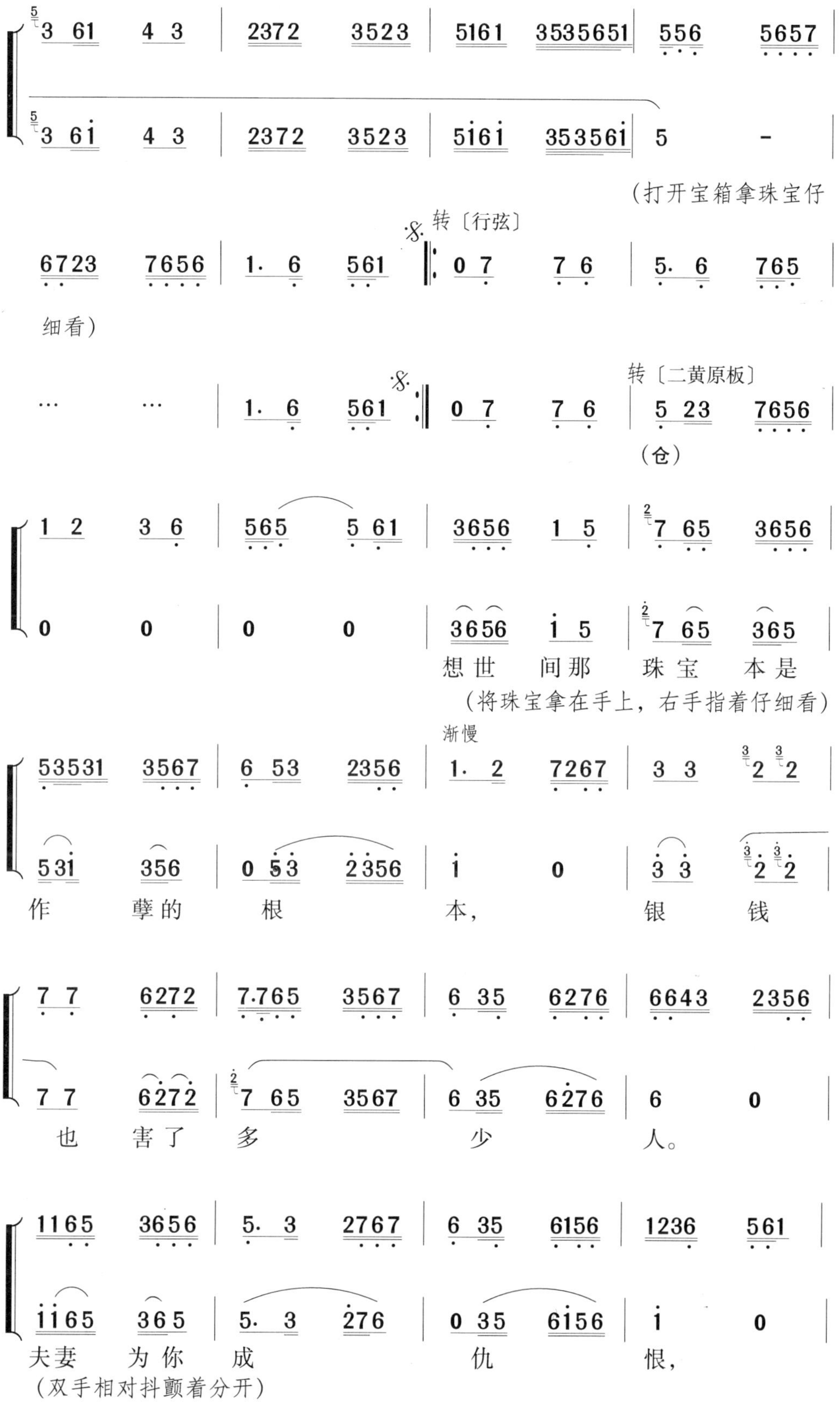
(打开宝箱拿珠宝仔
细看)
转〔行弦〕
转〔二黄原板〕
(仓)
想世间那珠宝本是
(将珠宝拿在手上，右手指着仔细看)
渐慢
作孽的根本，银钱
也害了多少人。
夫妻为你成仇恨，
(双手相对抖颤着分开)

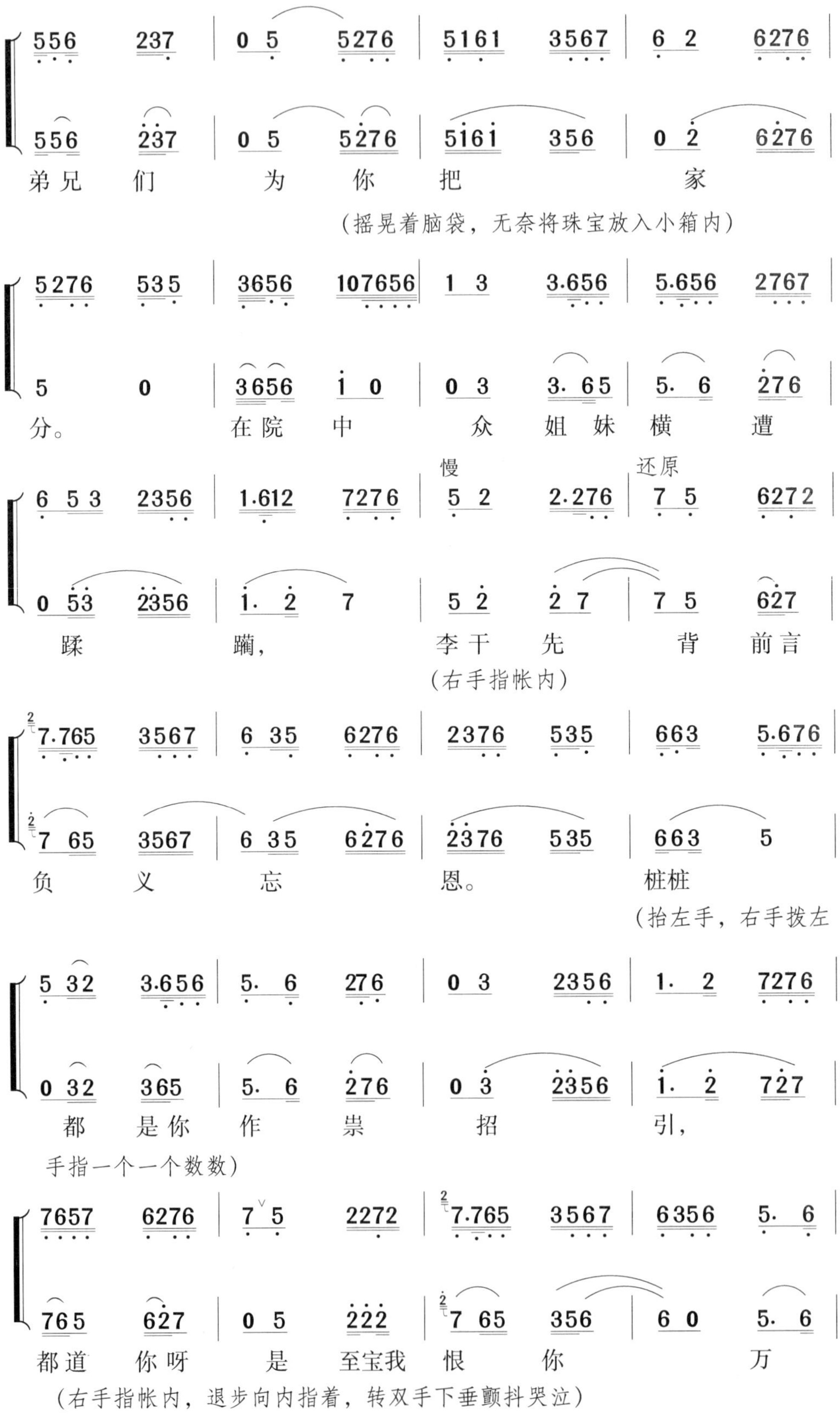
弟兄 们 为 你 把 家
（摇晃着脑袋，无奈将珠宝放入小箱内）
分。 在院 中 众 姐 妹 横 遭
慢 还原
蹂 躏， 李干 先 背 前言
（右手指帐内）
负 义 忘 恩。 桩桩
（抬左手，右手拨左
都 是你 作 祟 招 引，
手指一个一个数数）
都道 你呀 是 至宝我 恨 你 万
（右手指帐内，退步向内指着，转双手下垂颤抖哭泣）

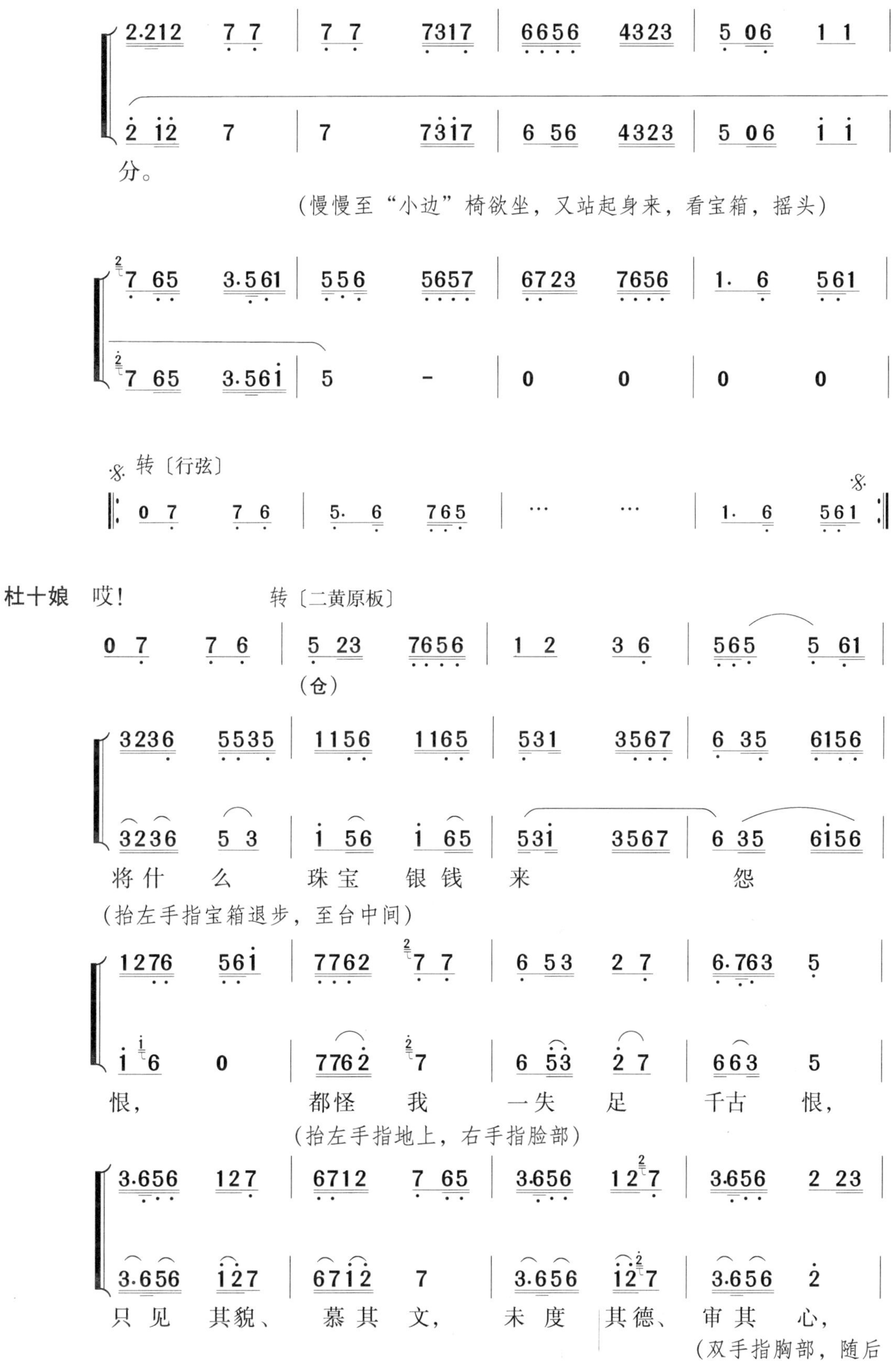
分。
（慢慢至“小边”椅欲坐，又站起身来，看宝箱，摇头）
转〔行弦〕
杜十娘 哎！
转〔二黄原板〕
（仓）
将什么 珠宝 银钱 来 怨
（抬左手指宝箱退步，至台中间）
恨， 都怪 我 一失 足 千古 恨，
（抬左手指地上，右手指脸部）
只见 其貌、 慕其 文， 未度 其德、 审其 心，
（双手指胸部，随后

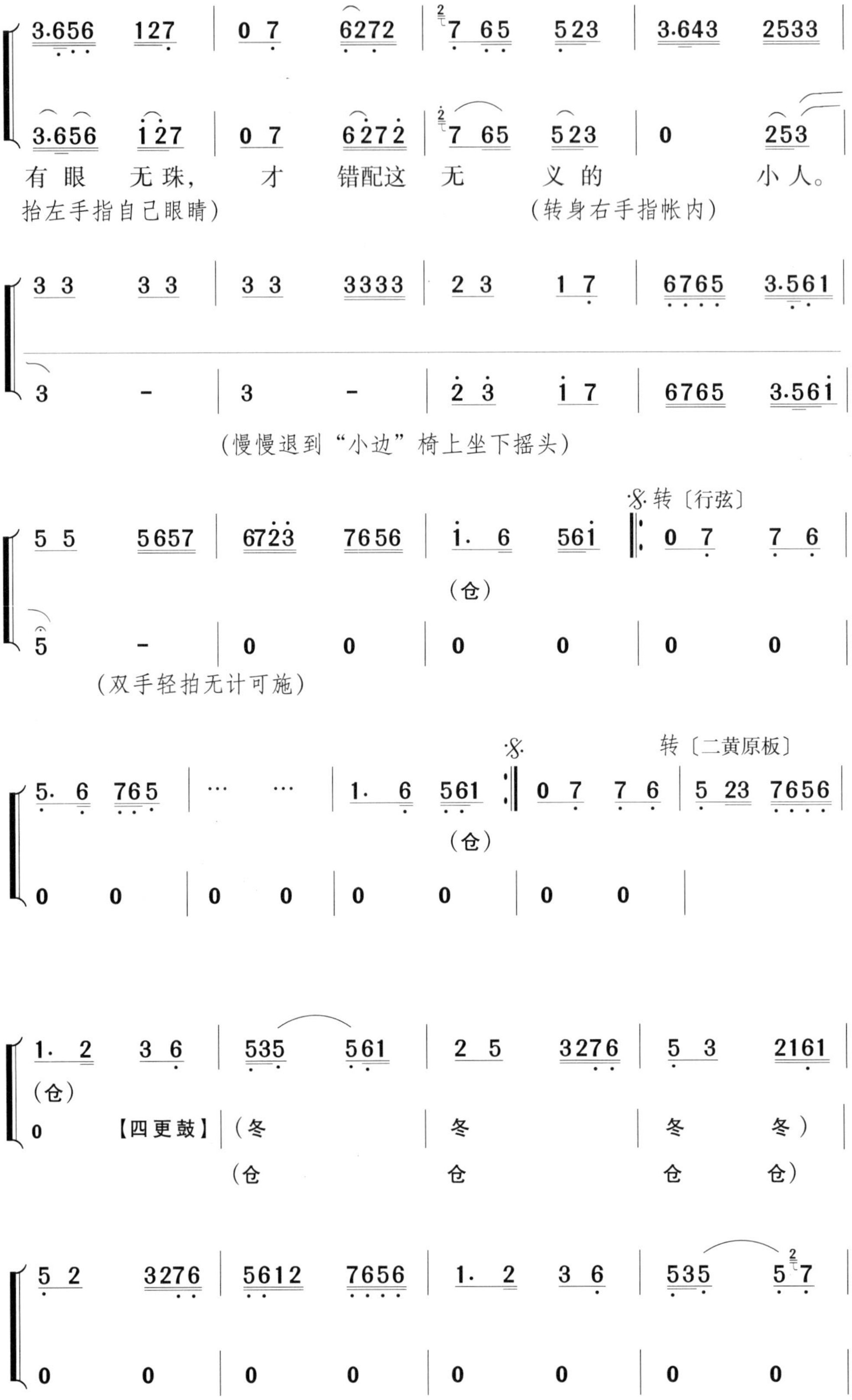
有眼 无珠，才 错配这 无 义的 小人。
抬左手指自己眼睛）
（转身右手指帐内）
（慢慢退到“小边”椅上坐下摇头）
转〔行弦〕
（仓）
（双手轻拍无计可施）
转〔二黄原板〕
（仓）
（仓）
【四更鼓】
（冬 冬 冬 冬）
（仓 仓 仓 仓）

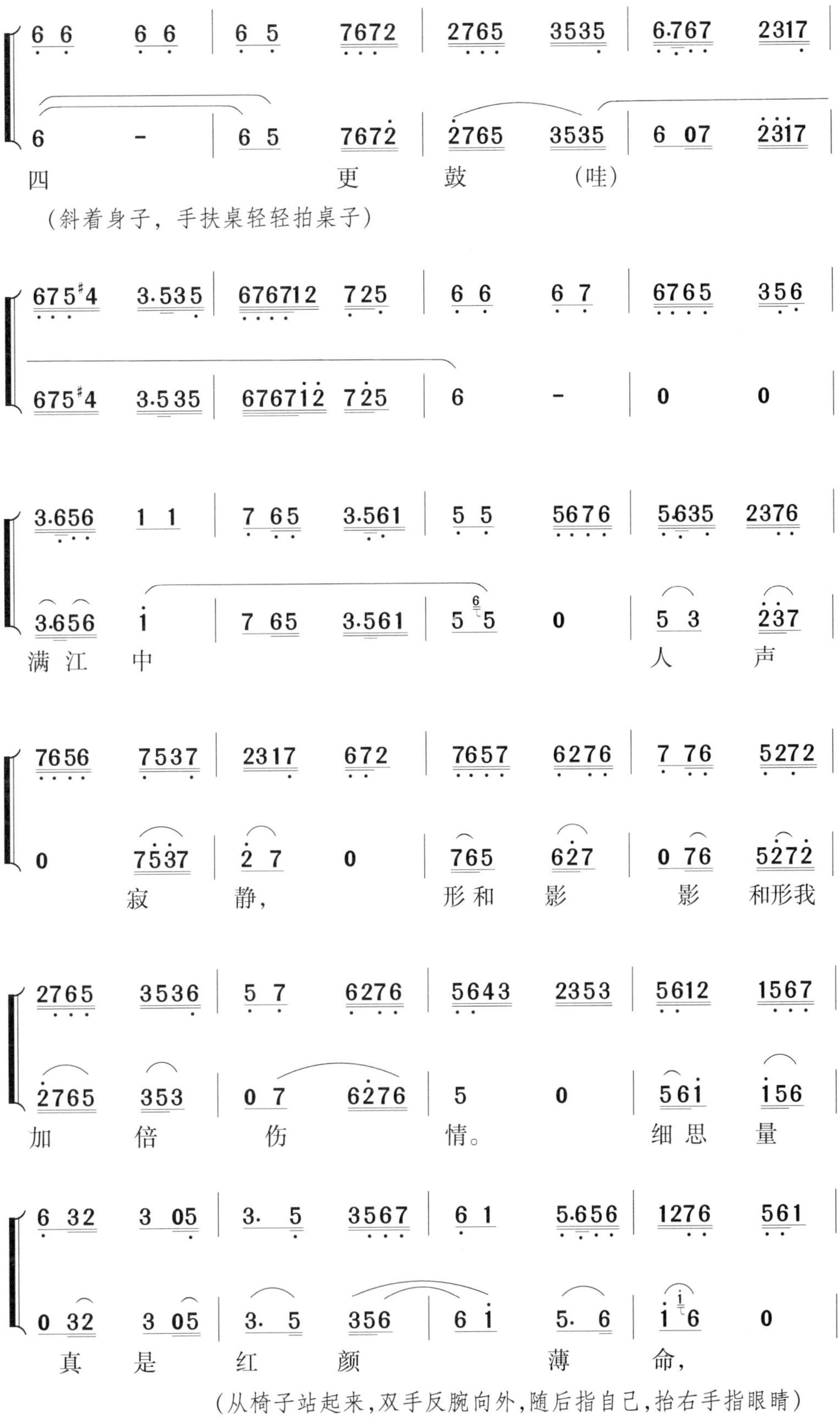
四 更 鼓 （哇）
（斜着身子，手扶桌轻轻拍桌子）
满 江 中 人 声
寂 静， 形 和 影 影 和形我
加 倍 伤 情。 细 思 量
真 是 红 颜 薄 命，
（从椅子站起来，双手反腕向外，随后指自己，抬右手指眼睛）

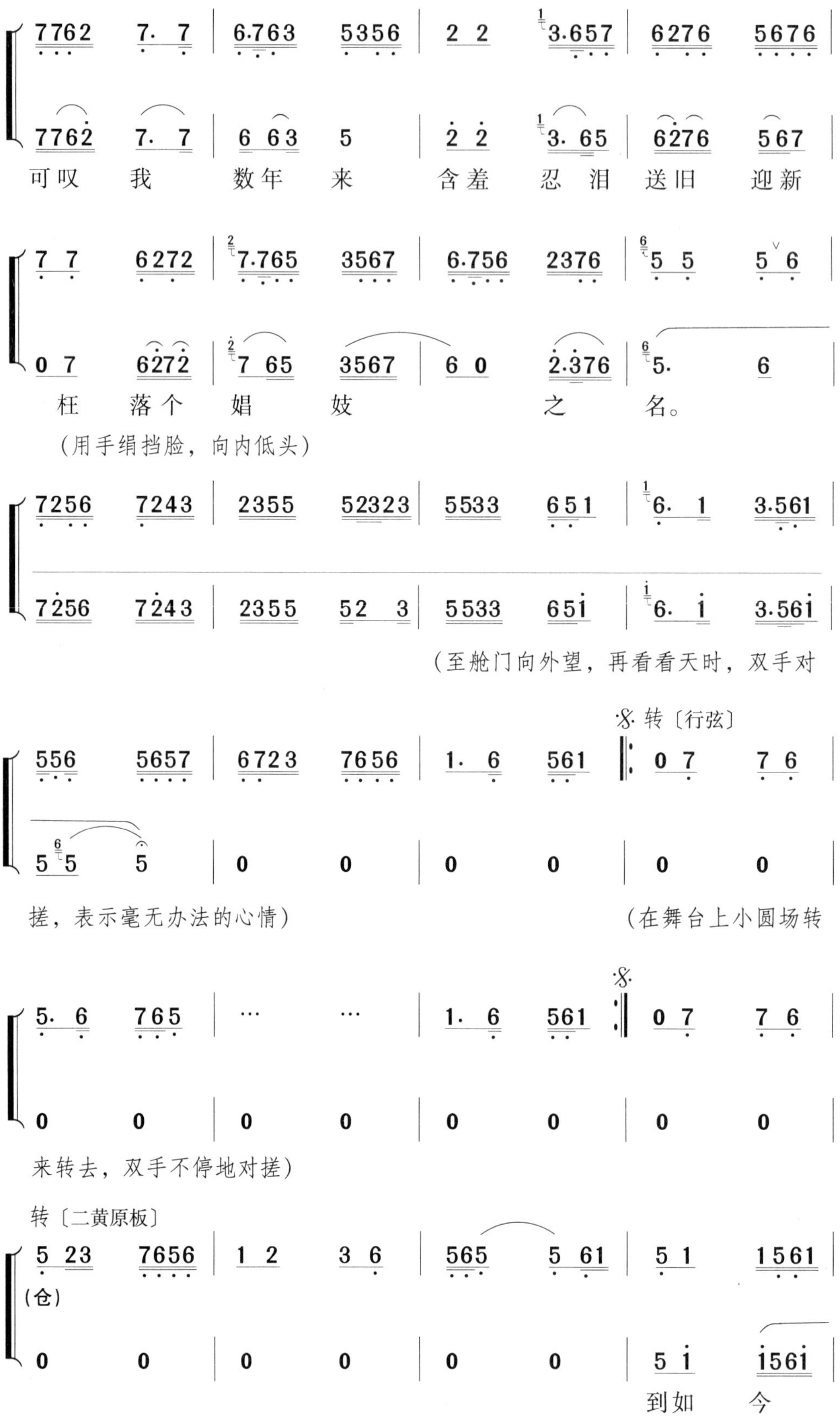
可叹 我 数年 来 含羞 忍 泪 送旧 迎新
枉 落个 娼 妓 之 名。
（用手绢挡脸，向内低头）
（至舱门向外望，再看看天时，双手对
搓，表示毫无办法的心情）
转〔行弦〕
（在舞台上小圆场转
来转去，双手不停地对搓）
转〔二黄原板〕
（仓）
到如 今

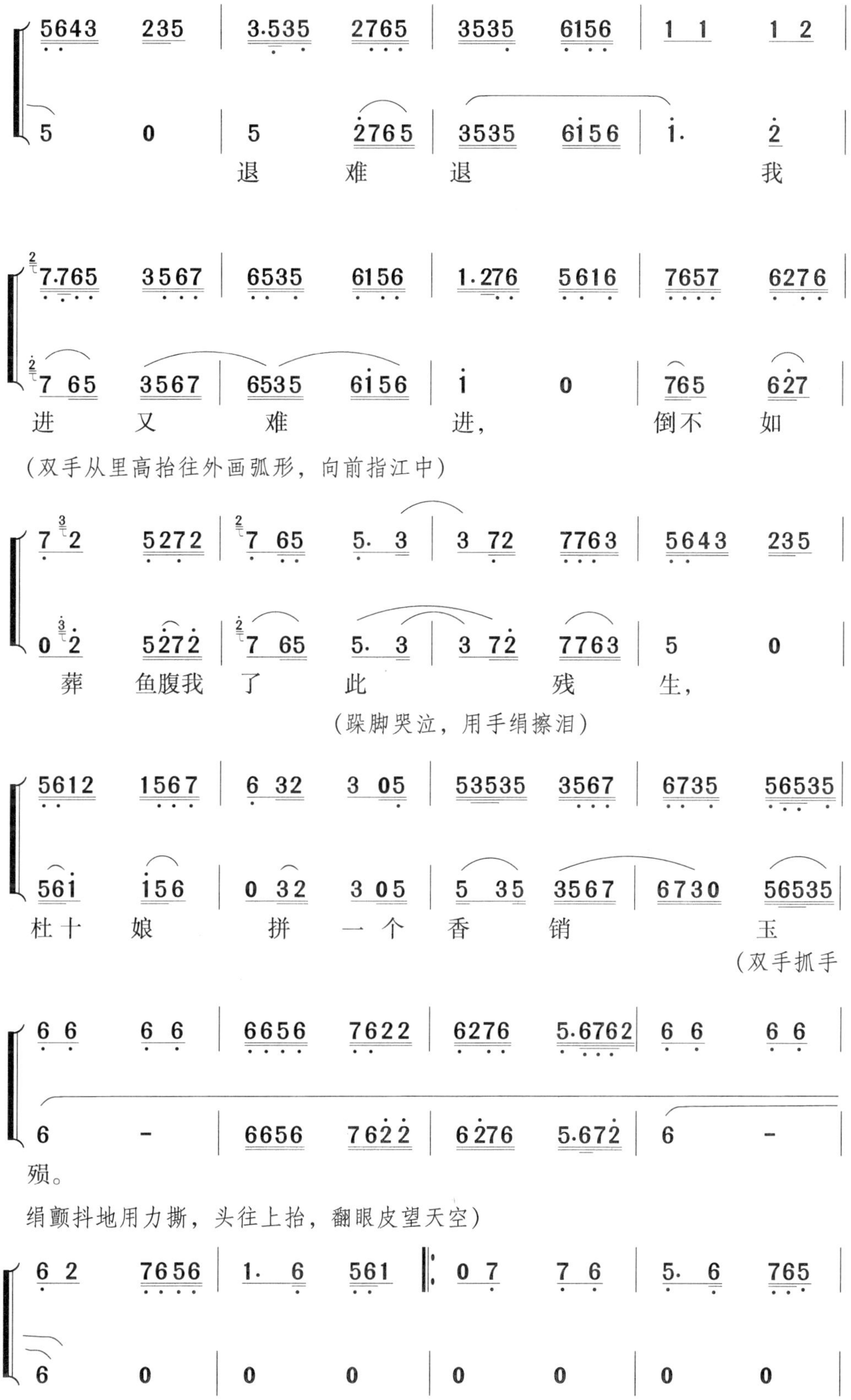
退 难 退 我
进 又 难 进, 倒不 如
(双手从里高抬往外画弧形，向前指江中)
葬 鱼腹我 了 此 残 生,
(跺脚哭泣，用手绢擦泪)
杜十 娘 拼 一 个 香 销 玉
(双手抓手
殒。
绢颤抖地用力撕，头往上抬，翻眼皮望天空)

0 5 6 1 | 2321 612 | 0 5 3 2 | 1276 561 :‖

0 7 7 6 | 5 0 |

（仓）

李干先 （在帐内）啊，十娘，你何必苦苦缠我，你嫁了他去，比我强的多呀！

杜十娘 哎呀，不可！

〔二黄散板〕

【大锣凤点头】サ（ 6 5 3 2 2 3 3 2· 1 6 6 5 －）5 6 2 7· 7 5

纵 一 死 也 死

（抬右手指自己胸部，随之

6 2 7 6 0 6 35 3 50 i i· 2 7· 2 7· 6 5 6 6 5 －‖

一 个 朗 朗 清 清。

双手拨动在胸前成弧形）

【大锣叫头】且住【大锣五击】此时我若一死（指左侧）人道我是失足落水，我这满腹（双手抚摸胸部）冤屈谁能知晓！（双手从里往外翻）【大锣慢叫头】也罢！我待等明日孙富迎亲之时，我怀抱百宝箱，（双手指桌上宝箱）站在人前（双手从胸部往外拨开）痛骂他二人（抬右手向左前方指）一顿，也消消我这场恶气。（双手抚摸胸部）【大锣一击】我就是这个主意，（抬左手用食指指自己脸部，眼睛向上翻失望的神情）【大锣一击】我（哭泣地念）就是这个【撕边】主意哟！（双手用手绢擦眼泪，全身颤抖向里左翻身）

〔二黄散板〕

【大锣快纽丝】サ（2 3 3 2 1 6 6 5 －）6 2 i 2 2

玉 碎

7 6 2 7 6 6 3 5 2 i（6 7 6 i －）2 2 －

珠 沉 我 心 已 定，（仓） 冤 屈

（抬右手在胸部抖动）

7 6 5 2 727 6 6 5 5 3 5 6 6 5（3 2 i 6

也 要 告 于 人。

（右手在身前画半圆形，随之擦眼泪）

6 5 －）i 5 6 6 6 6 2 i 7· 6 5 6

（仓） 今 夜 苟 且 延 性 命，明 日

（右手向斜前方指）

7 7 2̇ 6 6 - 6 6 3 5 3 5̂ - ‖【大锣一击】(起【四更】鼓)

将 身 就 赴 波 臣。

(高抬左手向后背住，双眼直盯水里。慢慢向右侧翻身哭泣)

〔杜十娘走至“下场门”内披白色斗篷复上，又坐在外侧“大边”椅，右手扶桌，左手用手绢挡脸昏睡。堂鼓起【五更】

〔孙富从“上场门”双手向上伸懒腰上，至舞台“小边”台口，李干先轻轻从大帐内走出。

孙 富 哎呀，这一宿翻来覆去的，一会也没睡着啊。这个天可盼着亮了。

李干先 哎呀呀，天亮了，待我出舱看来。（出船舱，与孙富相见。【小锣一击】）待我看看孙仁兄，（二人见面拱揖）孙仁兄早。

孙 富 我一宿没睡。快把杜十娘叫出来吧。

李干先 好，好，待我唤她前来。

孙 富 好，好。

〔【小锣二击】李干先转身弯腰进船舱。

李干先 十娘，天已五鼓，孙富就要迎接你过舱了，快快醒来。【大锣导板】

〔反西皮导板〕

杜十娘 サ(3 5 6. 6 5 - 4 3. 1 2 7̣ 6̣ 1 -)

3. 6 5 7 6 7 6 3 5 6(6 5 3 3 5 6) 5 3 i

海 誓 山 盟 都 成 幻，(仓) 好 姻

(双手擦眼睛，起身) (怒指李干先，摇头)

i - 6 5 5 3 i 6 6 5 3 2 - 3 3 5 - 3

缘 反 作 了 恶 姻

i 6 4(3 4 3) 3̂ - 3 3. 2 1 2 5̂ 3. 5

缘。

3 2 1 2̂ 2 1.(7̣ 6̣ 2 1 -) i i 3 3. 6

(仓) 波 光 浩

5(2 3 6 5) 6 5 3 5 2̇ - 2̇ 2̇ i̇̂ -【撕边大锣一击】

浩 如 素 练，

(双手指前面江水)

【大锣望家乡】〔西皮快板〕

1/4 2̇ 2̇ | i(6 2̇ | i) i | 6 5 | 3 i | 5 6 | 5(6 5) | 3 2 |

顷 刻 冤 魂 化 杜 鹃。 错

(满脸仇恨，双手抖颤地追李干先，李干先退步反圆场)

（圆场转到原位，杜十娘仍在正中，狠狠一摆手，斜立挺胸）

李干先 十娘何必如此，你我乃是露水夫妻，有何不舍？（双手张开走，至舞台“大边”）

杜十娘 着哇，【小锣一击】你我本来是露水夫妻，少时就要分别了。好！（至台中间）

李干先 我为的是你呀，想孙富资财甚厚，（抬右手指舱外）胜似干先多矣，你就享受荣华去吧！【小锣一击】

杜十娘 亏你说得出口。（抬左手怒指李干先）快将我那小箱取来。

李干先 （转身欲取，又回来）啊，十娘，你嫁到孙家什么好东西无有，还要这小箱何用？

杜十娘 （气极怒指李干先）不用你管，快些取来。

〔【小锣二击】李干先走至桌旁将宝箱取来，二人同出船舱。【大锣五击】见孙富。

孙　富 噢，这不是十娘吗？近来你可更漂亮啦。（抬左手指）

杜十娘 （抬右手指点）你就是孙富？

孙　富 可不是我吗！十娘，咱们久别重逢。

杜十娘 （怒气满胸，用右手指孙富）孙富啊，好贼子！

〔【大锣三锤】怒指孙富。

〔西皮快板〕

杜十娘

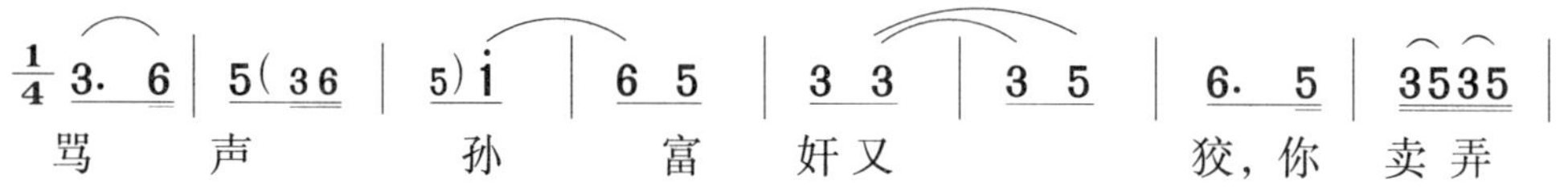

（抬右手怒指孙富，向前倾身，孙富矮身）

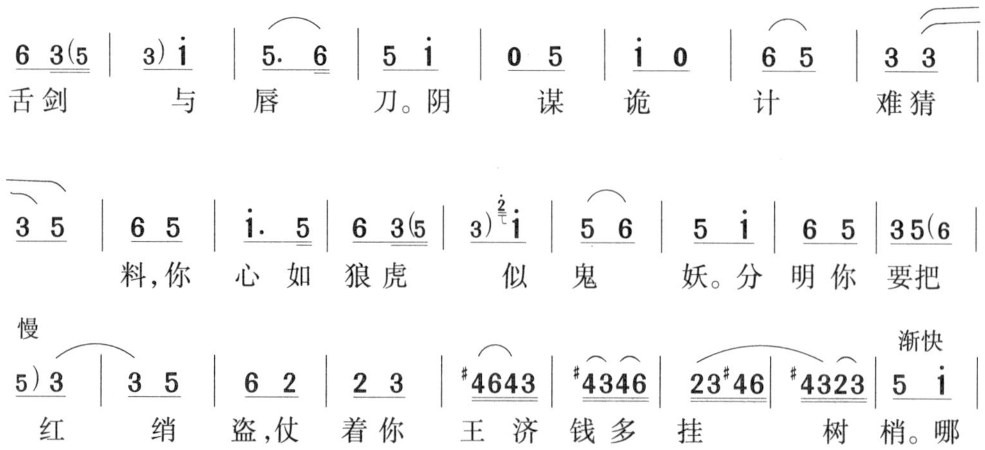

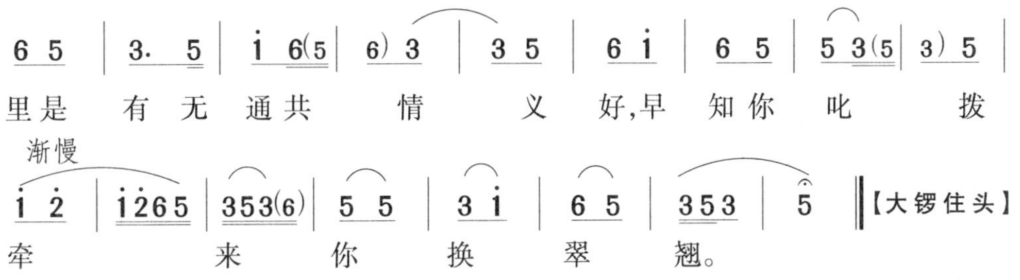

孙　富　十娘，我可是一片好心哪！（抬左手拍胸）我是想送他一千两银子,（抬右手出食指表示“一字”）叫他赶考去,他无恩可报才把你送给我的呀！（双手张开）【小锣一击】

李干先　是呀，（双手对拍）有了这一千两银子,我便可回京赴试了啊！（抬左手指斜前方）

杜十娘　（脸上轻视冷笑）一千两银子能值几何？也敢在此扬眉吐气！（抬左手往上翻动，斜视孙富）【小锣一击】

孙　富　怎么着，一千两银子你还看不起吗？（指杜十娘）你能拿得出来吗！（脸上露出讥讽的笑容）

李干先　（双手对拍）是呀！【小锣一击】

杜十娘　（质问地斜视孙富）你欺我手内无钱么？（伸右手向孙富抖动手腕）【小锣一击】

孙　富　（冷笑地）哼，这可不是小瞧你！

杜十娘　贼子！（伸右手怒指孙富小圆场）【大锣望家乡】

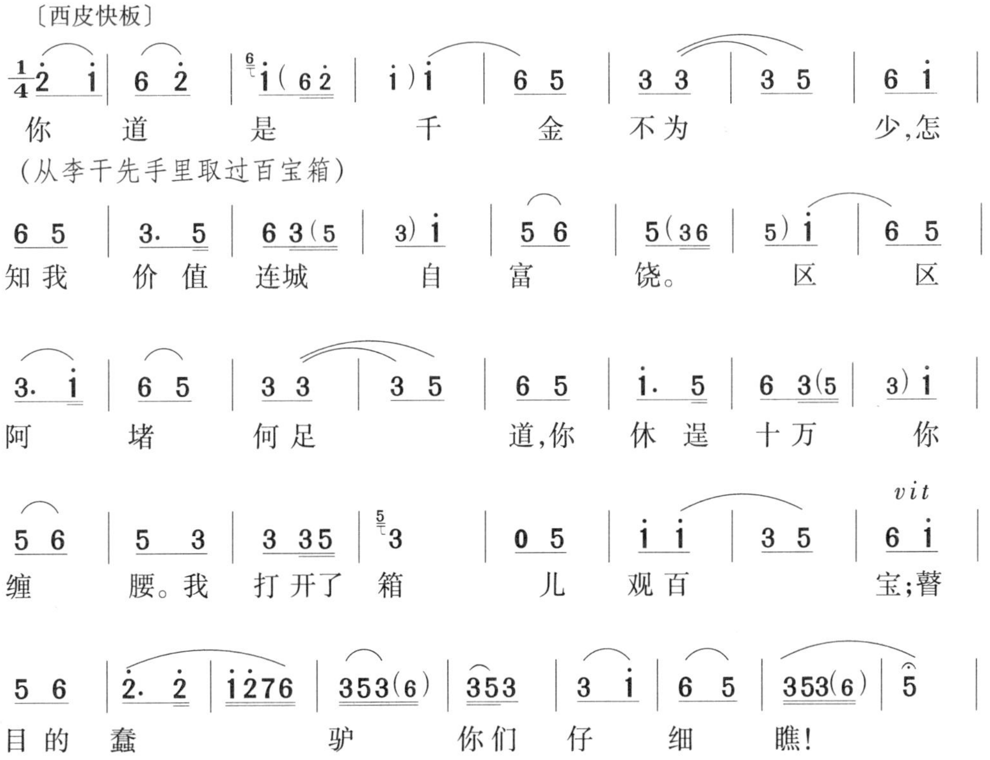

［【大锣住头】杜十娘把百宝箱放在舞台正中,珠宝玉器异常耀眼,李干光特别惊讶。

李干先　（吃惊地）哎呀呀，想不到十娘这小箱之内珍珠百宝，无计其数，五光十色，灿烂非常，真是令人眼花缭乱！（双手揉眼，仔细看百宝箱）

孙　富　嘿，我是走运就结了，（手舞足蹈地）这一千两没白花，（抬左手指杜十娘）既得美人，又得珍宝，哪有这么便宜的事呀！

李干先　孙仁兄一千两银子(赶快从怀里取出银包，要交给孙富)把还与你，我不卖了。(连连摆手，并转向杜十娘)啊，十娘，你我乃恩爱夫妻，(抬左手先指杜十娘，后指自己)怎能割舍，(双手在胸前相对而分开)你我快快进舱去吧，(向前拉杜十娘)不要冻坏了你的玉体！

〔【大锣一击】杜十娘狠打李干先嘴巴，二人向里转身。

杜十娘　呸！李干先哪，负义贼！(【大锣五击】怒指李干先)我赎身出院，原想与你夫唱妇随，白头偕老，(抬左手指头部)惟恐堂上不容，故此我将奇珍异宝藏在小箱之内，(右手指小箱)准备献于堂上，做为进见之礼。【大锣五击】(拱手)不想你(抬左手颤抖指李干先)半途中，贪图孙富那一千两银子，(转身抬右手指孙富)将自己妻子卖与他人，你道我是青楼下贱女子，(用左手拍胸)人间不节之妇，想我虽是妓女，却有崚嶒傲骨、赤子诚心，【大锣一击】(抬左手指胸膛)不似你这宦门子弟高雅之士，(用右手挑拇指)看来衣冠楚楚却是狼子之心！(怒指李干先)【大锣一击】见利忘义的小人哪！【大锣五击】

李干先　(站"大边"往外台口走了两步，用右手水袖遮脸)哎呀，惭愧！

孙　富　(焦急地)十娘啊，那李干先本不是好人，忘恩负义，不像我孙富（右手拍肚子）对你是一片真心。（双手对着从里向外）有你那箱珠宝，（抬左手指地上的百宝箱）我这万贯家财，咱们今生今世是其乐无穷的了呀！（双手左右扬水袖）十娘，过舱来吧。（满脸欢笑，伸左手叫杜十娘）

杜十娘　【大锣叫头】孙富啊，贼子！（向前倾身怒骂孙富）你原是一介商贩，惯施勾心斗角伎俩，常做损人利己勾当。【大锣一击】用你那瞒心昧己得来的银两，拆散人家美满夫妻。（双手高抬过头顶，不停地颤抖往下滑动成弧形至腰，分开）你那一千两银子，只可买去李干先那颗狼子之心，【大锣一击】(出左手食指很有力地指李干先，李干先委缩低头）你那万贯家财却买不去杜十娘（用右手拍打自己胸膛）这躯清白之体。【大锣一击】似你这等小人，与禽兽何异！(指地）【大锣五击】

孙　富　哎哟，（用左手水袖挡脸，低头）我的妈呀，您真算把我骂对了！

〔杜十娘逼近孙富，【大锣快纽丝】转又指向李干先，逼他圆场后，从地上百宝箱里取出珠宝首饰，李干先扑向前去抢珠宝首饰，杜十娘一闪，决意投江。边投边唱。

〔西皮散板〕

杜十娘

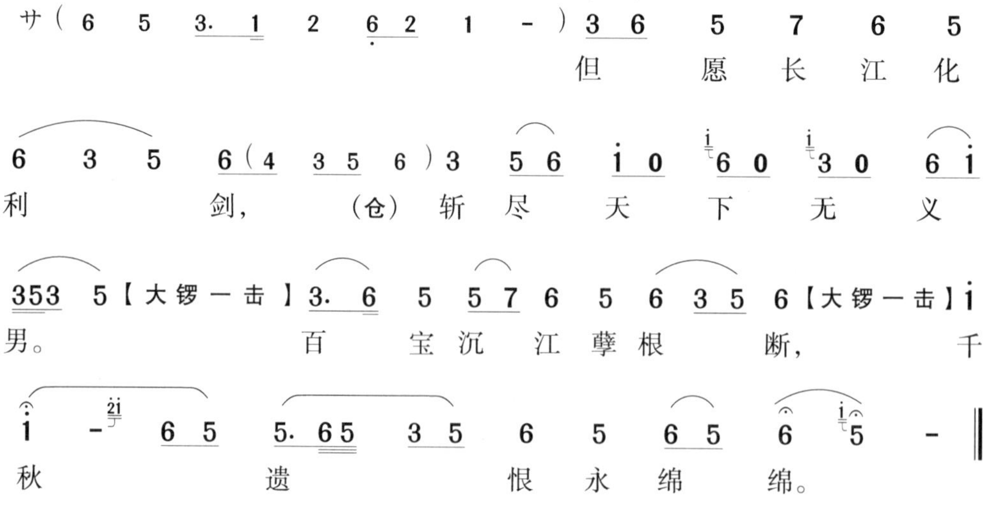

「李干先拚死地扑向杜十娘，想从她手里抢过百宝箱，在**【大锣三击】**中，三次抢夺百宝箱，杜十娘紧抱不放，甩开李干先，含恨怀抱宝箱向舞台“大边”投江自尽。**【大锣水声】**李干先、孙富失望地望着江水高喊十娘。

李干先 （高喊）十娘……

孙　富 （惋惜地）全玩完！李干先把银子给我！

「孙富抓住李干先抢回一千两银子。

孙　富 快开船！

船夫乙 开船啦！

「李干先狼狈地双手垂下水袖，失魂落魄……

「奏唢呐曲牌<尾声>后半段。

—— 剧 终